SARINA BOWEN
The Brooklyn Years
Wovon wir träumen

SARINA BOWEN

THE BROOKLYN YEARS

WOVON WIR TRÄUMEN

Roman

*Ins Deutsche übertragen
von Wiebke Pilz und Nina Restemeier*

LYX in der Bastei Lübbe AG
Dieser Titel ist auch als E-Book erschienen.

Die Bastei Lübbe AG verfolgt eine nachhaltige Buchproduktion.
Wir verwenden Papiere aus nachhaltiger Forstwirtschaft und
verzichten darauf, Bücher einzeln in Folie zu verpacken. Wir stellen
unsere Bücher in Deutschland und Europa (EU) her und arbeiten
mit den Druckereien kontinuierlich an einer positiven Ökobilanz.

Die Originalausgabe erschien 2018 unter dem Titel »Brooklynaire«.
Copyright © 2018 Sarina Bowen

Für die deutschsprachige Ausgabe:
Copyright © 2021 by Bastei Lübbe AG, Köln
Textredaktion: Nicola Härms
Umschlaggestaltung: © Sandra Taufer, München
unter Verwendung von Motiven von Shutterstock
(© hans.slegers; © locote; © Jefunne; ©tomertu; © ch123; © Avesun)
Satz: Greiner & Reichel, Köln
Gesetzt aus der Adobe Caslon
Druck und Verarbeitung: Book on Demand GmbH, Norderstedt
Printed in Germany
ISBN 978-3-7363-1538-9

Sie finden uns im Internet unter lyx-verlag.de
Bitte beachten Sie auch: luebbe.de und lesejury.de

1

Rebecca

Brooklyn, 2. April

Es ist eine allgemein anerkannte Wahrheit, dass ich eine coole Socke bin.

Zunächst mal: Ich wohne in Brooklyn, wo eine Frau mehr oder weniger allein klarkommt. Ich trinke meinen Kaffee schwarz. Und ich arbeite mit Profisportlern zusammen und behaupte mich an einem Arbeitsplatz, der so voller Testosteron ist, dass es auf das Koffein schon gar nicht mehr ankommt.

Ich kann fünfundzwanzig Liegestütze am Stück machen. Letztes Jahr hat ein Eishockeyspieler dagegen gewettet und hundert Dollar verloren. Also, bis vor vierundzwanzig Stunden hielt ich mich für verdammt tough.

Das muss ich auch sein. Die Brooklyn Bruisers nähern sich zum ersten Mal seit Jahren den NHL-Play-offs. Wenn sie es schaffen, wird eine Menge Arbeit auf mich zukommen. Reiseplanung. Öffentliche Veranstaltungen. Die Ticketverkäufe bei den Auswärtsspielen. Als Büromanagerin ist es meine Aufgabe, dieses ganze Durcheinander zu koordinieren.

Aber gestern Nachmittag habe ich in einem Augenblick absoluter Blödheit mit Straßenschuhen das glänzende Trainingseis betreten, um einer meiner Kolleginnen eine Nachricht zu überbringen.

Zwei Jahre lang habe ich für das Team gearbeitet, ohne einen Fuß aufs Eis zu setzen. Aber gestern dachte ich: Wieso nicht? Es ist so, als würde man in einem Sterne-Restaurant arbeiten, ohne jemals das Essen dort zu probieren.

Das *Wieso nicht?* wurde mir dann sechzig Sekunden später klar, als ich auf der glatten Oberfläche wegrutschte. Ich ging so schnell zu Boden, dass ich den Sturz nicht mehr mit den Händen abfangen konnte. Stattdessen bin ich auf den Hintern geknallt. Aber der rutschte auch noch weg, sodass als Nächstes mein Kopf und mein Arm aufschlugen. Mein Kopf ist sogar einmal vom Eis abgeprallt, bevor ich schließlich auf dem bitterkalten Boden liegen blieb.

Sofort tat ich, was jedes Mädchen mit Selbstachtung getan hätte: Ich habe mir die Klamotten abgeklopft und den beiden Kollegen, die diese Schmach mit angesehen hatten, versichert, dass es mir gut gehe.

Und das *dachte* ich auch, mal abgesehen von dem blauen Fleck auf dem Hintern, der ungefähr so groß war wie der ganze Staat New York.

Die Gehirnerschütterung, die ich mir zugezogen hatte, machte sich anfangs gar nicht bemerkbar. Die Orientierungslosigkeit schob ich auf meine Verlegenheit. Es kam mir in dem Moment völlig normal vor, dass ich ein bisschen durch den Wind war.

Ich ging nach Hause, aß ein paar Reste aus dem Kühlschrank und ging früh ins Bett. Aber um zwei Uhr morgens wachte ich mit rasenden Kopfschmerzen auf, und mir war ein bisschen übel. Also bin ich aufgestanden und ins Bad gegangen, um mir eine Aspirin zu holen. Doch als ich das Licht anschaltete, fing das ganze Zimmer an, sich zu drehen. Ich hab mich so fest an den Handtuchhalter geklammert, dass das Ding abgebrochen ist.

Zum zweiten Mal an diesem Tag landete ich auf dem Hintern.

Das Krachen weckte meine Schwester im Nebenzimmer. Als sie mich blinzelnd auf den Badezimmerfliesen vorfand, geriet sie in Panik. Und so landeten wir mitten in der Nacht in der Notaufnahme des Brooklyn Methodist Hospital. Wenn ich an die Rechnung denke, die sie mir schicken werden, wird mir schon wieder ein bisschen schlecht. Sie klopften mich an all den üblichen Stellen ab und leuchteten mir mit höllischem Licht in die Augen, während ich jammerte, sie sollten mich nach Hause gehen lassen.

Das taten sie schließlich auch, aber nicht, ohne mir ausführlichst zu erklären, wie ich meine Gehirnerschütterung auskurieren soll.

Und jetzt hocke ich hier, auf der hässlichsten Couch der Welt, in meiner winzigen, vollgestopften Wohnung, und frage mich, was ich machen soll. Tränen der Enttäuschung laufen mir über das Gesicht.

Dabei weine ich sonst *nie*. Was zur Hölle?

Okay, es tut verdammt weh. Aber es sind nicht die Kopfschmerzen, die mich so aus der Fassung bringen. Der Arzt in der Notaufnahme hat gesagt, dass ich zwei Wochen nicht arbeiten darf. Ich soll zu Hause bleiben und Bildschirme, Papierkram, Stress und alle körperlich wie intellektuell anstrengenden Situationen meiden.

Noch eine Träne rinnt mir übers Gesicht, während ich versuche, das alles zu verarbeiten. Gerade habe ich Hugh Major, dem Geschäftsführer der Brooklyn Bruisers, eine Nachricht geschickt und ihm mitgeteilt, dass ich ein paar Tage nicht kommen werde. Und ich musste blinzeln, damit die Buchstaben auf dem Bildschirm nicht verschwammen.

Aber *zwei Wochen*? Das ist völliger Wahnsinn. Das Timing

ist denkbar schlecht, und Hugh wird nicht begeistert sein. Nate Kattenberger, der Eigentümer des Teams, auch nicht.

Und *mir* passt es erst recht nicht. Meine Jungs stehen kurz davor, zum ersten Mal, seit ich für das Team arbeite, in die Play-offs einzuziehen. Ich muss einfach dabei sein. Seit zwei Jahren ist das Eishockeyteam mein Leben. Zwei Wochen lang aussetzen? Unmöglich.

Ich schalte mein Handy aus und hole noch einmal zittrig Luft. Meine Bewegungen sind vorsichtig, weil mein vier Monate alter Neffe in einem Körbchen zu meinen Füßen schläft. Ich darf das Baby nicht aufwecken. Wenn er jetzt anfängt zu schreien, platzt mir der Schädel.

Ich betrachte sein schlafendes Gesichtchen und bin sofort ein wenig entspannter, denn Babys wissen einfach, wie man relaxt. Matthews dunkle Wimpern ruhen auf seinen Pausbäckchen, die Decke hebt sich gleichmäßig mit jedem ruhigen Atemzug.

Gestern dachte ich, mein größtes Problem wäre, meine winzige Wohnung mit meiner Schwester und ihrer Familie teilen zu müssen. Ach, und dass ich seit elf Monaten und drei Tagen keinen Sex mehr hatte. Das kam mir wie ein Riesenproblem vor.

Aber jetzt weiß ich es besser.

Vier Menschen wohnen in dieser Wohnung, aber ich bin die Einzige mit einem Vollzeitjob. Na gut, das Baby kann noch nicht arbeiten, aber auch zwei Erwachsene sind von mir abhängig. Meine Schwester studiert noch und jobbt nebenher ein paar Stunden als Barista. Und der Vater ihres Babys – der vierte Mitbewohner – arbeitet auf dem Bau, wann immer er kann. Aber meistens kümmert er sich um das Baby.

Bleiben also nur ich und mein regelmäßiges Einkommen. Und auch wenn der Eigentümer des Teams mich seit sieben

Jahren kennt, mache ich mir seit zwei Jahren Sorgen um meinen Job. Deshalb kann ich es mir nicht leisten, krankzufeiern.

Also was zum Teufel soll ich jetzt machen?

Das muss ich laut ausgesprochen haben, denn mein Neffe regt sich im Schlaf.

Seit Matthew bei mir wohnt, habe ich die Erfahrung gemacht, dass Babys ein untrügliches Gespür dafür haben, zum ungünstigsten Zeitpunkt aufzuwachen. Ich reibe mir mit den Handballen über die Augen und atme tief durch, um mich zu beruhigen.

Matthew dreht sich um und schnauft leise. Er bewegt die Lippen, als wollte er nuckeln.

Oh, oh.

Langsam beuge ich mich über das Moseskörbchen, in dem er liegt, und fische den verlorenen Schnuller zwischen den Laken hervor. Ganz vorsichtig stecke ich ihm das Ding wieder in den Mund. Ich hätte nie gedacht, dass ich so etwas mal lernen würde. Doch dann ist meine kleine Schwester mit zweiundzwanzig schwanger geworden. »Ich behalte das Baby«, verkündete sie sofort. »Und Renny wird auf einer Ölbohrinsel im Golf arbeiten, um uns zu ernähren.«

Genau.

Ein paar Monate später war ich kein bisschen überrascht, dass Missy aus ihrer Wohnung in Queens geworfen wurde, weil sie mit der Miete im Verzug war. Und ich war nur geringfügig überraschter, dass Renny nur ein paar Monate auf der Bohrinsel blieb.

Vor einer Woche stand er plötzlich vor der Tür und fiel theatralisch auf meinem Wohnzimmerteppich auf die Knie. »Ich habe es einfach keinen Tag länger ohne meine Familie ausgehalten«, jammerte der einundzwanzigjährige Dummkopf. (Ja, meine Schwester hat sich in einen Jüngeren verliebt. Ich

9

nenne ihn gern ihren Kinderbräutigam, auch wenn sie nicht verheiratet sind.)

Jetzt sind wir eine große glückliche Familie in der winzigen Wohnung in Brooklyn, die ich mir vorher mit meiner besten Freundin Georgia geteilt habe. Ich liebe meine Schwester, aber die Wohnung ist einfach nicht groß genug für so viel Drama.

Ich spiele hier die Rolle der alleinstehenden Tante. Und genau in diesem Augenblick höre ich hinter der Tür zu dem Zimmer, das sich meine Schwester und Renny teilen, ihre unterdrückten Seufzer und das rhythmische Stoßen ihres Betts gegen die Wand.

Sie halten sich für so clever. Seit Renny aus Texas zurück ist, ziehen sie sich einmal am Tag für einen Quickie zurück, wenn das Baby schläft. Jeden Moment werden sie rotwangig und glücklich herauskommen, sich liebevoll ansehen, die Hände noch immer auf dem Körper des anderen, als bereite es ihnen körperliche Schmerzen, einander loszulassen.

Meine Schwester ist ein bisschen dämlich. War sie schon immer. Und trotzdem hat sie einen Mann abbekommen, der sie wirklich liebt. Immer wenn ich an die beiden denke, möchte ich mich am liebsten übergeben. Das war sogar schon vor meiner Gehirnerschütterung so.

Zu meinen Füßen streckt Baby Matthew die Ärmchen über seinen kleinen kahlen Kopf. Noch hat er die Augen geschlossen, aber lange wird es nicht mehr dauern. Der Schnuller fällt ihm wieder aus dem Mund, und er gibt einen kleinen, unzufriedenen Laut von sich. Dann klappen die blauen Augen auf.

Egal, wie bescheuert mein Leben gerade ist, eine Sache lässt sich einfach nicht abstreiten: Mein kleiner Neffe ist absolut entzückend. »Hi«, sage ich sanft, und sein Blick findet mich. »Hast du gut geschlafen?«

Er denkt über die Frage nach.

»Willst du mit mir auf der Couch abhängen?« Ich beuge mich hinunter und schiebe die Hände unter seinen warmen Körper. Ich zerre etwas an ihm. Und als ich mich wieder aufsetze, schießt mir ein so stechender Schmerz durch den Kopf, dass ich ein überraschtes Zischen ausstoße.

Das Geräusch erschreckt Matthew, und er fängt an zu wimmern.

»Alles gut«, sage ich und schließe vor lauter Schmerz die Augen. »Alles wird gut.«

Ich weiß selbst nicht, wen von uns beiden ich damit beruhigen will.

Matthew gibt noch mehr ärgerliche Laute von sich und nähert sich einem ausgewachsenen Schreien. Ausnahmsweise stört mich das nicht, denn es übertönt das Sex-Crescendo aus dem Nebenzimmer. Aber der Schnuller liegt immer noch im Körbchen auf dem Boden, verdammt. Mit Matthew auf dem Arm ist es doppelt so schwer, mich hinunterzubeugen, aber es gelingt mir. So gerade.

Als wir wieder auf dem Sofa liegen, dreht sich der Raum um mich herum, wie es Räume normalerweise nicht sollten. Die großen braunen Rosen auf dem hässlichen Sofa – dem Biest, wie Georgia und ich es immer genannt haben – verschwimmen vor meinen Augen.

Schräg.

Matthew nuckelt verzweifelt an dem Schnuller. Der wird ihn nicht lange hinhalten. Er hat Hunger. Und tatsächlich geht sein Wimmern nach ein paar Minuten in Heulen über. Ich wiege ihn in den Armen, aber aus seinen Augenwinkeln quellen zwei fette Tränen. In tiefem Mitgefühl steigen auch mir ein paar Tränen in die Augen.

Da fliegt die Schlafzimmertür auf. »Daddy ist da«, verkündet Renny. Sein Oberkörper ist nackt, der oberste Knopf seiner

Jeans steht immer noch offen. Aber er rennt ums Sofa herum und nimmt mir Matthew aus den Armen. »Mein Schnubbelchen. Mein süßer Schnubsi.« Mit seinem kratzigen Gesicht nähert er sich Matthews seidiger Wange und küsst ihn ab.

Das Baby hat Hunger, aber Renny ist dafür nicht ausgestattet. Immerhin ist ein halb nackter Renny offensichtlich unterhaltsam genug, um Matthew einigermaßen von seinem leeren Magen abzulenken. Das Baby patscht Daddy die kleinen Fingerchen ins Gesicht, und sie starren einander an wie zwei endlich wiedervereinte Liebende.

»Wer ist der beste Schnubsi der Welt?«, plappert Renny. Er setzt sich in die gegenüberliegende Ecke des Biests, und nun betritt meine Schwester mit geröteten Wangen das Zimmer und sieht befriedigter aus, als es sich für eine frischgebackene Mutter gehört. »Mommy!«, ruft Renny wie ein Idiot. »Wir brauchen hier deine leckeren Titties.«

»Ihr wisst schon«, grummele ich, obwohl ich ziemlich sicher bin, dass mir niemand zuhört, »dass er euch in ein paar Jahren alles nachplappert, was ihr so von euch gebt?«

Sie beachten mich gar nicht. Missy kuschelt sich an ihren Toyboy und schiebt das Shirt hoch. Renny legt das Baby ihnen beiden auf den Schoß, sodass es an die Brust meiner Schwester herankommt. Matthew dockt an, und seine Eltern beobachten ihn beim Nuckeln und geben hin und wieder einen Übelkeit erregenden Kommentar darüber ab, was für ein toller Vater Renny doch ist.

Das ist mein Leben.

Ich habe mich noch nie so sehr wie das fünfte Rad am Wagen gefühlt. Obwohl wir nur vier sind. Egal. Aber das hier ist meine Couch, und ich würde nicht einmal aufstehen, wenn ich irgendwo anders hingehen könnte. Kann ich aber nicht. Ich werde einfach hier sitzen bleiben und mich in meinem

Elend und Selbstmitleid suhlen, auch wenn es niemand mitbekommt.

Da klingelt es an der Tür. Es fühlt sich an, als ob mir jemand ein Messer in den Schädel rammt. »Kann bitte jemand aufmachen?«

Die glücklichste Familie in Brooklyn rührt sich nicht.

Also stehe ich auf und gehe selber zur Gegensprechanlage. »Hallo?«

»Rebecca.« Eine feste und tiefe Männerstimme. »Kann ich raufkommen?«

Er macht sich nicht die Mühe, seinen Namen zu nennen. Das braucht er auch gar nicht. Nate Kattenberger ist es gewohnt, dass man ihn erkennt.

Er ist hingegen nicht dafür bekannt, bei seinen Mitarbeitern zu Hause vorbeizuschauen. In den sieben Jahren, die ich nun schon für ihn arbeite, war er noch nie bei mir.

Ich brauche einen Moment, um meine Verwirrung abzuschütteln, dann reiße ich mich zusammen und drücke auf den Türöffner.

Ich drehe mich zum Wohnzimmer um. Hier sieht es aus, als hätte eine Bombe eingeschlagen. »Renny, zieh dir ein Hemd an. Missy, wie viel von diesem Babyzeug können wir in fünfzehn Sekunden aufsammeln?«

»Nichts? Ich stille gerade. Wieso?«

Weil gerade der erfolgreichste Geschäftsmann aus New York und Umgebung die Treppe heraufkommt. Ich habe nicht einmal mehr die Zeit, um in Panik zu verfallen. Keine Minute später klopft Nate Kattenberger an die Wohnungstür. Er muss die zwei Stockwerke hinaufgerannt sein. Da ich an der peinlichen Situation nichts mehr ändern kann, mache ich die Tür auf.

»Du solltest im Bett liegen.« Das ist Nates Begrüßung. Er hält sich nie mit Small Talk auf.

Ich brauche einen Moment, um zu antworten, denn mein Hirn ist heute langsam und braucht etwas länger als sonst, um über diesen kleinen, ungläubigen Ruck hinwegzukommen, der mich jedes Mal durchfährt, wenn seine durchdringenden hellbraunen Augen auf meine treffen. Nate ist ungefähr zehnmal so anziehend wie ein gewöhnlicher Kerl. Man sollte meinen, nach sieben Jahren hätte ich mich daran gewöhnt. Aber nein.

»Hey«, erwidere ich einen Augenblick später. »Du hast geklingelt. Ich kann nicht gleichzeitig schlafen und die Tür aufmachen.«

»Gutes Argument, Bec. Hast du geschlafen, als ich geklingelt habe?«

Ich antworte nicht, winke ihn bloß herein. Als er durch die Tür tritt, bringt er etwas mit in die Wohnung. Es ist das größte Rosenarrangement, das ich jemals außerhalb einer Trauerhalle gesehen habe.

»Lieber Himmel, ich lebe doch noch.« Der Witz soll mein Unbehagen über seine Großzügigkeit kaschieren, aber er kommt irgendwie schnippisch rüber. Und als ich ihm die Blumen abnehme, ist der Korb so riesig, dass ich nicht weiß, wohin damit.

»Vielleicht habe ich etwas übertrieben«, lacht er leise. »Hier. Du kannst das hier nehmen.« Er reicht mir eine Tüte von Dean & DeLuca voller Gourmet-Spezialitäten. »Darf ich die Blumen auf den Tisch am Fenster stellen?«

»Wenn sie dahin passen. Vorsicht, die …«

Nate tritt auf die Babyschaukel, weil ich ihn nicht rechtzeitig gewarnt habe. Er geht beinahe zu Boden, kann es aber gerade noch verhindern, indem er sich an der Wand abstützt.

»Das tut mir so leid«, sagt meine Schwester vom Sofa. Sie entschuldigt sich jedoch nicht für ihren halb nackten Freund, der den bekanntesten Milliardär Brooklyns anstarrt.

Oh Mann. Wir sind hier Brooklyns Pendant zu einem Trailer Park. Und das ist nicht schön.

»Nate«, sage ich, als würde ich mich gerade nicht in Grund und Boden schämen. »Du kennst doch meine Schwester Missy.« Sie haben sich vor fünf Jahren kennengelernt, als ich Missy zu irgendeiner Wohltätigkeitsveranstaltung in irgendeinem Museum mitgebracht habe. An den Anlass erinnere ich mich nicht mehr. »Und das ist ihr Freund Renny.«

»Wie geht's dir?«, fragt Nate Missy und bekommt rote Ohren, vermutlich, weil meine Schwester praktisch oben ohne dasitzt. »Seid ihr hier, um euch um Rebecca zu kümmern, solange sie krank ist?«

»Nee. Wir wohnen hier«, sagt Renny und legt die Füße auf den Couchtisch.

Jetzt würde ich am liebsten tot umfallen. Hauptsache, ich muss nicht lange leiden.

»Renny«, starte ich einen Versuch, »wolltest du nicht zum Supermarkt gehen? Wenn das Baby wieder wach ist, hast du gesagt.« Das ist nicht gelogen. Er hat tatsächlich davon gesprochen, einkaufen zu gehen. Allerdings war das, bevor er sich damit abgelenkt hat, meine Schwester zu bespringen.

»Klar«, sagt er und reibt sich über die Bartstoppeln. »Das könnte ich machen.«

»Ich komme mit«, bietet meine Schwester – gesegnet sei sie! – an. »Wir nehmen Matthew in der Trage mit. In einer Minute sind wir hier fertig mit Stillen.«

Dem Herrn sei Dank.

Renny steht auf und reibt sich über die nackte Brust. »Hey, hat die Bibliothek offen? Ich habe das geniale Buch durch – das mit dem Paralleluniversum. Aber es endet mit einem üblen Cliffhanger. Ich brauche die Fortsetzung.«

Schneller, Renny! Durch die offene Tür zu Missys Zimmer

sehe ich sein Shirt und versuche, ihn kraft meiner Gedanken dorthinzuschicken. *Das Shirt, Renny. Zieh das Shirt an.*

»Paralleluniversen sind so cool.« Er trudelt in die grobe Richtung des Shirts. »Quasi, als gebe es irgendwo ein Paralleluniversum, wo ich Quarterback der Giants bin. Und eins, wo du die Königin von Frankreich bist.«

»In Frankreich gibt es keine Monarchie mehr«, wende ich ein. *Zieh das Hemd an.*

Meine Schwester wedelt mit ihren Möpsen und stopft sie zurück in den BH.

»Aber darum geht es doch«, ruft Renny aus dem Schlafzimmer. Angezogen kommt er wieder heraus, tanzt zu seinem Sohn hinüber und nimmt ihn Missy aus den Armen. »In einem Paralleluniversum ist alles möglich. Mein Junge kann fliegen. Huiiii.« Er hebt Matthew hoch und wirbelt ihn durch die Luft.

»Muss er davon nicht spucken?«, frage ich und stelle mich auf das Schlimmste ein.

Missy nimmt ihrem dämlichen Freund das Baby ab. »Gehen wir. War schön, dich zu sehen, Nate. Sei nicht zu streng mit meiner Schwester. Sie macht sich schon den ganzen Vormittag Sorgen, weil sie nicht zur Arbeit gehen darf, aber sie soll im Moment keinen Computer …«

»Missy!«, warne ich sie.

»Na ja, sollst du doch nicht.« Zum Glück macht sie die Wohnungstür auf und verschwindet nach draußen.

Renny schnappt sich die Babytrage und eine Decke. Auch wenn er ein Idiot ist, ist er tatsächlich ein guter Vater. »Tschüss, Nate Kattenberger und Becca.«

Das Geräusch der hinter ihnen zufallenden Wohnungstür ist das Beste, was ich heute den ganzen Tag gehört habe. Mein Verlegenheitslevel sinkt von hundert auf, na ja, siebenundneunzig.

»Wow«, sagt Nate.

»Sie sind ein bisschen anstrengend«, murmele ich.

»Nein …« Er starrt die riesigen braunen Samtrosen auf dem Biest an. »Dein Sofa ist wirklich ziemlich …«

»Hässlich?«

Er lacht.

»Aber glaub mir, es ist total gemütlich. Georgia und ich haben darüber nachgedacht, es neu beziehen zu lassen, aber wir waren uns nicht sicher, ob es durch die Wohnungstür passt.« Ich lasse mich in eine Ecke fallen. »Setz dich. Probier es mal aus.«

Nate setzt sich in die andere Ecke. Er verschränkt die Arme hinter dem Kopf und lehnt sich zurück. »Ja, okay.«

»Es ist nicht nur gemütlich, sondern man muss es auch nicht sehen, wenn man draufsitzt.«

Wieder lacht Nate, und ich betrachte sein Profil, wie ich es schon tausendmal getan habe. Er sieht einfach gut aus. Eigentlich sogar besser als gut. Er ist heiß. Er trägt seinen typischen schwarzen Hoodie und eine vierhundert Dollar teure Jeans.

In seinem Büroturm in Manhattan trägt er mittlerweile Anzüge, aber früher waren Hoodies seine Uniform. Damals hat er allerdings keine teuren Jeans und Designersneakers dazu getragen. Da hatte er auch den Büroturm noch nicht.

Als ich in der Firma angefangen habe, hatte sie siebzehn Angestellte. Heute sind es über zweitausend.

Fünf Jahre lang war ich Nates persönliche Assistentin. Dann hat er vor zwei Jahren ein Eishockeyteam, die Brooklyn Bruisers, gekauft und mich gebeten, Kattenberger Tech zu verlassen und stattdessen das Büro der Mannschaft zu leiten. Eine andere Frau, die frostige Lauren, hat meine Stelle in Manhattan übernommen.

Nate sagt, es sollte keine Degradierung sein, und ich hatte auch keine Gehaltseinbußen. Ich habe mich sogar ein wenig verbessert, denn das Eishockeyteam ist ein eigenständiges Unternehmen mit einer geringfügig anderen Struktur. Und ich sehe Nate immer noch mehrmals die Woche, zumindest während der Eishockeysaison.

Trotzdem beschäftigt mich die Versetzung immer noch. Ich frage mich, was ich getan habe, um bei Nate in Ungnade zu fallen.

Und jetzt merke ich, dass ich ihn anstarre. Aber er starrt zurück. »Geht es dir wirklich gut?«, fragt er mit stoischer Miene. Dafür ist Nate bekannt. In Porträts in Zeitschriften wird er gern als »unergründlich« bezeichnet. In Wirklichkeit ist er aber einfach bloß sozial ein bisschen unbeholfen.

»Das wird schon wieder.« Ich räuspere mich. »Oh Mann, das war der blödeste Sturz aller Zeiten. Ich glaube, ich habe mir den Kopf nicht einmal besonders heftig angeschlagen. Morgen komme ich wieder ins Büro, okay? Ich lasse es bloß einen oder zwei Tage bei der Arbeit ruhig angehen …«

Sofort schüttelt er den Kopf. »Auf keinen Fall. Eine Gehirnerschütterung braucht mindestens zwei Wochen, um zu heilen.«

»Zwei Wochen«, quieke ich. »Aber ich muss doch nicht Eishockey spielen, Nate. Es ist ein Schreibtischjob.«

»Ganz egal.« Er faltet die Hände wie der CEO, der er ja auch ist, und dann lässt er die Bombe platzen. »Für die nächsten zwei Wochen übernimmt Lauren das Büro der Bruisers. Bis du wieder auf den Beinen bist. Es ist bereits beschlossene Sache.«

Mein Herz rutscht mir in den Magen. »Das ist wirklich nicht nötig.« *Doch nicht Lauren!* Es ist wie ein Déjà-vu. »Und außerdem hasst Lauren Eishockey.« Das hat sie selbst schon tausendmal gesagt.

Nate grinst bloß. Die meisten Männer können nicht so grinsen. Aber Nate ist auch nicht die meisten Männer. Wenn man so schlau und attraktiv ist wie dieser Kerl, kann man so ziemlich alles machen. »Damit wird sie schon klarkommen.«

»Kann ich dich nicht irgendwie davon abbringen? Ich werde hier bloß in dieser winzigen Wohnung herumsitzen und mich langweilen.«

»Du bleibst auf der Bank, Becca. So was kommt vor. Die Spieler beklagen sich auch nicht, wenn sie mal nicht aufs Eis dürfen. Wir brauchen deinen Kopf, okay? Mit einer Gehirnerschütterung ist nicht zu spaßen.«

Ich weise ihn nicht auf den offensichtlichsten Unterschied hin. Nates Eishockeyspieler ziehen sich ihre Kopfverletzungen zu, während sie große Dinge für die Mannschaft leisten. Ich habe mir meine durch schiere Blödheit zugezogen.

Juhu!

»Danke für die Blumen, Nate.« Meine Stimme ist so leise, dass ich mir nicht sicher bin, ob er mich überhaupt gehört hat.

Unsere Blicke treffen sich, und auf einmal ist es, als wären keine sieben Jahre vergangen. Ich sehe den Mittzwanziger, der er früher war, mit einem unordentlichen Büro und großen Träumen. Damals haben wir viel gearbeitet, am Schreibtisch Zeug vom China-Imbiss gegessen und gewettet, wer mit den zerknüllten Papierservietten am besten den Mülleimer am anderen Ende des Raums treffen konnte. Er war der Typ mit dem wissenden Grinsen und dem genialen Hirn. Und ich habe mich um die kleinen Dinge gekümmert, damit er Zeit dafür hatte, eine ganz neue Methode zu entwickeln, wie sich ein Mobiltelefon ins Internet einwählt.

Als Nate mich anlächelt, werden seine Grübchen sichtbar. Die Grübchen passen nicht zum Nate-Kattenberger-Gesamtpaket. Sie sind zu jungenhaft für dieses ernste Gesicht. Sie machen ihn weicher. Ich lächle instinktiv zurück, und für einen Augenblick ist alles in Ordnung.

Es ist seltsam, mit diesem mächtigen Mann so vertraut zu sein und doch zu wissen, dass er mein ganzes Leben in seiner Hand hält. Ich vertraue ihm, aber ich kann es mir wirklich nicht leisten, ihn zu enttäuschen.

»Die Multiversumstheorie gibt es tatsächlich«, sagt er unvermittelt.

»Äh, was?« Wie immer hinke ich ein paar Schritte hinter ihm her. Selbst wenn ich keine Gehirnerschütterung habe.

»Paralleluniversen. Das Multiversum. In der Physik ist das eine ernsthafte Theorie.«

»Pfff. Renny liest doch bloß Science-Fiction.«

Nates Augen leuchten. »Science-Fiction ist toll. Die Multiversumstheorie besagt, die Unendlichkeit ist so groß, dass darin jede Alternative gleichzeitig existiert. Jede nicht getroffene Entscheidung. Jede Möglichkeit.«

»Also, das macht mir Angst. Bitte schick mich nicht auf einen Planeten, auf dem mein Schwager deine Firma leitet.«

Nate grinst.

»Aber mir gefällt der Gedanke, dass es irgendwo ein Universum gibt, in dem ich gestern nicht die Eisfläche betreten und damit alle unsere Arbeitsabläufe bis zum Ende der Saison durcheinandergebracht habe.«

Sein Lächeln verschwindet. »Alles wird gut, Bec. Ein bisschen mehr Chaos bringt uns nicht um.«

»Ja?«, frage ich, aber meine Stimme bricht. Ich bin das Chaos so leid. Auf einmal bin ich so … müde.

»Hey«, sagt er sanft. Er greift über die hässlichen braunen Rosen auf dem Sofa und drückt mir die Hand. »Du sagst mir doch, wenn es dir nicht gut geht, oder?«

»Ja.« *Nein. Wahrscheinlich nicht.* »In ein paar Tagen geht es mir bestimmt wieder super.«

»Das hoffe ich. Außerdem wird das Team trotzdem weiterkommen. Meinen Berechnungen nach sichern wir uns heute in einer Woche einen Platz in den Play-offs.«

»In *diesem* Universum, oder?«

»Jetzt pass mal auf, Miststück«, sagt er.

Und dann brechen wir beide in Lachen aus, denn der Spruch stammt aus irgendeinem Schrottfilm, den wir mal im Flieger nach – Brüssel? London? Ich weiß es nicht mehr – angeschaut haben. Der Flug hatte Verspätung, und irgendwie haben wir dann zwei Aliens beim Kämpfen zugesehen, und der lilafarbene sagte: »Jetzt pass mal auf, Miststück«, zu dem grünen.

Seitdem gehört das zu unserem gemeinsamen Wortschatz, genau wie Palindrome. Mit Nate macht man halt die ganze Zeit Nerd-Witze.

»Nächste Woche also die Play-offs, hm?« Mit den Zehen stupse ich seinen Fuß an. »Dann stell ich wohl mal besser den Schampus kalt.«

»Das klingt schon besser.« Sein Blick wandert in meinem vollgestopften Wohnzimmer umher. Unter dem Couchtisch klemmt eine Großpackung Babywindeln, und drei verlorene Schnuller tummeln sich auf dem Teppich.

»Kriegst du hier genug Ruhe, um dich zu erholen?«

»Das geht schon«, beharre ich. »Meistens sind wir nicht alle gleichzeitig zu Hause.« Das stimmt, aber eigentlich nur, weil ich normalerweise diejenige bin, die zur Arbeit geht.

Nate steht auf. »Rufst du mich an, wenn du irgendetwas brauchst?«

»Na klar«, lüge ich und erhebe mich ebenfalls. Es liegt mir nicht, in Nates Gegenwart zu jammern. Das würde mein

Toughes-Mädchen-Image ankratzen. Und er hat genug anderen Kram um die Ohren.

Er mustert mich lange, und ich versuche mich an einem Lächeln. Der Mann ist verdammt aufmerksam, er soll nicht wissen, wie viele Sorgen ich mir mache. »Gute Besserung, Bec. Schone dich bitte so lange, wie die Ärzte sagen.«

»In Ordnung. Versprochen.«

Er umarmt mich unbeholfen und verschwindet in den Brooklyner Nachmittag.

2

Sieben Jahre zuvor
New York

Es war einmal ein hübsches Mädchen, das ein Bürogebäude in Midtown Manhattan betrat. Sie ist nervös, und das passt gar nicht zu ihr. Aber es steht eine Menge auf dem Spiel.

Der Weg in den vierten Stock ist kurz, also hat sie nicht viel Zeit, in Panik zu verfallen. Für das Bewerbungsgespräch trägt sie ein kratziges Wollkostüm, die Haare hat sie zu einem ordentlichen Knoten hochgebunden. In den Stahltüren des Aufzugs spiegelt sich ihr Büro-Alter-Ego.

Vor zwei Monaten war sie noch eine meistens glückliche Studentin der englischen Literatur. Dann bekam sie einen Anruf von zu Hause. Ihr Vater war ganz unerwartet an einem Herzinfarkt gestorben. Er hatte keine Lebensversicherung, und seine Firma war hoch verschuldet.

Rebecca hatte ihr Semester beendet, aber nur mit Mühe. Es war aufreibend gewesen, ihre trauernde Mutter und ihre jüngere Schwester zu trösten.

Inzwischen ist Januar, und sie offiziell Studienabbrecherin auf Jobsuche.

Rebeccas Handflächen sind schwitzig, als sich die Aufzugtüren auf einen schmalen, schlecht beleuchteten Flur öffnen.

Das hier ist nicht die glamouröse Firmenumgebung, die sie sich vorgestellt hat. Aber hey – wenn diese Firma eine Stelle mit echter Bezahlung zu bieten hat, dann darf sie bei der Ausstattung nicht wählerisch sein.

Büro 402 ist relativ einfach zu finden. Auf dem Schild neben der Tür steht *Kattenberger Technologies*. Aber es besteht komplett aus ... tatsächlich ... Legosteinen.

Zum ersten Mal seit einer Woche lächelt Rebecca. Dann öffnet sie die Tür.

Das Büro besteht aus einem einzigen großen Raum. Es gibt nicht einmal abgetrennte Arbeitsbereiche, die Schreibtische stehen an den Wänden aufgereiht oder einander gegenüber mitten im Raum. Ein Drittel der Fläche wird von einer ramponierten Tischtennisplatte mit einer auffälligen Schramme auf der Oberfläche eingenommen. Zwei dünne Jungs in Jeans und T-Shirt liefern sich ein erbittertes Zehn-Uhr-dreißig-Duell.

Drei weitere Männer sitzen an Schreibtischen und hacken rabiat auf Tastaturen ein. Das hitzige Tischtennismatch und auch Rebecca nehmen sie überhaupt nicht wahr.

Tick-pop, tick-pop, tick-pop macht der Ball.

Rebeccas Blick wandert durch das Büro und bleibt an dem Eishockeyposter an der Wand hängen. Auf die gegenüberliegende blaue Wand sind drei Sprechblasen gemalt. Die Sprüche darin sind allerdings ziemlich seltsam. Einer lautet tatsächlich: *Nate bit a Tibetan.*

Nate hat einen Tibeter gebissen? Das ist ein bisschen beunruhigend, denn ihr Vorstellungsgespräch heute ist bei einem gewissen Nate Kattenberger. Zum Glück ist sie keine Tibeterin. Ein weiteres Zitat lautet: *Never odd or even.* Niemals ungerade oder gerade. Hat vielleicht irgendwas mit Programmierung zu tun. Kattenberger Technologies ist ein Softwareunternehmen. Das hat zumindest Harry, ein alter Freund ihres

Vaters, gesagt, als er sie für die Stelle empfohlen hat. Harry ist in diesem Gebäude der Facility Manager, und er hat Rebecca einen Gefallen getan und ihr dieses Vorstellungsgespräch vermittelt.

Sie bleibt in der Tür stehen und hofft, dass irgendjemand sie bemerkt. Aber keiner wendet den Blick von den gigantischen Monitoren ab. Die Computerausstattung ist das Einzige hier, was neu und teuer aussieht. Alles andere wirkt, als wäre es gebraucht gekauft. Entweder ist dieses Unternehmen noch sehr neu oder nicht besonders erfolgreich.

Hoffentlich Ersteres, fleht sie das Universum an. Allerdings hat das Universum in letzter Zeit nicht besonders oft auf sie gehört.

Der längste Tischtennis-Ballwechsel der Welt endet abrupt, als der Ball auf die Schramme in der Mitte der Platte trifft und dann wild von der Stirn des einen Spielers abprallt.

»Scheiße!«, brüllt er.

»Wechsel!«, brüllt der andere Mann lachend. Beide bewegen sich so elegant gegen den Uhrzeigersinn um die Platte herum, als würden sie das fünfzigmal am Tag machen.

Da bemerkt endlich einer der beiden Rebecca und winkt ihr mit seinem Schläger zu. »He, Nate, du hast Besuch«, ruft er einem der in die Tasten hämmernden Typen zu.

Nate hat Rebecca den Rücken zugewandt. Sie beobachtet ihn, aber er zeigt keine Reaktion, sondern tippt einfach weiter.

Der Tischtennisspieler legt seinen Schläger auf den Tisch und klemmt den Ball darunter ein. Er geht zu Nate hinüber, der noch immer hoch konzentriert den Kopf gesenkt hat. »Alter, du hast Besuch!«

Nate nimmt eine Hand von der Tastatur und bedeutet ihm mit dem Zeigefinger: *nur noch eine Minute*. Seltsamerweise tippt er mit der anderen Hand immer noch fieberhaft weiter.

Rebecca wartet lange genug, um nun doch ein bisschen in Panik zu geraten. Was, wenn Nate ihren dürftigen Lebenslauf blöd findet? Was, wenn Harry sich geirrt hat und diese Typen hier gar keine Büroassistentin suchen? Was, wenn Nate sie überhaupt nicht erwartet?

Was, wenn er niemals aufhören wird zu tippen? Soll sie irgendwann einfach wieder gehen?

Atme, befiehlt Rebecca sich. Das sind doch ganz normale Leute. Sie haben keine Macht über sie. Wenn aus diesem Job nichts wird, dann findet sie eben einen anderen. Sie ist ein Mädchen, das immer einen Weg findet.

Gerade als sie innerlich das ganze Vorstellungsgespräch abgehakt hat, lehnt Nate sich auf seinem Stuhl zurück und verschränkt die Arme hinter dem Kopf. Wahrscheinlich sollte es Rebecca gar nicht auffallen, dass er für einen Programmierer ansehnliche Arme hat. Er ist ein schmaler Typ, aber unter seinem T-Shirt lugen schön definierte Bizepse hervor. Und seine Finger sind lang wie die eines Pianisten.

»Ach du Scheiße«, sagt der Tischtennisspieler. Aber seine Faszination gilt nicht Nates Oberarmen. Der Typ wirft einen genaueren Blick auf Nates Bildschirm. »Hast du da etwa gerade eben den Algorithmus …? Verdammte Axt, das ist genial.«

Nate stupst seinem Kollegen gegen die Brust. »Ich habe dir gerade drei Tage Arbeit erspart. Wie wäre es, wenn du heute das Mittagessen besorgst? Du bist eh dran.«

»Okay. Aber ich habe Lust auf Chinesisch. Und jetzt begrüß deinen Besuch, du unhöflicher Arsch.«

Nate dreht sich zu unserem Mädchen um. Endlich. Als Erstes bemerkt sie ein Paar intelligente Augen. Sie wandern an ihr herab, aber nicht auf eine erotische Weise. Er beglotzt sie nicht, er mustert sie. Außerdem ist er jünger, als Rebecca erwartet hätte. Mitte zwanzig. Und irgendwie süß. Sein Gesicht ist kantig, aber es passt zu ihm. Die markanten Wangenknochen werden von einem weichen Mund und lockigen braunen Haaren abgemildert. Er hat große Augen in einem interessanten Hellbraun. Sie blinzeln Rebecca einmal zu. Dann steht er mit überraschender Anmut von seinem Platz auf.

»Moment, du bist …« Er hält inne und blättert durch ein paar Papiere auf seinem Schreibtisch, einige Seiten segeln zu Boden.

»Rebecca Rowley«, sagt der Tischtennisspieler. Er bückt sich und hebt ein Blatt vom Boden auf. »Hier ist ihr Lebenslauf.«

Dem Himmel sei Dank. »Schön, Sie kennenzulernen«, platzt Rebecca heraus, kommt ihm auf halbem Weg entgegen und streckt die Hand aus. »Ich habe gehört, dass Sie auf der Suche nach einer Büroleiterin sind.«

Nate schüttelt ihr die Hand und sieht sich im Raum um, als sähe er ihn zum ersten Mal. Dann verzieht er das Gesicht. »Wir sind nicht besonders gut in diesem ganzen Organisationskram. Wird wohl langsam Zeit.«

»Es ist längst höchste Zeit«, sagt sein Mitarbeiter. Auch er gibt Rebecca die Hand. »Ich bin Stew. Du bist die, die Harry empfohlen hat, stimmt's?«

»Genau.«

»Gut, gut.« Er stupst Nate an. »Lass sie sich vorstellen. Zehn Minuten. Wir brauchen jemanden.«

Nate Augen schnellen zu seinem Bildschirm hinüber, und Rebecca spürt förmlich, wie er mit sich kämpft. In ein paar Wochen wird sie verstehen, dass Nate wirklich speziell ist. Ein echtes Genie. Und in nicht einmal einem Jahr wird er mit jedem Mobiltelefonhersteller der Welt Geschäfte machen. Jetzt hier vor dem jungen Kattenberger zu stehen, heißt, zu erleben, wie Geschichte geschrieben wird.

Heute kann sie das jedoch noch nicht wissen. Sie ist bloß ein Mädchen, das dringend einen Job braucht. Es ist ihr egal, dass er sein Studium am Harkness College mit magna cum laude abgeschlossen hat oder dass er in nicht einmal einem Monat seinen ersten Millionendeal abschließen wird.

»Setzen wir uns irgendwo hin«, sagt er zerstreut. Er steuert einen freien Schreibtisch an, auf dem nur ein paar leere Pizzakartons liegen. Er schiebt sie in einen überquellenden Mülleimer.

Den müsste mal jemand ausleeren, sagt Rebecca zu sich selbst. *Haben die hier keinen Reinigungsdienst, der nachts kommt?*

»Setz dich«, sagt er und deutet auf den Bürostuhl, den er vor den nun leeren Schreibtisch gezogen hat. Er setzt sich ihr gegenüber auf die Tischkante. »Wir sind hier zu siebt. Stewie kümmert sich um den finanziellen Kram. Aber das Büro selbst ist sozusagen eine gesetzesfreie Zone. Anrufe werden nicht immer entgegengenommen. Leute kommen und gehen. Die Unterlagen sind eine Katastrophe.«

Rebecca nickt und fragt sich, ob sie wissen müsste, was genau diese kleine Firma eigentlich macht.

»Wir sind alle mindestens vierzig Stunden die Woche im Büro, aber nicht unbedingt gleichzeitig. Wir sind hier flexibel«, fährt Nate fort und sieht sie mit seinen großen braunen Augen unverwandt an. »Also, wie sind deine Kapazitäten? Du, äh, hast mir wahrscheinlich ein Anschreiben zu deinem Lebenslauf geschickt, aber …« Er zuckt mit den Achseln und hat immerhin den Anstand, verlegen dreinzuschauen.

»Vollzeit«, sagt sie schnell. »Aber ich nehme so viele Stunden, wie Sie mir geben können. Und ich kann sofort anfangen.« Sie weiß, sie klingt verzweifelt.

»Super«, sagt er und lächelt sie an. Seine Grübchen überraschen sie. Dann wirft er noch einen Blick auf den Lebenslauf.

»Wenn ich fragen darf …« Er räuspert sich. »Wieso die plötzliche Verfügbarkeit? So wie es aussieht, hast du letzten Monat noch studiert.«

»Das stimmt«, sagt sie leise. »Mein Vater ist vor zwei Monaten gestorben. Für mich ist es sinnvoller, jetzt zu arbeiten.«

»Oh.« Wieder räuspert er sich. »Das tut mir leid.«

Es ist ein denkbar schlechter Zeitpunkt, aber Rebeccas Augen fangen an zu brennen. *Du weinst nicht im Vorstellungsgespräch!* Sie möchte sich ohrfeigen. »Danke. Aber mir geht es gut, und ich kann arbeiten. Ihr chaotisches Büro schreckt mich nicht, Mister.« Sie zwingt sich zu einem Lächeln und hofft, dass Direktheit der richtige Ansatz bei Nate ist. Ihr Bauchgefühl sagt Ja.

Und Nate Kattenberger belohnt sie mit einem weiteren flüchtigen Lächeln. Diese Grübchen! »Wir können definitiv Hilfe gebrauchen. Es ist kein sonderlich strukturiertes Umfeld. Vielleicht kannst du daran arbeiten.«

In dem Moment fällt ihr die Zeichnung auf seinem T-Shirt auf. Neun Figuren bilden eine Cheerleader-Pyramide, aber es sind keine Menschen, sondern Katzen. Darunter steht: *Stack Cats.* Stapelkatzen.

»Oh.« Sie schnappt nach Luft. Sie schaut noch einmal auf die komischen Sprechblasen an der Wand. *Nate bit a Tibetan.* Alle Sätze hier kann man sowohl vorwärts als auch rückwärts lesen. »Das sind alles Palindrome. Auf Ihrem Shirt auch.«

Seine Augen weiten sich. »Gut erkannt. Ich stehe auf Palindrome. Die Wandmalerei hat meine Verlobte gemacht. Programmierst du auch?«, fragt er hoffnungsvoll.

»Nein! Tut mir leid.« *Schön wär's.* »Aber Palindrome gibt es schon seit Jahrhunderten. Schon bei den alten Griechen. Und Literatur ist mein Ding.« *War* es zumindest.

»Literatur, ja?« Nate zieht eine Augenbraue hoch.

»Genau. Mein Hauptfach war Vergleichende Literatur-wissenschaft.« Auch wenn sie es nur durch zweieinhalb Jahre Studium geschafft hat und jedes Semester weniger zufriedenstellend verlief als das vorherige. Rebecca liebt die Gefühle, die ihre Lieblingsbücher von Jane Austen und den Brontës in ihr auslösen. Leider geht es in Vergleichender Literaturwissenschaft eher um knallharte Analysen und weniger um Gefühle.

Bevor ihr Vater gestorben ist, hatte sie Sorge, dass sie für ihr gewähltes Hauptfach vielleicht nicht ehrgeizig genug sei. Sie hatte nicht vor, das Studium abzubrechen, aber im tiefsten Herzen ist sie erleichtert, dass sie jetzt nicht das hundertste Sonett sezieren muss.

»Was sollte ich sonst noch über dich wissen?«, fragt Nate.

»Ich kann hart arbeiten«, sagt sie schnell. »Auf der Highschool hatte ich einen Notendurchschnitt von eins Komma drei.«

»Welches Fach hat dich nach unten gezogen?«

War klar, dass er da nachhaken würde. »Bio. Aber zu meiner Verteidigung: In der Kursbeschreibung stand nicht, dass wir ein Schweineauge sezieren mussten.«

Er grinst, und es ist dieses Grinsen, das sie irgendwann so gut kennen wird.

»Ich, ähm, ich bin sehr zuverlässig. Ich habe jede Menge Referenzen …« Sie blättert in der Mappe, die sie dabeihat, und zieht die Liste von Professoren und Arbeitgebern von Ferienjobs heraus, die sie in der öffentlichen Bibliothek in Mid-Manhattan auf dem Weg hierher ausgedruckt hat.

Nate nimmt das Blatt, ohne einen Blick darauf zu werfen. »Hast du noch irgendwelche Fragen an mich?«

Womit anfangen? »Was soll Ihre Büromanagerin in erster Linie machen?«

Er verschränkt seine ansehnlichen Arme. »Ich hatte noch nie eine Büromanagerin. Also müssen wir es wohl gemeinsam herausfinden. Aber wir bereiten uns gerade auf eine große IT-Messe im März vor. Wir müssen Poster designen und so was. Wir brauchen einen Zeitplan und eine neue Firmenwebsite. Wir müssen eine Werbeagentur engagieren. Das klingt alles ziemlich zeitaufwendig …«

Er blickt in die Ferne, und Rebecca überkommt Panik. Sie verliert ihn. »Das klingt alles machbar«, plappert sie. »Ich kann dabei helfen, all diese Projekte zu koordinieren. Alles im Blick zu behalten.«

Nate richtet seine Aufmerksamkeit wieder auf sie. »Sorry. Manchmal höre ich nicht zu, wenn jemand redet.«

Das stimmt, aber mit der Zeit wird Rebecca feststellen, dass das längst nicht so irritierend ist, wie es klingt. Denn wenn Nate einem seine volle Aufmerksamkeit widmet, gibt es nichts Besseres.

»Aber ich nehme mir immer Zeit für meine Mutter und für meine Verlobte«, sagt er gerade. »Sie heißt Juliet. Also, meine Verlobte. Meine Mutter heißt Linda. Ihre Anrufe haben immer Vorrang, alle anderen können warten.«

Als er wieder lächelt, verspürt Rebecca ein Flattern in der Brust. *Na, na*, warnt sie sich selbst. *Dieser nette Mann hat eine Verlobte, und du brauchst den Job.*

Stew kommt hinzu und legt Nate eine Hand auf die Schulter. »Wie läuft's hier? Macht ihr schon Pläne?«

»Sieht so aus«, sagt Nate. »Ich erzähle …« Er stockt. Er hat ihren Namen vergessen.

»Rebecca«, sagen sie und Stew gleichzeitig.

»… gerade alles, was erledigt werden muss«, fährt Nate fort, ohne sich zu entschuldigen. »Zum Beispiel, dass wir immer abwechselnd das Mittagessen besorgen, weil wir nur so daran denken, überhaupt was zu essen. Irgendjemand müsste mal den Plan standardisieren. Seltsamerweise bin immer ich dran. Aber wenn wir …«, er erhebt die Stimme, »die verdammte Betaversion von Version drei bis Ende nächsten Monats fertig bekommen, besorge ich zwei Wochen lang jeden Tag das Mittagessen.«

An der Tischtennisplatte bricht Jubel aus, aber die Spieler unterbrechen ihr Match nicht.

Nate klatscht in die Hände. »Okay, Rebecca. Du kannst anfangen, wann es dir passt. Wahrscheinlich musst du noch irgendwelche Formulare ausfüllen. Stewie wird wissen, welche das sind.«

»Formulare?« Ihr Kopf macht einen Satz, während sie versucht mitzukommen. »Die Arbeitserlaubnis und das Steuerformular?« Hat er sie wirklich gerade eingestellt?

»Genau.« Er steht auf. »Gut. Stew, kümmerst du dich darum?« Er ist dabei, abzudriften, das spürt sie. Aber das macht nichts. Seine Abneigung, ein formelles Bewerbungsgespräch durchzuführen, kommt ihr bloß zugute.

»Alter«, sagt Stew und nimmt ihn beiseite, »warte mal kurz, du hast da ein paar Details übersprungen.«

Mist. Unser Mädchen hält den Atem an.

»Das Gehalt«, murmelt Stew, und Nate antwortet irgendetwas. Stew nickt. »Was ist mit Aktienoptionen?«

Nate zieht die Nase kraus. »Nee. Nicht für Büropersonal.«

Was auch immer, denkt Rebecca. Sie weiß nicht genau, was Aktienoptionen sind, aber sie braucht jetzt sowieso einen richtigen Gehaltsscheck.

Nach einer Minute drehen sich die beiden Männer wieder um. Nate schenkt ihr erneut ein flüchtiges Lächeln. »Okay, ich muss mich wieder an die Arbeit machen. Aber deine erste Aufgabe wird es sein, einen Computer für dich zu bestellen. Matty gibt dir unsere Zugangsdaten.« Er winkt einem der beiden Tischtennisspieler. »Und füll diese Formulare aus. Willkommen an Bord, Rebecca Rowley.«

3

Nate

Brooklyn, 22. April

Als ich mich der Umkleide nähere, höre ich das Stimmengewirr im Inneren. Aus einem der Handys dröhnt ein Hip-Hop-Song, deshalb müssen meine Eishockeyspieler ihre Witze und Neckereien rufen, um gehört zu werden.

»Weiter gehe ich nicht«, grummelt meine Assistentin Lauren Williams neben mir. Sie bleibt zehn Schritte von der Tür entfernt im Korridor stehen, verschränkt die Arme vor ihrem Designerkostüm und wirft mir einen wütenden Blick zu. Nur für den Fall, dass ich noch nicht bemerkt hätte, dass sie das Trainingsgebäude der Brooklyn Bruisers von allen Orten auf der Welt am meisten hasst.

»Schon gut«, sage ich leichthin. »Es dauert nur ein paar Minuten.«

Sie scheucht mich mit der Hand weiter. *Na, dann mach hinne.*

Ich zwinkere ihr zu, aber ihr Blick wird noch böser. Dann drücke ich die Tür zur Umkleide auf und lasse sie draußen schmollen.

Innerhalb von Sekunden verstummen die Gespräche, und auch die Musik hört auf. Vierundzwanzig der besten Eishockeyspieler der Welt verfallen einer nach dem anderen in respektvolles Schweigen und widmen mir ihre volle Aufmerksamkeit.

Ist das nicht der Wahnsinn? Dem Mathe-Nerd aus dem Mittleren Westen gehört ein Eishockeyteam, das sich in der ersten Runde der Play-offs ein Unentschieden erspielt hat.

Ich koste den Moment der Stille noch etwas aus und schreite über den Teppich des ovalen Raums. Ich gehe bis zum Logo der Brooklyn Bruisers in der Mitte, trete aber nicht drauf, denn meine Spieler sind abergläubisch. Ich schaue hinunter auf die violetten Bs und grinse. Die Sportreporter hatten gemeint, es wäre unmöglich. Es würde mir nicht gelingen, die Mannschaft umzukrempeln. Wir hatten Probleme, einen passenden Coach zu finden, Schwierigkeiten mit der Gehaltsdeckelung, und die Ticketverkäufe gingen den Bach runter.

Doch das ist vorbei.

Ich hebe den Blick und schaue jedem Spieler der Reihe nach in die Augen. Ihre Haare sind noch feucht von der Dusche, die sie brauchten, nachdem ihnen mein Coach beim Morgentraining ordentlich eingeheizt hat. Aber sie wirken topfit. Sie wirken bereit. Beacon, mein Torhüter, lehnt an der Wand und sieht gesund und selbstbewusst aus. O'Doul, mein Kapitän, sieht stark und kraftstrotzend aus.

»Männer«, sage ich und lächele, weil ich nicht anders kann, »ihr seid die Geilsten, und ich bin so stolz auf euch.«

Bei diesem Kompliment lächeln einige der Spieler.

»Ich werde nicht hier herumstehen und euch sagen, wie wichtig die nächsten drei Spiele sind, denn das wisst ihr. Ich bin ein selbstbewusster Typ, aber ich bin nicht so arrogant, euch zu sagen, wie ihr spielen sollt. Das ist die Aufgabe eures Coachs.«

Es wird noch mehr gelächelt.

»Aber eins sage ich euch – morgen begebt ihr euch wieder in feindliches Gebiet. Ihr trefft auf das Team mit der besten Torbilanz der Liga. Sie sind sich ziemlich sicher, dass sie euch in den nächsten beiden Spielen aus den Play-offs werfen können. Und mit zwanzigtausend ihrer Fans, die euch im Stadion niederbrüllen, könnte man ihnen leicht Glauben schenken. Aber das werdet ihr nicht.«

In der anhaltenden Stille hole ich Luft. Wir stehen in der Spitzen-Trainingsanlage, die ich für das Team am Rande der Brooklyn Navy Yard habe bauen lassen. Meine Spieler genießen den Luxus einer hochmodernen Eissportanlage und die beste medizinische Versorgung, die man für Geld bekommen kann. Aber die Play-offs haben sie nicht deshalb erreicht. Und ich möchte sichergehen, dass sie das wissen.

»Ihr habt Washington in dieser Saison schon dreimal geschlagen, weil ihr an euch geglaubt habt. Der Unterschied zwischen Gewinnern und Verlierern ist das Selbstvertrauen. Ich kann nicht das, was ihr könnt. Mein Schlagschuss ist nicht ganz so beeindruckend wie eure. Aber man hat mir auch schon oft gesagt, dass ich das, was ich will, nicht schaffen könne.«

Trevi, mein junger Stürmer, nickt. Und sein Freund Castro sieht mich ernst an. Diese Männer wissen, dass uns mehr verbindet als trennt. Außerdem haben wir alle Tausende von Stunden in unsere Fähigkeiten investiert.

»Es gibt Typen, die schlauer sind als ich, und immer noch öde Jobs in Cupertino oder Palo Alto erledigen. Sie haben den Verstand, aber nicht die Eier, um alles für ihre eigenen Ideen zu riskieren. Solche Typen treffe ich ständig. Ich stelle sie ein, damit sie sechzig Stunden die Woche für mich arbeiten. Sie bekommen ein gutes Gehalt und Sicherheit. Aber sie werden nie sagen können: Das habe ich mir selbst aufgebaut.«

Es ist so still, dass ich meine Spieler atmen hören kann.

»Ihr seid anders. Ihr sagt: ›Ich mache das. Mir doch egal, dass Brooklyn Washington angeblich nicht schlagen kann. Mir doch egal, dass ihre erste Reihe schon zusammen skatete, als ich noch Windeln anhatte. Das alles ist scheißegal, weil ich jetzt die Regeln ändern werde.‹«

Ich schaue wieder auf das Emblem auf dem Teppich. Morgen Abend wird es auf allen Kanälen zu sehen sein. Und man hat mir gesagt, es wäre unmöglich. Als ich den Kopf hebe, sind immer noch alle Augenpaare auf mich gerichtet.

»Denkt euch – warum nicht ich? Warum nicht jetzt? Wenn nicht jetzt, wann dann? Geht hin und macht sie platt. Nicht, weil euch ein paar Sportreporter die Erlaubnis erteilt haben. Sondern weil ihr wisst, dass ihr es könnt.«

»Scheiße, ja!«, ruft Beacon, und dann bricht ein Heidenlärm los. Stampfen und Pfiffe. Ein Raum voller Millionäre applaudiert einem Milliardär.

Was für einen komischen kleinen Club ich hier habe. Und er ist ziemlich fantastisch.

Nachdem ich meine Rede losgeworden bin, drehe ich mich um und verlasse den Raum. Lauren steht im Korridor und wirkt gestresst. »Sehr inspirierend, Boss.«

»Danke.«

Sie wendet sich zum Ausgang und fängt sofort an zu reden. »Der Wagen wartet, um dich nach Manhattan zu bringen. Termin mit den Entwicklern um zwölf. Mittagessen um eins. Die Buchhaltung um zwei. Und du musst Alex zurückrufen.«

Aber ich blende sie aus, denn als Nächstes steht etwas auf dem Plan, von dem Lauren nichts weiß. Ich lasse den Blick durch den Korridor vor uns schweifen, aber er ist leer.

Wo ist sie? Rebecca kommt sonst nie zu spät.

Lauren ist schon zu weit vorgelaufen. Ungeduldig marschiert sie auf ihren Designer-Hacken zurück. Klack, klack, klack. Sie bugsiert mich in den Gang, der zum Bürogebäude der Bruisers führt. Sie will unbedingt hier verschwinden, bevor die Spieler aus der Umkleide kommen. Bevor ihr Ex-Freund auftaucht.

Sie und ich, wir verfolgen beide gerade unsere eigenen Ziele. Aber weil ich der Boss bin, kann sie nichts dagegen unternehmen. Allerdings bin ich kein herzloser Mistkerl. Deshalb führe ich sie zu einer Nische neben der Trainingsfläche. Sie runzelt die Stirn, weil es die falsche Richtung ist, macht aber keine Einwände.

»Also, wen sollte ich noch mal anrufen?«, frage ich und beobachte den Gang gegenüber. Um vom Bürogebäude zu Dr. Herberts' Sprechzimmer zu gelangen, muss Rebecca hier vorbeikommen. Ich habe für sie einen Termin beim Mannschaftsarzt vereinbart, weil sie immer noch nicht wieder arbeitet. Sie ist schon drei Wochen krankgeschrieben.

Und das ist einfach nicht richtig. Das sieht Becca gar nicht ähnlich.

»Nate!« Lauren schnippt mit den Fingern vor meinem Gesicht.

»Entschuldige. Was?«

»Du kannst mir keine Frage stellen und dann gedanklich abdriften! Du sollst Alex anrufen. Sie will ein paar letzte Details für die Wohltätigkeitsparty besprechen.«

Immer wenn ich die Wörter Details und Party in einem Satz höre, ist es, als würden sich Klappen über meine Ohren legen. »Haben wir niemanden, der sich um so etwas kümmert?«

Lauren verdreht die Augen Richtung Decke, als bete sie um Geduld. »Ja. Aber Alex will mit dir über deine Termine sprechen. Sie hat irgendwas von einem Drink unter vier Augen vor der Veranstaltung gesagt.«

»Hmmm. Hat sie dir auch verraten, warum?«

»Himmel, Nate!« Lauren steht kurz davor zu explodieren. »Vielleicht weil ihr seit euren feuchtfröhlichen Collegezeiten befreundet seid? Ich habe nicht nachgefragt. Sie hat nichts weiter gesagt. Willst du Alex aus irgendeinem Grund nicht treffen? Wenn ja, wäre es ziemlich seltsam, mit ihr zusammen eine Party zu schmeißen.«

Meine Augen schnellen wieder zum Gang. Immer noch keine Rebecca.

»Gut, aber …« Ich zwinge mich, mich wieder auf Lauren zu konzentrieren, weil ihr Unsinndetektor sehr fein eingestellt ist und ich mich nicht erklären will. »Das Timing ist komisch, weil meine Investmentbanker mit einem von Alex' Mitbewerbern über meine Router-Sparte reden.«

Lauren ist eine sehr intelligente Frau, und ich kann beinahe zusehen, wie die Synapsen hinter ihren klugen blauen Augen feuern. »Ah, du brauchst Alex bei diesem Geschäft als zweite Bieterin, nicht als erste.«

»Ganz genau.«

»Soll ich ihr erzählen, du hättest keine Zeit für Drinks?« Sie kaut auf ihrer Lippe. »Das wäre aber ein bisschen fies. Und wenn dein Flug Verspätung hätte, könntest du deine eigene Party verpassen.«

»Nee, schon gut. Sag ihr zu. Eine Stunde mit ihr allein werde ich schon überleben. Wenn sie über das Geschäft reden will, sage ich ihr einfach, dass ich noch nicht darüber nachdenken will.«

»In Ordnung. Oder – anderer Vorschlag – du könntest ein Date mitbringen.« Lauren zuckt mit den Schultern. »Vor einer Fremden wird Alex sicher nicht über Fusionen und Übernahmen sprechen wollen.«

»Interessante Idee, Frau Schlau. Interessant.«

Sie lächelt. Lauren und ich kommen gut miteinander aus, das war schon immer so. Es war eine gute Entscheidung, sie als Büromanagerin in Manhattan einzustellen.

In der nächsten Sekunde sind alle Gedanken an sie jedoch vergessen. Weil ich Becca entdecke, die das Trainingscenter betritt. Endlich. Und während ich beobachte, wie sie näher kommt, blende ich alles andere aus.

Auf den ersten Blick sieht Rebecca gut aus. Besser als gut. Sie trägt einen kurzen Rock, der einen Blick auf ihre Beine erlaubt, die mir nicht auffallen sollten, und eine extravagante Jacke in Knallorange.

Aber irgendetwas stimmt nicht. Sie geht ein wenig nach vorn gebeugt. Sie sieht niedergeschlagen aus. So geht Becca nicht. Sonst geht sie immer kerzengerade, die Schultern zurück. Sie ist nur einen Meter zweiundsechzig groß, aber sie wirkt immer so, als wäre sie bereit, es mit der ganzen Welt aufzunehmen.

»Nate. Lieber Himmel. Ich habe dich etwas gefragt.«

Schließlich drehe ich den Kopf, um Lauren anzusehen. »Tut mir leid. Ich hab nicht mitbekommen, was du gerade gesagt hast.«

»Danke, dass du es zugibst«, sagt sie unterkühlt. »Das ist eine Premiere.«

Das stimmt nicht ganz. Ich weiß, dass ich eine Nervensäge bin. Darüber sind wir uns schon oft einig gewesen. »Ich bin heute ein wenig abgelenkt. Kann nicht aufhören, über das Spiel morgen Abend nachzudenken.« Das stimmt teilweise. Aber es ist nicht der wahre Grund, weshalb ich heute so abgelenkt bin. Doch das kann ich Lauren nicht sagen.

Rebecca verschwindet aus meinem Blickfeld, als sie weiter in Richtung von Dr. Herberts' Behandlungszimmer geht. Aber irgendwie starre ich weiter auf die leere Stelle, wo sie vor einer Sekunde noch war. In sieben Jahren hat Rebecca nie länger als zwei Tage gefehlt, weil sie krank war. Die Tatsache, dass sie immer noch nicht wieder arbeitet, beschäftigt mich. Sehr sogar. Und ich kann es noch nicht einmal erklären.

Ein zusammengeknülltes Blatt aus Laurens Notizblock prallt von meinem Kopf ab. Offensichtlich bin ich schon wieder abgedriftet.

»Wenn du so bist, gehe ich normalerweise und versuche es später noch einmal«, sagt Lauren. »Aber du musst um zwölf für den Termin mit den Entwicklern in Manhattan sein. Und es ist schon Viertel nach elf. Wenn wir hier nicht bald fertig werden, kommst du zu spät.«

Ah. »Nein, komme ich nicht. Ich habe den Termin auf zwei Uhr verschoben.«

Laurens Gesichtsausdruck wechselt schnell von ungläubig zu wütend. »Wenn das stimmt, warum steht dann im Kalender immer noch zwölf Uhr?«

Gute Frage. »Vielleicht habe ich vergessen, dich ins Cc zu setzen?« Oh, oh …

Lauren beugt sich vor, bis sie mit der Stirn an die Wand stößt. Dann schlägt sie den Kopf ein paarmal gegen die Holzvertäfelung.

»Hey! Hör auf. Wir haben hier schon genug Kopfverletzungen.«

Sie hebt den Kopf, und ihr Gesicht ist voller Missfallen. »Aber ich habe gerade erst eine Telefonkonferenz für zwei Uhr für dich vereinbart! Und als ich dir das vor nicht mal drei Minuten gesagt habe, da hast du über den Gang gestarrt und gegrunzt, als wäre das in Ordnung! Aber das stimmt nicht. Jetzt muss ich der Buchhaltung wieder sagen, dass wir die Telefonkonferenz verlegen müssen – zum dritten Mal in drei Tagen.«

»Tut mir leid, tut mir leid.« Ich hebe entschuldigend beide Hände. »Ich würde anbieten, rituellen Selbstmord zu begehen, um dich von meiner ehrlichen Entschuldigung zu überzeugen, aber ich nehme an, dann müsstest du noch mehr Termine verlegen.«

Man könnte Laurens wütenden Blick patentieren lassen und als Waffe verkaufen. Deshalb hat auch der Großteil der Vorstandsetage in Manhattan Angst vor ihr. »Kannst du mir bitte sagen, warum du den Termin mit den Entwicklern auf zwei Uhr geschoben hast?«

Weil ich mir nichts zurechtgelegt habe, klingt meine Ausrede ziemlich dünn. »Spiel fünf könnte ein Wendepunkt für uns sein. Ich wollte mir das heutige Morgentraining ansehen.« Das seit einer halben Stunde beendet ist.

Sie zwingt mich, den Blick abzuwenden. Möglicherweise weiß sie genau, warum ich die Zeit in Brooklyn künstlich in die Länge ziehe, und spielt mit mir wie eine Katze mit einer Maus, bevor sie sie mit einem Pfotenhieb tötet. Entweder das oder sie probiert eine neue Einschüchterungstaktik aus, die an ihrer Uni gelehrt wird. Plötzlich blinzelt sie, und ihre Miene wird sanft. »Nate, ist bei dir alles in Ordnung?«

Diese Verhaltensänderung überrumpelt mich. Es könnte eine Falle sein. »Natürlich. Warum?«

Lauren seufzt und lässt das Thema fallen. Ich bringe ständig Frauen zum Seufzen und nicht immer vor Vergnügen.

»Genug von mir«, sage ich und wechsle das Thema. »Wie kommst du mit dieser Situation zurecht?«

»Mit ›Situation‹«, sie malt Anführungszeichen in die Luft, »meinst du, dass du mich zwingst, mit Eishockeyspielern zu Auswärtsspielen zu reisen? Die ich hasse?«

»Oder behauptest zu hassen.« Ich rechne damit, dass ein Schwarm Büroartikel auf mich zufliegt, aber stattdessen sieht sie mich nur grimmig an.

Einige der Spieler kommen aus den Umkleideräumen. Sie gehen durch den Korridor und steuern auf den Ausgang zu. Und jetzt ist auf einmal Lauren abgelenkt. Sie wechselt sogar die Position, damit sie halb von mir verdeckt wird. Das zeigt, wie sehr sie den Kontakt mit meinem Torwart vermeiden will.

»Geh schon mal vor«, sage ich. »Ich verspreche dir, dass ich vor dem Zwei-Uhr-Termin zurück in Manhattan bin.« Ich deute mit dem Kopf auf die Tür. »Hau schon ab. Ich weiß, dass du das willst.«

»Heb deine rechte Hand.«

Ihr zuliebe tue ich es.

»Hiermit schwöre ich feierlich, dass ich Lauren diese Woche nicht noch einmal dazu zwingen werde, weitere Termine zu verlegen.«

»Die ganze Woche? Ach, komm.«

Ich lasse die Hand sinken. »Bitte meinen Wagen zu warten, ja? Ich komme bald.«

»Wehe, wenn nicht«, droht sie. Dann späht sie an mir vorbei, sieht, dass die Luft rein ist, und geht, während ich in mich hineinlache. Kurz vor der Flügeltür dreht sie sich um. »Bestell Becca liebe Grüße«, sagt sie. Und als ich ihr Gesicht mustere, lächelt sie mich wissend an.

Ich bin so was von aufgeflogen.

»Äh …« Da scheiß doch der Hund drauf! Lauren hat mich durchschaut. Aber sie ist nun mal ziemlich schlau. Ich weiß nicht, warum Rebeccas Krankheit mir den Verstand vernebelt hat. Aber wenn Dr. Herberts ihr helfen kann, finde ich vielleicht zu meinem normalen Maß an Abgelenktheit zurück.

Lauren geht Richtung Ausgang. »Wenn Dr. Herberts Becca erlaubt, wieder zu arbeiten, will ich es als Erste wissen.«

»Wirst du«, versichere ich ihr.

»Dann nehme ich sofort die U-Bahn nach Manhattan.«

»Ich weiß.«

»Ich hasse dich«, ruft sie, als sie sich umdreht, um die Tür aufzudrücken.

»Stimmt doch gar nicht.«

Sie zeigt mir über die Schulter den Mittelfinger und hat damit das letzte Wort. Was sonst. Die Frauen in meinem Leben sind leidenschaftlich. Und zwar alle. Was habe ich doch für ein Glück.

Als ich die Nische verlasse, begrüßen mich ein paar Eishockeyspieler, die auf dem Weg zum Mittagessen sind. Ich gehe an der Eisfläche und dem Umkleidebereich vorbei und steuere den Korridor mit den Büros des Trainerstabs an. Das Zimmer des Mannschaftsarztes liegt am Ende, und als ich bei der Tür ankomme, ist sie geschlossen. Auf mein Klopfen hin verstummt das Murmeln im Inneren. »Herein«, sagt der Doktor.

Als ich die Tür öffne, sehen der Arzt und Rebecca mich an. Dann senkt sich Rebeccas Blick auf ihre Hände, und mich ergreift Unbehagen. Warum sieht sie so angespannt aus? »Gibt's was Neues?«, frage ich in die Stille hinein.

Dr. Herberts räuspert sich. »Weil Rebecca keine Eishockeyspielerin ist, gilt für sie die ärztliche Schweigepflicht. Ohne ihre Erlaubnis kann ich nicht über ihren Fall sprechen. Und weil Sie ihr Boss sind, könnte sie sich unter Druck gesetzt fühlen …«

Sie schaut zu ihm auf. »Ist in Ordnung. Es macht mir nichts aus, wenn Nate zuhört.«

Das sehe ich als Einladung. Ich trete ein und schließe die Tür hinter mir, setze mich neben sie und warte, dass der Arzt weiterspricht.

Dr. Herberts mustert mich einen Moment, und ein kleines Lächeln umspielt seine Mundwinkel. »In Ordnung. Rebecca ist immer noch angeschlagen. Sie hat Probleme mit dem Gleichgewicht, und Lärm strengt sie an. Sie wird schnell müde, und nach körperlicher Anstrengung wird ihr übel.«

Huch. Ich werfe ihr einen Blick zu, aber sie schaut mich

nicht an. Sie verhält sich ganz anders als sonst. Bei ihrem Gesichtsausdruck wird mir innerlich kalt.

»Abgesehen davon hat sie alle Tests bestanden. Ihr Gedächtnis funktioniert einwandfrei. Ihre kognitiven Fähigkeiten sind
völlig in Ordnung. Sie ist schnell frustriert … aber das muss
kein Symptom sein, sondern eher eine natürliche Reaktion auf
eine quälende Situation. Kurz gesagt sieht es so aus, als handele
es sich bei ihr nicht um eine klassische Gehirnerschütterung.«

Himmel. »Und um was dann?«

Der Arzt spielt eine Weile mit seinem Füller, bevor er antwortet. »Es gibt einen Spezialisten in Manhattan, zu dem ich
sie überweisen möchte. Zu ihm schicken wir die schwierigsten
Fälle.«

»Okay«, sage ich schnell, als hinge es von mir ab. »Wie heißt
er?«

»Dr. Evan Armitage. Er ist Neurologe und auf die Behandlung nach einem Schädel-Hirn-Trauma und bei Gleichgewichtsstörungen spezialisiert. Und er löst gern knifflige Rätsel.
Ich bin mir sicher, dass er herausfindet, was Rebecca Probleme
bereitet. Das Einzige, was ich nicht an ihm mag, ist sein immer
voller Terminkalender. Könnte schwierig sein, einen Termin zu
bekommen.«

Noch bevor Dr. Herberts den Satz beendet hat, habe ich
schon mein Handy in der Hand und suche nach dem Namen
des Arztes.

»Wenn Armitage keinen Termin hat, gibt es noch ein paar
andere, die ich anrufen könnte. In der Zwischenzeit möchte ich, dass Sie sich weiter ausruhen, meine Liebe. Ohne viel
Ruhe kann sich das Gehirn nicht erholen.«

»In Ordnung«, sagt sie schnell. »Sind wir dann erst mal fertig? Ich rufe Dr. Armitage heute Nachmittag an.«

»Fertig, wenn Sie es sind«, sagt Dr. Herberts freundlich.

Becca springt auf. »Vielen Dank für Ihre Zeit.«

»Es war mir eine Freude. Sie können mich jederzeit anrufen. Auch nachts.«

Weil Rebecca aussieht, als wolle sie jeden Moment aufbrechen, stehe ich auch auf. »Bist du auf dem Sprung?«, frage ich. »Oder hast du kurz Zeit für mich?«

»Na klar.« Aber sie schluckt schwer. Als freue sie sich nicht besonders über ein paar zusätzliche Minuten in meiner Gegenwart.

Schade. Sie bereitet mir Sorgen, und ich habe sie in den letzten drei Wochen nur einmal gesehen, was ein neuer Rekord sein muss. Ich bedanke mich bei Dr. Herberts, dann folge ich ihr in den Korridor. Wir gehen nebeneinanderher, doch Rebecca schweigt. Sie hat die Arme verschränkt und wirkt in sich zusammengesunken.

Das finde ich schrecklich.

Wir erreichen den Tunnel, der hinauf ins Bürogebäude führt. Ich halte Rebecca die Tür auf, und sie geht voraus. Die Glasbausteine leuchten im Sonnenlicht, und die Strahlen tanzen wie glitzernde Edelsteine auf den Oberflächen. Die Rampe unter unseren Füßen erstreckt sich nach oben, und es ist so hell, dass es wirkt, als würde sie direkt in den Himmel führen.

Rebecca wird langsamer. Dann torkelt sie zur Seite, und bevor ich überhaupt verstehen kann, was gerade passiert, mache ich einen Satz. Ich greife nach ihrem Ellenbogen und gebe ihr mit meinem Körper Halt.

»Scheiße«, quietscht sie und stützt sich hastig mit der Hand an der Glaswand ab.

Sie richtet sich auf, aber ich halte sie, bis sie sich von mir losmacht.

»Hey. Bleib kurz stehen, ja? Was war das?«

»Nichts.« Sie seufzt. »Ich hab nur kurz die Orientierung verloren. Es ist so hell hier.«

Die Orientierung verloren. Gehört das zu den Symptomen einer Gehirnerschütterung? Das kalte unbehagliche Kribbeln, das ich im Sprechzimmer des Arztes gespürt habe, kommt zurück. Ich lege Becca einen Arm um die Schultern. »Komm mit.«

Sie lässt sich nicht gern helfen, aber ich lasse ihr keine Wahl. Und weil ich sie stütze, kommen wir ohne weitere Schwierigkeiten durch den sonnenbeschienenen Tunnel. Als wir oben ankommen, wirkt die Lobby im Gegensatz dazu ziemlich dunkel, der backsteinverkleidete Innenraum wird nur von den Vintage-Lampen aus Glas und Nickel an der Decke erleuchtet. Es gibt auch einen Sitzbereich, den allerdings nie jemand nutzt. Ich führe Rebecca zu einer gepolsterten Bank und setze mich neben sie. »Besser?«, frage ich.

»Ja.« Rebecca blinzelt langsam. »Jetzt geht es mir besser.«

»Besser am Arsch.« Es kommt schroffer heraus als beabsichtigt. »Bringen wir dich nach Hause.«

Sie schaut Richtung Tür. »Ich gehe.«

»Ich habe einen Wagen.« Ich hole mein Handy aus der Tasche. »Ich sag ihm, er soll rüberkommen.«

»Himmel. Es sind zwei Blocks, Nate. Mir geht's gut.«

Nein, dir geht's nicht gut, und das beunruhigt mich total. Zum Glück bin ich schlau genug, es nicht laut auszusprechen. »Ich begleite dich.«

»Ich wünschte, das würdest du lassen«, sagt sie.

Autsch. »Warum?«

»Weil ich …« Sie holt tief Luft und sieht mir heute zum ersten Mal direkt in die Augen, und es trifft mich wie ein Schlag. Ich vermisse diese Augen. »Ich finde es schrecklich. Ich finde es schrecklich, so durcheinander zu sein. Und ich finde es schrecklich, nicht arbeiten zu können. Dieser Riesenwirbel tut mir leid, okay? Verschwende nicht noch mehr Zeit meinetwegen. Du musst gerade an zehn anderen Orten sein, und wahrscheinlich wetzt Lauren schon irgendwo ihre Krallen, um uns beide zu zerfetzen.«

»Jetzt mach mal halblang, du Hitzkopf.« Letzteres stimmt wahrscheinlich. Aber Rebecca beißt sich an den falschen Sachen fest, und das werde ich nicht hinnehmen. »Es gibt Wichtigeres als eine Abweichung vom Plan. Zum Beispiel deine Gesundheit.«

»Ich weiß!« Jetzt schreit sie mich an. Weil Frauen das oft machen. »Aber ich bin so genervt von mir! Das geht jetzt schon drei Wochen. Ohne Veränderung. Jeden Abend gehe ich ins Bett und denke, dass es mir am nächsten Morgen besser geht. Aber das stimmt nicht.«

Ich balle beide Hände zu Fäusten, weil ich sie am liebsten ausstrecken und Rebecca umarmen würde. Die Anziehungskraft, die sie auf mich ausübt, ist gelinde gesagt ungünstig. Aber ich gebe ihr nie nach. »Es wird besser werden«, sage ich. Und dann fällt mir auf, wie hilflos ich bin. In meinem Leben gibt es nicht viel, was ich nicht mit einem Anruf oder einem streng formulierten Memo regeln kann.

Abgesehen hiervon.

Rebecca schluckt schwer. »Erinnerst du dich, als du bei mir warst und wir diese bescheuerte Unterhaltung über Paralleluniversen hatten?«, flüstert sie. »Tja, ich glaube, ich befinde mich in einem. In diesem Universum läuft einfach alles schief.«

»Du hast Angst.«

»Natürlich hab ich Angst!« Ihre Augen sind gerötet. »Du und Hugh seid so nett zu mir. Unglaublich nett. Aber irgendwann muss ich wieder arbeiten. Das machen Menschen nun mal.«

»Nein! Du nimmst dir die Zeit, die du brauchst. Mir ist es egal, wie lange es dauert. Wie lange kennen wir uns schon?«

Sie blickt auf und runzelt wieder die Stirn. »Sieben Jahre. Aber …«

»Nichts aber. Du bist nicht irgendeine unzuverlässige Praktikantin, die nicht weiß, wie man sich bei der Arbeit verhält.«

»Nate, im Arbeitsvertrag steht, dass Krankheitstage limitiert sind.«

»Welche Seite? Ich ändere das.«

Endlich entlocke ich Rebecca ein Lächeln. Ich warte darauf, dass sie lacht. Sie hat ein großartiges Lachen, das den ganzen Raum erfüllt. Aber heute bekomme ich nur ein Grinsen, bevor ihre Miene wieder traurig wird.

»Komm schon«, flüstere ich. »Uns fällt doch immer etwas ein.«

Sie sieht mich müde an, wirkt jetzt aber weniger angespannt. »Dr. Herberts glaubt, dieser Spezialist könnte herausfinden, warum es mir so schlecht geht. Aber selbst wenn er es benennen kann, werde ich nicht durch Zauberhand wieder gesund.«

»Aber es ist immerhin ein Anfang, Bec.« Ich drücke kurz ihr Handgelenk, dann lasse ich wieder los. Mehr Kontakt erlaube ich mir nicht. »Du bist nicht sehr gut darin, dich in Geduld zu üben.«

»Hab ich auch schon bemerkt.« Sie steht auf. »Ich arbeite daran.«

»Es gibt noch etwas, worum ich dich bitten möchte.«

»Und was?«

Ich stehe auch auf und bekomme einen Hauch ihrer Fliedercreme in die Nase. Die süße Vertrautheit haut mich beinahe um. Und ich weiß, dass ich mit dem, was ich gleich tun werde, all meine Regeln breche. Ich habe mich jahrelang zurückgehalten. Aber das hier ist ein Notfall.

»Ich erzähl's dir im Auto«, sage ich.

4

Rebecca

Ich lasse mich von Nate zu einem schwarzen Wagen draußen vor dem Gebäude bugsieren, wo Ramesh, sein Fahrer und
Bodyguard, wartet. Es ist albern, so eine kurze Strecke zu fahren, aber ich habe keine Energie mehr, um mit Nate darüber zu
diskutieren. Ich bin erschöpft.

Und ich bin dieses Gefühl so leid.

Vorhin im Tunnel wäre ich beinahe umgekippt. Ohne Nates
geistesgegenwärtige Umarmung wäre ich zu Boden gegangen.

Jeden Tag habe ich solche Anfälle – wenn mein Gleichgewichtssinn durchdreht und ich nicht mehr korrekt funktionie-
re. Es ist verdammt beängstigend. Alles an diesen letzten drei
Wochen ist beängstigend. Ich habe mich an den Rat der Ärzte
gehalten und mich zu Hause ausgeruht. Aber es hilft nicht.
Mir geht es nicht besser.

Das Auto fährt an, und Nate fragt mich etwas. »Darf ich
dich fragen, warum du nicht schlafen kannst? Das hat Herberts erwähnt.«

»Das ist kein großes Problem«, lüge ich. Ich bin es so leid,
mich bei meinem Boss auszuheulen. »Mein Neffe zahnt, und
mein ... ähm, der Freund meiner Schwester arbeitet zu komischen Zeiten.« Renny jobbt jetzt als Barkeeper, um sich etwas dazuzuverdienen. »Ich höre ihn immer, wenn er um drei
Uhr morgens nach Hause kommt. Und weil Matthew meine

Schwester gern zu jeder Zeit weckt und Hunger hat, trampelt immer irgendwer in der Wohnung herum.«

»Hm«, macht Nate. »Das ist bestimmt nicht förderlich.«

»Es ist auch kein Weltuntergang.«

»Rufst du bei dem Spezialisten an?«

»Natürlich.«

»Nein, ich meinte jetzt. Wenn der Typ wirklich so gefragt ist, brauchst du einen Termin bei ihm, bevor es zu spät ist.«

Typisch Nate, bestimmend wie immer. Ich gebe oft Widerworte, wenn er mich so herumkommandiert, aber heute habe ich einfach nicht die Kraft dazu. Also zücke ich die Visitenkarte mit der Nummer der Praxis. Das grelle Leuchten des Handydisplays lässt mich blinzeln, aber ich tippe die Nummer ein und schließe dann die Augen vor der Helligkeit.

Als eine Arzthelferin abnimmt, erkläre ich ihr, dass Dr. Herberts mich überwiesen hat, und bitte um einen Termin.

»Wir haben erst wieder im Juni freie Termine. Wenn Ihnen das passt, kann ich Sie gerne für den Sechzehnten um vierzehn Uhr eintragen.«

»Okay …« Juni? Wenn es mir am sechzehnten Juni immer noch so geht, brauche ich wahrscheinlich nicht nur diesen Spezialisten, sondern auch einen Psychiater und eine Zwangsjacke. Aber ich nehme den Termin, denn was bleibt mir anderes übrig?

»Und?«, fragt Nate, als das Auto zum Stehen kommt. Er stößt die Tür auf, steigt aus und wartet auf mich.

Ich rutsche über den Sitz und steige ebenfalls aus. »Sie hat mir den sechzehnten Juni gegeben.«

»Juni? In zwei Monaten?«

»Genau.« Ich sehe mich um. »Nate, was zum Teufel soll das?«

»Was meinst du?«

Ich meine, dass wir nicht vor meinem Wohngebäude auf der Water Street stehen. Stattdessen schaue ich auf Nates Villa am Pierrepont Place. »Wir sind bei dir?«

»Dr. Herberts hatte recht. Deine kognitiven Fähigkeiten sind nicht eingeschränkt.«

Ich gebe ihm einen Klaps auf den Arm. »Sei nicht so ein Klugscheißer. Warum hast du mich hierhergebracht?«

»Erst einmal fürs Mittagessen. Und dann reden wir über meinen anderen Plan.«

Das bringt mich ein bisschen auf die Palme, aber ich folge ihm über den gepflasterten Weg zum Haus. Es ist ja nicht so, als müsste ich gerade irgendwo anders sein.

Nates Haus ist ein Herrenhaus im wahrsten Sinne des Wortes. Als es vor vier Jahren zum Verkauf stand, hat die *New York Times* einen ganzen Artikel über seine Geschichte und architektonische Bedeutung gebracht.

Nate hat es sich geschnappt. Er wohnt hier allein, in einem Haus mit sechs Schlafzimmern. Ich war schon ein paarmal da, wenn er bei sich zu Hause eine Wohltätigkeitsparty veranstaltet hat. Und das Wort *veranstalten* ist hier ironisch zu verstehen – wenn Nate einlädt, engagieren Lauren oder ich Leute, die die ganze Arbeit übernehmen.

Als wir uns nähern, geht die Haustür auf. »Hallo, meine Lieben. Rebecca, sind Sie das?« Eine rundliche Frau mit einer Schürze und einer Haube winkt uns lächelnd heran.

»Hallo, Mrs Gray.« Mit Nates Haushälterin spreche ich relativ oft am Telefon, aber ich sehe sie selten. »Wie geht es Ihnen?«

»Besser als Ihnen, wie ich gehört habe. Was macht Ihr Kopf?«, fragt Mrs Gray. »Immer noch angeschlagen?«

Ich werfe Nate einen Blick zu und frage mich, wieso seine Haushälterin von meiner Kopfverletzung weiß, aber er wendet bloß den Blick ab und hüstelt. »Ich weiß, ich habe uns nicht angemeldet, aber könnten Sie uns einen Lunch anbieten?«, fragt er höflicher, als er sonst mit irgendjemandem redet. Überhaupt.

»Aber natürlich. Was denken Sie denn? In fünf Minuten gibt es Salat mit Hähnchenbrust und eine Schale Tomatensuppe mit Croûtons.«

»Danke«, sagt Nate verlegen. »Das wäre perfekt.«

»Es ist nur perfekt, wenn Rebecca einverstanden ist«, erwidert Mrs Gray mit einem Naserümpfen. »Wenn ihr das Menü nicht zusagt, kann ich auch ein Sandwich machen.«

»Suppe und Salat hört sich toll an«, sage ich schnell.

»Mrs Gray?« Nate hält sie auf, als sie aus dem Entree eilen will. »Rebecca wird eine Weile hierbleiben. Ich bringe sie im grünen Zimmer unter.«

»Was?«, sage ich im gleichen Augenblick, in dem Mrs Gray in die Hände klatscht und lächelt, ehe sie davonhuscht.

»Hör mir mal zu«, sagt Nate und nimmt mir die Jacke von den Schultern. Er hängt sie an einen Kleiderständer in der Ecke. Nates Entree ist größer als mein ganzes Zimmer in der Water Street. »In deiner Wohnung ist es zu laut. Hier im Haus gibt es sechs Schlafzimmer. Morgen muss ich nach Washington, dann hast du hier deine Ruhe. Probier es mal eine Woche lang. Schau, ob dir die Ruhe hilft.«

Ich starre ihn bloß an. »Ich kann nicht hierbleiben.« Für *eine Woche?*

»Warum nicht?«

»Es geht eben nicht.« Ich erkläre es nicht weiter. Aber ich habe einfach keine Lust, die Gründe auszusprechen. »Du bist mein Boss.«

Nate verdreht tatsächlich die Augen. »Ich bitte dich nicht als dein Arbeitgeber. Ich bitte dich als Freund. Beantworte mir bloß eine Frage.«

»Was?«

»Wenn *ich* krank und voller Angst wäre und nicht gut schlafen könnte, würdest du mir dann eines deiner sechs Schlafzimmer anbieten?«

»Ja, klar.« Darüber muss ich nicht nachdenken. Natürlich würde ich Nate helfen.

»Gut.« Er dreht sich um, als wäre die Sache damit erledigt, und geht in den hinteren Teil des Hauses. »Dann lass uns essen«, sagt er über die Schulter.

Ich folge ihm durch einen gigantischen Salon voller antiker Möbel zu einem Esstisch. Mit dem langen Tisch und den sechzehn Stühlen müsste das Zimmer vollgestellt wirken. Aber eine Wand besteht aus Bleiglasfenstern, durch die man in einen gepflegten Garten hinaussieht, und all das Grün lenkt die Augen von den schweren Möbeln und dem Kronleuchter ab.

Nate zieht einen Stuhl für mich hervor, dann setzt er sich ans Kopfende des Tisches.

Ich setze mich auch und komme mir vor wie die Queen im Buckingham Palace. Auf gar keinen Fall werde ich eine Woche lang in Nates Villa bleiben. Das ist völliger Wahnsinn. Aber nun ist Essenszeit, und Mrs Gray pfeift in der Küche vor sich hin. Also sitze ich still da und betrachte alles.

Ich sehe es als nettes kleines Abenteuer, auch wenn ich es bloß meiner Kopfverletzung zu verdanken habe.

Es stellt sich als gute Entscheidung heraus, dass ich zum Essen geblieben bin, denn Mrs Grays Suppe und der selbst gemachte Salat sind göttlich. Aber eigentlich überrascht mich das nicht. Nate stellt nur die Besten ein. Noch während ich die letzten Löffel der scharfen Tomatensuppe esse, holt er sein Smartphone hervor und fängt an, darauf herumzutippen.

»Nathan«, weist Mrs Gray ihn zurecht, als sie seine leere Suppenschale abräumt, »seien Sie nicht so ein Smiesel.«

»Smiesel?« Verblüfft schaut er auf.

»Smartphone-Stiesel. Zum Glück essen Sie sonst allein, da spielt das keine Rolle. Aber nun haben Sie mit Rebecca ausnahmsweise einen Gast, also können Sie sich wenigstens mit ihr unterhalten.«

Ich mag Mrs Gray.

Nate nagt an seiner Lippe, was ein Zeichen dafür ist, dass er sich konzentriert. »Vielen Dank für Ihren Beitrag, aber ich versuche, Becca bei etwas zu helfen.« Er spricht in die Katt-Search-App auf seinem Handy. »Ist Dr. Evan Armitage im Vorstand irgendeiner Wohltätigkeitsorganisation?« Seine Miene hellt sich auf, als die Suchergebnisse angezeigt werden. »Ah, genau das, was ich gesucht habe.« Er tippt noch ein paarmal aufs Display.

Ehrlich gesagt, wenn Mrs Gray ihn nicht darauf angesprochen hätte, wäre mir Nates Abgelenktheit nicht einmal aufgefallen. Sein Gehirn funktioniert eben anders als das von normalen Menschen. Er kann sich mit mir beim Mittagessen unterhalten und gleichzeitig irgendein neues Programm schreiben, das ihn beschäftigt.

»Bec, hast du die Nummer von diesem viel beschäftigten Arzt?«

»Moment.« Ich hole die Karte hervor und lege sie auf den Tisch. »Was hast du vor?«

»Ich lasse deinen Termin ändern.« Er tippt aufs Telefon.

»Wie willst du …?«

»Ja«, sagt Nate ins Telefon. »Ich glaube, Sie können mir tatsächlich helfen. Hier spricht Nate Kattenberger. Könnten Sie Dr. Armitage bitte ausrichten, dass ich gerade fünfzigtausend Dollar an die Concussion Legacy Foundation gespendet habe. Damit möchte ich meinen Dank für seine Arbeit mit Profisportlern ausdrücken. Falls er die Angelegenheit näher besprechen möchte, bin ich unter der folgenden Nummer zu erreichen …«

»Was um alles in der Welt …?«, frage ich, als er einen Augenblick später auflegt.

»Mach dir keinen Kopf, Bec.« Nate legt das Handy weg und sieht sehr zufrieden mit sich aus. »Die Organisation gefällt mir. Dr. Armitage hat eine gute Entscheidung getroffen, sich dafür einzusetzen. Und außerdem gehen Profisportler viel zu nachlässig mit Kopfverletzungen um. Ich hätte ihnen schon längst eine Spende zukommen lassen sollen.«

»Aber …«

Auf dem Tisch klingelt Nates Handy.

»Das ging schnell.« Er nimmt ab. »Hallo? Ja, Doktor, am Apparat. Genau, das habe ich. Richtig, mir gehört ein Eishockeyteam … Genau das. Die Forschung zu Gehirnerschütterungen ist mir sehr wichtig. Daher erschien es mir der richtige Zeitpunkt für eine Spende … Genau. So ein wichtiges Thema. Mehr denn je.«

Nate zwinkert mir zu, während mir der Schädel zu platzen droht. Fünfzigtausend … *Was?*

»Da bin ich hundertprozentig bei Ihnen«, sagt Nate, ohne meine Verblüffung zu bemerken. »Tatsächlich sitzt gerade jemand neben mir, der Hilfe bei einer Kopfverletzung gebrauchen könnte. Wir würden lieber früher als später mit Ihnen sprechen. Leider findet Ihre Mitarbeiterin, dass ein Termin im Juni das Früheste ist, was sie uns anbieten kann.«

Nate grinst ins Telefon, und ich versuche, mir das Gesicht des Arztes vorzustellen, wenn ihm klar wird, dass er gerade ausgetrickst wurde.

»Ach, wunderbar, das ist perfekt«, sagt Nate einen Augenblick später. »Sonntagmorgen um zehn. Die Patientin heißt Rebecca Rowley. Sie wird da sein. Vielen Dank. Auf Wiederhören.« Nate legt auf und sieht außerordentlich zufrieden aus. »Der nette Arzt hat am Sonntag Zeit für dich. Das nenne ich Service.«

Einen Moment lang schweige ich verdattert. Das ist nicht wirklich passiert, oder?

»Sag nicht, dass du gerade den Spezialisten über den Tisch gezogen hast, um einen Termin für mich zu bekommen?«

Nate legt die Stirn in Falten, während er über die Frage nachdenkt. »Nee. Ich glaube, über den Tisch ziehen hieße, dass ihn jemand um sein Geld gebracht hat. Es war eigentlich genau das Gegenteil.«

»Fünfzigtausend Dollar? Ich kann nicht glauben, dass du das einfach so ausgeben kannst.« Meine Stimme zittert sogar bei den Worten. Es ist ein Riesenbatzen Geld.

»Na ja, streng genommen habe ich es noch nicht.« Er greift erneut nach seinem Telefon und öffnet die App für Sprachnachrichten. »Robert, hier ist Nate. Bitte überweise noch heute vor Geschäftsschluss fünfzigtausend Dollar an die Concussion Legacy Foundation. Von meinem Privatkonto, nicht von der Firmenstiftung. Danke dir.«

»Nate«, keuche ich.

Er trinkt sein Glas aus. »Es ist für einen guten Zweck, Bec. Den besten. Der Besitzer eines Eishockeyteams sollte sich für die Forschung zu Gehirnerschütterungen interessieren. Und du brauchst einen Termin bei ihm. Es ist eine Win-win-Situation.«

»Oh mein Gott.« Ich stütze die Stirn in die Handflächen und reibe mir die Schläfen, denn meine Kopfschmerzen kehren gerade mit voller Wucht zurück. Es ist schon schlimm genug, dass der Boden unter meinen Füßen neuerdings die unangenehme Angewohnheit hat, sich zu neigen, wenn ich es am wenigsten erwarte. Aber Nate hat mir gerade noch viel mehr Stress bereitet.

Vor nicht einmal einer halben Stunde hat er mich davon überzeugt, dass es keine Eile hat, bis ich wieder bei der Arbeit erscheine. Dass es kein Weltuntergang ist, wenn ich länger brauche, um mich zu erholen. Warum also hat er gerade fünfzig Riesen für einen Arzttermin springen lassen?

Wer macht so was?

»Hey«, sagt Nate sanft, steht auf und stellt sich hinter meinen Stuhl. Eine große Hand landet auf meinem Kopf. »Becca, alles wird gut. Das weißt du, oder?«

Nein. »Es ist irgendwie schwer vorstellbar«, muss ich zugeben.

Die große Hand gleitet über meine Haare und bleibt in meinem Nacken liegen. Mit starken Fingern massiert Nate die Muskeln an meinem Schädelansatz. Es fühlt sich so schrecklich gut an, dass ich ein wenig damenhaftes Stöhnen ausstoße. Alles kribbelt.

Er lacht leise, nimmt die zweite Hand hinzu und drückt mir die Schultern. »Meine Güte, du bist so verspannt.«

Ich kann gerade nicht sprechen, weil es sich so gut anfühlt. Es ist wirklich lange her, seit mich jemand liebevoll berührt hat. Ich hatte ganz vergessen, *wie* gut sich das anfühlt. Nate hat mir ein Essen zubereiten lassen, einen Arzt bestochen, damit der mich untersucht, und nun gräbt er die Daumen in die schmerzende Stelle in meinem Nacken.

Er *sorgt für mich*. Das ist so schräg. Mein Job ist es, mehr oder weniger, für Nates Eishockeyteam zu sorgen. Und manchmal für Nate. Deshalb ist diese Umkehrung so verwirrend. Ich weiß nicht, was ich denken soll, und ich kann auch gar nicht denken, weil ich eine Kopfverletzung habe und seine Hände mich in einen kleinen Klumpen geistlosen Glibbers verwandeln. »Danke«, lalle ich, mein Kopf ist schwer wie der einer Puppe.

Nate drückt mir ein letztes Mal den Nacken. »Darf ich dir noch schnell oben alles zeigen? Damit du weißt, wie alles funktioniert.«

Langsam stehe ich auf. Das ist neu für mich. Normalerweise springe ich auf und flitze durch den Raum. Aber neuerdings bewege ich mich wie meine eigene Oma.

Nate führt mich aus dem Salon mit den antiken Sofas, zurück in das große Entree und die Treppe hinauf. Das Geländer ist aus kunstvoll geschnitztem Mahagoniholz, und die Marmorstufen unter meinen Füßen sind mit einem gemusterten Treppenläufer belegt.

Ich war noch nie oben, auch wenn ich immer neugierig war.

Wir steigen eine Weile, weil die Decken so hoch sind, denn dieses Haus wurde noch vor dem Amerikanischen Bürgerkrieg erbaut. Die Treppe wendet sich nach links. Oben angekommen, führt Nate mich in einen gewölbten Korridor, von dem zwei Türen abgehen. »Das da hinten ist mein Zimmer«, sagt er und deutet auf die Tür am anderen Ende. »Und du wohnst hier.«

Ich folge ihm in ein großes Schlafzimmer mit einem Himmelbett. »Wow, Nate. Das sieht aus wie das Gemach ihrer Majestät.«

»Welcher Majestät?«

»Der Königin von Frankreich, du Dummkopf.« Nates Haus ist wie das Metropolitan Museum nach Feierabend. Groß und leer. Vom Schlafzimmer aus erkenne ich ein angrenzendes Bad, in dem eine riesige Badewanne mit Klauenfüßen steht. »Das Zimmer ist ja irre.«

»Ich möchte dich nicht im zweiten Stock unterbringen. Du solltest nicht so viele Treppen steigen, solange du wackelig auf den Beinen bist. Und das hier ist ein schönes Zimmer. Meine Eltern übernachten hier immer, wenn sie mich besuchen.«

Ich kann Treppen steigen, will ich widersprechen. Aber vorhin wäre ich im Tunnel zum Bürogebäude beinahe zusammengebrochen. Also seufze ich bloß.

»Jetzt zeige ich dir noch das Wohnzimmer. Das ist mein Hauptaufenthaltsraum. Fühl dich dort wie zu Hause.« Ich folge ihm den Weg zurück, den wir gekommen sind, vorbei an der Treppe.

Wir betreten einen lang gezogenen, mit Eiche getäfelten Raum. An einer der Wände befindet sich ein marmorner Kamin. Aber hier ist es gemütlicher als in dem schicken Salon unten. Am Ende des Raums stehen zwei bequeme Sessel vor einem riesigen, geschwungenen Erkerfenster. Am gegenüberliegenden Ende gibt es eine Fernsehanlage und ein L-förmiges Sofa. Auf dem Couchtisch liegen KTech-Unterlagen.

Die Wand gegenüber dem Kamin zieren Bücherregale vom Boden bis zur Decke, und es gibt sogar eine von diesen rollbaren Leitern – wie in den Bibliotheken auf Pinterest –, um an die obersten Fächer heranzukommen.

»Wow«, sage ich dämlich. Was sollte ich auch sonst sagen?

»Das ist mein Lieblingszimmer im ganzen Haus.«

Sobald er zu reden beginnt, blinkt ein kleiner Bildschirm auf dem Couchtisch auf. »Hallo, Nate«, sagt eine körperlose Stimme. »Kann ich dir helfen?«

»Jetzt nicht, Hal«, antwortet Nate.

»War das …« Ich halte inne.

»Kein echter Mensch«, sagt Nate grinsend. »Hal …«

»Ja?«, antwortet die Maschine sofort.

»Ist die Stimme eines Produkts, das ich gerade teste«, sagt Nate. »Ich möchte die Qualität von Smart Speakers verbessern. Bisher sind alle schlecht, aber Hal benutzt Deep Learning, um rasch konversationsfähiger zu werden.«

»Deep Learning«, wiederhole ich langsam. »Also künstliche Intelligenz?«

»Genau«, sagt Nate und lächelt mich lobend an. »Er ist übrigens noch streng geheim. Hal ist eines der Projekte, die unter deine KTech-Verschwiegenheitsklausel fallen. Bla, bla, bla …«

»Verstanden«, sage ich. Wenn man Zeit mit Nate verbringt, befindet man sich ständig in der Nähe von irgendwelchen streng bewachten Firmengeheimnissen. »Ich bin es gewohnt, Insiderinformationen für mich zu behalten.«

»Die Produkte, die aktuell auf dem Markt sind, sind eigentlich ziemlich dumm. Aber Hal ist schlau. Wenn du ihn etwas fragst und er nicht korrekt antwortet, versuch es einfach noch einmal mit einer etwas anderen Formulierung. Und benutz auch gern Umgangssprache, ich möchte, dass er lernt, wie die Menschen wirklich reden.«

Es gibt bestimmt IT-Journalisten, die eine Niere verkaufen würden, nur um ein paar Minuten mit Hal allein zu sein, was auch immer er ist. »Moment mal, du hast ihm diese gruselige Computerstimme aus *Odyssee im Weltraum* gegeben, stimmt's?«

Nate sieht ertappt aus. »Nur eine Spielerei. Aber er kann mit jeder beliebigen Stimme sprechen. Wie, findest du, sollte ein Butler klingen?«

»Wie eine Figur von Jane Austen. Charmant und beflissen.«

Nate tippt sich ans Kinn. »So wie – wie hieß die Rolle von Colin Firth? – Darcy?«

»Auf keinen Fall. Darcy redet nicht viel. Eher der andere Typ. Bingley.«

»Gut. Hey, Hal?«

»Ja, Nate«, leiert die Stimme.

»Dein neuer Name ist Bingley.«

»Bingley zu deinen Diensten«, sagt die gruselige Stimme.

»Und ich möchte, dass du eine andere Stimme verwendest. Männlich, britischer Akzent, blaublütig. Das heißt, gebildet. Orientiere dich an der Satzstruktur von *Stolz und Vorurteil* von Jane Austen.«

»Gewiss, Sir«, sagt das Gerät augenblicklich mit einem gezierten Akzent. »Wie kann ich Ihnen zu Diensten sein?«

»Begrüße Rebecca.«

»Ich grüße Sie, schöne Frau. Darf ich Ihre Stimme hören?«

Nate stößt mich an. »Er muss dich hören, damit er dir gehorchen kann, wenn du sprichst.«

»Ähm, hi, Bingley.« Es fällt mir schwer, nicht zu kichern. »Ich bin Rebecca Rowley.«

»Zu Ihren Diensten, Miss. Sie können mich alles fragen.«

Nate deutet mit dem Kinn auf das Gerät auf dem Tisch. *Na los. Frag ihn etwas.*

»Ähm, was ist die Hauptstadt von Burkina Faso?«

»Ouagadougou.«

»Zu einfach«, schnaubt Nate. »Das hätte sogar Siri gewusst.« Also gut. »Wer macht die beste Pizza in Brooklyn?«

»Wenn Sie Hunger haben«, sagt Bingley sofort, »Grimaldi's in eins Komma zwei Kilometern Entfernung hat eine sehr gute Bewertung. Die Besucher empfehlen in der Regel die Pizza bianca mit Knoblauch oder die Buffalo-Chicken-Pizza.«

»Nein«, sage ich. »Buffalo Chicken hat auf einer Pizza nichts zu suchen.«

»Das werde ich mir merken«, erwidert Bingley augenblicklich. »Miss Rebecca mag kein scharf gewürztes Hähnchen auf einer Pizza.«

Nate sieht sehr zufrieden mit sich aus. »Bingley, Rebecca wird eine Weile bei uns wohnen, um sich von einer Kopfverletzung zu erholen«, sagt er. »Wenn sie dich bittet, ruhig zu sein, sprich erst wieder, wenn sie dich beim Namen ruft.«

»Ist sie krank? Du lieber Himmel. Gute Besserung, Miss Rebecca, ich werde Sie nicht belästigen.«

»Danke, Bingley«, sage ich und muss mir ein Grinsen verkneifen. Ich weiß wirklich nicht, woher Nate die Zeit nimmt, sich solchen Kram auszudenken. Aber in Nates Villa mit Bingley zu reden, macht mehr Spaß als alles andere in letzter Zeit.

»Also.« Nate reibt sich die Hände. »Bingley überwacht das Sicherheitssystem. Wenn Mrs Gray heute Abend nach Hause geht, brauchst du ihn nur zu bitten, das Haus abzuschließen. Er wird sich um alles kümmern. Und wenn du aus dem Haus gehst, lässt er dich wieder rein. Bingley, nimm bitte Rebeccas Fingerabdrücke.«

Das Display leuchtet auf. »Miss Rebecca, legen Sie Ihre zarten Finger auf das Display.« In der Mitte des Bildschirms erscheint ein leuchtender Kreis. Ich lege meinen Zeigefinger darauf, und Bingley gibt ein zustimmendes Geräusch von sich. »Bitte wählen Sie eine vierstellige Ziffernfolge.«

»7854«, sage ich zu ihm.

Bingley wiederholt die Zahlen, und Nate lächelt. »Was du wissen solltest: Das Tastenfeld an der Haustür benötigt sowohl deinen Fingerabdruck als auch den Nummerncode. Der Fingerabdruck reicht aus, aber falls dich irgendjemand dabei beobachten sollte, wie du den Code eingibst, wird er nicht erkennen, dass es auf den Fingerabdruck ankommt.«

»Wir können nicht zulassen, dass Wegelagerer Sie entführen, um an Ihre Fingerspitzen zu kommen«, sagt Bingley fröhlicher, als es sich für einen Computer gehört.

»Das ist verstörend.« Nate verzieht das Gesicht. »Bingley, Ruhe.«

»Nate, wir müssen das nicht machen«, wende ich ein. »Ich kann einfach nach Hause gehen und …«

»Hey.« Er unterbricht mich mit einer Handbewegung. »Versuchen wir es einfach mal. Du brauchst Ruhe. Widersprich mir nicht, sonst lade ich Bingley auf dein Smartphone und sorge dafür, dass er deine Familie so lange nervt, bis sie dich in Ruhe lässt …«

So wie ich Nate kenne, würde er das tatsächlich durchziehen. »Aber ich habe meine Sachen nicht dabei.«

»Darum wird sich jemand kümmern.« Er geht zur Tür. »Ich muss mich beeilen oder Lauren wird mich bei lebendigem Leibe häuten, weil ich den Plan für heute Nachmittag gesprengt habe. Mrs Gray wird dir Abendessen machen, ehe sie geht. Bis später.«

»Wiedersehen, Nate«, ruft Bingley. »Sie sind ein Prinz unter den Männern. Viel schlauer als Bill Gates!«

Auch ich presse eine Verabschiedung heraus, aber ich bin mir nicht sicher, ob Nate sie durch mein Lachen hören kann.

Nachdem er gegangen ist, schlüpfe ich aus meinen Sneakers, setze mich auf das große L-förmige Sofa und denke nach. Bei Nate zu bleiben ist keine ernsthafte Option. Ich möchte mich nicht aufdrängen.

Das Sofa ist allerdings supergemütlich. Es ist mit einem dunkelroten Samtstoff bezogen, und der Sitz ist so tief, dass meine Füße den Boden nicht berühren. Ich ziehe die Beine an und gehe meine Optionen durch. Weil es nicht so viele sind, dauert es ungefähr dreißig Sekunden. 1. Hierbleiben und alles tun, was Nate verlangt, damit er mitbekommt, dass ich mich zumindest bemühe, kein hilfloses Dummchen zu sein. 2. Nach Hause gehen und mir wieder einreden, dass meine Welt gerade nicht um mich herum zusammenbricht.

Ich bin es nicht gewöhnt, so verwirrt zu sein. Trotzdem habe ich keinen Grund, bei Nate zu bleiben. Ich bin nicht Jane Bennet aus *Stolz und Vorurteil*, die tagelang in Netherfield herumhängt, bloß weil sie eine Erkältung hat.

Normalerweise komme ich mit allem klar, was das Leben mir in den Weg legt. Als mein Vater unerwartet verstorben ist, habe ich mein Studium abgebrochen und einen Job in Nates aufstrebender Firma angenommen. Ich habe meiner Mutter geholfen, mit ihrer plötzlichen Witwenschaft klarzukommen, und gerade als es ihr besser ging, bekam meine Schwester Probleme. Ihr habe ich geholfen, das Studium zu finanzieren, das ich selbst nie abgeschlossen habe. Und als sie ein Baby bekam und ihre Wohnung verlor, war ich wieder für sie da.

So sollte ich sein. Eine Person, die alles im Griff hat. Aber das hier habe ich nicht im Griff. Es läuft nicht gut. Ich weiß nicht, was ich machen soll, und die ständige Sorge hat mich bisher noch nicht weit gebracht.

Die alte Rebecca würde nicht hier zusammengerollt auf dem Sofa liegen. Mein Kopf wird vor Erschöpfung immer schwerer. Ich werde einfach einen Moment die Augen zumachen. Im Haus ist es so ruhig. Damit hatte Nate recht.

Irgendwo unten pfeift Mrs Gray vor sich hin. Das ist das Letzte, was ich höre, bevor der Schlaf mich übermannt.

5

Sechs Jahre zuvor

Kattenberger Technologies ist ein friedliches Königreich. Meistens.

Die holde Rebecca wird schon bald zur eigentlichen Herrin im Schloss, während unser Prinz damit beschäftigt ist, das mobile Internet für das einundzwanzigste Jahrhundert neu zu erfinden.

Rebeccas Aufgabe ist es, das Schloss, das mittlerweile einen kompletten renovierten Korridor des Bürohauses in Midtown einnimmt, mit Lebensmitteln zu versorgen. Sie ist es, die für jeden neuen Mitarbeiter (und davon gibt es viele) die ergonomischen Bürostühle bestellt. Sie organisiert die Dienstreisen und sorgt dafür, dass die Espressomaschine stets mit hochwertigen Kaffeeprodukten ausgestattet ist.

Über der Maschine hat sie ein Schild aufgehängt, das besagt, dass man mit koffeinfreiem Kaffee dem Teufel nicht begegnet: LIVED ON DECAF, FACED NO DEVIL. Ein Palindrom, natürlich.

Nate strahlt, als er es entdeckt. »Du bist unbezahlbar«, sagt er, und sie errötet, weil es nicht vielen Leuten gelingt, Nate zu beeindrucken.

Na klar, jeder Idiot kann im Internet nach Palindromen suchen und sie auswendig lernen. Das eigentliche Ziel ist es, sie in eine Unterhaltung einzuschmuggeln.

Neben der Organisation des Schlosses ist Rebecca außerdem Nates Wachposten am Tor. Alle wollen etwas von dem Wunderknaben – Finanzgurus und Firmentitanen und innovative Nobelpreisträger.

Sie überwacht seinen Kalender und seine geistige Gesundheit. Nur dann bekommt unser Prinz den Frieden, den er braucht, um die digitale Welt zu regieren.

Unsere Rebecca ist jedoch keine strenge Zuchtmeisterin. Sie weiß, wann sie Fechtkunst einsetzen und wann sie die Hofnärrin geben muss. An einem Freitagnachmittag im Mai patrouilliert sie gerade die Grenzen und kontrolliert, ob alles im Königreich seine Ordnung hat, bevor offiziell das Wochenende eingeläutet wird.

»Hey, Stewie.« Sie klopft mit den Fingerknöcheln auf den Schreibtisch des Finanzchefs. »Wenn du immer noch möchtest, dass diese Präsentation für Dienstag in Farbe ausgedruckt wird, brauche ich die Datei spätestens bis Montagmittag.«

Der Angesprochene verzieht das Gesicht. »Klar. Sorry. Du bekommst sie am Wochenende.«

»Kein Problem, Süßer.« Sie zwinkert ihm zu und geht weiter, erinnert die Programmierer daran, das Licht auszumachen und ihre Red-Bull-Dosen in den Recyclingmüll zu werfen, wenn sie Feierabend machen.

Als sich der Tag dem Ende neigt, bleibt nur noch ein Mitarbeiter, um den sie sich kümmern muss.

Wie immer marschiert Rebecca unangekündigt in Nates Büro. Er beugt sich über die ergonomische Tastatur, die sie ihm gegen die Schmerzen in den Handgelenken besorgt hat. Vor ihm steht der größte Monitor, den man käuflich erwerben kann. Das Geschäft brummt, die Software von KTech läuft mittlerweile auf über der Hälfte aller Mobilgeräte in Nordamerika. In zwei Jahren wird Nate das erste KTech-Smartphone vorstellen und die Firma damit auch in die Welt der Hardware katapultieren.

Aber zunächst einmal ein paar scharfe Worte für unseren Helden.

Nate starrt den Code auf seinem Bildschirm an, die vollen Lippen nachdenklich verzogen. Rebecca hat ihre unpassende Schwärmerei für ihn schon vor einiger Zeit ad acta gelegt. Wenn sie Nate heutzutage verstohlen anblinzelt, dann nur, um ihre Chancen einzuschätzen, ob sie wohl seine Aufmerksamkeit auf sich ziehen kann. »Yo, Bossman«, sagt sie nun als Eröffnungsschachzug.

Er stößt ein Grunzen aus. Das ist ein gutes Zeichen. Der Mann hat eine selektive Wahrnehmung, wenn er tief in irgendetwas versunken ist.

»Am Montag rufst du endlich den CEO von ArtComm zurück«, verkündet sie. »Die nächsten zwei Monate musst du alle ausstehenden Anrufe abarbeiten, sonst werden deine Flitterwochen die Hölle für mich.«

»Das wollen wir nicht.« Nate blickt vom Monitor auf. Dann rollt er seinen Stuhl zurück und legt die Füße auf den Schreibtisch, den Rebecca während der Renovierung des Büros für ihn ausgesucht hat. »Wie lange bin ich noch mal weg?«

»Zehn Tage allein für die Reise. Und an deinem ersten Tag nach dem Urlaub hast du keine Termine, damit du dich auf den neuesten Stand bringen kannst.«

Er verzieht das Gesicht.

»Es ist allerdings über Labor Day. Das Timing ist perfekt.«

»Ja. Okay.« Er lässt die Fingerknöchel knacken. Nate ist bekanntermaßen ein Workaholic. Zu allen möglichen Tages-

und Nachtzeiten bekommt sie E-Mails von ihm. Natürlich erwartet er nicht, dass sie sie vor dem nächsten Morgen beantwortet. Aber das geniale Hirn dieses Mannes scheint nie herunterzufahren. »Was steht als Nächstes im Kalender?«

»Das Wochenende. Weißt du noch, was das ist?«

Er schaut sie verständnislos an.

»In deinem privaten Kalender steht so was wie *Abendessen mit Bart*.«

»Ach, echt?« Er macht ein Gesicht wie ein kleiner Junge, der seinen Brokkoli nicht aufessen will.

»Ich bin mir ziemlich sicher«, antwortet Becca ausweichend. Abendessen mit Bart ist nicht ihr Problem. Sein Privatleben organisiert Nate selber. Oder vielleicht Juliet.

»Wer ist Bart denn überhaupt?«

»Irgendein Freund von Juliet aus ihrem neuen Fitnessstudio. Ein Sportler, der nie aufhört, von Ernährung und seinem Kampfgeist zu erzählen. Aber Juliet ist mittlerweile eine Crossfit-Jüngerin, deshalb findet sie das interessanter als ich.«

»Oh.« Rebecca beißt sich auf die Zunge, denn es steht ihr nicht zu, das Privatleben ihres Arbeitgebers zu kommentieren. Und vor allem, weil sie nicht möchte, dass ihr jemals ihre Meinung über Juliet herausrutscht.

Becca hat Nates Collegeliebe noch nie gemocht, aber sie kann nicht genau sagen, wieso eigentlich. Juliet ist einigermaßen nett zu Rebecca, aber sie haben einfach nichts gemeinsam. Zum Beispiel ist Juliet neuerdings süchtig nach dem Fitnessstudio. Nates Verlobte bereitet sich auf die Hochzeitsfotos vor, als trainiere sie für Olympia. Sie hat zehn Kilo abgenommen und geht auch regelmäßig ins Solarium.

Rebeccas Vorstellung von Sport ist es dagegen, zu Fuß zu gehen, anstatt ein Taxi zu nehmen, wenn sie sich mit ihren Freunden auf einen Drink trifft. Und im Geheimen hält Rebecca Juliet für eine Verräterin an der Schwesternschaft der Kurvigen. Das Mädchen auf den Fotos auf Nates Schreibtisch hat ein rundes Gesicht und ein albernes Grinsen. Das gertenschlanke Monster, das in letzter Zeit bei den Dinnerpartys auftaucht, sieht aus wie der neueste Neuzugang im schwedischen Volleyballteam – voll blonder Strähnen und mit bauchfreiem Selbstbewusstsein.

Es ist wirklich schwierig, die zukünftige Mrs Kattenberger nicht auf den ersten Blick zu hassen.

»Vielleicht mache ich heute mal früher Schluss«, sagt Nate auf einmal und steht auf.

»Früher?«, keucht Rebecca und greift sich in gespieltem Entsetzen an die Brust. »Ist das möglich? Wie genau soll das gehen?«

Er grinst, und seine Grübchen werden sichtbar. Das sollte bei einem Mann nicht so gut aussehen, aber Nate ist nicht wie andere Männer. »Ich habe einen Mordshunger. Und ich brauche ein Bier. Vielleicht kann ich Juliet vor dem Essen noch zu ein paar Drinks ausführen. Und ein paar Appetizern. Bart ist so ein Typ, der uns bestimmt in irgendein veganes Restaurant schleppt.«

Nate und Rebecca schütteln sich gleichzeitig.

»Ich glaube, er trinkt nicht mal was.« Nate stopft seinen Schlüsselbund und sein Handy in die Tasche.

»Na, *Freibierfan*«, wirft Rebecca ein. Es ist ein beliebtes Palindrom hier im Büro.

Das Grinsen weicht einem aufrichtigen Lächeln. »Du könntest heute auch eher Schluss machen, würde ich sagen.«

»Moi?«, keucht sie. »Auf keinen Fall. Ich bleibe still an meinem Schreibtisch sitzen und meditiere bis morgen früh um sechs für deinen Erfolg.«

»Du Streberin. Hab ein schönes Wochenende, Bec.« Er

schnappt sich seine Jacke vom Sofa an der Wand. In seinem neuen Büro gibt es richtige, erwachsene Möbel.

Und weg ist er.

Rebecca bleibt tatsächlich noch eine Stunde länger im Büro, aber nur, weil sie sich mit ein paar Freunden im Meatpacking District verabredet hat, die nicht früher von der Arbeit wegkönnen. Als Becca schließlich geht, kommt sie nur drei Blocks weit, ehe ihr auffällt, dass sie ihr Handy in der Schreibtischschublade vergessen hat.

Ihr bleibt nichts anderes übrig, als umzukehren. Ein ganzes Wochenende ohne Telefon? Unmöglich.

Also dreht sie wieder um.

Als sie die Bürotür aufschließt, findet im Großraumbüro ein Tischtennisspiel statt. Das ist nichts Ungewöhnliches. Die wenigsten Angestellten von KTech arbeiten zu normalen Zeiten. Aber als sie an Nates Bürotür vorbeikommt, brennt drinnen Licht. Die Jalousien sind ebenfalls geschlossen.

Das ist seltsam. Vor zehn Minuten war im Büro alles dunkel.

Rebecca klopft an die Tür. »Nate? Bist du da drin?«

Schweigen.

Ihre Nackenhaare richten sich auf, und Bilder von Industriespionage schießen ihr durch den Kopf. Macht sich da jemand unbefugt in Nates Büro zu schaffen? Rebecca packt den Türknauf und dreht ihn. Die Tür ist nicht abgeschlossen. Ihr Blick huscht zum Schreibtischstuhl, aber der ist leer.

Doch da ist Nate, er sitzt auf dem Sofa. Er beugt sich vor, die Ellenbogen auf den Knien, das Kinn auf die gefalteten Hände gestützt. Er starrt den Teppich an, ohne etwas zu bemerken.

»Nate?«, flüstert sie. »Ist etwas passiert?«

Er räuspert sich, blickt aber nicht auf. »Ich mache nie früher Schluss.«

»Ich weiß«, bestätigt sie verwirrt. Sie will den Mund aufmachen und eine Verständnisfrage stellen, doch dann wird es ihr klar. Er ist früher nach Hause gekommen. Und hat etwas gesehen, das er nicht sehen sollte.

Nate hebt für einen winzigen Moment den Blick, und sie sieht den Schmerz in seinen hellbraunen Augen.

Benommen, zögerlich, dreht Becca sich um und geht zurück zu ihrem Schreibtisch. Sie setzt sich, holt das Handy aus der Schublade und steckt es in die Tasche.

Ein Mann in einer persönlichen Krise wünscht sich nicht unbedingt Gesellschaft. Wahrscheinlich ist er bloß zurück im Büro, weil er nicht weiß, wo er sonst hin soll. Nate und Juliet wohnen zusammen.

Mist.

Es fühlt sich nicht richtig an, jetzt einfach zu gehen und zu feiern, wenn sie weiß, dass er hier ist und es ihm schlecht geht.

Rebecca entsperrt ihr Handy und sagt die Verabredung mit ihren Freunden ab. Dann verlässt sie das Gebäude, geht hinüber zur 28th Street und kauft bei einem Stand eine Tüte heißer Empanadas und in dem einzigen Spirituosengeschäft in der Gegend eine kleine Flasche Tequila.

Im Büdchen an der Ecke gibt es sogar Limetten.

Als sie wieder nach oben kommt, starrt Nate immer noch reglos wie eine Statue auf den Boden. Es bricht ihr das Herz, als sie ihn von der Türschwelle zu seinem Büro dort sitzen sieht.

Sie stellt die Tüte mit den Empanadas und die Flasche auf den Couchtisch. »Du hast gesagt, du hast einen Mordshunger«, sagt sie, und ihre Stimme dröhnt förmlich in dem viel zu stillen Zimmer.

Er blickt zu ihr auf, als hätte er noch niemals etwas von Essen gehört.

Also macht sie die Tüte selber auf. »Hühnchen oder Käse?«

»Danke«, murmelt er und nimmt eine Empanada heraus, ohne sie auch nur anzusehen.

Sie setzt sich neben ihn, und schweigend essen sie die erste Runde. Dann schneidet sie mit dem Taschenmesser an ihrem Schlüsselbund die Limette auf und öffnet die Flasche. »Nur einen Shot zum Vorglühen. Und dann buchen wir dir ein Hotelzimmer, bevor wir zu betrunken sind, um die Telefonnummer zu googeln.«

Er schaut sie dankbar an, und als er spricht, klingt seine Stimme rau. »Bec, es ist offiziell.« Nate wischt sich die Hand an einer Serviette ab, die sie ihm gereicht hat. »Du bist verdammt noch mal Mitarbeiterin des Jahrzehnts.«

Für einen weiteren langen Moment sieht er sie an, und ihr Herz füllt sich mit Dankbarkeit und ein klein wenig mehr als platonischer Liebe für ihren Lieblingsnerd. Vor langer Zeit hat Nate ihr aus einer Notlage geholfen, und seitdem versucht sie, es ihm zurückzuzahlen.

»Trink, Seemann«, sagt sie. »Ich buche dir ein Zimmer im Soho Grand.«

Er öffnet die Flasche. »Prost.«

Sie trinken jeder einen Shot. Dann schiebt sie die Tüte mit dem Essen näher zu ihm. »So, Cat Tacos?«

»Cat …?« Er macht große Augen, als ihm klar wird, dass sie ihm gerade ein neues Palindrom untergeschoben hat. »Hast du dir das extra aufgespart?«

»Seit Wochen. Aber hier in der Gegend bekommt man leider keine Tacos. Also habe ich beschlossen, dass Empanadas nah genug dran sind.«

Er lacht, bis ihm die Tränen kommen. Dann isst er noch eine Empanada.

6

Nate

In Midtown Manhattan schlage ich mich durch Meetings und Telefonkonferenzen. Mein Gehirn hat sich noch nicht an die Vorstellung gewöhnt, dass Lauren vorläufig Beccas Job in Brooklyn übernommen hat. Zweimal erwische ich mich dabei, wie ich vom Schreibtisch aus nach Lauren rufe, nur um kurz darauf stattdessen einen ihrer erschrockenen Assistenten im Türrahmen zu sehen.

Sie müssen mich für einen Idioten halten, aber ich habe einfach viel im Kopf.

Erst um sieben Uhr abends schaffe ich es endlich zurück nach Brooklyn. Als die Fähre gegen das Dock rumpelt, bin ich schon aufgesprungen und warte ungeduldig, dass der Fähr-arbeiter uns von Bord lässt. Und als er es endlich tut, mache ich mich schnellen Schrittes durch den Brooklyn Bridge Park auf den Weg nach Hause.

Ob Becca noch dort auf mich wartet?

Ihr anzubieten, bei mir zu wohnen, war eine verrückte Idee. Das weiß ich. Da ich mir seit Jahren wünsche, sie mit den Zäh-nen auszuziehen, wird es eine Qual sein, zu wissen, dass sie im Zimmer nebenan schläft.

Doch als ich vorhin gesehen habe, wie schlecht es ihr geht, hat es mir das Herz gebrochen. Ich verstehe es nicht ganz. Gott weiß, dass ich seit Ewigkeiten dagegen ankämpfe. Aber hier geht es um etwas anderes. Und ich kann es nicht unterdrücken. Sie zu ignorieren – normalerweise die Standardlösung für meine ungesunde Becca-Sucht – bringt es diesmal einfach nicht.

Vielleicht hat sie mein Angebot ja auch gar nicht angenommen. Becca ist die unabhängigste Person, die ich kenne. Wahrscheinlich ist sie kurz nach mir gegangen.

Normalerweise dauert es zu Fuß zwölf Minuten vom Fährterminal bis zum Pierrepont Place, aber heute brauche ich nur zehn. Wie lange ist es her, dass eine Frau auf mich gewartet hat (abgesehen von der lieben Mrs Gray), wenn ich nach Hause gekommen bin?

Es muss Jahre her sein – seit Juliet, meiner Ex-Verlobten, die mich betrogen hat. Na toll – was für eine ätzende Erinnerung.

Ich war noch keine zwanzig, als Juliet und ich auf dem College zusammenkamen. Sie war das lächelnde Mädchen, das *Doctor Who* und bekloppte Witze mochte. Wir lernten zusammen in der Bibliothek und gingen dann für heimlichen Sex auf dem Zimmer nach Hause.

Die Entscheidung, nach dem Abschluss zusammenzuziehen, fiel uns leicht. Eineinhalb Jahre später machte ich ihr an einem Abend mitten in der Woche in unserer schäbigen Ein-Zimmer-Wohnung im East Village den Antrag.

»Oh, Nate. Du machst mich so glücklich«, sagte sie auf der anderen Seite unseres klapprigen Küchentischs.

Aber das blieb nicht so. Ein paar Monate später erwischte ich sie beim Sex auf ebendiesem Tisch mit diesem Muskelprotz, den sie im Fitnessstudio kennengelernt hatte.

Das war der größte Schock meines Lebens.

An diesem Wochenende hinterließ sie mir tränenreiche Nachrichten auf der Mailbox. Auf ihr Drängen hin traf ich sie am Montagmorgen in einem Café zu einem Gespräch. Selbst da hatte ich noch nicht verstanden, dass nichts wieder so sein würde wie vorher.

»Es war nur ein paarmal«, erzählte sie unter Tränen, als machte es das weniger demütigend. »Aber du bist ständig im Büro. Es ist kein Spaß, dass dir deine Arbeit wichtiger ist als ich.«

»Ich versuche, mir den Kalender für unsere Hochzeitsreise freizuschaufeln!« Ich war immer noch nicht bereit, alles aufzugeben. Mein analytischer Verstand versuchte immer noch, die Scherben wieder zusammenzukleben.

Dann sagte Juliet: »Ich bin in dieses Fitnessstudio gegangen, weil ich mich wegen meines Bauchfetts schlecht gefühlt habe. Aber es hat meine Selbstwahrnehmung verändert.«

»Du warst vorher genauso schön«, hielt ich dagegen. Und das meinte ich auch so. Wenn Juliet 2.0 fremdging, war das kein Upgrade.

»Aber ich hätte nie gedacht, dass ein Typ wie Bart einen Blick für mich übrig hätte«, sagte sie, als würde das irgendetwas erklären.

»Ein Typ wie Bart«, wiederholte ich langsam. Und endlich, *endlich* setzte der Selbsterhaltungstrieb ein. *Ein Typ wie Bart.* Ich fragte nicht, warum sie glaubte, der muskulöse Bart sei so besonders. Ich wollte nicht wissen, ob es an seiner Bankdrückstatistik, der falsch herum aufgesetzten Baseballkappe oder seinem zu lauten Lachen lag.

Oder dem Sex auf dem Küchentisch.

Vor diesem Moment hatte ich nie verstanden, was Leute mit *Wir haben uns auseinandergelebt* meinten. Doch plötzlich kapierte ich es. »Pass auf dich auf«, sagte ich und stand auf. »Ich hole meine Klamotten am Sonntagabend, wenn du im Fitnessstudio bist. Alles andere kannst du behalten.«

»Warte! Nate! Es wird nicht wieder passieren.«

Doch für mich war es das. Wenn deine Verlobte dir erzählt, dein Lebensstil sei langweilig, und einen Stecher wie Bart für eine Trophäe hält, gibt es nichts mehr zu sagen.

Das ist sechs Jahre her, und seitdem bin ich Single. Stewie nervt mich manchmal deswegen. »Es wird Zeit, dass du mal wieder ausgehst. Du weißt doch, dass ›mit dem Job verheiratet‹ nur eine Redewendung ist, oder?«

Doch das stimmt nicht. Juliet hatte recht. Nate Kattenberger zu sein ist eine Vollzeitaufgabe. Ich bin an hundert Tagen im Jahr unterwegs, die Zeit, die ich mit meinem Eishockeyteam verbringe, nicht eingerechnet. Je mehr Abstand ich zum Juliet-Debakel bekomme, desto mehr kann ich ihre Entscheidung verstehen. Vielleicht habe ich niemanden, mit dem ich mein Leben teile, aber immerhin mache ich so auch keine Frau unglücklich.

Es ist, wie es ist.

Lustigerweise machen ständig Leute Witze darüber, wie sehr ich doch von Frauen umschwärmt werden müsste. »Ein alleinstehender reicher Typ wie du? Die Frauen müssen doch Schlange stehen.«

Sie haben recht. Auf gewisse Weise. Viele Frauen wollen mit mir schlafen. Aber eine Wahl unter den Kandidatinnen zu treffen fällt mir schwer. Immer wenn ich eine Frau kennenlerne, frage ich mich, ob sie über meine Witze lacht, weil sie an mir interessiert ist, oder ob es ihr nur um Geld geht.

Wenn die Dame bei einem Kuss seufzt, will sie mich oder meinen Privatjet?

Im Jahr nach der Trennung von Juliet habe ich alles gegeben, um die Erinnerung an sie aus mir herauszuvögeln. Doch das wurde sehr schnell langweilig. Besonders nachdem ich eines Morgens feststellte, dass meine letzte Errungenschaft einer Freundin schrieb: *Ich habe einen Multimillionär geknallt.*

Da hatte ich es noch nicht zum Milliardär gebracht. Und je mehr Geld ich habe, desto weniger Frauen erlaube ich, mit mir anzugeben.

Mittlerweile lebe ich quasi wie ein Mönch. Selbst wenn ich gern mehr Sex hätte, ist Gelegenheitssex bei meinem Lebenswandel schwierig. Ich kann keine fremden Frauen mit zu mir nach Hause nehmen. Wahrscheinlich liegen dort immer mindestens drei unterschiedliche Geschäftsgeheimnisse herum. Jede, die es bis in mein Schlafzimmer schafft, müsste eine Verschwiegenheitserklärung unterschreiben – und zwar nicht wegen sexueller Vorlieben. *Nach dem Sex mit Nate ist es verboten, Fotos von jeglichen Prototypen zu machen, die Sie im Haus entdecken, Anrufe aufzunehmen oder ihm beim Lesen seiner E-Mails über die Schulter zu schauen.*

Sexy.

Also bin ich ein einsamer Wolf, wahrscheinlich aus eigener Entscheidung. Und ich grübele nicht darüber nach, weil mein Leben sehr erfüllt ist. Ich habe im wahrsten Sinne des Wortes mehr Geld, als ich jemals ausgeben könnte, und den Respekt meiner Kollegen. Ich bereise die ganze Welt. Ich habe Freunde, selbst wenn die meisten von ihnen auf meiner Gehaltsliste stehen.

Obwohl zu Hause nie jemand auf mich wartet – abgesehen von Leuten, die dafür bezahlt werden.

Als ich schließlich an meiner Haustür ankomme, tippe ich den Sicherheitscode an der Tastatur ein. Erst als ich die Tür aufstoße und eintrete, höre ich Stimmen, die aus der Küche kommen.

Das ungewohnte Geräusch anderer Leute in meinem Zuhause lässt mich innehalten. Beccas plötzliches Lachen verursacht mir tatsächlich eine Gänsehaut.

Himmel. Was ist bloß los mit mir?

Als ich durch den Salon in Richtung Küche gehe, kann ich ihr Gespräch mit Mrs Gray mit anhören.

»Mein Christian ist kein großer Fan von mexikanischem Essen«, sagt meine Haushälterin. »Er isst nicht gern scharf.«

»Moment mal«, sagt Becca. »Ihr Mann heißt … Christian Gray?«

»Ja, genau.«

»Aber …« Rebecca macht eine Pause. »Es gibt Bücher über einen Typen, der so heißt …«

»Ich weiß, meine Liebe! Das erste habe ich meinem Mann vorgelesen.«

»Ehrlich?« Rebecca kichert, und der Klang stellt irgendetwas mit mir an.

»Aber sicher! Als ich ihm den Namen des Kerls im Buch gezeigt habe, war er neugierig. Und als ich zu den schlüpfrigen Stellen kam, hat er darauf bestanden, dass ich weiterlese. ›Nicht nur der fiktive Typ soll seinen Spaß haben‹, hat er gesagt.«

Rebecca lacht wieder, und ich merke, dass ich wie ein Honigkuchenpferd grinse.

Als ich die Küche betrete, sitzen sie gemeinsam am Tisch. Rebecca isst eine Portion von Mrs Grays Enchiladas, und Mrs Gray trinkt eine Tasse Tee.

So lebendig ist es seit Jahren nicht mehr in meiner Küche zugegangen. »Mrs Gray, Sie hätten aber nicht so lange bleiben müssen.«

»Ich habe mich nett mit der lieben Rebecca hier unterhalten, und mein Christian ist heute Abend sowieso mit den Jungs bowlen«, sagt sie und steht auf, um den Ofen zu öffnen. »Aber jetzt sollte ich mich langsam beeilen. Wenn er ein paar Gläser mit seinen Kumpels getrunken hat, ist er immer muffig.«

Sie wendet uns den Rücken zu, und Rebecca und ich wechseln einen amüsierten Blick. Sie und ich waren beim Humor schon immer auf einer Wellenlänge. Während meine Assistentin Lauren unterkühlt ist, ist Becca herzlich. Ihre Augen blitzen, wenn sie etwas Lustiges hört, und wenn sie lacht, errötet sie leicht.

Nicht, dass mir das auffallen sollte.

Mrs Gray stellt einen Teller vor mich auf den Tisch. »Hier ist Ihre Portion, Nate«, sagt sie. »Jetzt muss ich aber los. Tschüss!«

Und schon ist sie durch die Hintertür verschwunden, und Rebecca und ich sind allein. Gott hilf mir.

»Mrs Gray ist ja 'ne Marke«, sagt Rebecca. Dann schiebt sie ihren Teller weg. »Mehr hätte ich nicht essen können.«

»Du siehst besser aus als heute Morgen«, sage ich. Dann lasse ich den Satz in meinem Kopf Revue passieren und merke, dass er ein wenig unverschämt klingt. Zu viel Charme kann man mir wohl nicht vorwerfen.

»Das will ich doch hoffen.« Rebecca schenkt mir ein kleines Lächeln. »Fünf Stunden Schlaf sollten schon eine positive Wirkung haben.«

»Fünf? Wow. Rebecca Van Winkle.« Ich schnappe mir meine Gabel und mache mich über Mrs Grays Enchiladas her. Die Frau kann wirklich kochen. Obwohl ich Rebecca nicht: »Hab ich's doch gesagt«, sagen werde, stimmt es, dass eine ordentliche Mütze Schlaf fast alles heilt.

»Weißt du …« Beccas Wangen sind irritierend rosig. »Ich wusste gar nicht, dass ich so müde war. Und hier ist es so ruhig. Du hattest recht.«

»Aha«, sage ich und nehme noch einen Bissen. Ich möchte, dass sie bleibt. Ich möchte mich um sie kümmern. Aber ich werde sie nicht drängen. »Ist dein Gepäck angekommen?«

»Hey.« Rebecca sieht mich vielsagend an. »Die Sache mit dem Gepäck war ein wenig übertrieben. Meine Schwester hat mir eine Nachricht geschrieben und gefragt, ob ich gekidnappt worden bin.«

»Komm schon.« Ich habe meinen Fahrer mit leeren Koffern, die ihre Schwester packen sollte, zu Beccas Wohnung geschickt. »Ramesh hat gesagt, dass sie nur zu gern geholfen hat. Tatsächlich hat Missy ihn gebeten, die Wiege in dein Zimmer zu tragen, damit sie ein wenig mehr Platz hat.«

»Das war ja klar.« Becca seufzt. »Nate, das ist doch bescheuert. Ich kann einfach nach Hause gehen. Mir geht es schon viel besser. Falls du deine Einladung noch einmal überdenken willst, nehme ich dir das nicht übel.«

Von wegen. Ohne ihren Blick zu erwidern, strecke ich den Arm aus und bedecke ihre Hand mit meiner. »Bleib hier, Bec. Ich fahre morgen sowieso nach Washington. Schlaf dich ein paar Nächte lang aus. Das ist die beste Medizin.«

»Danke«, flüstert sie.

Ich drücke ihre Hand, bevor ich sie widerwillig loslasse. Sie nimmt ihr Getränk, und ich esse für eine Weile schweigend.

Es ist schwer zu sagen, seit wann ich Becca nicht mehr nur als Freundin sehe, sondern für sie schwärme. Es hat irgendwann nach dem Juliet-Debakel angefangen, als ich bemerkte, dass Rebecca immer für mich da war und jeden Tag zu einem besseren machte. Ich fing an, mich zu ihr zu beugen, wenn wir miteinander redeten, und ihr Parfum lenkte mich immer mehr ab. Ihr heiseres Lachen ließ mich hart werden.

Ich wachte mitten in der Nacht auf und stellte fest, dass ich davon geträumt hatte, sie auszuziehen. Mein Unterbewusstsein weckte mich immer auf, bevor es wirklich heiß wurde. In einem Augenblick waren wir nackt, und ich erkundete ihren Körper. Im nächsten wachte ich verschwitzt und voller Verlangen auf. Und fühlte mich deswegen schuldig.

Meine Damen, ich bin das totale Klischee. Ich bin nur ein

einsamer Nerd, der seiner Assistentin hoffnungslos verfallen ist. Die älteste Geschichte der Welt. »Willst du ein Bier?«, frage ich.

»Ich würde gern. Aber ich soll nicht trinken. Oder lesen. Oder fernsehen. Oder das Risiko eingehen, angerempelt zu werden.«

»Das zählt alles zu meinen Lieblingsbeschäftigungen!«, witzele ich. Abgesehen davon weiß ich genau, wie ich Becca anrempeln würde. Mit meinem Schwanz.

Ich ohrfeige mich innerlich, dann stehe ich auf, öffne den Kühlschrank und scanne den Inhalt. Mrs Gray hat ein wenig zu viel Zeit. Die Getränke sind quasi alphabetisch geordnet. »Orangensaft? Limo? Wasser in sieben Geschmacksrichtungen?«

»Überrasch mich«, sagt sie.

Ich entscheide mich für einen Himbeersprudel für sie und ein Bier für mich. »Spielen wir eine Runde ...« Ich zögere. Tischtennis ist wohl nichts für jemanden, der gelegentlich das Gleichgewicht verliert. »Scrabble?«, schlage ich stattdessen vor. »Das geht ohne Bildschirm. Und du wirst nicht angerempelt.«

»Aber dein Superhirn wird mich fertigmachen«, wendet sie ein. »Wir sollten den Einsatz auf ein Minimum reduzieren.«

Ich hole eine Packung Kekse aus der Vorratskammer. »Wir spielen um die hier.«

»Das sollte gehen«, sagt Becca und schenkt mir ein Lächeln, bei dem ich innerlich dahinschmelze. Sie macht mich total an – mit dieser Riesenpersönlichkeit in diesem kurvigen kleinen Körper.

Ich nehme mir einen Teller für die Kekse, und wir gehen nach oben ins Wohnzimmer ... Das mag traurig klingen, aber so viel Spaß hatte ich seit Ewigkeiten nicht mehr.

7

Rebecca

An diesem ersten Abend bei Nate esse ich zu viele Oreos und verliere haushoch beim Scrabble.

Mein Punktestand verbessert sich auch nicht, als ich das Wort FURZ lege. Aber ich tue es trotzdem, weil ich einen kindischen Sinn für Humor habe. »Es sollte auch Stilpunkte geben«, sage ich, als Nate meine Wertung zusammenrechnet.

»Wofür?«, fragt Nate.

»Für alles Freche. Körperfunktionen. Kraftausdrücke. Für alles, was nicht jugendfrei ist. Stell dir mal das Marketingpotenzial vor. Halbstarke Jungs würden Scrabble spielen anstatt Call of Duty.«

Nate schnaubt. »Ich war der jugendliche Scrabblespieler, der sich immer an Palindromen versucht hat.«

»Es sind eben nicht alle so versaut.« Dann fällt mir auf, wie seltsam es ist, so einen Witz zu machen, wenn ich allein mit Nate auf der Couch in seinem gemütlichen Wohnzimmer sitze. Schuldbewusst schaue ich zu ihm hinüber, um sicherzugehen, dass ihm klar ist, dass es nur ein Witz ist.

Aber er lächelt nicht. Seine Augen sind dunkel und ernst. Und – vielleicht verliere ich tatsächlich den Verstand – in seinem Blick liegt ein unbekanntes Glühen. Eine Sekunde später fällt uns beiden auf, dass wir uns auf eine Weise anstarren, die für uns nicht normal ist.

Ich verspüre ein Ziehen im Bauch, ein ungewöhnliches Sehnen, das ich nicht benennen kann. Oder nicht benennen will. Derweil führen wir mit unseren Augen eine ganz neue Art von Unterhaltung. Sein Blick ruht auf meinem Mund. Vielleicht spricht da auch bloß die Kopfverletzung aus mir, aber ich könnte schwören, dass Nate daran denkt, mich zu küssen.

Mich.

»Nathan, Sir?«, sagt plötzlich eine körperlose Stimme.

Bingleys Unterbrechung lässt mich zusammenfahren, und Nate und ich wenden im selben Moment unsere Blicke ab.

»Ramesh möchte wissen, ob Sie heute Nacht zu Hause sind.«

Nate räuspert sich. »Auf jeden Fall. Aktiviere die Sicherheitssysteme.«

»Systeme aktiviert«, antwortet Bingley.

Es entsteht eine lange Stille, ehe ich wieder spreche. »Also, Spiel fünf morgen. Ich bin so aufgeregt. Wir müssen unbedingt weiterkommen, damit ich noch mal ein Spiel sehen kann, bevor alles vorbei ist.«

»Wir kommen weiter«, sagt er und legt seine Plättchen ab. »Du willst mich ablenken, stimmt's? Damit ich mit *quieszieren* nicht auf dem dreifachen Wortwert lande.« Er klingt so unbeschwert wie immer. Wahrscheinlich habe ich mir den seltsamen Moment eben nur eingebildet.

»Jetzt pass mal auf, Miststück«, scherze ich. Dann nehme ich mir noch einen Oreo. »Tu, was du tun musst. Ich trage es mit Fassung.«

Er lacht leise. »Bist du sicher?«

»O, Genie, der Herr ehre dein Ego.« Es ist ein Palindrom.

Nate lächelt die Holzplättchen an, die er in seiner Handfläche zusammensammelt. Er wird mich zerquetschen wie Ungeziefer, das spüre ich. »Schön, dass du schon wieder Witze machst, Bec.«

Als er den Kopf hebt und mich anlächelt, ist das, was ich eben in seinem Blick zu sehen geglaubt habe, verschwunden. Er legt ein Wort, das ihm sechzig Punkte einbringt.

Eine halbe Stunde später gähne ich und gebe mich geschlagen. »Ich kann nicht glauben, wie müde ich schon bin. Ich habe doch den ganzen Nachmittag nur geschlafen.«

»Richtig so«, sagt er und schiebt die Plättchen zusammen. »Das machst du morgen wieder.«

»Ich wünschte, ich könnte mit zum Spiel kommen.« *Nimm mich einfach mit!* Ich vermisse meinen Job. Ich vermisse mein Leben.

»Du kannst nicht mitkommen«, sagt er. »Wenn du dabei bist, werden die Jungs dir Arbeit machen. Sie sind es gewöhnt, dich um etwas zu bitten, und du bist zu tüchtig, um es ihnen abzuschlagen.«

Ich schaue verstimmt drein, denn er hat recht. »Aber ich weiß nicht, wie ich mir die Zeit vertreiben soll. Es ist blöd, wenn man nicht lesen darf. Und keine Bildschirme? Ich fühle mich abgeschnitten von der Welt, heute war mir wirklich langweilig.«

»Hm«, macht Nate. »Du kannst mit Bingley plaudern.«

»Zu Ihren Diensten«, sagt die Stimme des Gentlemans, und am anderen Ende des Raums flackert sein Display auf. »Was brauchen wir, Freunde?«

»Erzähl Rebecca einen Witz«, verlangt Nate.

»Aber gern doch! Was ist ein Keks unterm Baum?«, fragt Bingley. »Ein schattiges Plätzchen.«

Wir brechen beide in Gelächter aus. Nicht, weil der Witz so lustig war, denn das war er nicht. Aber wahrscheinlich haben wir das beide gebraucht.

»Noch einen«, verlangt Nate.

»Treffen sich zwei Jäger. Beide tot.«

»Himmel. An dem Humormodul müssen wir wohl noch arbeiten«, gibt Nate zu. »Ich sage es gleich meinen Programmierern.«

»Es gibt ein Humormodul?«, frage ich. Aber offensichtlich muss es eins geben. »Wenn man Menschen doch auch beibringen könnte, lustiger zu sein. Das wäre eine echte Innovation.«

Nate schnaubt, und ich breche schon wieder in Gelächter aus.

»Nachts ist es kälter als draußen«, sagt Bingley.

Ich kann nicht mehr. Mir laufen tatsächlich Tränen übers Gesicht. »Zeit fürs B…bett«, hickse ich, und Nate grinst einfach.

In dieser ersten Nacht frage ich mich, ob es mir schwerfallen wird, in Nates Haus einzuschlafen. Nachdem ich mich in dem Himmelbett unter die luxuriösen Decken gekuschelt habe, höre ich ihn im Haus herumgehen. Wasser rauscht durch die Vorkriegsleitungen in seinem Badezimmer, und Schritte knarren auf dem ehrwürdigen Holzfußboden.

»Licht aus, Bingley«, höre ich ihn irgendwo sagen.

»Gute Nacht, liebster Prinz«, antwortet eine Stimme.

»Hamlet? Ist das nicht ein bisschen düster?«

»Verzeihung, Sir. Angenehme Träume. Alle Sicherheitssysteme sind aktiviert.«

Ein paar Minuten später legt sich eine behagliche Stille über die Villa. Ich stelle mir Nate vor, wie er im Bett sitzt, auf seinem Tablet irgendeinen Bericht liest, die Lesebrille auf der Nase.

Ich lehne mich in die Kissen zurück und fühle mich umsorgt. Das ist ein ungewohntes Gefühl. Und während ich in den Schlaf hinübergleite, frage ich mich, wieso ich so großes Glück habe, für den besten Typen der Welt arbeiten zu dürfen.

Am nächsten Morgen, nachdem ich es geschafft habe, mich aufzuraffen und zu duschen, ist Nate bereits zum Flughafen aufgebrochen. Das ist auch gut so. Ich hätte ihn sonst angefleht, mich nach Washington mitzunehmen.

Als ich die Treppe hinunterkomme, ist Mrs Gray in der Küche. Und als sie mich sieht, lächelt sie so breit wie ein Kind am Weihnachtsmorgen. »Rebecca! Haben Sie gut geschlafen? Wie mögen Sie Ihre Eier? Käffchen?«

Sie ist überglücklich, mich zu sehen. Vielleicht bin ich nicht die Einzige, die dieser Tage etwas einsam ist. »Ich habe gut geschlafen«, erzähle ich ihr. Und das stimmt. »Sie müssen wirklich nicht für mich kochen.«

»Netter Versuch, Liebes. Eier? Es gibt auch Speck.«

»Na dann …«

Zweitausend Kalorien später nimmt Mrs Gray an der Hintertür eine Lieferung entgegen. »Ah!«, sagt sie und bringt die Schachtel herein. Da ist eine Schleife drum. »Das ist für Sie. Nate hat es angekündigt.«

Obwohl Nate nicht hier ist, bin ich ein wenig verlegen, als ich die Schleife löse und die Schachtel öffne. Was ich darin finde, ist völlig unerwartet – ein Paar von diesen teuren Kopfhörern mit Geräuschunterdrückung. Und eine Nachricht.

Rebecca, bitte check dein Telefon. Du wirst sehen, dass es über Nacht aktualisiert wurde. Du hast jetzt zwei neue Apps. Die eine ist Bingley – damit kannst du dein Telefon komplett per Sprachsteuerung bedienen. Und die andere ist eine Hörbuch-App, auf die bereits zwei Bücher heruntergeladen sind. Weiterhin gute Besserung. N.

»Oh mein Gott.« Ich entsperre mein Handy und finde die Apps. Die Hörbücher – *Stolz und Vorurteil* und *Outlander* – sind zusammen über vierzig Stunden lang. »Das kommt davon, dass ich mich über Langeweile beklagt habe.«

»Jetzt nicht mehr«, kichert Mrs Gray. »Nicht, wenn Ihnen Jamie Fraser ins Ohr flüstert. Diese Hochzeit!« Sie lächelt verzückt. »Und jetzt ab mit Ihnen. Claire und ihr Mann, wie sie in diesem Gasthaus im Bett herumturnen …« Sie seufzt.

Mrs Gray macht auf dem Gebiet der romantischen Unterhaltungskultur niemand etwas vor. Sie füllt meine Kaffeetasse wieder auf und scheucht mich die Treppe hinauf.

Ich gehe bereitwillig, schalte das erste Buch an und lege mich auf das große Sofa.

In dieser Nacht bin ich allein in der Villa. Die Einsamkeit ist herrlich. Und ich habe nicht das Gefühl, den Tag allein verbracht zu haben, denn die meiste Zeit über haben die Figuren aus *Outlander* zu mir gesprochen.

Aber in über dreihundert Kilometern Entfernung geht gleich mein Eishockeyteam aufs Eis. Und es macht mich fertig, dass ich nicht dabei bin. Dazu kommt noch, dass ich die Fernbedienung für das riesige Fernsehgerät in Nates Wohnzimmer nicht finden kann.

»Bingley«, sage ich in die Stille hinein.

»Ja, Miss?«

»Wie geht der Fernseher an? Es muss irgendeinen Trick geben.«

»Nate hat mich informiert, dass Bildschirme Ihrer Gesundheit abträglich sind.«

»Echt jetzt? Er hat die Fernbedienung versteckt?«

Bingley schnalzt mit seiner digitalen Zunge. »Miss, es gibt keine Fernbedienung. Ich steuere das Unterhaltungssystem.«

»Oh Mann. Sie sind genauso herrisch wie Nate.«

»Das liegt daran, dass ich Nate *bin*. Nates Verstand. Das Deep Learning, das er programmiert hat, ist sehr mächtig.«

Meine Nackenhaare richten sich auf. Ich kann nicht fassen, wie gruselig so ein Computer sein kann. Aber er wirkt wie eine britische Parodie auf meinen Chef. Ich kann förmlich hören, wie sich die Rädchen in Nates Verstand drehen.

Trotzdem, jetzt ist Eishockey-Zeit. Ich werde mich keiner Maschine geschlagen geben. »Nate hat gesagt, ich solle Sie um alles bitten, was ich brauche.«

»Unbedingt.«

»Hal, öffne bitte das Gondelschleusentor.«

»Den Witz hab ich schon mal gehört, Miss.«

Ich lache widerwillig. »Bingley, bitte schalte das Spiel ein. Die Bruisers könnten heute Abend die Serie gewinnen. Und ich werde auch nicht auf den Fernseher schauen. Ich höre nur zu.«

»Abgemacht.«

Der Bildschirm flackert, während Bingley bis zum Spiel durchschaltet. Einen Augenblick später schallt das Brüllen der Menge im Eisstadion von Washington ins Zimmer.

»Bitte sehr, meine Liebe. Bitte setzen Sie sich irgendwohin, wo das blaue Licht Ihre hübschen Augen nicht stören kann.«

»Bingley, du bist ein guter Mann.« Auch wenn er eigentlich gar kein Mann ist. Was bedeutet, dass ich im Grunde genommen mit mir selber rede. Oder vielleicht rede ich mit Nate. Oder einem Echo von Nate? Im Ernst, mir schwirrt ein wenig der Kopf, wenn ich bloß versuche, das zu verstehen.

Also lasse ich mich aufs Sofa fallen und lege mich hin. »Alles klar«, sage ich in das leere Zimmer hinein. »Auf zum Sieg.«

Spiel fünf ist hart. Das erste Drittel bleibt torlos. Doch dann trifft Washington direkt nach dem Anstoß des zweiten Drittels. Und irgendwie gelingt den Bruisers ziemlich schnell der Ausgleich. Der Rest des Drittels jedoch zieht sich quälend lange hin. Offensichtlich bin ich nicht die Einzige, die frustriert ist. Das Spiel wird hässlich, und beide Mannschaften kassieren Strafminuten.

Ich werfe mich auf der Couch hin und her und bemühe mich, nicht auf den Fernseher zu schauen. Aber jedes Mal, wenn die Menge brüllt, möchte ich gucken. Ohne meine Kopfverletzung säße ich jetzt in Nates privater Lounge in der Arena und würde mit meiner besten Freundin Georgia, die auch die Pressesprecherin der Mannschaft ist, ein Glas Wein trinken.

Stattdessen ist Lauren da, schenkt Nate Cola light nach und kann das Spiel von einem guten Platz live sehen. Wahrscheinlich schmollt sie.

»Das Leben ist so ungerecht«, jammere ich gegen Nates kunstvoll vertäfelte Decke.

»In der Tat«, bestätigt Bingley. »Dieser Schlag gegen Trevi hätte eine Strafe nach sich ziehen müssen. Trotzdem zeigen die Kattenberger-Berechnungen, dass wir immer noch eine siebenundsechzigprozentige Siegchance haben.«

Ich setze mich auf. »Es steht unentschieden, Bingley. Das bedeutet, dass beide Mannschaften eine Fifty-fifty-Chance haben.«

»Das stimmt nicht. Die Berechnungen beziehen auch immer die Spielerstatistiken in Echtzeit mit ein. Und die Bruisers dominieren in der Puckkontrolle.«

Ich kann nicht glauben, dass ich mit einer Maschine diskutiere. Was würde ich jetzt für ein Glas Wein geben, verdammt. Es sind nicht einmal mehr drei Minuten bis zum Ende des Spiels.

»TOR!«, brüllt Bingley auf einmal.

Meine Augen huschen zum Fernseher. Ich kann nicht anders. Die Torlampe leuchtet, O'Doul jubelt. Die Kamera schwenkt zu Nate in der Lounge, der sich die Hände reibt. Um seine Mundwinkel spielt ein kleines Lächeln. »Noch nicht feiern!«, kreische ich. »Das ist noch viel zu früh!«

»Wir haben jetzt eine vierundneunzigkommasiebenprozentige Chance zu gewinnen«, meldet sich Bingley.

»DU halt die Klappe.«

Das tut er. Eine Sekunde lang frage ich mich, ob ich ihn beleidigt habe. Aber er ist bloß eine Maschine.

Ich verliere den Verstand, aber die Qual dauert nur noch drei Minuten. Dann ist es wirklich wahr: Die Bruisers sind in Runde zwei eingezogen.

»Ich muss schnell gesund werden«, sage ich über die Begeisterung des Moderators hinweg. »Dieses Zu-Hause-Sitzen ist echt nichts für mich.«

Bingley antwortet nicht, und komischerweise bin ich enttäuscht.

»Hey, Bingley.«

»Ja, Miss?«

»Kannst du Nate eine Nachricht von mir schicken?«

»Sprache oder Text?«

»Äh, Text. Schreib ihm, dass Rebecca ihm gratuliert.«

»Sehr gern, meine Liebe. Sollen wir irgendwelche Emojis hinzufügen?«

»Nein, wir sind doch keine zwölf mehr.«

»Ist notiert.«

Eine Minute später wird der Fernseher dunkel, und ich stehe vom Sofa auf. »Gute Nacht, Bingley.«

»Gute Nacht, Miss. Soll ich Sie für Ihren Arzttermin morgen wecken?«

»Sehr gern. Danke.«

»Es ist mir ein Vergnügen. Nate hat auf Ihre Nachricht geantwortet. Er erinnert Sie daran, dass Sie sich ausruhen sollen.«

War ja klar.

8

Zwei Jahre zuvor

Nates Königreich entwickelt sich zu einem Imperium. Sein Schloss wurde wieder einmal vergrößert – ihm gehört jetzt das gesamte Bürogebäude in Midtown. Auch sein Büro hat er verlegt – in die Vorstandsetage, nach ganz oben. Wie man es halt so macht.

Verschwunden ist die Tischtennisplatte. Verschwunden sind Jeans und Sneakers im Büro (außer an Wochenenden). Heutzutage muss sich unser Prinz angemessen kleiden. Er trägt Anzug, auch wenn er meistens auf die Krawatte verzichtet. Sein Büro mit den raumhohen Fenstern bietet eine atemberaubende Aussicht über den East River und Brooklyn.

Manches hat sich jedoch nicht verändert. Jeden Tag nimmt er die Fähre zur Arbeit wie ein ganz normaler Pendler, denn im Stau zu stehen ist etwas für Trottel. Und er arbeitet immer noch mit Freunden zusammen, obwohl die meisten von ihnen auch Anzüge tragen.

Rebecca allerdings nicht.

Wenn Nate durch die Bürojalousien späht, um sie an ihrem Tisch zu beobachten, sieht sie immer fantastisch und professionell aus. Jedoch nie langweilig. Sie bevorzugt Vintage-Röcke und farbenfrohe Kleider. Allem, was sie berührt, drückt sie ihren unverwechselbaren Stempel auf. Und ihr Lächeln erleuchtet immer noch den Raum.

Es ist ein freundlicher Dienstag im März, und Nate hat in genau zwölf Minuten einen Termin. Er nippt an seinem ausgezeichneten Kaffee und durchforstet die IT-Schlagzeilen.

Wenn man ein Top-Unternehmen leitet, muss man leider auch die Meetings in Kauf nehmen. Unser Prinz kann nicht mehr einfach die Tür zu seinem Büro schließen und verlangen, in Ruhe gelassen zu werden. KTech ist jetzt so groß, dass die wichtigen Entscheidungen etwa die Hälfte seiner Arbeitswoche beanspruchen. Wenn er dieser Tage eine neue bahnbrechende Idee hat, muss er das, was ihm am meisten Spaß macht, delegieren.

Das ist nervig. Das ist es wirklich. Aber die Gewinne trösten ihn ein wenig. Jetzt, wo Smartphones von KTech auf sechs Kontinenten verkauft werden, steht die royale Schatzkammer kurz vor dem Platzen. Nate besitzt eine alte Villa in Brooklyn, zwei Autos und einen Privatjet. Er isst das beste Essen, das man mit Geld kaufen kann, und wählt Weine aus, ohne auf den Preis zu schauen.

»Nate.«

Rebeccas sanfte Stimme bringt ihn dazu, vom Bildschirm aufzusehen. »Ja?« Sie trägt heute ein Wickelkleid, das ihre Kurven umschmeichelt. Es ist grün, und die Farbe betont ihre Augen. Ihre Haare sind länger als früher, und in Meetings fragt er sich öfter, als gut für ihn wäre, wie sie sich wohl anfühlten, wenn er mit den Fingern hindurchstreichen würde.

Von ihr zu träumen verursacht ihm ein schlechtes Gewissen. Irgendwann nach der Trennung von Juliet und eine Weile nach einer Serie von One-Night-Stands, mit denen er sich darüber hinwegtrösten wollte, hat es angefangen.

Diese Verabredungen wurden irgendwann langweilig. Etwa

zu derselben Zeit erwischte er sich dabei, wie er über Rebeccas Kurven sinnierte und die Augen schloss, wenn sie neben ihm stand. Mit einem gut abgepassten Atemzug sog er ihren Fliederduft ein und schickte ihn bis tief hinein in seine einsame Brust.

Manchmal bekommt er vom Klang ihrer Stimme Gänsehaut. Wenn sie lacht, spürt er es in seiner Brust.

Aber jetzt fällt ihm auf, dass er mit den Gedanken woanders war, während sie mit ihm geredet hat, und er hat keine Ahnung, was sie gesagt hat. »Tut mir leid«, seufzt er. »Kannst du das wiederholen?«

Becca verdreht die schönen Augen. »Der Anrufer. In Leitung eins. Jemand von einem NHL-Eishockeyteam? Ich hätte ihn gern für dich abgewimmelt, aber er war sehr hartnäckig …«

»Oh, *Mist*.« Er schaut auf die Uhr. »Ich hab ihn gebeten, heute anzurufen. Verschieb den nächsten Termin zehn Minuten nach hinten, ja?«

Sie zuckt nicht mal mit der Wimper und verschwindet ohne Kommentar aus seinem Büro. Eine Verspätung von zehn Minuten ist gar nichts. Becca hat schon Staatsoberhäupter hingehalten, wenn er doppelt gebucht war. Sie ist quer durchs Land geflogen, nur um ihm ein benötigtes Bauteil für einen Prototypen zu bringen, weil er es niemand anderem hatte anvertrauen wollen. Selbst als einer seiner Vertriebspartner seine Hände nicht bei sich behalten konnte, hat sie das weggesteckt. Und weil sie den Geschäftsabschluss nicht versauen wollte, hat sie Nate erst im Nachhinein davon erzählt.

Er hat den Deal platzen lassen und nicht einen Cent Umsatz mit diesem Unternehmen gemacht. Und das wird er auch nie.

Rebecca bedeutet ihm sehr viel. Sie ist eine Freundin. Sie ist seine rechte Hand. Und jetzt hat er sich unpassenderweise in sie verknallt.

Aber das wird er ihr nie verraten. Sie hat ihm kein einziges Mal einen Anhaltspunkt gegeben, dass sie seine Gefühle erwidern könnte. Deshalb muss er sich auch nicht mit der Frage beschäftigen, wie er die Probleme umgehen kann, die daraus entstehen, dass sie seine Angestellte ist.

Er muss aufhören, sich nach ihr zu sehnen. Irgendwann demnächst. Hoffentlich.

»Ein Eishockeyteam?«, fragt sie später am Nachmittag, als er an ihrem Tisch vorbeikommt. Es muss kurz vor Feierabend sein, denn das Großraumbüro in der Vorstandsetage ist nur noch spärlich besetzt.

Er bleibt stehen und setzt sich auf die Kante ihres Schreibtischs. »Was hältst du davon, Bec? Magst du Eishockey?«

»Ja, ich mag es tatsächlich. Es ist ein schnelles Spiel. Ohne Chichi.« Sie runzelt die Stirn. »Du hattest doch immer Dauerkarten für die Rangers. Aber die brauchst du dann wohl nicht mehr, oder?«

Er hatte Dauerkarten, obwohl er nicht gern darüber sprach, warum. Eishockey hatte er immer mit Juliet geschaut. Aber jetzt bot sich ihm eine Gelegenheit, die er nicht ungenutzt lassen konnte.

»Das Team, mit dem ich heute gesprochen habe, braucht ein bisschen Arbeit. Aber vielleicht investiere ich.«

»Ehrlich?« Ihre schönen Augen werden groß. »Das wird bestimmt lustig. Wenn du ein Eishockeyteam kaufst, darf ich die Feier organisieren. Mit all den attraktiven Hockeyspielern. Und Essen in Puckform.«

Er lacht, auch wenn ihn ihr Kommentar über die Spieler trifft wie ein Messer ins Herz. »Essen in Puckform? Wie … Oreos?«

»Pfff. Schweinemedaillons. Mini-Wellingtonfilets.«

»Sushi? Mist. Jetzt hab ich Hunger.«

Kurz lächeln sie sich an. Nate würde gern für immer hierbleiben, aber sie werden von einem jungen Mann in Kurieruniform unterbrochen. Nate erwartet, dass er Rebecca einen Umschlag übergibt. Doch das passiert nicht. »Da bist du ja!«, sagt er stattdessen. »Fertig?«

Dann beugt er sich über den Tisch und küsst Rebecca mitten auf den Mund.

Nate möchte ihn treten.

Und sich selbst auch.

Er unterlässt beides.

9

Nate

24. April

»Das Hotel hat zwei Türme. Sie können uns alle unterbringen, aber nicht auf derselben Seite.«

Lauren spricht mit mir, sie plant die kommende Reise nach Bal Harbour. Aber ich höre ihr nicht richtig zu. Stattdessen schaue ich hinaus auf den zähfließenden Verkehr auf der Triborough Bridge.

Es ist Sonntagmorgen, und der Mannschaftsjet ist gerade in LaGuardia gelandet. Meine Jungs haben es geschafft. In Spiel fünf haben sie die erste Runde der Play-offs gegen Washington für sich entschieden und uns damit in die zweite Runde gebracht. Bis zum Spiel heute Abend wissen wir nicht einmal, wer unser nächster Gegner ist.

Es läuft gut für mich. Abgesehen vom Verkehr. Wir sitzen seit zwanzig Minuten im Auto und arbeiten uns zentimeterweise nach Manhattan vor. »Sonntagmorgens sollte es nicht so voll sein«, beschwere ich mich.

Lauren stößt mir ihren Stift in die Hüfte. »Ramesh wird auch nicht schneller ankommen, wenn du die ganze Zeit wie ein Irrer mit dem Fuß wippst.«

»Danke, oh weise Frau.«

Ich höre Ramesh auf dem Vordersitz prusten.

»Würdest du mir bitte mal zuhören? Oder lass es, mir doch egal. Aber beschwer dich später nicht über die Unterkunft.« Ihre perfekten Fingernägel klappern auf der kabellosen Tastatur auf ihrem Schoß.

»Hauptsache, du bringst uns in Suiten unter. Wo, ist mir egal.«

»Das sagst du jetzt …« Von ihrer Seite der Rückbank ertönt weiteres Tastengeklapper. »Okay. Ich habe auch den Smoking auf deine Packliste gesetzt. Fällt dir noch was ein, bevor ich sie Mrs Gray schicke?«

»Schreib noch meine Badehose auf. Und vergiss nicht deinen Badeanzug. Wir sind schließlich am Strand.«

»Du weißt schon, dass ich eigentlich nicht mit nach Florida kommen will? Wie wär's, wenn du ohne mich fliegst und mir danach erzählst, wie es war?«

»Pack einen Badeanzug ein, Lauren. Du kommst mit.«

Sie knurrt. Sie ist die Einzige meiner engsten Mitarbeiter, die in Bezug auf das Erreichen der zweiten Runde zwiegespalten ist, denn das bedeutet mehr Reisen und mehr Möglichkeiten, ihrem Ex Beacon zu begegnen. »Nicht viele Teambesitzer würden ihre Spieler achtundvierzig Stunden vor der nächsten Play-off-Runde zu einer Wohltätigkeitsgala schicken.«

»Es ist ziemlich ungewöhnlich für unsere Spieler, überhaupt die zweite Runde der Play-offs zu erreichen«, wende ich ein. »Sie müssen ein paar Stunden Hände schütteln. Das werden sie wohl überleben. Es ist schließlich für einen guten Zweck.«

»Warum machen wir das noch mal?«

»Alex und ich haben gewettet. Mein Team hat es in die Play-offs geschafft und ihres nicht. Deshalb muss sie eine Million Dollar für einen guten Zweck spenden. Die Gala soll ihr helfen, anderen reichen Leuten in Florida noch mehr Geld dafür abzuluchsen.«

Lauren überdenkt diese seltsame Erklärung. »Aber was hättet ihr gemacht, wenn ihr beide in die Play-offs gekommen wärt? Oder keiner?«

»Vielleicht hätten wir geteilt. Oder uns mit teurem Champagner betrunken und uns gefragt, warum wir in Sport investiert haben.«

»Weil du Eishockey liebst?«, rät Lauren.

»Weil Eishockey alles ist.« Ich bin in Iowa aufgewachsen, aber in Minnesota geboren. Eishockey liegt mir im Blut. Es mag andere Gründe geben, warum ich Meister der NHL werden und den Stanley Cup holen will, aber über die spreche ich nicht.

Der Wagen nimmt Fahrt auf. Und ein paar Minuten später erreichen wir tatsächlich Manhattan. »Ich setze dich zu Hause ab, okay?«

»Ja, bitte. Aber in ein paar Stunden bin ich wieder einsatzbereit. Soll ich ins Büro kommen? Ich komme, solange du im Kopf behältst, dass heute Sonntag ist. Darüber werde ich mich vielleicht beschweren.«

»Spar dir die Mühe. Ich gehe nicht ins Büro.«

Lauren wirft mir einen Blick von der Seite zu. »Warum teilen wir uns dann ein Taxi nach Manhattan? Hast du dich verirrt? Brooklyn ist da drüben.« Sie zeigt aus dem Fenster auf der Beifahrerseite.

»Ich will in die Innenstadt. In die Nähe der City Hall. Rebecca hat einen Termin mit diesem Spezialisten.«

Die Frage zu beantworten war jedoch eine blöde Idee. Lauren wird sich daran ergötzen. Ihre Augen funkeln, und ihr Lächeln ist teuflisch. »Du hast zweitausend Angestellte. Begleitest du sie alle zum Arzt?«

»Natürlich nicht. Das wäre zeitraubend und seltsam.«

»Warum gehst du dann mit zu Rebeccas?«

Dieselbe Frage geht mir schon den ganzen Morgen durch den Kopf. »Weil ich den Termin für sie vereinbart habe und hören will, was der Arzt zu sagen hat. Und weil wir uns schon seit Ewigkeiten kennen. Wenn du krank und verängstigt wärst, würde ich dich auch begleiten, wenn du wolltest.« Das stimmt. Wahrscheinlich.

»Ich hoffe, das wird nie nötig sein.«

»Ich auch, Kumpel.«

Ich starre auf den Fluss, als wir über den FDR Drive in Richtung Innenstadtausfahrt zischen. Rebecca sollte mittlerweile bei ihrem Termin sein. Ich hoffe, dass sich der Arzt Zeit für sie nimmt. Sie braucht Antworten. Und da ich ihn bestochen habe, damit er an einem Sonntagmorgen arbeitet, wird er wohl kaum andere Patienten haben, die um seine Aufmerksamkeit buhlen.

»Weißt du, Nate …«

»Hm?«

Als ich mich zu Lauren drehe, mustert sie mich. »Was du neulich zu den Spielern gesagt hast, war ziemlich gut. *Wenn nicht jetzt, wann dann.*«

»Nicht besonders originell«, halte ich ihr entgegen.

»Aber es kam von Herzen.« Gedankenverloren lässt sie mit dem manikürten Daumen den Kugelschreiber klicken. »Besonders gut hat mir der Teil über *Warum nicht ich?* gefallen.«

»Ist doch wahr«, sage ich. »Warum nicht wir? Dieses Team kann es ganz nach oben schaffen.«

»Klar. Aber was ist mit dir?«

»Was soll mit mir sein?«

»Wenn nicht jetzt, wann dann?« Sie hebt eine Augenbraue. »Und warum nicht *du*?«

»Ich weiß nicht, was du meinst. Und ich habe aufgepasst wie ein braver Junge.«

Sie schüttelt den Kopf. Der Wagen wird langsamer und hält vor ihrem Wohnblock in Midtown. »Ich glaube, du weißt, was ich meine. Und wenn nicht, dann hoffe ich, dass du es bald herausfindest. Bestell Rebecca liebe Grüße.«

Oh verdammt. Lauren ist raffiniert. Genau bei diesem Gedanken steigt sie aus dem Wagen, schließt die Tür und lässt mich mit meiner Verwirrung allein.

Ramesh fährt weiter Richtung Innenstadt und kommt gut durch, sodass ich um kurz vor elf beim Krankenhaus ankomme. Aber als ich Dr. Armitages Praxisräume auf der neunten Etage gefunden habe, öffnet sich am Ende des Korridors eine Tür und Rebecca kommt heraus.

Sie wischt sich Tränen aus dem Gesicht.

Irgendetwas passiert in meinem Magen, und ich renne auf sie zu. Ich brauche nur vier oder fünf Schritte, bis ich bei ihr bin. Mit feuchten Augen schaut sie zu mir auf, und ich kann nicht anders: Ich ziehe sie an mich, bis ihr Kopf an meiner Brust liegt. Sie fühlt sich warm und lebendig an. Falls der Arzt schlechte Nachrichten für sie hat, werde ich sie einfach nicht glauben. Niemand ist lebendiger als Rebecca. Ich weiß, dass sie wieder gesund wird, genauso wie ich weiß, dass die Sonne morgen früh wieder aufgehen wird.

Sie holt tief und zittrig Luft und lässt sich von mir umarmen.

»Erzähl schon«, verlange ich. Was der Spezialist auch gesagt haben mag, es ist nicht wichtig. Ich werde einen noch spezialisierteren Spezialisten finden, der weiß, was man verdammt noch mal dagegen tun kann.

»Er hat g…gesagt …«, sagt sie stockend. »E…er weiß, was los ist.«

»Und?« Ich wappne mich innerlich.

»Und *ich werde wieder gesund.*«

Sie schlingt die Arme um mich. Gedankenverloren klopfe ich ihr auf den Rücken, während ich darüber nachdenke, was sie gerade gesagt hat. »Das ist gut«, sage ich vorsichtig. »Aber warum weinst du dann?«

»W…weil …« Sie lehnt sich gerade so weit zurück, dass sie mich verweint anlächeln kann. »Das hat vorher noch niemand gesagt! Alle haben gesagt: ›Wir wissen nicht, warum Ihre Verletzung sich anders verhält als eine Gehirnerschütterung. Gehen Sie nach Hause und warten Sie ab.‹ Aber Dr. Armitage hat gesagt …«

»Es ist eine Störung des Vestibularsystems!« Die Stimme ist ganz nah, ich löse den Blick von Rebecca, und da steht ein grinsender Mann mit grau meliertem Haar und streckt mir die Hand entgegen. Ich schüttele Dr. Armitage die Hand, während er weiterspricht. »Die Gehirnerschütterung ist nicht länger der Auslöser. Als Rebecca auf das Eis gefallen ist, hat sie einige Nerven in ihrem Ohr beschädigt. Der normale Wahrnehmungsprozess ist vorübergehend gestört.«

»Oh.« Davon habe ich tatsächlich schon gelesen. »Es ist seltener als eine Gehirnerschütterung. Aber nicht schlimmer.« Der Knoten in meinem Inneren löst sich langsam.

»Das stimmt. Sie wird viel Zeit in ihre Therapie investieren müssen …« Er streckt einen Arm aus und deutet auf einen verglasten Raum voller bunter Reha-Geräte. »Sie muss die Kommunikation zwischen Gehirn und Körper neu lernen. Meine Therapeuten werden ihr helfen, an ihrer Balance und Koordination zu arbeiten. Schon in ein paar Wochen wird sie eine Verbesserung bemerken, und in ein paar Monaten wird sie vollständig genesen sein.«

Als sie den Arzt anlächelt, läuft Rebecca eine weitere Träne über die Wange. »Ich kann es kaum erwarten anzufangen.«

»Übermorgen.« Er klopft ihr auf die Schulter. »Wir stellen Ihnen einen Physiotherapeuten zur Seite. Die Behandlung dauert jeweils neunzig Minuten. In der Zwischenzeit müssen Sie gut für sich sorgen. Sie können so aktiv sein, wie Sie wollen, aber Sie brauchen acht bis zehn Stunden Schlaf. Und begrenzen Sie Ihre Bildschirmzeit. Kein blaues Licht nach Sonnenuntergang. Stellen Sie Ihr Handy auf Nachtmodus, und verwenden Sie es möglichst selten, bis Sie eine Besserung bemerken.« Der Arzt wendet sich an mich. »Wenn Sie einen Fernseher in Ihrem Schlafzimmer haben, lassen Sie ihn einige Wochen ausgeschaltet. Die meisten Paare finden sowieso eine bessere Beschäftigung für die gewonnene Zeit.«

Dann blinzelt mir der Arzt zu, und bei der Vorstellung, dass er uns für ein Paar hält, gibt es einen Kurzschluss in meinem Gehirn.

»Äh …« Ich weiß nicht, was ich sagen soll. Als ich die letzten Minuten Revue passieren lasse, geht mir jedoch ein Licht auf. Ich bin hereingekommen, habe Becca so fest wie meinen Lieblingsteddy umarmt und ihr die Tränen weggewischt …

»… drei Behandlungen à neunzig Minuten die Woche.« Der Arzt hat schon weitergeredet. »Wir machen zunächst einige grundlegenden Messungen und beginnen sofort danach mit der Therapie. Es hat mich gefreut, Sie beide kennenzulernen.«

Ich schüttele dem Arzt noch einmal die Hand, dann ist er verschwunden.

»Wow.« Rebecca lehnt an der Wand und seufzt. »Ich bin so erleichtert, das kannst du dir gar nicht vorstellen.«

»Das sind super Neuigkeiten, Bec. Sollen wir nach Hause fahren?« Als ich höre, wie das klingt, versetze ich mir in Gedanken einen Tritt. Nach Hause. Offensichtlich muss ich mir mehr Mühe geben, Abstand von Becca zu halten. Innerhalb von Sekunden habe ich ihrem Arzt den falschen Eindruck vermittelt. Sie soll nicht glauben, ich hätte Hintergedanken gehabt, als ich sie gefragt habe, ob sie bei mir wohnen will.

»Fährst du jetzt ins Büro?«, fragt sie, als wir mit dem Aufzug zurück in die Lobby fahren. Die Türen öffnen sich, und wir steuern auf den Ausgang zu. Es ist ein schöner Frühlingstag.

»Nein. Es ist Sonntag. Zur Abwechslung nehme ich mir mal frei. Außerdem ist Essenszeit. Ich sterbe vor Hunger.«

Rebecca richtet sich auf. »Dann besorgen wir dir mal was zu essen. Sushi?« Sie ist wieder im Arbeitsmodus. Mich vor dem Hungertod zu bewahren, zählt zu ihren regelmäßigen Aufgaben. Doch auch wenn es mir gefällt, sie wieder in ihrem Normalzustand zu sehen, will ich auf gar keinen Fall von ihr bemuttert werden.

»Lass uns ein Stück gehen«, schlage ich vor. »Vielleicht finden wir einen Foodtruck? Es ist ein schöner Tag, und ich hab den ganzen Morgen im Flugzeug verbracht.« Ich bugsiere sie in Richtung Centre Street.

»Wo sind deine Sachen?«

»Bei Ramesh im Auto. Hey, schau mal.« Ich habe einen kleinen Imbiss entdeckt. »Hättest du Lust auf Falafel?«

»Lass uns mal gucken, wie sie aussehen«, sagt sie. »Eine gute Falafel ist himmlisch. Eine mittelmäßige Falafel sind unnötige Kohlenhydrate.«

Das bringt mich zum Lächeln. Rebecca ist Feinschmeckerin, auf eine lustige, unaufgeregte Art. Auf der Suche nach kulinarischen Neuentdeckungen ist sie früher durch das Viertel gestreift. Sie hat das legendäre kantonesische Restaurant entdeckt. Und unser Lieblings-Sushi-Restaurant.

Unter der Frühlingssonne macht mich die Erinnerung an diese einfacheren Tage seltsam sentimental. Damals hat mir mein Job mehr Spaß gemacht. Wir waren Außenseiter. Rebecca, ein Dutzend Programmierer und ich gegen den Rest der Welt.

Lässt man Juliets Betrug außer Acht, war es eine richtig schöne Zeit in meinem Leben.

Rebecca erklärt die Falafel für akzeptabel, und ich kaufe zwei und zwei Flaschen Wasser. »Sollen wir über die Brooklyn Bridge laufen?« Das habe ich schon sehr lange nicht mehr gemacht.

»Klar!« Sie lächelt und reckt ihr Gesicht dem Himmel entgegen. »Aber laufen und essen? Ich habe sowieso schon genug Probleme mit der Koordination.«

Ich suche uns also eine Bank, und wir setzen uns und essen erst mal.

»Musst du Ramesh nicht Bescheid sagen, wo du bist?«, fragt sie.

Weil ich den Mund voll habe, grunze ich nur zustimmend. Ramesh soll mich im Auge behalten; wenn ich einfach verschwinde, ist das für ihn sicher unangenehm.

Sie holt ihr Handy aus der Tasche, um ihm unseren Plan zu texten.

»Ich dachte, du sollst Bildschirme meiden?«

»Soweit es geht«, korrigiert sie mich. »Aber da ich mich jetzt nicht mehr nach den Regeln für eine Gehirnerschütterung richten muss, ist es ein wenig anders. Ich darf wieder Bücher lesen. Nur blaues Licht nach Sonnenuntergang darf ich nicht.«

Für den Bruchteil einer Sekunde treffen sich unsere Blicke, und ich entdecke Spuren von Belustigung in ihrer Miene – als hätte sie sich gerade an den Rat des Arztes bezüglich des Fernsehers im Schlafzimmer erinnert.

Gleichzeitig schauen wir weg.

»Hey, danke für die Hörbücher«, sagt sie vergnügt. »Das war eine süße Idee.«

»Gern geschehen.«

»Ich habe auch das Spiel gehört. Ich musste deinem Fernseher den Rücken zuwenden, damit ich nicht in Versuchung kam, zuzusehen. Als Trevi das vierte Tor gemacht hat, hab ich so laut geschrien, dass Bingley mich gefragt hat, ob alles in Ordnung ist.«

»Ja?« Der Gedanke, dass Becca in meinem Wohnzimmer abhängt, macht mich wahnsinnig glücklich. »Das ist lustig. Hat Bingley sonst noch irgendetwas falsch verstanden?« Ich muss noch mehr Arbeit in diese künstliche Intelligenz stecken. Nicht, dass ich Zeit dafür hätte.

»Er war der perfekte Gentleman. Als ich geniest habe, hat er mir Gesundheit gewünscht.«

»Ja? Sehr höflich. Go, Bingley.« Der junge Programmierer, der mit mir an dem Produkt arbeitet, ist ein schräger Typ. Seinetwegen erkennt Hal-Bingley auch Fürze. Das passiert, wenn man einen Zweiundzwanzigjährigen einstellt.

Rebecca knüllt die leere Folie ihrer Falafel zusammen.

»Herzlichen Glückwunsch, Nate. Ehrlich. Das Spiel war umwerfend. Es freut mich so sehr, dass du gewonnen hast.«

»Ich hab das Spiel nicht gewonnen«, sage ich und stehe auf, um nach einem Mülleimer zu suchen. »Aber es hat Spaß gemacht, zuzusehen. Sollen wir losgehen?«

»Aber sicher.«

Ich hätte mir denken können, dass die Brooklyn Bridge mit Menschen vollgestopft sein würde. Das Wetter ist so schön, dass die ganze Stadt auf den Beinen ist, um es zu genießen: Familien und Paare, die Händchen halten.

Ich behalte Becca im Auge, weil ich nicht möchte, dass sie stolpert. Wir sind direkt neben der Fahrradspur, wo Fahrradfahrer in überhöhter Geschwindigkeit vorbeisausen. Die Vorstellung, jemand könnte Becca anfahren, macht mich verrückt.

Warum, will ich lieber gar nicht wissen.

»Ich habe drei Termine die Woche mit den Physiotherapeuten«, erzählt mir Rebecca. »Dr. Armitage hat gesagt, dass die ersten mich total fertigmachen werden, aber dass ich mich nicht entmutigen lassen soll. Er hat noch nie einen Patienten mit Gleichgewichtsstörung gesehen, dem die Therapie nicht geholfen hätte – außer, wenn noch andere Gesundheitsprobleme vorlagen. Aber er glaubt, dass das bei mir nicht der Fall ist.«

»Okay. Das hört sich doch gut an.«

»Find ich auch! Vielleicht kann ich bald wieder arbeiten. Er hat gesagt, dass wir das in zwei Wochen besprechen.«

Zwei Wochen klingt ziemlich ehrgeizig, aber ich halte ausnahmsweise mal die Klappe.

»Ich dachte, ich könnte zuerst halbtags arbeiten«, schlägt Becca vor.

»Warte erst mal ab, was der Arzt sagt.«

Sie gibt mir einen kleinen Klaps auf den Arm. »Versau mir nicht die Laune, Nate. Oh – und apropos Laune –, Alkohol darf ich immer noch nicht trinken. Offensichtlich kann Alkohol das Gleichgewichtsorgan durcheinanderbringen.«

»Das hätte ich dir auch sagen können. Tequila ist besonders schlimm.«

Sie lächelt, und es ist das alte Becca-Lächeln. Das habe ich vermisst. »Erzähl mir von dieser Party, für die Mrs Gray packt. Bal Harbour? Das klingt edel.«

»Alex hat sie geplant. Wenn edel bedeutet, dass Alex mich zwingt, einen Smoking zu tragen, dann stimmt es wohl. Scheißfliegen. Ich hasse sie.«

»Das liegt daran, dass du sie immer noch nicht binden kannst.« Sie gibt mir einen Hüftcheck, und am liebsten würde ich sie mir schnappen und küssen.

Doch ich lasse es. »Kann ich wohl. Es macht mir bloß keinen Spaß.«

»Ich hätte da einen Vorschlag – ich binde dir die Fliege. In Florida.« Sie kichert. »Am Strand. Ich kann kaum glauben, dass ich die Party verpasse. Das Universum hasst mich.«

»Zu blöd. Ich hätte gern Gesellschaft. Aber du musst ja zur Therapie.«

»Nö. Am Dienstag hat jemand abgesagt, und sie haben mir den Termin gegeben, aber dann war erst wieder am Donnerstag etwas frei. Was meinst du damit, du könntest Gesellschaft gebrauchen? Ich könnte dir helfen!« Bei dieser Idee strahlt sie über das ganze Gesicht. »Ich habe die anderen schon Wochen nicht mehr gesehen. Ich komme mir schon wie ein Einsiedler vor.«

»Dann solltest du mitkommen«, höre ich mich sagen. »Lauren hat mir gesagt, ich soll ein Date mit zur Gala bringen.«

»Ein Date? Ehrlich?« Becca weicht einer Frau mit Kinderwagen aus, dann sieht sie mich über die Schulter hinweg an. »Weshalb? Ich weiß nicht, ob ich besonders gut darin bin, Leute um Spenden zu bitten.«

Ich schüttele den Kopf. »Das ist nicht der Grund. Bei den Cocktails vor der Veranstaltung soll es nicht ums Geschäft gehen. Deine einzige Aufgabe bestünde darin, jedes Gespräch über den geplanten Verkauf im Keim zu ersticken.« *Mit einer alten Freundin, der ich aus dem Weg gehen will.*

»Ach so.« Sie holt Luft. »Ich würde wirklich gern mitkommen. Aber ich stehe sowieso schon so tief in deiner Schuld.«

»Unsinn«, sage ich schnell. »Du schuldest mir gar nichts, klar? Sag so was nicht.« *Werde einfach wieder gesund*, will ich hinzufügen. Aber ich lasse es, weil es entweder seltsam oder nervig klingt. »Komm mit nach Florida. Verbringe den Tag mit Georgia am Strand. Besuch das Land der Lebenden. Und dann komm rechtzeitig für deine Therapietermine zurück.«

»Juhu!« Sie klatscht in die Hände. »Ich werde gleich meinen Schrank durchwühlen. Das wird ein Spaß. Wie sehr muss man sich denn für die Gala aufdonnern? Ich versuche gerade, mir Smokings am Strand vorzustellen. Das klingt ein wenig wie bei einer Hochzeit.«

»Das ist das Dämlichste, was ich je gehört habe.«

Becca kichert. »Ich frage Georgia, was ich anziehen soll. Ich kann es nicht erwarten, sie zu sehen.«

Sie sieht so glücklich aus, dass ich weiß, ich habe das Richtige getan.

10

Rebecca

26. April

»Ich halte Sie«, sagt eine körperlose Stimme in meiner Nähe. Dann schließt sich die starke Hand des Therapeuten um meine. Sie ist warm und trocken, während meine ein wenig schwitzig ist. »Na los, Miss Rowley, halten Sie die Augen geschlossen und springen Sie.«

Fast habe ich meine erste Therapiestunde überstanden. Mich trennen nur noch Minuten vom Sieg.

Aber das Springen macht mir Angst, also öffne ich stattdessen die Augen.

Dr. Armitages Therapiezentrum sieht aus wie eine Mischung aus einem ernsthaften Fitnessstudio und einer Kindertagesstätte. Ich stehe auf einem Mini-Trampolin. Es gibt Matten, Balance Boards, eine Tischtennisplatte und leuchtend bunte Gymnastikbälle in allen Größen. Dreimal die Woche werde ich für anderthalb Stunden hierherkommen und tun, was immer der Trainer von mir verlangt.

Ich werfe Ramón einen Blick von der Seite zu. Er hat schwarze Locken, fröhliche dunkle Augen und einen hübschen goldenen Teint. Er strotzt nur so vor Gesundheit. Und wir halten einander immer noch an der Hand, weil ich Angst habe, diese Übung allein zu machen.

»Kommen Sie«, sagt Ramón geduldig. Er drückt mir die Hand. »Schließen Sie die Augen, Miss Rowley.«

»Nennen Sie mich Becca«, bitte ich ihn, um Zeit zu schinden.

»Spring, Becca. Schwing deinen Arsch in die Höhe, bevor ich dich nachsitzen lasse, weil du nicht auf den Lehrer gehört hast.«

Auch wenn mir klar ist, dass das ein Witz sein soll, ist das ein ernüchternder Gedanke, denn ich habe nach dieser Stunde einen dringenden Termin. Also schließe ich die Augen, umklammere seine Hand und wippe vorsichtig auf dem Trampolin. Meine Sportschuhe lösen sich noch nicht einmal von der Oberfläche, so zaghaft ist meine Bewegung. Aber das müssen sie auch nicht, denn augenblicklich überkommt mich Übelkeit. Panisch öffne ich die Augen und kralle mich auch noch mit der anderen Hand an Ramón, wie eine verängstigte Katze.

»Das klappt ja gut«, sagt er und lacht.

»Können wir nicht einfach wieder laufen? Oder auf den Schwebebalken?«, bitte ich. Vorhin bin ich zehn Minuten auf einem Laufband gelaufen, eine Weile sogar mit geschlossenen Augen. Auch wenn ich mich die ganze Zeit krampfhaft am Haltegriff festgeklammert habe. Und der Mini-Schwebebalken in der Ecke? Gut, er ist nur fünf Zentimeter hoch, aber ich habe ihn gemeistert!

»Nö. Wir machen jetzt hier weiter«, sagt er viel zu gut gelaunt. »Aber ich lasse dich immerhin einen Moment mit *offenen* Augen springen. Versuch es wenigstens.« Er lässt meine Hand los und tritt zurück.

Zögerlich beuge ich die Knie und bereite mich auf das Hüpfen vor.

Das Ziel der vestibulären Therapie ist es, die Kommunikation zwischen meinen Ohren, Augen und meinem Gehirn wieder herzustellen. Das tun wir, indem wir mich wiederholt desorientieren und mein Gehirn wieder und wieder dazu zwingen, sich darauf einzustellen und sich so zu erholen. Falls Dr. Armitage und Ramón keine völligen Quacksalber sind, sollte es helfen. Irgendwann.

»Gut gemacht«, sagt Ramón. »Jetzt such dir einen Fixpunkt. Fühlst du dich stabil?«

»Einigermaßen.« Abgesehen von meinen Möpsen. Ich habe den falschen BH für diese Unternehmung angezogen. Aber man lernt ja nie aus.

Als alle meine verschiedenen Körperteile mitwippen, nimmt Ramón meine Hand. »Okay, Becca, jetzt schließ die Augen und hüpf fünfmal.«

Ich schließe sie. Eins. Zwei … Die Welt beginnt zu taumeln. Ramóns Griff um meine Hand wird fester. »Du schaffst das. Nur noch ein paarmal.«

Aber ich schaffe es nicht. Beim vierten Sprung bin ich so desorientiert, dass mir die Knie nachgeben.

Ramón fängt mich auf. Er hebt mich an der Hüfte vom Trampolin und stellt mich wieder auf den Boden. Meine Augen klappen auf, und ich klammere mich an seine breiten Schultern, um nicht umzukippen. »Das Trampolin will mich umbringen.«

»Nein, will es nicht. Trampoline machen Spaß. Im Nullkommanichts springst du wieder wie ein Champion.«

Wenn ich in zwei Tagen wieder hierherkomme, muss ich unbedingt daran denken, nicht nur einen Sport-BH mitzunehmen, sondern auch eine Spucktüte.

»Ist die Zeit jetzt um?«, frage ich hoffnungsvoll.

»Wir haben noch fünf Minuten. Komm mit. Das wird einfach. Du brauchst nichts weiter zu tun, als auf einem Stuhl zu sitzen.«

»Darin war ich schon immer gut. Vor allem, wenn es Wein gibt und im Fernsehen ein Film mit Channing Tatum läuft.«

Ramón lacht. »Wein ist eine ganz schlechte Idee, Rebecca. Gib deinem Körper noch ein paar Wochen, um sein Gleichgewicht wiederzufinden, bevor du Alkohol trinkst.« Er führt mich zu einem Schreibtischstuhl, und ich setze mich.

»Jetzt sag mir nicht auch noch, dass Channing Tatum schlecht für meine Gesundheit ist. Sonst bin ich weg.«

»Dieser Film mit den Strippern, richtig? Den liebt meine Freundin auch. Wenn Channing Tatum mit dir auf dem Trampolin hüpfen würde, würdest du dann Ja sagen?«

»Das weißt du doch ganz genau.«

»Dann rufe ich ihn mal an und frage, ob er bei deinem nächsten Termin Zeit hat.«

Wenn es doch bloß kein Witz wäre. Auch wenn ich glaube, dass Channing Tatum im wahren Leben verheiratet ist, aber das macht mir nichts aus. Ich werde aus meinen Gedanken gerissen, als Ramón eine Hand auf die Stuhllehne legt und ihm einen ordentlichen Schwung verpasst.

»Oh mein Gott, ich hasse dich«, stoße ich hervor, als der Stuhl sich im Kreis dreht. Meine Beine werden in alle möglichen seltsamen Richtungen geschleudert, und ich kralle mich in Todesangst an den Armlehnen fest.

»Nein, tust du nicht.« Er gibt dem Stuhl erneut Schwung, und mein Magen rebelliert. Ich schließe die Augen, aber davon wird es noch schlimmer, also mache ich sie wieder auf. Zum Glück lässt er den Stuhl langsam austrudeln. »Wie geht es dir?«

»Mir ist schwindelig, du Idiot.«

Er grinst und wirft einen Blick auf seine Uhr. »Sag mir, wenn dir nicht mehr schwindelig ist.«

Ich versuche, meinen Blick auf den Basketballkorb an der

gegenüberliegenden Wand zu fokussieren. Er springt ein paarmal nach rechts, bevor er schließlich auf seinem Platz an der Wand innehält. Ich atme noch ein paarmal tief ein und aus, ehe auch die Ränder meines Sichtfeldes zu tanzen aufhören. »Jetzt. Jetzt bewegt sich das Zimmer nicht mehr.«

»Fünfundfünfzig Sekunden«, sagt Ramón und blickt von seiner Armbanduhr auf. »Mit einem gesunden Vestibularsystem hättest du dich nach zehn Sekunden wieder erholt. Das ist unser Ziel. Zehn Sekunden. Wir kommen dahin.«

Auch wenn dieser Mann mich mehrmals dazu gebracht hat, mich übergeben zu wollen, glaube ich ihm. »War's das für heute, harter Kerl? Ich bin nämlich noch zu einer Party eingeladen, wo ich zum ersten Mal seit einem Monat ein Kleid tragen darf.«

Er drückt mir die Schulter. »Viel Spaß, Rebecca. Hab einen schönen Abend. Aber trink keinen Alkohol, es sei denn, du möchtest, dass es dir noch schlechter geht als auf diesem Drehstuhl gerade.«

»Verstanden.« Ich stehe auf, ein bisschen erschöpft, ein bisschen benommen, aber deutlich optimistischer als seit Langem. »Bis zum nächsten Mal.«

Ramón hält mir die Hand zum Einschlagen hin, dann mache ich, dass ich rauskomme. Mein Kleidersack und das Maniküre / Pediküre-Set warten in der kleinen Umkleide neben der Trainingsfläche. Ich schnappe mir beides und laufe hinaus zu dem wartenden Wagen.

Fünf Stunden später spaziere ich in die schicke Lobby in einem Hotel in Bal Harbour, Florida. Nein, eigentlich *tanze* ich förmlich hinein. Seit Wochen habe ich mich krank gefühlt, verstört. Krank fühle ich mich immer noch (vor allem, wenn Ramón mich in einem Stuhl herumschleudert), aber ich bin nicht mehr ganz so verstört. Und es ist echt ziemlich aufregend, mal aus New York herauszukommen, und sei es auch für nicht einmal vierundzwanzig Stunden.

Als ich ankomme, wartet Georgia schon in der Lobby auf mich. Ich quietsche begeistert, als ich sie sehe, und umarme sie. »Wo kann ich meine Sachen abstellen, damit wir am Strand spielen gehen können?«

»Ich habe deinen Zimmerschlüssel. Du kannst direkt hochgehen.«

»Sind wir nicht zusammen in einem Zimmer?«

»Nein, diesmal nicht. Heute ist ja kein Spiel, also darf ich bei Leo schlafen.« Ihr Verlobter, Leo Trevi, ist ein junger Stürmer bei den Bruisers. Normalerweise werden sie bei Auswärtsspielen nicht zusammen einquartiert, aber wahrscheinlich ist diese Party ein besonderer Anlass. »Nate hat dich zum Zimmerbelegungsplan hinzugefügt. Du hast Zimmer 404.«

»Hm. Ich habe Nate nicht gebeten, mir ein Zimmer zu besorgen.«

»Hat er aber gemacht.«

Das wurmt mich nur ein bisschen. »Ich habe ihn schon nicht mein Flugticket bezahlen lassen. Ich bin in keiner offiziellen Funktion hier, da wäre das echt komisch.« Und außerdem bekomme ich langsam ein schlechtes Gewissen, weil Nate seit meinem Sturz auf dem Eis schon so viel Geld für mich ausgegeben hat. Er sagt zwar immer: *Freunde tun alles füreinander.* Aber ich möchte ihn nicht ausnutzen.

»Mach dir keine Gedanken. Hast du einen Badeanzug dabei?«

»Jawohl. Und extrastarke Sonnencreme. Setzen wir uns auf ein Handtuch und tratschen! Ich habe dich eine Ewigkeit nicht gesehen.«

Der Nachmittag ist herrlich. Es macht nicht nur einen Riesenspaß, mit Georgia abzuhängen, sondern es kommt mir vor, als wären meine Probleme meilenweit entfernt. Wir fordern einander heraus, ganz ins Wasser zu gehen, aber es ist so kalt, dass wir beide einen Rückzieher machen, als wir bis zu den Schultern drin sind.

Zurück auf dem Sand, liegen wir auf unseren Handtüchern und lassen uns von der Sonne aufwärmen. »Wie ist es in Nates Haus?«, fragt Georgia.

»Seltsam. So als würden wir in einer Villa Familie spielen. Neulich waren wir zusammen Sushi essen. Sonntags hat Mrs Gray frei, und Nate betritt die Küche nie allein.«

»Weiß er überhaupt, wo die ist?«

»Na klar, die ist da, wo die Cola light aufbewahrt wird.«

Georgia kichert. »Ist es komisch, so mit ihm zusammen zu sein?«

Ich denke über die Frage nach. »Ja und nein. Nate und ich haben früher viel Zeit miteinander verbracht. In Flugzeugen. In Hotels und Konferenzräumen. All diese Reisen ins Silicon Valley und sogar nach Asien, bevor er seine Riesenentourage hatte. Wir hingen ständig zusammen, weil wir an irgendwelchen seltsamen Orten waren.«

Meine Freundin schweigt einen Moment. »Ich vergesse immer, dass du früher die ganze Woche mit ihm verbracht hast. So wie sich das anhört, hat euch das echt zusammengeschweißt.«

»Das stimmt. Ganz ehrlich, das einzig Seltsame daran, bei ihm zu Hause herumzuhängen, ist, dass es gar nicht so seltsam ist. Es ist, als ob … Irgendwie habe ich angefangen, ihn zu vermissen. Das ergibt überhaupt keinen Sinn. Aber das war eine tolle Zeit. Wir waren ein tolles Team.«

»Hm.« Hinter ihrer Sonnenbrille klingt Georgia schläfrig. »Verstehe. Es war etwas Besonderes. Nicht viele können von sich sagen, dass sie fünf Jahre lang Nate Kattenbergers Sidekick waren.«

»Damals war er noch nicht der berühmte CEO von KTech. Er war bloß ein Typ, der ohne meine Hilfe nicht einmal den Papierstau im Drucker beseitigen konnte. Aber er konnte richtig gute Witze erzählen. Er war lustig.«

Ich vermisse seine Respektlosigkeit. Und seine superruhige Art. Andere beschreiben ihn als zu zurückhaltend, aber so habe ich ihn nie wahrgenommen.

»Weißt du, was komisch ist?«, frage ich die schläfrige Georgia. »Wenn irgendetwas schiefläuft, dann schimpft Nate nie. Er ist schwer zu beeindrucken, aber man kann ihm auch keine Angst machen. Ich glaube, das habe ich nie richtig zu würdigen gewusst, bis ich für die Eishockeymannschaft gearbeitet habe.«

»Stimmt, Hugh ist da schon etwas explosiver«, bestätigt Georgia.

»Hugh ist okay. Aber manchmal bekommt er Panik, so wie jeder normale Mensch. Dann schreit er eben ab und zu. Aber Nate ist wie ein Fels in der Brandung. Alles rauscht an ihm vorbei, er ist durch nichts zu erschüttern. Ich glaube, genau deswegen bin ich schon viel ruhiger, seit ich bei ihm wohne. Er sagt mir immer wieder, dass alles gut werden wird, und ich glaube ihm, weil …« Ich weiß selber nicht, warum.

»Weil er schlauer ist als alle anderen, die wir jemals kennenlernen werden?«

»Ja. Wahrscheinlich.« Aber ehrlich gesagt habe ich Nates Temperament noch nie so sehr zu schätzen gewusst wie im Moment. Und dennoch sitze ich hier wehmütig an einem Strand. Was für einen Sinn hat das?

»Es ist schon fast Zeit, uns für die Party aufzubrezeln«, stellt Georgia fest. »Ist es okay für dich, wenn wir uns in Laurens

Suite umziehen? Sie hat uns gefragt, ob wir raufkommen wollen. Ich glaube, es gibt auch Snacks.«

»Klar. Snacks sind super.« Aber es ist eine seltsame Bitte. Wir nennen Lauren nicht ohne Grund Queen Lauren – sie ist die reservierteste Person, die wir kennen. »Seit wann hat Lauren das Bedürfnis, sich mit uns anzufreunden?«

Georgia zuckt mit den Achseln. »Ich glaube, Lauren ist gar nicht die Oberzicke, für die sie alle halten. Wusstest du, dass sie mal mit Mike Beacon zusammen war?«

»Ist nicht wahr!«

»Doch.«

»Mike Beacon? Das kann ich mir nicht vorstellen.« Es ist wirklich unbegreiflich. »Lauren betont doch immer, wie sehr sie Eishockey hasst.«

»Ja.« Georgia setzt sich auf. »Ich bin mir ziemlich sicher, dass sie das erst behauptet, seitdem Mike Beacon am Telefon mit ihr Schluss gemacht hat und wieder bei seiner Ex-Frau eingezogen ist.«

»Krass.«

Wir starren beide für eine Minute auf die schwappenden Wellen, während ich mir Queen Lauren und den Goalie zusammen vorzustellen versuche. »Moment mal – wann haben sie sich getrennt?«

»Vor zwei Jahren, ungefähr zu der Zeit, als Nate die Bruisers gekauft hat.«

»Genau zu der Zeit, als Lauren meine Stelle bekommen hat.« Das ist keins von meinen Lieblingsthemen. Georgia weiß, wie verrückt es mich macht, nicht zu wissen, warum Nate Lauren und mich gegeneinander ausgetauscht hat. Ich wurde ins Büro des Eishockeyteams versetzt – wo Lauren gearbeitet hatte, bevor Nate die Mannschaft übernommen hat –, und Lauren bekam dafür meine Stelle bei ihm in Manhattan.

»Das habe ich auch gerade gedacht«, sagt Georgia. »Vielleicht hat Nate ihre Trennung zum Anlass genommen, eure Stellen zu tauschen? Vielleicht wollte er sie als Mitarbeiterin behalten, wusste aber, dass sie kündigen würde, wenn er sie nicht aus diesem Büro herausholen würde.«

»Das ist … interessant«, überlege ich. »Aber irgendwie auch ganz schön weit hergeholt.«

»Kann sein«, sagt Georgia und senkt die Stimme. »Ich weiß, dass es immer an dir genagt hat, dass Nate dich nach Brooklyn versetzt hat.«

»Ja. Ich werde es wohl nie herausfinden.« Damals hatte Nate betont, meine neue Stelle sei gleichwertig und er brauche in Brooklyn jemanden, dem er vertraue. Trotzdem hat es mich gewurmt, dass ich aus dem innersten Zirkel in Manhattan verbannt wurde. Ich ging davon aus, dass ich ihn auf irgendeine entscheidende Weise enttäuscht hätte. Ich dachte, ich stünde kurz davor, gefeuert zu werden. Aber nun hatte ich zwei Jahre Zeit, um mich an den Gedanken zu gewöhnen, und Nate ist so freundlich zu mir wie eh und je. Vielleicht sogar noch freundlicher. Alles scheint normal und in Ordnung zu sein. Zumindest war es so, bis ich mir den Kopf angeschlagen habe.

Georgia und ich treffen unsere Freundin Ari vor den Aufzügen im Nordturm auf dem Weg zu Laurens Zimmer, das sich im obersten Stockwerk des Hotels befindet. Und nach der Richtung zu urteilen, in die wir gehen, nachdem wir aus dem Aufzug gestiegen sind, muss der Meerblick von ihrem Zimmer aus der Hammer sein.

Als sie die Tür öffnet, stehe ich hinter den beiden anderen. Und als Lauren mich entdeckt, flackert Überraschung in ihren Augen auf. »Hi, du.«

»Ich bemerke deine Begeisterung. Aber leider bin ich noch nicht wieder im Einsatz. Mein toller neuer Arzt hat mir eine mehrwöchige Therapie verschrieben.« Ich gehe zum Fenster, um den herrlichen Meerblick zu genießen, und schnappe mir auf dem Weg ein Gürkchen von einem ausladenden Esstisch. »Ich habe so laut rumgeheult, dass Nate einem vorübergehenden Hafturlaub zugestimmt hat. Wegen guter Führung darf ich zu dieser Party, solange ich in achtundvierzig Stunden wieder bei der Therapie bin.«

»Oh.« Lauren sieht enttäuscht aus. »Tja, dann muss ich wohl doch zu dieser blöden Party. Macht mal jemand den Wein auf?«

In Laurens riesigem verspiegeltem Ankleidezimmer kümmern wir uns um unsere Haare und unser Make-up.

»Wie geht es dir?«, fragt Georgia und lässt sich neben mir aufs Sofa fallen.

»Jetzt gerade geht es mir hervorragend. Ich sitze hier, esse überteuerte Hotelsnacks und habe dir eben die Zehennägel in einem krassen Pink lackiert. Aber manchmal kann ich nicht richtig gucken, und das Zimmer fängt an, sich zu drehen.«

»Das ist ja doof«, sagt meine beste Freundin mit einem traurigen Lächeln.

»Das ist es wirklich. Aber ich mag meinen neuen Arzt, und ich bin sehr zuversichtlich, dass er weiß, was zu tun ist. Ich habe es so satt, eine Spielverderberin zu sein.«

»Du bist doch keine Spielverderberin«, sagt Georgia schnell.

»Schön wär's.«

»Ist es komisch, nicht bei der Arbeit zu sein?«, fragt sie.

»Total komisch. Ich habe Angst, dass sie mich vielleicht einfach vergessen und jemand anders einstellen. *Saß hier nicht sonst jemand an diesem Schreibtisch? Am besten besetzen wir den Platz neu.*«

»Wie ist es, bei Nate zu wohnen?«, fragt mich Ari. »Ich kann mir vorstellen, dass er nie zu Hause ist. Außer zum Schlafen.«

»Kann sein … Aber ich bin in seiner privaten Höhle. Er kann nicht nackt herumlaufen oder so.«

Georgia kichert. »Falls du ihn nackt siehst, will ich Einzelheiten. Dieser Körper …«

Hitze kriecht mir den Nacken hinauf. »Hör auf. Ich will nicht herumsitzen und an Nates nackten Körper denken.« Auch wenn der wahrscheinlich ein Meisterwerk ist. Wenn Nate mit dem Team unterwegs ist, macht er jeden Morgen zusammen mit den Spielern Yoga. Er ist richtig, richtig gut darin. Und so beweglich. Nicht, dass ich darauf achten würde.

»Warum nicht? Jeder ist unter seinen Klamotten nackt«, betont Georgia. »Sogar der Typ mit den Achthundert-Dollar-Sneakers.« Wir wissen alle, wie teuer Nates Schuhe sind, weil die *GQ* einmal eine Story über seinen Kleidungsstil gebracht hat.

»Aber wir dürfen uns das nicht vorstellen. Das ist gefährlich. Wenn ich dieser Neugier nachgebe, werden wir eines Tages in einer Sitzung mit der Marketingabteilung sitzen und ich werde mir Nate nackt vorstellen. Und wenn sich dann jemand zu mir umdreht und mich nach den Ticketverkäufen fragt, antworte ich bestimmt so was wie ›Bizeps‹«.

»Er hat wirklich schöne Bizepse«, seufzt Georgia.

»Hör auf!« Ich stupse sie an. Obwohl es stimmt. Aber ich will meinen Chef, der in letzter Zeit so gut zu mir war, nicht lüstern anglotzen. Das ganze Thema ist mir unangenehm.

»Becca, jetzt zeig uns dein Kleid«, fordert Lauren mich auf und legt ihren Lockenstab ab.

Ich öffne den Reißverschluss meines Kleidersacks und ziehe mein Kleid heraus, das sich nicht stärker von Georgias schickem rosa Kleid unterscheiden könnte. »Es ist ein trägerloses Vintage-Kleid aus den Fünfzigern.« Ich halte es hoch, um ihnen die rosa Spitzenblumen auf weißem Satin mit der passenden Schärpe um die Taille zu präsentieren.

»Wow!«, sagt Georgia. »Wie schön, dass du das endlich mal trägst.«

»Ja, oder?« Ich schüttele es leicht. »Ich hoffe, es ist elegant genug. Nate hat mich gefragt, ob ich vor der Party etwas mit ihm trinke. Er trifft seine alte Freundin schon vorher, und er sagt …« Ich hole mein Handy heraus und werfe einen Blick darauf, während mir ein scharfer Schmerz durch den Kopf schießt. *Bleib in meiner Nähe, denn ich will nicht übers Geschäft reden. Alex will mich bei dem Router-Geschäft übers Ohr hauen.*

Lauren lacht. »Oh, Nate. Er könnte sich langsam mal wie ein Erwachsener verhalten.«

»Ich habe Alex vor langer Zeit mal getroffen«, erzähle ich ihr. Aber ich wette, Lauren weiß mehr. »Glaubst du, Nate steht auf sie? Steckt da noch etwas anderes dahinter? Soll ich sie eifersüchtig machen oder so?«

»Nein«, sagt Lauren schnell. »Nate will kein Angebot von Alex für die Router-Sparte, weil er glaubt, dass er ein besseres Geschäft macht, wenn jemand anders zuerst bietet.«

»Oh, okay …« Hm. »Dann wird der Abend so viel langweiliger, als ich dachte. Zu schade, dass ich nicht trinken darf. Georgia, komm her, Süße. Ich bring deine Wimperntusche in Ordnung.«

Meine Freundin dreht sich um. »Hab ich's vermasselt?«

»Noch nicht, Schätzchen. Aber das wirst du wahrscheinlich. Lass das mal Tante Becca machen.«

»Du hast kein Vertrauen in mich!«, heult Georgia. Aber sie reicht mir die Wimperntusche.

»Ich habe sehr viel Vertrauen in dich, außer, wenn es um Mode und Make-up geht.« Ich hab sie wirklich lieb, aber die Arme ist nun mal Sportlerin. Wenn sie Lippenstift sagt, meint sie den jahrealten Labello in der Tasche ihres Wintermantels.

Nachdem ich Georgias Gesicht gerettet habe, ziehe ich mein Kleid an. Irgendwie stehe ich am Ende Seite an Seite mit meiner Konkurrentin vor dem Spiegel. Lauren ist groß und gertenschlank. Sie trägt ein blaues Seidenkleid, das unser Star-Goalie tatsächlich für sie in einer Boutique gekauft hat, als sie noch zusammen waren. Sie sieht aus wie ein verdammter Filmstar.

Der Gegensatz zwischen uns könnte nicht größer sein. Zunächst einmal bin ich mindestens zehn Zentimeter kleiner. Ich bin die kleine, kurvige Freundin. Als ich dieses Kleid in einem Antiquitätenladen in Brooklyn gekauft habe, habe ich es wegen seines Schnitts ausgewählt. Es ist schmal an der Taille, aber mit viel Platz für die Oberweite. In den Fünfzigern war meine Figur sehr angesagt. Heute nicht mehr so.

Na los, rede ich mir gut zu. *Kopf hoch*. Heute Abend ist die Gelegenheit, ein wenig Spaß zu haben. Vielleicht lerne ich einen süßen Basketballer kennen und kann ihn abschleppen.

Man wird ja noch träumen dürfen.

»Weißt du …« Lauren sieht mich durch den Spiegel nachdenklich an. »Vielleicht hast du gar nicht so unrecht. Manchmal geht von Alex irgendetwas aus, so als ob sie auf Nate stehen würde. Aber ich kann mich auch irren. Und Nate würde es weiß Gott nicht bemerken. Der Mann ist so scharfsinnig, was die Beweggründe aller anderen angeht, aber ein totaler Schwachkopf, wenn es ihn selbst betrifft.«

Sie verdreht im Spiegel die Augen, und auf einmal empfinde ich einen Anflug von Mitleid für den Boss. »Hast du jemals Juliet kennengelernt, seine Ex?«

»*Nein!* Du etwa?« Lauren richtet einen Ohrring, und unsere Blicke begegnen sich im Spiegel. Ihr steht die Neugier ins Gesicht geschrieben. Offensichtlich ist Nate nicht der Einzige, der auf Tratsch steht.

»Na sicher. In den Anfangstagen war sie ständig dabei. In dem ersten Jahr, in dem ich für ihn gearbeitet habe, musste Nate noch nicht so viel reisen, und ihre Arbeitsstellen lagen in Laufweite voneinander. Manchmal hat sie ihm Essen gebracht. Sie waren ein süßes Paar.« *Zumindest am Anfang.*

»Ich kann mir Nate irgendwie nicht als Teil eines Pärchens vorstellen«, bemerkt Lauren.

»War er aber«, betone ich. Ich spüre den Drang, ihn zu verteidigen. »Er war hingebungsvoll – ein Mann, der sich sogar an den Hochzeitsvorbereitungen beteiligen wollte. Sie hatten eine *Doctor Who*-Mottoparty geplant, mit einer TARDIS auf der Hochzeitstorte …«

Lauren schnaubt, aber ich fand es damals entzückend. *Exzentrisch.* Er war ihr treu ergeben.

Bis sie alles kaputtgemacht hat.

Ich wende mich vom Spiegel ab und bewundere Georgias neues rosa Kleid, und das Gespräch dreht sich nun um die Play-off-Chancen und die Vorteile unterschiedlich großer Rundbürsten beim Haareföhnen.

Nichts lädt einen leeren Akku so gut auf wie ein bisschen Mädelsgeplauder.

»Kannst du mal halten?«, sagt Georgia und reicht mir ihr Weinglas, damit sie in ihre High Heels steigen kann. »Oh Mann, ich hasse Absätze. Wie machst du das nur?«, fragt sie mich.

»Ich bin klein, ich habe seit der Pubertät darin Übung.«

Es klopft an der Tür, und ich will schon etwas rufen, als ich Nates Stimme höre. »Lauren?«

»Warte kurz!«, ruft sie und legt ihre Rundbürste weg.

»Wir brauchen noch einen Augenblick!«, werfe ich ein. »Wir sind noch nicht angezogen!«

Das ist total übertrieben, also lachen wir alle, und Lauren macht die Tür auf. Davor steht Nate, eine Fliege in der Hand.

»Komm rein«, fordert Lauren ihn auf.

Ein wenig verstört betrachtet er unsere kleine Vorglüh-Party – das Essen auf dem Tisch und den Wein. Sein Blick bleibt an mir hängen, und aus irgendeinem Grund wirkt er verärgert. »Ich habe den ganzen Tag mit dem Silicon Valley telefoniert. Wusste nicht, dass nebenan eine Party steigt.«

»Du armes, armes Ding«, flöte ich. Ich hüpfe zu ihm hinüber und nehme ihm die Fliege aus der Hand. »Hast du gerade ernsthaft an Laurens Tür geklopft, weil du keine Fliege binden kannst?«

Wenn ich mich nicht irre, errötet er. »Ich hasse Smokings.« Sein Blick fällt auf das Glas in meiner Hand. »Ich dachte, du darfst nicht trinken?«

Oh, oh. Ich mache den Mund auf, um mich zu verteidigen, aber Georgia nimmt mir das Glas aus der Hand. »Sie hält es für mich, damit ich diese Schuhe anprobieren kann.«

»Das ist die Wahrheit, Officer«, bestätige ich. »Und jetzt komm näher, damit ich das hier richtig hinkriege.« Ich halte die Fliege hoch.

Nate zögert einen Moment, und ich frage mich, ob er meine Fliegenbindefähigkeiten anzweifelt. Doch dann tritt er näher und hebt den Kopf.

Ich stelle seinen Hemdkragen auf und schlinge das Seidenband darum. Von Nahem rieche ich Nates vertrauten Duft – frische Wäsche und Rasierschaum. Ich atme tief ein und fühle mich belebt. »Also, wegen heute Abend«, sage ich, während ich mich mit der Fliege abmühe. Weil ich so klein bin, muss Nate sich ein wenig zu mir herunterbeugen. »Bin ich den ganzen Abend dein Puffer? Oder nur am Anfang?«

»Nur für den Drink mit Alex«, sagt er mit rauer Stimme. »Sie kann mich nicht den ganzen Abend in Beschlag nehmen. Wegen der Spenden muss sie sich unters Volk mischen.«

»Super!« Ich binde die Fliege und zupfe sie ordentlich zurecht. »Ich möchte mit Basketballspielern tanzen. Die sind bestimmt ziemlich leichtfüßig.«

Nate runzelt die Stirn. »Ich muss Alex jeden Moment unten treffen.«

»Ich weiß, Sklaventreiber. Ich hol noch schnell meine Clutch.« Ich steige über meine Maniküre/Pediküre-Box und klappe sie zu. »Kann ich meine Sachen erst mal hierlassen?« Ich schiebe den Kasten unter die Gepäckablage.

»Natürlich«, sagt Lauren sofort. »Viel Spaß.«

Ich greife nach meiner Clutch, ein kleines paillettenbesetztes Ding, das ich auf dem Flohmarkt gekauft habe, und schlüpfe in meine roten Pumps – nur fünf Zentimeter hohe Absätze, denn ein Mädchen mit Gleichgewichtsproblemen muss auf Nummer sicher gehen. Ich winke den Mädels zu und folge Nate aus der Tür. »Kopf hoch, Boss«, plappere ich, als Nate auf den Aufzugknopf drückt. »Wir sind am Strand, und meine Handtasche glitzert. Das wird ein toller Abend.«

Seine Miene wird sanfter. »Schön. Ich werde versuchen, mich zu amüsieren. Ich habe Alex jedenfalls schon seit ein paar Wochen nicht mehr gesehen.«

»Wieso nicht?«

»Zu viel zu tun.« Er zuckt mit den Achseln. »Ihre Firma ist nur zwanzig Blocks von meiner entfernt, aber irgendwie haben wir es nie geschafft.«

Als der Aufzug in die Lobby hinuntergleitet, fällt mir etwas Wichtiges über mein eigenes Leben auf – etwas, das ich normalerweise nicht zu würdigen weiß. Manchmal ist es beängstigend, Geldsorgen zu haben und irgendwie über die Runden kommen zu müssen. Dafür habe ich Freiheiten, die Nate nicht hat. Wenn ich Feierabend habe, habe ich frei. Ich kann mich mit Freunden treffen und tun und lassen, was ich will.

Ich werfe meinem Boss einen Blick von der Seite zu und mustere seinen ernsten Gesichtsausdruck. Nate hat nie Feierabend. Egal wie spät es ist, er ist rund um die Uhr verantwortlich für eine Firma mit zweitausend Mitarbeitern und zig Millionen Aktionären.

Gewöhnlich zu sein hat seine Vorteile. Seltsam, aber wahr.

Die Aufzugtüren öffnen sich zu der geräumigen Lobby. Doch es gelingt mir nicht, einen großen Auftritt hinzulegen. Die Fahrt in der Kabine hat mich desorientiert, und ich muss mich für einen Augenblick an der Wand festhalten, ehe ich es wage, auf meinen Absätzen hinauszutreten.

Flache Schuhe wären wohl doch die bessere Wahl gewesen.

»Alles okay?«, fragt Nate leise.

Ich blicke zu ihm auf und sehe die Sorge in seinem Gesicht. »Alles in Ordnung, nur ein kleiner Rückschlag.« Als ich ihn anlächele, meine ich es ernst. Diesmal täusche ich meine Zuversicht nicht vor. Ich werde dieses Gleichgewichtsproblem zertreten und zum Heulen bringen.

Sobald ich aus diesem Aufzug trete.

Nate bietet mir seinen Arm, und ich akzeptiere ihn ohne Widerspruch. Er fühlt sich kräftig an, und in diesem Moment freue ich mich mehr darüber als jemals zuvor.

Außerdem riecht Nate gut.

In gemächlichem Tempo durchschreiten wir die großzügige Lobby. Die Benefizveranstaltung findet auf der rückwärtigen Veranda statt. Ein Schild soll die Hotelgäste von der geschlossenen Gesellschaft fernhalten. (Zutritt nur mit gültiger Eintrittskarte!) Gigantische weiße Vorhänge hängen zwei Stockwerke weit hinunter, und Samtbänder trennen die Gäste der Abendgesellschaft von den Normalsterblichen. Für tausend Dollar Eintritt pro Kopf haben die Gäste wohl ein Recht darauf, sich besonders zu fühlen.

Ein Türsteher im Smoking hakt das Samtband für uns auf und lässt uns eintreten. »Guten Abend, Sir. Der Eventmanager ist gerade drinnen, falls Sie irgendetwas brauchen.«

»Danke«, sagt Nate, als wir weitergehen.

Hinter den Vorhängen ist die Lobby einfach … zu Ende. Die riesigen Glastüren sind ganz aufgeschoben und geben den Blick frei auf einen Infinitypool, das Wasser schwappt gegen die Travertin-Fliesen der Einfassung. Den Pool umgibt eine Rasenfläche, die zum Strand führt.

In einiger Entfernung ist der Strand abgesperrt, und zwei Security-Männer sind als Wachposten abgestellt. Kein gemeines Volk soll die Party stören.

Die Gäste sind allerdings noch nicht da. Ich sehe nur Personal und eine einzelne Frau in einem asymmetrischen Designerkleid. Alex.

Sie wartet am anderen Ende der Rasenfläche, allein auf einem Barhocker.

Alex ist auf diese mühelose Art schön, so wie alle reichen Frauen. Wahrscheinlich hat sie ein ganzes Team, das sich um ihr honigfarbenes Haar und ihre Garderobe kümmert. Als wir uns nähern, mustert sie uns mit kühlen, wachen Augen. »Hallo, Fremder«, sagt sie, als wir in Hörweite sind. Sie gleitet vom Hocker und geht auf Nate zu, um ihn zu umarmen.

»Hey.« Er drückt sie. »Kennst du Rebecca noch?«

Alex tritt einen Schritt zurück und mustert mich argwöhnisch. »Ah, Rebecca. Die Empfangsdame.«

»Büroleiterin«, korrigiere ich sie reflexhaft. Und dann bereue ich es auch sofort. Ich muss mich wirklich nicht mit einer von Nates ältesten Freundinnen streiten. Aber die Botschaft hinter ihrem eisigen Blick ist unmissverständlich. *Du bist hier nicht willkommen.* »Inzwischen leite ich das Büro der Brooklyn Bruisers«, füge ich hinzu, um meinen scharfen Ton etwas abzumildern.

»Verstehe.« Steif gibt sie mir die Hand. »Das erklärt, weshalb ich dich so lange nicht gesehen habe. Jetzt fällt es mir wieder ein – Nate hat dich nach Brooklyn versetzt und Lauren Williams befördert. Lauren ist super.«

»Genau«, sage ich langsam und bemüht fröhlich. »Lauren ist die Beste.«

Nates Augen weiten sich kaum merklich. Dann legt er einen Arm um mich. Es ist bloß eine freundschaftliche Geste, aber ich sehe, wie Alex die Augen zusammenkneift. »Rebecca hat ein paar anstrengende Wochen hinter sich. Ich habe sie heute hierher eingeladen, um sie ein wenig aufzumuntern.«

»Ach ja?« Alex schüttelt ihr Haar. Es ist blond und seidig. Sie sieht aus wie einer Shampoowerbung entsprungen.

»Kopfverletzung«, plappert Nate. »Wusstest du, dass das Innenohr aus dem Gleichgewicht gebracht werden kann? Die Behandlung umfasst Trampolinspringen und Drehen auf einem Bürostuhl.«

»Wie anregend«, sagt Alex und schlürft an ihrem Cocktail. Sie zieht eine Miene, als hätte jemand ihren Hund getreten. Und ich habe das deutliche Gefühl, dass in dieser Konstellation ich die Hundetreterin bin. Aber ich habe keine Ahnung, wieso.

Nate hingegen übergeht Alex' seltsam kühlen Ton. Er winkt den Barkeeper heran, der gerade die Bar auffüllt und sich auf den kommenden Ansturm vorbereitet. »Was trinkst du?«, fragt er Alex und deutet auf ihr Glas. Darin befindet sich etwas, das nach einem Gin Tonic aussieht oder vielleicht auch Wodka. Jedenfalls etwas Klares und vermutlich Teures. Bei diesen Veranstaltungen werden hochpreisige Spirituosen serviert. Die reichen Gönner werden hier nicht mit billigem Fusel über den Tisch gezogen.

»Mir reicht das erst einmal«, sagt sie. »Aber es gibt Cocktailspezialitäten extra für unser Event. Du möchtest vielleicht den …«, sie greift nach der Getränkekarte auf dem Tresen, »Brooklyn Bubbly probieren. Champagner, Aprikosenlikör und Orangenblütenwasser. Nach jedem unserer Teams ist ein netter Cocktail benannt.«

»Bis morgen«, sagt Nate mit trockenem Lachen. »Morgen Abend benennen sie den gleichen Drink nach dem Hobby irgendeines anderen reichen Typen.«

Alex gibt ihm einen Klaps auf den Arm. »Es ist noch zu früh am Abend, um so zynisch zu sein.«

»Es ist nie zu früh, um so zynisch zu sein.« Er streicht sich das Revers seines Smokings glatt.

»Du hast dich schick gemacht«, zieht Alex ihn auf. Mir hat sie komplett den Rücken zugewandt. »Ist das eine Fliege zum Anklipsen?«

»Natürlich nicht«, fiepe ich. »Die habe ich gebunden.«

Aber offensichtlich existiere ich gar nicht. Alex bemerkt nicht einmal, dass ich etwas gesagt habe.

Und wieso habe ich mich überhaupt eingemischt? Das ist nicht meine Auseinandersetzung. Wenn sie sauer auf Nate ist, dann brauche ich nicht zu wissen, wieso. Ich schlüpfe aus meinen High Heels und schiebe sie unter einen Barhocker. Das Gras fühlt sich angenehm unter meinen Füßen an, und mein Gleichgewicht verbessert sich augenblicklich.

Nate studiert das Angebot hinter der Bar. »Hey, Bec, sie haben hier das Ginger Beer, das du so gern magst.«

Wieder kneift Alex die Augen zusammen, aber Nate beachtet sie gar nicht, sondern bestellt eine Limo für mich und einen Macallan 18 für sich.

Die Drinks kommen, und Alex steuert das Gespräch in Richtung der guten alten Collegezeiten, als sie und Nate zwanzig waren und Schwierigkeiten mit ihren Noten hatten. »Gib es zu, du hast Französische Lyrik nur meinetwegen bestanden.«

»Das stimmt.«

Ich schaue zu, wie in der Ferne die Wellen an den Strand schwappen, und frage mich, wann Georgia endlich kommt.

11

Nate

Nun, das ist seltsam. Alex schmollt, und ich weiß nicht, warum. Heute Abend strahlen ihre Augen, allerdings härter als sonst. Alex ist gerissen, und das stellt sie nie ab. Doch normalerweise ist sie nicht gemein zu anderen Frauen.

Obwohl es an Becca abzuprallen scheint, bin ich verärgert. Und mein Bauchgefühl sagt mir, dass Alex' schlechtes Benehmen nichts mit ihrem Angebot für meine Router-Sparte zu tun hat. Sie hat das Geschäft kein einziges Mal erwähnt.

Ob sie sauer ist, weil sie die Wette verloren hat? Aber das ist wohl Wunschdenken. Wenn es ums Geschäft geht, ist Alex genauso knallhart wie ich. Sie ist bereit, Risiken einzugehen, weiß aber auch, dass man aufgeben sollte, wenn sich etwas nicht lohnt.

Es gibt noch eine dritte Möglichkeit, doch die gefällt mir nicht besonders gut. Das letzte Mal habe ich Alex im März gesehen. Wir waren auf einer großen IT-Konferenz in Las Vegas. Nach einem gemeinsamen Abendessen haben wir uns in ihrer Suite ungewöhnlich heftig betrunken. Ich hatte nur ein paar Stunden Schlaf bekommen. Es war die Nacht, in der wir die Wette auf einer Serviette festgehalten haben, deren Ergebnis diese Wohltätigkeitsgala ist.

Es war auch das einzige Mal, dass ich mit Alex geschlafen habe.

»Gott, das war dumm«, murmelte sie um vier Uhr morgens. »Was haben wir uns dabei gedacht?«

Ich murmelte eine unbeholfene Entschuldigung, als ich mir die Hose anzog und die Kondomverpackung vom Boden aufhob. Zwölf Jahre lang hatten wir das vermieden, und mit einem Mal wusste ich, warum. Zwischen Alex und mir knistert es nicht. Gar nicht. Null.

Zu meiner Verteidigung: Sie hat mich verführt. Doch ich hätte es besser wissen müssen.

»Hast du heute niemanden mitgebracht?«, frage ich Alex nun und versuche, mich auf das Hier und Jetzt zu konzentrieren. »Wo ist ...« Ich durchforste mein Gedächtnis, kann mich aber nicht an den Namen erinnern. Zwei Wochen nach unserem dummen One-Night-Stand hat Alex mir demonstrativ erzählt, sie habe jemanden kennengelernt. Ich hielt das für ein gutes Zeichen – und für eine freundliche Geste, um mir die Befangenheit zu nehmen, damit wir unseren Fehltritt überwinden konnten.

Ich dachte zumindest, wir hätten ihn überwunden.

»Jared?«, hilft sie mir auf die Sprünge. Dann zieht sie ein Gesicht. »Ich habe ihm letzten Monat den Laufpass gegeben. Das mit uns hat nicht funktioniert.«

»Das tut mir leid«, sage ich und meine es auch so. Wenn es darum geht, Menschen kennenzulernen, hat Alex dieselben Probleme wie ich. Sie kann niemandem wirklich vertrauen. Allerdings ist es für sie noch schwieriger, weil sie sich tatsächlich eine ernsthafte Beziehung wünscht. Vor ein paar Jahren hat sie mir anvertraut, dass sie spätestens mit zweiunddreißig verheiratet sein will, damit sie vor fünfunddreißig ein Baby bekommen kann. Als wäre die Mutterschaft ein weiteres Geschäftsprojekt, das wir einem Team von Analysten zur Auswertung vorlegen könnten.

Aber es gibt kein Fließdiagramm dafür, wie man den perfekten Mann findet. Arme Alex.

Sie macht eine wegwerfende Handbewegung. »Nicht schlimm. Andere Mütter haben auch schöne Söhne.« Aber ihr Lachen klingt gezwungen.

Autsch. Ich winke dem Kellner und bestelle eine zweite Runde. »Noch ein Ginger Ale, Bec? Und du hast mir noch gar nicht gesagt, was du trinken willst.« Ich deute auf Alex' Glas.

»Nur ein Wasser bitte. Ich muss auf Zack sein, um reichen, älteren Herren Geld abzuschwatzen.«

»Ich bin mir sicher, das würdest du auch betrunken schaffen.«

»Danke.« Sie seufzt.

Rebecca leert ihr erstes Glas und stellt es auf die Bar. Im Gegensatz zu Alex scheint Rebecca heute Abend wieder ganz die Alte zu sein. Sie hat eine gesunde Gesichtsfarbe, und ihre Augen blitzen. Sie sitzt auf dem Barhocker, lässt die Beine baumeln und erzählt mir dann einen schrecklichen Witz. »Kommt ein Neutron zur Disco. Sagt der Türsteher: ›Tut mir leid, nur für geladene Gäste!‹« Sie zwinkert mir zu.

»Den hast du von Bingley, stimmt's?«

»Genau.« Sie sieht nicht mehr so angespannt und verstört aus wie letzte Woche. Ich bin so unfassbar erleichtert. Und es ist schwer, sie nicht anzustarren, besonders ihre wohlgeformten Schultern in diesem trägerlosen Kleid. All diese Haut, die nur darauf wartet, geküsst zu werden. Der Ausschnitt des Kleides ist herzförmig, und am liebsten würde ich die Kontur mit der Zunge nachzeichnen.

Himmel, was ich nicht alles mit ihr anstellen würde. Wie es wohl klingt, wenn sie erregt ist?

Was für ein Glück, dass ich gerade eine weite Smokinghose anhabe.

Ich nehme mein zweites Glas Scotch und bemühe mich,

Alex in die Augen zu sehen, während sie mit mir spricht. Ich schaffe es, mich am Gespräch zu beteiligen. Aber es ist nicht einfach. Mich in Rebeccas Gegenwart zu beherrschen ist mir schon mal leichter gefallen. Aber seit ihrem Unfall bin ich unglaublich abgelenkt. Zu wissen, dass es ihr besser geht, reicht mir nicht. Durch ihre Anwesenheit in letzter Zeit bin ich verwöhnt. Deswegen bin ich jetzt süchtig nach ihr.

Alex beendet ein wenig Branchenklatsch, den sie auf einer IT-Konferenz gehört hat. Obwohl wir uns schon so lange kennen, fällt es mir zum ersten Mal schwer, mich mit ihr zu unterhalten. Rebecca spürt es wohl auch, denn sie rutscht vom Barhocker. »Ich möchte den Sand zwischen meinen Zehen spüren«, sagt sie. »Sollen wir einen kleinen Spaziergang machen, bevor die Gäste eintreffen?«

»Warum das?« Stirnrunzelnd nippt Alex an ihrem Getränk.

»Wir sind am Strand. Wenn ich am Meer bin, will ich es auch sehen.«

»Brooklyn liegt auch am Meer«, murmelt Alex vor sich hin.

Obwohl Rebecca schon losgegangen ist, hat sie es gehört. »Ich bin auch in der Grundschule gewesen. Aber von meinem Schreibtisch aus kann man nicht bis Far Rockaway gucken.« Mit dem Glas in der Hand geht sie ein paar Meter weiter, wo der perfekte Rasen des Hotels an den Strand grenzt. »Ah, ist das schön.« Sie tänzelt über den Sand.

Ich gehe zu ihr und suche den dunklen Horizont ab. In der Ferne sehe ich ein hell erleuchtetes Schiff.

Becca gräbt mit dem Zeh eine Mulde. Die Sonne ist schon untergegangen, aber ich kann trotzdem sehen, dass ihre Fußnägel leuchtend violett lackiert sind. So gern würde ich ihren glatten Knöchel streicheln und spüren, wie sich ihre Haut anfühlt.

Verdammt. Mich hat es ganz schön erwischt.

»Das ist die beste Bar, in der ich je war«, sagt Becca lächelnd. Der Wind frischt auf, ihr Kleid hebt sich ein paar Zentimeter und entblößt ihre Knie. Noch mehr Gehirnzellen verlassen das sinkende Schiff. In der kühlen Brise reibt Rebecca sich die nackten Arme.

»Ist dir kalt?« Ich muss einfach fragen. Ich klinge wie meine Mutter.

»Nicht kalt genug, um den Ausschnitt dieses Kleides mit einem Tuch zu ruinieren.«

Alex schnaubt. »Es ist sicher toll, mal aus dem Büro raus zu sein.«

»Tatsächlich wäre es schön, mal wieder *im* Büro zu sein.« Rebeccas Lächeln erstirbt. »Ich bin im Moment krankgeschrieben. Das ist echt mies. Nate hat mich zu der Party eingeladen, weil mir sonst die Decke auf den Kopf gefallen wäre.«

»Ach so.« Alex mustert Becca, dann schnellt ihr Blick zurück zu mir. Ich kann quasi dabei zusehen, wie sich die Rädchen in ihrem Kopf drehen. »Wie lange arbeitest du jetzt in Brooklyn?«

»Zwei Jahre«, sagt Rebecca und beobachtet die Wellen am Rande des dunklen Ozeans.

»Ach, schon so lange?«, fragt Alex, und ich wappne mich innerlich. Der berechnende Ausdruck in ihren Augen gefällt mir nicht. »Gefällt es dir in Brooklyn?«

»Sehr«, sagt Becca schnell. »Es macht Spaß, mit der Mannschaft zu arbeiten. Und die Anlage in Dumbo ist ziemlich klasse. Alle wohnen in der Nähe, und ich kenne die Betreiber sämtlicher Verkaufsstände im Stadion. Es ist wie ein Dorf mitten in der Stadt.«

»Das klingt wirklich nett«, stimmt Alex zu. »Dir winkt jemand zu, Schatz. Sie lassen jetzt wohl die Leute rein. Zeit, sich für den guten Zweck ins Zeug zu legen.«

Wir alle schauen zu den Kordelständern am Eingang, wo mein Flügelstürmer Castro Becca zuwinkt. »Schau mal, wer da ist!«, ruft er.

»Nie im Leben!«, ruft ein anderer Spieler. »Becca! Wir haben dich vermisst.«

Rebecca zögert. »Ist es okay, wenn ich kurz Hallo sage?«

»Geh schon«, sage ich. *Bleib,* heult mein Herz.

»Ich werde ihn schon nicht in den nächsten zwei Minuten beim Router-Geschäft übers Ohr hauen«, murrt Alex. »So schnell bin selbst ich nicht.«

Becca schaut mich amüsiert an und wendet sich dann schnell ab, um ihre Freunde zu begrüßen. Ich schaue ihr nach, wie sie davongeht, die zarten Füße auf dem Gras …

»Hey«, sagt Alex und schnippt mit den Fingern. »Romeo.«

Das holt mich aus meiner Benommenheit. »Was?«

Alex grinst mich an. Dann nimmt sie mir das Glas aus der Hand und trinkt einen winzigen Schluck. »Beim Allmächtigen, weiß sie, was du für sie empfindest?«

Scheiße.

Beim Anblick meines Gesichtsausdrucks kichert Alex. »Ehrlich? Ich hoffe, du wolltest es nicht geheim halten. Dein Pokerface ist echt mies.«

»Beim Poker verliere ich nicht oft.« Schlechtester Konter der Welt.

Alex verdreht die Augen. »Dann spiel bloß nicht, wenn sie mit am Tisch sitzt. Du würdest wahrscheinlich noch nicht mal deine eigenen Karten erkennen.«

Ich starre in mein Whiskeyglas. Meine Schwärmerei für Becca muss geheim bleiben. »Es ist sowieso egal. Da wird eh nichts draus.«

»Warum nicht?«

Auweia. Mit Alex kann ich am allerwenigsten darüber sprechen. »Sie ist meine Angestellte. Das wäre völlig unangemessen.« Schlimmer noch – sollte ich Becca verschrecken, würde ich nicht nur eine Mitarbeiterin, sondern eine gute Freundin verlieren.

»Verstehe.« Alex mustert mich. Dann legt sie mir die Hand auf die Schultern und drückt sie kurz. Es fühlt sich gut an, denn normalerweise berührt mich niemand. Zumindest nicht richtig. »Aber wie kannst du das aushalten? Ich habe schon Welpen gesehen, die undurchschaubarer waren als du. Deshalb hast du sie nach Brooklyn geschickt, stimmt's? Um sie aus dem Kopf zu kriegen.«

»Ist doch egal …«, sage ich bloß und beobachte, wie Rebecca meinen Ersatztorwart umarmt. »Hat nicht funktioniert.«

Alex seufzt. »Du bist ein wirklich kluger Mann, Nate. Aber auch du weißt nicht *alles*. Besonders, wenn es um Frauen geht.«

Damit hat sie wohl recht. Frauen sind mir ein Rätsel. Selbst Alex, die ich ziemlich gut kenne.

»Wir sind nicht alle Juliet«, sagt Alex schlicht.

»Ach, tatsächlich?« Selbst ich war nicht so naiv, meine Probleme mit Juliet mit der Situation mit Rebeca zu vergleichen. »Das weiß ich, Al.«

»Da bin ich mir nicht so sicher«, sagt sie ruhig und mustert mich mit ihren großen braunen Augen. »Juliet hat eine wirklich fiese Nummer abgezogen. Sie hat dich praktisch davon überzeugt, dass Frauen dich nur wegen des Geldes attraktiv finden.«

»Das stimmt nicht«, widerspreche ich. »Es ist nur so, dass die Frauen, die mir gefallen, mich nicht wahrnehmen.« Scheiße. Über so etwas sollte ich mit Alex nicht mehr sprechen. Wann ist das alles bloß so kompliziert geworden? »Alex«, setze ich an, »gibt es etwas, über das du mit mir reden möchtest? Ich höre dir zu.«

Sie taxiert mich. »Zu spät. Vielleicht ein andermal.«

Offensichtlich habe ich alles kaputtgemacht.

»Unsere Geldgeber kommen gerade an«, sagt sie. »Zeit, der Schickeria in Florida ein wenig Cash abzuknöpfen.« Sie richtet sich auf. »Und du lässt besser auch mal ein paar Dollar springen, Kattenberger. Nur weil ich unsere Wette verloren habe, heißt das nicht, dass du nur rumhängen und dich auf meine Kosten mit Scotch betrinken darfst.«

»Ich kann in einer Stunde mehr Spenden sammeln als du.«

Sie hebt das Kinn. »Kannst du nicht.«

Ich wette mit dir um ein Essen bei Nobu ... Bevor ich es laut aussprechen kann, schwebt sie schon auf einen älteren Herrn im Smoking zu, dessen Augen bei ihrer Ankunft aufleuchten.

Das wird der letzte ruhige Augenblick des Abends, deshalb bitte ich den Barkeeper, mein Glas aufzufüllen, bevor ich mich ins Getümmel stürze. Lauren schwebt in einem engen blauen Kleid heran.

»Du siehst toll aus«, sage ich und hoffe, dass mein Torwart es auch bemerkt. Die beiden müssen ihre Probleme aus der Welt schaffen, bevor sie nach den Play-offs wieder getrennt werden.

»Danke«, sagt sie. »Du siehst aber auch sehr schmuck aus. Kann ich dich irgendwie unterstützen?«

»Mach's wie immer. Falls mich jemand zu lange vereinnahmt, denk dir einen Grund aus, um mich loszueisen. Ich habe Alex wohl zu einem Duell herausgefordert – wer innerhalb der nächsten Stunde das meiste Geld sammelt.«

»Das war so klar. Hey ... der Typ da drüben mit der silbernen Krawatte? Ist das nicht einer von Floridas Senatoren?«

Ich schaue über Laurens Schulter. »Gutes Auge, Kumpel. Ich sollte mit ihm über Netzneutralität sprechen.«

»Na, dann los.« Mit ihrer Handtasche gibt sie mir einen Klaps auf den Hintern. »Ich hole mir einen Drink und komme dann nach. Aber kannst du mir einen Gefallen tun?«

»Ja?« Mein Blick wandert zu den Eishockeyspielern in der Ecke. Einer versucht, Becca zum Tanzen zu überreden.

»Glotz Becca nicht die ganze Zeit in den Ausschnitt, während du mit dem Senator sprichst. Das ist zu auffällig.«

»Ach, Scheiße«, fluche ich und wende den Blick ab. Ich weiß nicht, auf wen ich wütender bin – auf Alex und Lauren, weil sie sich einmischen, oder auf mich, weil ich so verdammt leicht zu durchschauen bin.

»Das musst du gerade sagen«, sagt Lauren verstimmt. »Warum findest du es okay, dich in mein Leben einzumischen, willst aber selbst nicht sehen, was alles bei dir schiefläuft? Dass du das einfach ignorierst, wird langsam langweilig.« Bevor ich antworten kann, verändert sich ihr Gesichtsausdruck. »Senator! Was würden Sie gern trinken?«

Ich zwinge mich zu einem Lächeln und begrüße den Senator, während Lauren mich noch einmal böse ansieht.

Die Frauen in meinem Leben haben die Aufgabe, mich in meine Schranken zu weisen. Das ist eine verdammte Tatsache.

12

Rebecca

Nates Party bietet eine hervorragende Gelegenheit, um Leute zu beobachten. Hier tummeln sich Basketballspieler in maßgeschneiderten Smokings, die ihre hochgewachsenen Körper umspannen, und juwelenbehängte Frauen in Designerkleidern. Von den meisten Designern, die die Damen hier zur Schau stellen, habe ich noch nie etwas gehört. Bei dem Spektakel heute Abend ist Floridas Schickeria in vollem Ornat erschienen.

Seltsamerweise interessieren sich die reichen Leute auf dieser Party längst nicht so sehr für die gereichten Hors d'œuvres wie Georgia und ich. »Wenn du den Typen mit den Frühlingsrollen noch mal siehst, sag mir Bescheid«, verlangt meine beste Freundin. »Ich muss jetzt erst mal diesen Journalisten von Castro weglocken. Der wirkt ein wenig angeheitert.«

»Alles klar«, verspreche ich ihr. »Willst du noch einen Schampus? Ich glaube, ich hole mir noch was zu trinken.«

»Gerne«, ruft sie über die Schulter. »Bin gleich wieder da.«

Ich überblicke die Szenerie und versuche abzuschätzen, an welcher Bar es schneller geht. Es ist eine tolle Party, und sie wird noch toller dadurch, dass ich mir als Einzige nichts davon erhoffe. Aber Georgia muss zum Glück auch nicht allzu viel arbeiten. Von den Spielern dagegen wird verlangt, dass sie sich für ein paar Stunden unters Volk mischen und die Gäste bespaßen, die tausend Dollar dafür geblecht haben, sie kennenzulernen.

In der Zwischenzeit bewegen sich Alex und Nate durch die Menge, um Spenden einzutreiben. *Getrennt voneinander*, wie ich feststelle. Sogar Lauren ist im Dienst und bringt Nate mit wichtigen Menschen ins Gespräch, während sie zugleich versucht, ihrem Ex aus dem Weg zu gehen.

Ich bin die Einzige, die nur zum Spaß und wegen der Snacks hier ist. Und zum Gaffen. Ich bewundere die zwei Dutzend anwesenden Basketballspieler. Sie sind leicht zu erkennen, sie überragen alle anderen. Im Ernst, beim Herrenausstatter müssen sie ihre Anzughosen bestimmt in der Übergrößenabteilung suchen.

Ich plaudere mit ein paar von diesen Riesen, aber neben ihnen fühle ich mich noch kleiner als sonst. Und ich kann nicht leugnen, dass ich ziemlich müde werde, je später es wird.

So eine Kopfverletzung ist wirklich scheiße.

Am anderen Ende der Partyzone lockt mich ein freier Barhocker. Ich lasse mich darauf nieder und versuche, die Aufmerksamkeit des Barkeepers auf mich zu ziehen. Er hat viel zu tun, aber ich habe noch den ganzen Abend Zeit.

Daher bin ich vollkommen überrascht, als sich auf einmal Nates Freundin Alex neben mich setzt. »Hi, Becca«, sagt sie freundlich. »Genießt du die Party?«

Einen Moment sehe ich sie einfach nur an. »Natürlich«, sage ich. »Du hast da ein wunderbares Event auf die Beine gestellt.« Wenn sie so tun will, als wäre sie vorhin nicht die absolute Oberzicke gewesen, dann spiele ich gern mit. Trotzdem werfe ich dem Barkeeper einen heimlichen Blick zu und hoffe, dass er mich endlich bemerkt. Er arbeitet gerade eine Bestellung über fünf Margaritas ab. Ich schaue ihm dabei zu, wie er sie mixt, und wünsche mir, ich könnte einen davon haben.

»Ich möchte dich etwas fragen«, sagt Alex. »Was glaubst du, warum Nate dich vor zwei Jahren von seiner Firma in Manhattan nach Brooklyn versetzt hat?«

Die Frage verblüfft mich, und als ich herumwirbele, grinst Alex mich an. »Ich habe keine Ahnung«, stoße ich hervor. Doch dann fange ich mich wieder. »Das heißt, ich meine …« *Schluck.* »Es gab mehrere Gründe. Nate brauchte jemanden für das Büro in Brooklyn, dem er vertrauen konnte. Und ich bin einfach nicht so typisch Manhattan wie Lauren.«

»Lauren kommt doch aus Long Island, oder?«, fragt Alex und winkt den beschäftigten Barkeeper heran. »Gar nicht aus Manhattan.«

Lieber Himmel, worauf will die Frau hinaus? Ich bin kurz davor, einen Strohhalm von der Bar zu klauen und sie damit zu erstechen. Vor heute Abend hätte ich Alex nicht für eine Zicke gehalten. Aber jetzt sitzt sie neben mir, hat meinen wunden Punkt erkannt und stößt mich mit der Nase darauf!

»Worauf willst du hinaus?«, frage ich sie, ohne auf meinen Ton zu achten. »Wenn du mir unter die Nase reiben willst, dass Nate seine Assistentin gegen ein schlaueres, stylisheres und ehrgeizigeres Modell ersetzt hat, dann glaub mir, das weiß ich schon.«

Alex' einzige Reaktion auf meinen kleinen Wutausbruch ist bloß: »Chardonnay.« Und das sagt sie nicht einmal zu mir. Der Barkeeper ist zu ihr gesprungen, um sie zu bedienen, während er mich eine halbe Ewigkeit hat warten lassen.

»Ich will bloß sagen, Schätzchen«, fährt sie schließlich fort, »dass du Nate vielleicht *fragen* solltest. Lass dir erklären, warum er dich nach Brooklyn versetzt hat.«

»Äh.« Das ergibt überhaupt keinen Sinn. »Okay?«

Alex nimmt ihr Weinglas von dem Barkeeper entgegen und verschwindet, ohne mich eines weiteren Blickes zu würdigen. Ihre letzte Amtshandlung ist es, einen Zwanziger in das Trinkgeldglas zu stecken. Kein Wunder, dass sie so zuvorkommend behandelt wird.

»Kann ich Ihnen helfen?«, fragt der Barkeeper endlich. Vor mir hat er noch mindestens zehn andere Gäste bedient. Barkeeper sind wie Geldspürhunde – sie können erschnüffeln, wer von ihren Kunden an einen schnellen Service gewöhnt ist und wer sich geduldet.

»Kann ich bitte zwei Gläser Champagner bekommen?«

»Sehr gern, Miss.«

Ich schaue ihm dabei zu, wie er das Getränk innen am Rand des Glases herunterlaufen lässt, damit es nicht schäumt. Ich hatte gar nicht vor, auch für mich ein Glas zu bestellen. Ich darf noch keinen Alkohol trinken. Aber Alex hat mich verunsichert, und außerdem ist es doch nur ein Glas.

»Danke«, sage ich und stecke zwei Dollar ins Glas, so wie ein normaler Mensch.

Ich nehme einen Schluck Champagner – mein erster Drink seit Wochen. Und es ist herrlich. Wie Glück im Glas. Ich liebe Florida, und Alex soll sich zum Teufel scheren.

Außerdem konnte ich schon immer eine Menge vertragen, was ich vermutlich meinen irischen Vorfahren zu verdanken habe. Ein einziges Glas Champagner wird bei mir nicht einmal einen Kratzer hinterlassen.

Verdammt, es hinterlässt doch einen kleinen Kratzer.

Na gut, einen mittelgroßen.

Keine zehn Minuten später habe ich das Gefühl, dass meine Augen nicht mehr in die gleiche Richtung schauen. Die Welt um mich herum beginnt zu schwanken.

Mir ist verdammt schwindelig. Von einem einzigen Glas Champagner. Wie peinlich!

Ich beende mein Gespräch mit zwei Eishockeyspielern und einem süßen Point Guard des Basketballteams und entferne mich vorsichtig. Mein leeres Champagnerglas reiche ich einem Kellner und begebe mich sehr langsam in Richtung Lobby. Mein Gleichgewichtssinn ist total durcheinander, und ich muss mich sogar an einer Topfpflanze festhalten, als ich die zwei Stufen zur Lobby emporsteigen will.

Nicht besonders cool. Jeder, der mich sieht, wird denken, ich wäre sturzbetrunken.

Zu allem Überfluss stehe ich barfuß auf dem Marmorboden, weil ich irgendwann vor Stunden meine Schuhe unter einem Barhocker zurückgelassen habe. Mir ist schwindelig, und ich bin mehr als nur ein bisschen besorgt, dass ich mich vielleicht übergeben muss. Zum Glück gibt es nicht weit von hier eine Damentoilette. Ich taumele darauf zu.

Drinnen ist alles sehr edel. Ich schleiche an zwei sehr teuer aussehenden Frauen vorbei, die ihr Make-up auffrischen, und verziehe mich in eine Kabine, wo ich mich auf den Toilettendeckel sinken lasse und erleichtert aufatme. Hier kann ich mich einfach ein paar Minuten lang verstecken, bis die Übelkeit verflogen ist, und dann nach oben gehen.

Ich warte. Leute kommen und gehen. Irgendwann hört mein Herz auf zu rasen, also komme ich zu dem Schluss, dass es mir wohl besser gehen muss. Ich stehe auf ...

Uuund die Welt kippt wieder einmal aus den Angeln. Ich stöhne auf und halte mich an der Wand fest.

»Rebecca? Geht es dir gut?« Das ist Laurens Stimme, glaube ich.

»Ich weiß nicht«, antworte ich kläglich.

»Was ist denn los?«

Mein nächstes Stöhnen ist eher frustriert als krank. »Ich soll ja nichts trinken. Aber ich dachte, ein Glas Champagner wäre in Ordnung.«

»War es aber nicht?«, vermutet Lauren.

»Nein, ganz und gar nicht.«

»Musst du dich übergeben?«

Langsam öffne ich die Kabinentür. Lauren schaut mich besorgt an. In ihrem blauen Kleid sieht sie immer noch makellos aus.

»Dachte ich, aber meinem Magen geht es gut.« Auf wackeligen Beinen komme ich aus der Kabine. »Mir ist total schwindelig. Ich muss auf mein Zimmer.«

»Ich komme mit«, sagt sie sofort.

Angesichts dieser plötzlichen Freundlichkeit brennen mir die Augen. Es gibt bloß ein Problem. »Sag Nate nichts. Er ist sonst bestimmt sauer.«

»Ach, vergiss ihn«, sagt Lauren und nimmt meine Hand. »Er hat kein Recht, uns zu kontrollieren.«

»Aber er hat meinetwegen so viel auf sich genommen, und ich bin so blöd.« Ich reibe mir die Schläfe, wo sich schon wieder ein pochender Kopfschmerz ausbreitet. »Dieser tolle neue Arzt hat gesagt, ich soll nicht trinken. Und ich habe nicht auf ihn gehört.«

»Dann hast du deine Lektion gelernt«, erwidert Lauren leichthin. »Wo sind deine Schuhe?«

»Ich habe sie unter einem Barhocker liegen gelassen.«

»Bleib hier sitzen.« Lauren führt mich zu einem Sofa gegenüber den Spiegeln. »Ich suche deine Schuhe.«

»Echt? Es tut mir leid. Du bist so nett zu mir.«

Lauren seufzt, und mir wird klar, wie sich das angehört hat. *Du bist so nett zu mir – dabei bist du sonst so eine Zicke.* »Schon gut. Lauf nur nicht weg.«

Ich schließe die Augen und atme ein paarmal tief durch. Ich fühle mich nicht betrunken. Nur *komisch*. Es ist kein Weltuntergang, aber traurig bin ich trotzdem. Vorhin ging es mir noch so gut, war ich so optimistisch.

Jetzt bin ich zurück auf Los.

Fünf Minuten später kommt Lauren mit meinen Schuhen zurück. Ich nehme sie in eine Hand und halte mich mit der anderen an ihr fest. Ohne besondere Vorkommnisse schaffen wir es zu den Aufzügen.

Vor meinem Hotelzimmer wartet sie geduldig, während ich mit meiner Schlüsselkarte herumfummele und sie schließlich durchziehe. »Ich komm jetzt klar«, murmele ich. »Danke für deine Hilfe.«

»Lass mich noch kurz mit reinkommen«, beharrt sie. »Falls mich der große Meister nachher verhört, kann ich ihm wenigstens mit Sicherheit sagen, dass es dir gut geht.«

»Nate ist so ein Kontrollfreak«, sage ich und stolpere ins Zimmer.

»Das sind alle Männer«, grummelt Lauren.

Sie folgt mir hinein, und ich bin zu erschöpft, um zu widersprechen. Ich hole mein Nachthemdchen aus meinem Koffer, und Lauren stößt einen Pfiff aus. »Tut mir leid, dass du dein Tête-à-Tête mit einem sexy Basketballspieler verpasst. Falls das dein Plan für heute Abend war.«

Ich schaue das Spitzennegligé an, das ich mir über den Kopf gezogen habe, und zucke nachlässig mit den Schultern. »Das ist nicht für besondere Gelegenheiten. Ich trage immer Lingerie. Auf diese Art erinnere ich mich daran, dass Sex noch existiert.«

»Aha. Das sollte ich auch mal versuchen. Und Nate würde sich in die Hose machen, wenn er dich so sehen könnte.«

»Warum?«, frage ich und rülpse wie ein betrunkener Teenager.

Aber Lauren antwortet nicht. »Brauchst du ein Aspirin? Oder ein Glas Wasser?«

»Wasser wär bestimmt gut. Ich fühle mich so komisch. Als hätte ich zehn Drinks gehabt und nicht nur einen.« Die Matratze gibt unter mir nach, und ich seufze erleichtert, dass ich es bis hierher geschafft habe.

Lauren bringt mir ein Glas Wasser aus dem Bad. »Meinst du, wir sollten deinen Arzt anrufen?«

»Nein! Ein Glas Champagner bringt mich nicht um. Ich will keine große Sache daraus machen.«

»Bist du sicher?«, hakt sie nach. »Nate wird schon nicht durchdrehen.«

»Wird er wohl!« Ich reiße die Decke weg und schlüpfe darunter. »Ich schlaf es einfach weg. Sag niemandem was.«

»Okay«, stimmt Lauren zu. »Aber unter einer Bedingung. Du gibst mir deine Schlüsselkarte, und ich sehe in ein paar Stunden nach dir.«

»Abgemacht.« Ich glaube eigentlich nicht, dass ich in Gefahr bin, aber wenn Lauren unbedingt Babysitterin spielen will, dann soll sie doch. »Die Karte liegt auf dem Tisch.«

Der Schlaf übermannt mich, kaum dass ich die Worte ausgesprochen habe.

Ich habe einen tollen Traum.

Bei Bloomingdale's ist Schlussverkauf. Es gibt siebzig Prozent Rabatt auf alle Kaschmirsachen, und ich bin die Einzige, die es bemerkt hat. Wohin ich auch schaue, sehe ich noch mehr Pullover. Ich durchstöbere gerade einen Ständer mit Strickjacken, und mein Anprobierstapel wird immer höher, als sich jemand auf die Bettkante setzt und mir über die Haare streichelt.

Aber ich bin zu schläfrig, um mir darüber Gedanken zu machen. Außerdem muss ich diese Strickjacke mit den coolen

Knöpfen anprobieren. Also drehe ich mich weg und träume weiter.

»Rebecca«, sagt eine Stimme.

»Mmmpf.« Das Kissen ist mein bester Freund auf der ganzen Welt.

»Bec«, versucht die Stimme es erneut.

Mein Unterbewusstsein regt sich. Lauren hat gesagt, sie würde nach mir sehen. Aber das ist nicht Laurens Stimme.

Ich drehe mich um und klappe ein Auge auf. »Nate?«, krächze ich. Es sollte mir komisch vorkommen, dass er in einem Hotelzimmer auf meiner Bettkante sitzt. Aber was soll's?

Er streicht mir die Haare aus der Stirn, und seine Berührung ist so zärtlich, dass ich davon ein wenig wacher werde. Seine Fingerspitzen auf meinem Gesicht fühlen sich herrlich und ungewohnt an. »Was ist los?«, presse ich heraus.

»Nichts«, flüstert er. »Ich wollte nur nach dir sehen.«

Mir wird klar, was das bedeutet. »Hat Lauren mich verpetzt?«

»Nein.« Im Dunkeln lächelt er mich an. »Ich habe gesehen, wie du etwas angeschlagen die Party verlassen hast. Ich habe nach dir herumgefragt, und Lauren hat mir verraten, wo du steckst, wenn auch nur unter einer Bedingung: dass ich dich nicht anschreie.«

»Oh.« Ich gähne, aber in Wirklichkeit bin ich jetzt hellwach. Ich strecke mich, setze mich im Bett auf und lehne mich gegen das gepolsterte Kopfteil.

Nate stößt einen überraschten Laut aus, und ich brauche einen Moment, bis mir klar wird, dass der Grund dafür höchstwahrscheinlich mein dünnes Nachthemdchen ist. Ich blicke hinab, und meine Brüste schauen zu mir auf, nur spärlich verhüllt von Spitze und Satin. Aber es ist dunkel, also mache ich mir keine großen Gedanken. Und hey, wenn man sich ins

Zimmer eines schlafenden Mädchens schleicht, muss man sich nicht wundern, wenn man es im Nachthemd sieht.

»Du hast mich gerade aus so einem schönen Traum gerissen«, sage ich unvermittelt, als es mir wieder einfällt.

Nate verschluckt sich fast. »Wirklich?«

»Ja.« Mit einem Seufzen lehne ich mich zurück. »Alle Kaschmirpullover waren im Supersonderangebot. Und es gab sogar noch schöne Farben, nicht bloß gelb, verstehst du? Und ich glaube, ich habe auch ein Schild gesehen vom Schuhschlussverkauf. Da wollte ich als Nächstes hingehen.«

Nate macht große Augen, dann lacht er. »Tut mir leid, dass ich deinen Shopping-Traum zerstört habe. Ich wollte nur sichergehen, dass du noch lebst.«

»Es geht mir schon viel besser, ehrlich.« Ich nehme das Wasserglas von meinem Nachttisch und leere es in einem Zug. Nate nimmt es mir aus der Hand, geht ins dunkle Badezimmer und füllt es auf. »Jetzt bin ich jedenfalls total wach, du Idiot«, sage ich, als er damit zurückkommt. »Wie spät ist es?«

»Zwei ungefähr.« Er setzt sich neben mich auf die andere Betthälfte und schlüpft aus den Schuhen, damit er mit gebeugten Knien die Füße auf die Decke hochziehen kann. Er trägt immer noch sein Anzughemd, aber das Jackett fehlt, und die Fliege baumelt lose um seinen Hals. »Geht es dir wirklich gut?«

»Ich schwöre es. Das Schwindelgefühl ist völlig verschwunden. Es war bloß *ein* Glas Champagner, und ich hätte nicht gedacht, dass es …«

Er hebt eine Hand. »Du brauchst dich nicht vor mir zu rechtfertigen. Das geht mich gar nichts an.«

»*Echt?*« Das ist noch überraschender als Laurens Freundlichkeit vorhin. »Ich habe dir gerade eine Steilvorlage geliefert, um ›Ich hab's dir doch gesagt‹ zu sagen. Also hau rein, Mann.«

Nate wirft den Kopf zurück und lacht leise. »Kann ich nicht. Ich hab's versprochen.«

»Du hast es Lauren versprochen?«

Er wendet mir wieder den Blick zu, und seine Augen funkeln, obwohl es dunkel ist. »Ich will nicht an dir herummeckern, Bec. Dir geht es offensichtlich gut. Und du kümmerst dich gut um alle, einschließlich dir selbst. Lauren hat mich bloß dazu gebracht, es anzuerkennen, das ist alles.«

Ich denke an Lauren in ihrem blauen Seidenkleid und revidiere zum hundertsten Mal meine Meinung über sie. »Sie sah heute Abend so glamourös aus.«

»Du aber auch.« Nates Stimme ist seltsam belegt. Er greift über die Decke und drückt mir die Hand. Und seine Berührung ist wärmer, als ich erwartet hätte.

Ich habe mich schon tausendmal mit Nate unterhalten. Auch oft allein. Aber das hier ist merkwürdig intim. Es ist mitten in der Nacht, und es fühlt sich an, als wären wir die einzigen Menschen in ganz Florida, die noch wach sind. »Darf ich dich etwas fragen?«

»Klar«, sagt er, ohne meine Hand loszulassen.

»Warum hast du vor zwei Jahren Laurens und meine Stelle gegeneinander ausgetauscht?«

Diese Frage hat er nicht erwartet. Er macht den Mund ein paarmal auf und zu. Dann zieht er die Hand weg.

»Du kannst mir die Wahrheit sagen«, flüstere ich. »Wenn du findest, dass Lauren schlauer ist als ich. Oder besser mit den Firmenbossen umgehen kann, die dich anrufen. Ich bin nicht beleidigt.« *Jedenfalls nicht sehr.* »Aber es nagt die ganze Zeit an mir, dass ich es nicht weiß.«

»Ach, echt?« Er wirkt seltsam elend.

»Ja«, sage ich. »Ich habe sehr viel darüber nachgegrübelt, was ich falsch gemacht habe.«

»Scheiße«, flüstert er. »Das war nicht meine Absicht.«

Mich überkommt eine Welle der Erleichterung, von der ich nicht einmal wusste, dass ich auf sie gewartet habe. »War es nicht?«

»Himmel, nein. Du hast nichts falsch gemacht. Überhaupt nichts.«

»Aber warum dann?« Meine Stimme zittert ein wenig – das ist die Frage, die sich endlich aus meinem Herzen befreit hat. Wahrscheinlich hätte ich sie schon viel eher stellen sollen.

»Weil ich ein verdammter Idiot bin.«

Für eine bloße Personalangelegenheit sind hier ziemlich viele Schimpfwörter im Spiel. Ich habe den Eindruck, dass ich kurz davorstehe, etwas Wichtiges zu erfahren. Ich warte darauf, dass er weiterspricht, aber er sagt kein Wort. »Willst du es nicht erklären?«

»Nicht, wenn ich es nicht muss«, murmelt er.

»Nate!« Ich drehe mich zu ihm um und komme auf die Knie, sodass wir auf einer Höhe sind. »Sag es mir einfach, okay?«

»Und wenn dir die Antwort nicht gefällt?«, feuert er zurück.

»Vielleicht bist du sie mir trotzdem schuldig. Ich glaube, du bist gerade ziemlich irrational.«

»Ach was.« Er dreht sich zu mir um. Wir funkeln einander an. »Ich kann nicht rational sein, wenn es um dich geht. Unmöglich. Schon seit Jahren nicht.«

Die Worte hängen im Dunklen zwischen uns. Ich verstehe sie nicht richtig. Doch als er mir eine Hand an die Wange legt, bin ich nicht mehr so verwirrt. Seine Finger auf meinem Gesicht sind so sanft, dass alles in mir ruhig wird.

So berühren wir uns normalerweise nicht, aber aus irgendeinem Grund ist es nicht komisch, auch wenn ich kaum etwas anhabe. Ich schaue in seine vertrauten Augen und könnte schwören, dass für eine lange Zeit niemand von uns beiden atmet. »Warum?«, flüstere ich noch einmal. Und dann: »Bitte.«

Er schließt die Augen und streicht mit dem Daumen über meinen Wangenknochen. Ich wusste gar nicht, dass ich im Gesicht so viele Nerven habe. Ich spüre den Drang, mich in seine Hand zu schmiegen und um mehr zu betteln. Doch dann fängt er an zu reden. »Es war vor zwei Jahren im März, und du hattest gerade diesen Typen kennengelernt. Diesen Künstler. Er kam immer gern auf ein Schwätzchen im Büro vorbei, bevor ihr zusammen gegangen seid.«

Was? Einen Augenblick lang erinnere ich mich nicht einmal daran, dass ich mich mal mit einem Künstler getroffen haben soll. »Moment … Dieser Kurierfahrer, der auch gemalt hat? Was hat der denn damit zu tun?« Gefühlt war ich mit dem höchstens zehn Minuten zusammen.

Nate schüttelt den Kopf und streckt dann auch die andere Hand aus. Er umfasst mein Gesicht so zärtlich, dass meine Haut unter seinen warmen Handflächen zu prickeln beginnt. Aber aus dem Blick, den er mir zuwirft, spricht Verzweiflung – als bereite es ihm Schmerzen, dieses Gespräch mit mir zu führen. »Ich habe es nicht ausgehalten, Bec. Ich wollte, dass du jemanden hast und glücklich bist. Aber ich wollte nicht dabei zusehen.«

Beinahe frage ich ihn, warum. Aber dann fällt der Groschen. Und was er sagt, ist groß. Nein, *riesig*. Und ich habe es wirklich nicht erwartet.

Derweil fechten wir den hitzigsten Starrwettbewerb der Welt aus. Seine Augen – die bei Tageslicht von einem ungewöhnlich hellen Braun sind – wirken schwarz wie die Nacht. Aber ich bin ihm so nah, dass ich schwören könnte, dass ich trotz der Dunkelheit die goldenen Sprenkel darin erkenne.

Und er starrt mich an, als hinge das Schicksal der Welt davon ab, nicht zu blinzeln.

Vielleicht ist das auch so. Denn seine Hände setzen sich in Bewegung, wandern von meinem Kinn hinab zu meinen nackten Schultern. Auf einmal wird mir bewusst, wie nah unsere Körper sich sind. Die Partien, wo seine Hände meine Haut berühren, scheinen zu vibrieren. Wenn wir unseren Blickkontakt unterbrechen, passiert vielleicht noch etwas viel Verrückteres. Sein Gesicht ist nur wenige Zentimeter von meinem entfernt. Wir sind uns so nah, dass ich die Hitze spüre, die er ausstrahlt. Ein Schauer läuft mir über die nackte Haut.

Dass er mich küssen könnte, ist eine vollkommen neue Möglichkeit. Ich stand schon tausendmal vor diesem Mann, ohne seine Lippen auch nur ansatzweise so deutlich wahrgenommen zu haben. Er hat einen sehr schönen Mund, der mir schon von Zeitschriftencovers und über Kaffeebecher hinweg zugelächelt hat. Aber zum ersten Mal seit Jahren möchte ich wissen, wie er sich auf meinem anfühlen würde.

»Warum?«, flüstere ich noch einmal. Aber diesmal bedeutet die Frage etwas anderes. Sie bedeutet: *Warum bin ich mir deiner auf einmal so bewusst? Warum fühlen sich meine Brüste unter meinem Seidenhemdchen auf einmal so schwer an? Warum ist da diese Hitze in deinem Blick, und was macht das mit mir? Warum …*

Er küsst mich.

Und wieder bin ich vollkommen überrumpelt. Seine Lippen sind so weich. Aber mein Mund ist auf einmal hyperempfindlich. Sein Kuss hallt in meiner Brust wider, und die Härchen auf meinen Armen stellen sich auf, als seine Lippen erneut über meine streifen. Es ist überwältigend. Ich packe seinen Bizeps und keuche auf.

Das Geräusch vibriert zwischen uns. Er labt sich daran. Er umfasst meinen Hinterkopf und neigt den Kopf, um unsere

Verbindung zu perfektionieren. Sein Kuss hat jetzt nichts Zögerliches mehr. Jetzt weiß ich genau, wie sich Nates Mund an meinem anfühlt. Er fühlt sich *herrlich* an. Ich öffne die Lippen, und seine Zunge berührt meine.

Und ... *verdammt*. Dieses Knistern, das ich höre, das sind meine Hormone, die alle zugleich feuern. Und das ärgert mich. Ich stoße einen verblüfften Laut tief aus meiner Brust aus. Weil ... Verdammt!

Als er diesen Laut hört, weicht Nate zurück und bricht den Kuss ab.

»Nate!«, krächze ich. »Was soll das?«

»Himmel«, flüstert er. »Es ... tut mir leid?«

»Das sollte es auch«, quietsche ich. »Du hast gerade das Siegel gebrochen. Sieben Jahre lang haben wir es geschafft, das nicht zu tun. Und jetzt weiß ich, wie es ist.« Ich wusste weder, dass Nates Kuss mich so vollkommen entflammen würde, noch dass er nach Whiskey und Verlangen schmecken würde. »Ich meine ...« Ich lege mir die Finger auf die Lippen und stoße einen erstickten Seufzer aus.

Er legt den Kopf zur Seite wie ein Labrador, der irgendetwas nicht ganz versteht. »Bec, pass auf. Ich werde mich noch einmal entschuldigen und dann machen, dass ich hier rauskomme. Aber um Himmels willen, hilf mir, es zu verstehen. Bist du sauer über den Kuss? Oder bist du sauer, weil ich aufgehört habe?«

»Das ist keine einfache Frage.« *Offensichtlich.*

Verwirrt legt er seine schöne Stirn in Falten. »Aber es sind doch bloß zwei Möglichkeiten.«

Ich kann den Mann, dem gegenüber ich in sieben Jahren mühsam eine erotische Immunität aufgebaut habe, nur verwirrt anstarren. Aber er macht es mir nicht leicht mit seiner ungewöhnlichen Augenfarbe und seinem intelligenten Blick.

Mit dem Bartschatten, den er in seinem hübschen Gesicht trägt, weil er viel zu beschäftigt damit ist, die Welt neu zu erfinden, als dass er Zeit hätte, sich zu rasieren.

In diesem Moment finde ich das ganze Bild genauso aufregend, wie ich mich *über ihn* aufrege. Er bringt meinen Kopf zum Platzen, mit verwirrenden Gedanken und dieser unerwarteten, unpassenden Lust.

Was. Für. Ein. Arsch! Natürlich muss ich mich dafür rächen. Ich packe dieses berühmte, hübsche Gesicht mit beiden Händen und presse meinen Mund auf seinen.

Aus seinem Stöhnen sprechen Verblüffung und Ehrfurcht, denn endlich habe ich die Oberhand gewonnen. Ich neige den Kopf und küsse ihn noch einmal.

Aber Nate gibt sich nicht so leicht geschlagen. Es vergeht keine Sekunde, bis er mir einen Arm unter den Oberschenkel schiebt und mich rückwärts mit dem Oberkörper hinab aufs Bett sinken lässt. Er drückt mich in die Kissen und übernimmt die Kontrolle über den Kuss.

Und ich erlebe in rascher Abfolge einen ganzen Sturm an Empfindungen. Denn Nate ist gut. Das sollte mich nicht überraschen, denn er ist in allem gut. Aber es überrumpelt mich, als er meine Lippen mit langsamen, schweren Küssen verwöhnt. Jeder ist ein wenig fordernder als der vorherige, bis seine Zunge schließlich über meine streicht.

Ich höre mich selbst in seinen Mund stöhnen, während seine Zunge mich um den Verstand bringt. Ich habe mich immer gefragt, wie es wohl wäre, ihn zu küssen. Es war verdammt schwer, den Gedanken aus meinem Kopf zu verbannen, danke der Nachfrage.

Und nun werde ich es nie wieder vergessen können. Verdammte Scheiße.

Trotz meines Ärgers schlinge ich einen Arm um ihn, damit ich den Kontakt zu seinem herrischen Mund nicht verliere. Meine Zunge gleitet über seine. So heiß.

Es wird sich als eine schlechte Idee entpuppen. Das weiß ich jetzt schon. Aber er hat damit angefangen.

Hat er das?

Mein Hirn schmilzt.

Seins vielleicht auch. Keiner von uns will aufhören und denken. Unsere Küsse sind unendlich – einer geht gleich in den nächsten über. Heiß und endlos. Dann senkt er seine Hüfte auf meine hinab, und ich seufze angesichts dieser neuen Verbindung. Ich genieße das Gewicht seines Körpers, mit dem er mich aufs Bett drückt. Ich schließe die Augen und gebe einfach dem Verlangen nach, das in mir anschwillt.

Wann immer Nate beschließt, dass er etwas will – ein Top-Unternehmen, einen Sieg, eine Pizza mitten in der Nacht –, dann heißt es volle Kraft voraus. Und auf einmal ist all seine Aufmerksamkeit auf mich gerichtet. Sein Mund huldigt meinem so hingebungsvoll und hungrig, dass es mir schwerfällt, mitzuhalten.

Ich gebe mein Bestes, streiche mit den nackten Zehen über die Wölbung seines Fußes und fahre ihm mit den Fingern durch die Haare. Sie sind weicher, als ich erwartet hätte.

Ich kenne Nate seit Jahren, aber sein Körper ist ein fremdes Land, in das ich noch nie gereist bin. Aber seltsamerweise spreche ich schon die Sprache. Meine Hände gleiten seinen Hals hinunter und über die Muskeln in seinem Rücken. Er fühlt sich fest unter meinen Händen an. Sein Hemd stellt keine große Barriere dar. Ich spüre die Hitze, die von ihm ausgeht.

Und wir können nicht aufhören, uns zu küssen. Inzwischen ist es eine Art Ganzkörperkuss – Hitze und Berührungen überall. Irgendwo in der Tiefe meiner Seele ist mir bewusst, dass ich einen Riesenfehler mache. Aber es ist mitten in der Nacht, und Nates Küsse sind hungrig und ehrfürchtig zugleich. Und doch ist es genauso wunderbar wie mein Bloomingdale's-Traum: die pure Möglichkeit ohne die Bürde einer Erklärung.

Mein Urteilsvermögen ist heute um siebzig Prozent reduziert.

Wahrscheinlich beschließe ich deshalb, eine Hand unter Nates loses Hemd zu schieben. Seine Haut ist glatter, als ich mir vorgestellt hatte. Ich lasse eine Hand an seiner Seite hinaufwandern und seufze in seinen Mund. Und als ich mit einem Fingernagel am hinteren Hosenbund entlangstreiche, erschauert er in unserem nächsten Kuss.

Diese hilflose Reaktion macht mich mutiger. Also lege ich die Hand auf seinen sehr festen Po und drücke. Selbst durch zwei Lagen Stoff kann ich die harten Muskeln spüren. Und als ich das tue, unterbricht er unseren Kuss und stöhnt auf.

Ich will nicht lügen – meine neu entdeckte Macht ist wahnsinnig erregend. Normalerweise ist Nate nicht so leicht zu erschüttern.

Also bin ich wirklich zufrieden mit mir, bis Nate den Einsatz erhöht. Er senkt den Kopf und fährt mit der Zunge über die Wölbung meiner Brüste. Alle meine Sinne erwachen, als sich diese freche Zunge meinen Brustwarzen nähert. Ich keuche auf, und mein Atem hat kaum meine Lunge verlassen, als er eine Brust umfasst und hineinzwickt. Nun bin ich es, die unkontrolliert aufstöhnt. Er hat den Spieß umgedreht, und ich habe es nicht kommen sehen.

Da ich ein Negligé trage und keinen BH, kann Nate den Stoff einfach hinunterschieben, bis ich entblößt vor ihm liege. Der Stoff drückt meine Brüste zusammen und präsentiert meine Nippel. Er betrachtet sein Werk mit einem schmutzigen Funkeln in den Augen.

Es gilt mir. Und es raubt mir den Verstand.

Ich packe seinen Kopf und drücke ihn auf meine Brüste hinab. Er knurrt und lässt die Zunge über meine Brustwarzen schnellen, immer abwechselnd. Dann saugt er eine in den Mund und blickt zu mir auf, seine Augen sind dunkel und voller Lust. Er saugt noch einmal kräftig, und ich erschauere vor Erwartung. Ich spüre, wie das Verlangen zwischen meinen Beinen wächst, und der Anblick von seinem Mund auf meiner Brust ist beinahe zu viel für mich.

Bitte, fleht mein Körper. Mehr. Jetzt.

Vielleicht sage ich sogar irgendetwas davon laut, als ich ihm die Hosenträger von den Schultern streife und dann nach seinem Hemd greife und ziehe. Aber es ist immer noch zugeknöpft, also stellt sich das als unmöglich heraus.

Nate hat jedoch Verständnis für das Problem. Er setzt sich auf, kniet jetzt neben mir. Auch ich krabbele in eine aufrechte Position und mache mich an den Knöpfen seines Hemdes zu schaffen. Ich lege ein dreieckiges Stück Haut frei, meine Finger arbeiten fieberhaft. Im Mondlicht sehe ich, wie seine Halsschlagader pulsiert. Ich halte inne und lege ganz leicht die Fingerspitzen darauf. Es macht mich demütig, dass ich sein Herz so zum Rasen bringe.

Ich.

Das wusste ich nicht.

Er nimmt meine Hand in seine und küsst die Handfläche. Sein durchdringender Blick brennt sich durch die Dunkelheit. Ich weiß genau, wohin das führen wird.

Und Nate weiß es auch. Er nimmt den Spitzenstoff meines Nachthemdchens zwischen die Finger und zieht es mir über den Kopf.

»Himmel.« Nate holt tief Luft und hebt den Kopf, dann stößt er den Atem wieder aus.

In all den Jahren, die wir uns kennen, hat Nate mich schon in den unterschiedlichsten Zuständen gesehen: übermüdet nach Nachtflügen und betrunken nach einem sehr alkohollastigen Geschäftsessen in Paris. Einmal war er dabei, als ich während einer IT-Messe in Arizona nach einer erschöpfenden Joggingrunde in die Blumenrabatten des Hotels gekotzt habe.

War das peinlich!

Aber noch nie habe ich mich so entblößt gefühlt wie jetzt. Ich gebe dem Drang nach, meine üppigen Brüste mit beiden Händen zu bedecken.

Langsam zieht er sein Hemd aus und lässt es auf den Boden fallen. Dann legt er die Hände auf meine, beugt sich zu mir hinab und küsst mich. Mit den Daumen streicht er über meine Handrücken, streift dabei auch die empfindliche Haut meiner Brüste. Ich lecke mir über die Lippen und versuche, meine Befangenheit zu vergessen.

Wir tun hier etwas Wunderbares, Schreckliches. Wenn ich zu sehr darüber nachdenke, zerstöre ich es.

Ich nehme meinen ganzen Mut zusammen und ziehe die Hände unter seinen hervor. Er stößt einen langen, kehligen Laut aus, als seine Handflächen auf meinen nackten Brüsten zu liegen kommen. Mit einem Stöhnen stößt er seine Zunge in meinen Mund, und das fühlt sich an wie eine Vorschau auf das, was noch kommen wird.

Mein Puls rast vor berauschender Erwartung, meine Hände erkunden Nates feste Brust. Er ist fast unbehaart, abgesehen von der Mitte seines Bauches. Meine Finger erklimmen die Erhöhungen seiner Bauchmuskeln und folgen dann dem kleinen Pfad, der zu seiner Hose hinabführt. Nate stößt einen verzweifelten Laut aus, als ich mich an seinem Hosenbund zu schaffen mache.

Die letzte Hürde.

Als ich den Knopf geöffnet habe, schiebt er meine Hand beiseite und zieht den Reißverschluss selbst hinunter. Ich sehe, wie er hineingreift und seinen Schwanz hervorzieht. Als ich danach greife, liegt er dick und hart in meiner Hand.

Ich weiß nicht, wieso, aber alles wirkt noch viel verbotener und schockierender. Die Spitze ist dunkel und voll, mit einem perlenartigen Tröpfchen darauf.

Offenbar gibt es Paralleluniversen tatsächlich. Und ich befinde mich gerade in einem, in dem du mit dem Daumen über die Eichel deines Chefs streichen und ihn eine Reihe von Flüchen ausstoßen hören kannst.

»Fuck, Becca.« Er drückt mich zurück aufs Bett und streift seine Hose und die Boxershorts ab.

Nate trägt Boxershorts, registriert mein Unterbewusstsein, als er sich neben mich legt und für einen weiteren Kuss zu mir hinunterbeugt. Doch dann stelle ich das Denken vollkommen ein, als seine Hände über meine Haut gleiten. Unter seiner Berührung blinkt mein Körper auf wie ein Flipperautomat beim Highscore.

Es ist so lange her, seit mich jemand berührt hat, dass ich ganz vergessen habe, wie herrlich es sich anfühlt, gestreichelt und geneckt zu werden. Die empfindliche Haut auf meinem Bauch zuckt, als er darüberstreift. Die erste Berührung seiner Fingerspitzen unter dem Bund meines Höschens ist köstlich. Ich spreize schamlos die Beine. Und, *ja*. Ich wölbe mich praktisch vom Bett hoch, als er endlich mein Zentrum erreicht.

Er stößt einen überraschten Laut aus, weil ich so feucht bin. Das Wort, das er keucht, ist: »Liebling.«

Es ist ein mächtiger, geflüsterter Schwur. Ich schlinge ihm beide Arme um den Hals, wir sind jetzt Haut an Haut. Er positioniert sich zwischen meinen Beinen und reibt sich langsam an mir, während ich praktisch in seinem Mund versinke, mit meinen Küssen nach mehr flehe.

Wir sind wie ein Video im Schnellvorlauf – wie wir uns halten und winden, unsere hungrigen Münder, die alles in Reichweite küssen und anknabbern. Ich bin verzweifelt. Das Verlangen pulsiert in mir. Überall in mir. Ich bestehe vollkommen aus Lust.

Ich atme tief ein, dann flehe ich ihn an. »Bitte«, keuche ich.

Nate lächelt zu mir hinab. Der Arsch grinst. Ich verglühe hier förmlich, und er …

Er zieht mir das Höschen aus und wirft es beiseite. Als er sich wieder über mich beugt, funkeln seine Augen vor Verlangen.

Er gleitet in mich hinein.

Alles verlangsamt sich. Ich presse die Fersen in die Matratze, stütze mich ab, nehme ihn auf. Stille tritt ein, schockiert sehen wir einander an. Ich höre unseren Atem und das *Bu-bumm* meines eigenen Herzens. Mit einem letzten kleinen Stoß versenkt er sich vollständig in mir. Ich gehe gänzlich in diesem Augenblick auf und starre ihn voller Verzückung an.

Sein Lächeln ist verschwunden. An dessen Stelle ist nun ein so ernster Gesichtsausdruck getreten, dass ich meine Hand auf sein Gesicht legen muss. Er beugt sich hinab, berührt meine Zunge mit seiner und seufzt in unseren unausweichlichen Kuss.

Liebling. Das Wort hallt immer noch in meinem Kopf nach, als er sich zu bewegen beginnt.

Er löst meine Hand von seinem Gesicht und küsst sie, während er mit der Hüfte in einen gleichmäßigen Rhythmus verfällt. Nun hält er meine beiden Hände fest, hebt sie über meinen Kopf und drückt sie ins Kissen.

Aber ich muss mich bewegen. Also hebe ich die Knie, um

seine Hüfte zu umfangen und jedem seiner Stöße zu begegnen. Und wieder küssen wir uns. Ich ertrinke in so viel Verlangen und Leidenschaft. Ich will nicht, dass es jemals endet, aber mein gieriger Körper ist anderer Meinung. Es beginnt mit einem heftigen Pulsieren zwischen den Beinen. Als ich es nicht länger zurückhalten kann, wölbe ich den Rücken und schreie auf. Nate stöhnt im Chor mit mir. Wellen der Lust spülen über mich hinweg, während er an meinen Lippen keucht. Er lässt meine Hände los, schlingt einen Arm um meinen Oberschenkel und zieht uns mit einem Ruck noch dichter aneinander.

Einmal … Zweimal …

Er versenkt sich tief in mir und beißt mich an der Stelle, wo die Schulter in den Hals übergeht. Dann stößt er ein gequältes Stöhnen aus und erbebt.

Heilige …

Wow.

Ich …

Ich kann nicht glauben, dass wir das gerade getan haben.

Es ist herrlich und wunderbar und unglaublich schockierend. Aber ich möchte nichts anderes tun, als mit den Händen über seine Haut zu streicheln und zu seufzen.

13

Nate

Mein Herz rast schneller, als die Polizei erlaubt, und mein Körper ist vor Befriedigung ganz schwer und entspannt.

Selbst meine Endorphine schütten Endorphine aus.

Unter mir entspannt sich Rebecca schwer atmend. Ich hieve meine müden Knochen seitwärts und ziehe sie mit mir. Sie legt den Kopf auf meine Brust und atmet aus, als wäre sie überrascht.

Und vielleicht ist sie das auch. Ich bin es jedenfalls. Das war nicht nur die unglaublichste Erfahrung meines Lebens, sondern auch die überraschendste.

Noch nie habe ich so dermaßen die Kontrolle über mich verloren wie gerade eben.

Normalerweise bin ich der strukturierteste Mensch der Welt. Ich stehe jeden Morgen um fünf Uhr auf. Ich bin schon Marathons gelaufen. Mich selbst an der kurzen Leine zu halten ist die einzige Möglichkeit, die ich kenne, um fokussiert zu bleiben und immer obenauf zu sein.

Heute Abend habe ich »immer obenauf zu sein« eine gefährliche neue Bedeutung verliehen.

Himmel.

Ich streiche Rebecca eine Locke aus dem perfekten Gesicht. Es ist noch ganz feucht von der Anstrengung. Ihre Miene ist halb verträumt und halb vorsichtig.

Ich weiß nicht, welche Hälfte gewinnen wird.

»Nate«, flüstert sie.

»Was?« Ich vergrabe mein Gesicht in ihren Haaren und umarme sie fest. Mein Schwanz zuckt müde, aber auch hoffnungsvoll.

Sie räuspert sich. »Wenigstens nehme ich die Pille.«

»Ich weiß«, murmele ich. »Sie liegt im Badezimmer auf der Ablage.«

»Okay …«

»Ich würde dich niemals in Gefahr bringen«, flüstere ich. »Ich bin vorsichtig.« *Bis gerade eben.* Warum sollte sie mir also glauben?

Sie zögert, und ich halte an der unwahrscheinlichen Hoffnung fest, dass wir jetzt nicht reden müssen. Ich brauche ein paar Minuten, um herauszufinden, was ich sagen soll. Nein, ich brauche mehr Zeit. Selbst ein Jahr erscheint mir nicht lang genug. »Also …« Sie hebt den Kopf. »Warum, glaubst du, haben wir gerade …«

»Bec?«

»Ja?«

Ich streiche mit der Handfläche über ihren weichen Arm. »Mach es nicht kaputt. Außer, wenn es unbedingt sein muss.«

Sie legt den Kopf wieder auf meine Brust.

Ich könnte anbieten zu gehen. Vielleicht wäre ihr das lieber. Doch ich lasse es. Ich bin ein sturer Esel, der gerade das Einzige bekommen hat, was er sich je gewünscht hat und nie haben durfte. Deshalb schließe ich die Augen und döse, während ich zuhöre, wie ihr Herzschlag sich langsam beruhigt.

Doch mein Unterbewusstsein lässt mich nicht lange vergessen, dass ich nackt im Bett liege – mit Rebecca. Ein wenig später werde ich wach, immer noch in völliger Dunkelheit. Sie liegt nun ausgestreckt neben mir, den Rücken an meiner Brust.

Weil ich nicht anders kann, wandere ich mit der Hand über ihre Seite. Ihre Haut ist unglaublich weich, und ich liebe die Mulde zwischen ihren Rippen und ihrer Hüfte.

Deshalb streichele ich sie noch einmal.

»Mmmh«, sagt sie, während ich ihre Haut liebkose. Und als ich ihre Brust umfange, wird ihre Brustwarze unter meinen Fingerspitzen hart. Um mich zu ermutigen, legt sie ihre Hand auf meine.

Himmel. Ich bin nicht halb so stark, wie ich dachte. Eine Berührung von ihr, und ich bin schon wieder hart und einsatzbereit.

Ich küsse ihren Nacken und erkunde ihren Körper mit den Händen. Schon bald stöhnt sie und drückt sich an mich.

Deshalb drehe ich sie auf den Bauch, rolle mich auf sie und hebe ihre Hüften an.

»Ja«, keucht sie, als ich mich zum zweiten Mal in dieser Nacht mit ihr vereinige.

Ja.

Wir haben harten schnellen Sex, und keuchend kommt sie mir immer wieder entgegen. Als ich eine Hand unter sie schiebe und sie streichele, schluchzt sie meinen Namen in den Kissenbezug.

Wir erschauern gemeinsam und brechen erschöpft auf dem Bett zusammen.

Dann schlafen wir endgültig ein.

Rebecca

Langsam werde ich wach. Das Gefühl eines harten Männerkörpers, der sich an meinen drückt, ist sogar noch besser als reduzierte Kaschmirpullis, und am liebsten würde ich gar nicht richtig wach werden. Eine große Hand streichelt mir über die Haare, und ich schließe die Augen gegen das Sonnenlicht, das ins Zimmer fällt.

Aber dann stößt mein Traummann einen Nate-typischen Seufzer aus, und mit einem Mal bin ich vollkommen wach. Es ist gut, dass ich von ihm abgewandt liege, denn ich bin mir sicher, dass ich ziemlich überrascht gucke, als die Erinnerungen an die letzte Nacht im kühlen Morgenlicht erwachen.

Was haben wir bloß getan?

Man hat nicht gelebt, bis man nackt mit seinem Boss aufwacht, für den man seit sieben Jahren arbeitet.

Er schnaubt ungeduldig, und ich erstarre.

»Rebecca.« Seine Stimme ist leise und rau. »Geht es dir gut?«

Ich fühle in mich hinein. Ehrlich gesagt kann ich es nicht beantworten. »Ja«, seufze ich. »Ich kann es kaum erwarten, dass man mich das nicht mehr ständig fragt.«

»Ich weiß.« Er massiert mir die Schulter. Auch das fühlt sich großartig an. »Aber ich habe nicht deine Kopfverletzung gemeint.«

Scheiße. »Mir geht's gut«, sage ich ausweichend.

»Warum siehst du mich dann nicht an?«

»Noch müde«, grummele ich. Doch dann drehe ich mich um und ziehe das Laken mit, um meine Brüste zu bedecken. Aber dadurch muss ich bloß wieder an den heißen Ausdruck auf Nates Gesicht denken, als er mit seiner Zunge beide …

Uargh! Jetzt sind alle Teile meines Bewusstseins wach, einschließlich meiner Libido.

Langsam hebe ich den Blick und sehe, dass Nate mich mustert. Seine Augen sind sanft, aber auf seinen schönen Lippen liegt ein wissendes Grinsen.

»Was?«, frage ich.

Er fährt mit einem Finger über die Haut, die direkt über dem Laken hervorlugt. »Ich wünschte, wir müssten uns nachher nicht trennen. Ich möchte nicht, dass du nach Hause gehst und grübelst.«

»Mach ich nicht.« *Doch, aber so was von.*

Er runzelt die Stirn. »Erst mal Frühstück?«

»Äh …« Ich zögere. »Ich bin mit Georgia zum Frühstück verabredet. Wenn ich absage, fragt sie bestimmt nach dem Grund.«

»Ah.« Er seufzt. »Bist du sicher, dass es dir gut geht?«

»Absolut.«

Er glaubt mir nicht. Aber er küsst mich und steht dann auf. Ich sehe ihm zu, wie er den Smoking von gestern Abend anzieht. Und ich frage mich, wie vielen Leuten er auf dem Weg von meinem in sein Zimmer begegnen wird. Ich glaube zwar nicht, dass er stehen bleibt und sagt: »Hey, rate mal, aus wessen Zimmer ich gerade komme!« Aber die Vorstellung, erwischt zu werden, verunsichert mich.

Ich habe schließlich gerade mit meinem Boss geschlafen.

»Reden wir später?«, fragte er und knöpft sein Hemd zu.

»Machen wir das nicht immer?«, frage ich und antworte damit auch diesmal ausweichend.

Er sieht mich wieder stirnrunzelnd an. »Fahr nicht nach Hause, ohne dich zu verabschieden, okay?«

»Okay.« Doch auf einmal fühlt sich alles komisch an. *Ich hatte Sex mit Nate. Zweimal.* Wenn ich das im Kopf wiederhole, ist es kaum zu glauben.

Ein paar Minuten später schließt sich die Tür mit einem Klicken hinter ihm, und ich seufze tatsächlich erleichtert auf. Ich nehme mein Handy und schreibe Georgia, um das Frühstück abzusagen. Und ich bitte sie, mein Maniküre-Set aus Laurens Zimmer zu holen. Denn wenn ich auf die Etage mit den Suiten gehe und Nate dort steht und in seinem Anzug so verdammt gut aussieht, kann ich meine Verwirrung sicher nicht länger vor ihm verbergen.

Was habe ich getan?

In meinem Kopf läuft ein brandneuer Soundtrack. Und der klingt so: *Heilige Scheiße. Heilige Scheiße. Heilige Scheiße.*

Mein Leben lang haben andere mir gesagt, dass ich ein schlaues Köpfchen bin. Verrücktes und riskantes Verhalten überlasse ich anderen – zum Beispiel meiner Schwester. Ich bin die Clevere, die nie etwas verbockt.

Bis jetzt. Für eine einzige heiße Nacht mit dem Boss habe ich alle Vernunft über Bord geworfen.

Obwohl es eine wirklich großartige Nacht war.

Im Flieger nach Hause schlürfe ich meinen wässrigen Flugzeugkaffee und frage mich, was da eigentlich passiert ist. Ich kann seine Hände immer noch spüren. Ich kann seine Küsse immer noch schmecken. Als ich mein Handgepäck zum Gepäckband rolle, stehe ich vor Erschöpfung und Stress förmlich neben mir.

Ramesh – Nates Fahrer – wartet auf mich. »Hallo, Miss Rebecca«, sagt er lächelnd. »Ich soll Sie zum Pierrepont Place bringen. Möchten Sie dorthin fahren?«

Ja und nein. »Ich muss bei Nate vorbei, aber nur für ein paar Minuten. Könnten Sie kurz warten, während ich reinspringe? Ich muss ein paar Sachen holen und dann zurück in meine Wohnung auf der Water Street.«

»Kein Thema.«

Na super. Jetzt ergreife ich ganz offiziell die Flucht.

Ich brauche nur ein paar Minuten, um meine Sachen bei Nate zu packen und wieder zu gehen. Ich erkenne die Verunsicherung in Mrs Grays Blick. »Bleiben Sie für ein Tässchen?«, lädt sie mich ein, während Ramesh meinen Koffer die Treppe hinunterträgt.

»Heute Morgen habe ich keine Zeit«, lüge ich. »Aber wir sehen uns sicher bald wieder.«

Doch so sicher bin ich mir gar nicht.

Zehn Minuten später hat Ramesh meine Koffer durch das enge Treppenhaus meines Wohngebäudes hochgetragen. Ich bedanke mich so liebenswürdig wie möglich. Wie Mrs Gray fragt er sich bestimmt, was wohl in mich gefahren ist.

Ja, wundert euch ruhig, denke ich, als ich ihm zum Abschied die Hand schüttele. *Ich weiß es ja selbst nicht.*

In meiner Wohnung ist es ausnahmsweise mal still. Renny schläft im Zimmer meiner Schwester, aber Missy und das Baby sind irgendwo draußen unterwegs.

Leise schließe ich die Schlafzimmertür. Ich packe alles aus und räume es weg. Ich hole die tragbare Babywiege aus meinem Zimmer und räume dann auf.

Mich zu bewegen fühlt sich gut an, also mache ich weiter sauber. Ich widme mich dem unordentlichen Wohnzimmer und sortiere Babysachen und den Kram meiner Schwester.

Währenddessen wütet die Panik in mir wie ein Sturm. Und – wie bei einem echten Wirbelsturm – ist es manchmal nicht einfach, zu erkennen, wo die Gefahr lauert. Was ist die schlimmstmögliche Konsequenz der Nacht mit Nate? Schwer zu sagen. Wenn das jemand herausfindet, wird das Gerede im Büro schrecklich sein. Bei der Vorstellung, dass Hugh Major mich nun anders sehen könnte, erschauere ich. Als wäre ich eine, die sich an den Boss heranmacht.

Doch das ist nur die Spitze des Eisbergs. Wenn ich daran denke, Nate wiederzusehen und wieder mit ihm zu reisen, macht mich das ganz kirre. Was wird er sagen? Wie wird es sich anfühlen, wenn er so tut, als wäre nichts passiert?

Doch es ist etwas passiert. Zumindest für mich.

Andererseits erwarte ich nicht, dass er etwas Ernstes daraus machen will. Er hat zugegeben, dass er in mich verknallt ist. Und ich habe ihm wohl die Gelegenheit gegeben, darüber hinwegzukommen. Zweimal.

Gütiger Himmel. Ich stehe mitten im Wohnzimmer, in der Hand einen Beutel mit Windeln, und bin ernsthaft erregt. Als er meine Brustwarze mit seinen Lippen …

Puh. Vielleicht sollte ich ein Fenster öffnen, hier ist es auf einmal so heiß.

Ich bin mit dem Wohnzimmer fertig, jetzt mache ich mich an unsere winzige Küche. Im Spülbecken steht Geschirr. Während ich über eine Strategie brüte, weiche ich den Nudeltopf ein. Es gibt zwei Möglichkeiten. A: Nate ignoriert den Vorfall. Das nächste Mal werde ich ihn auf der Arbeit treffen. Und er wird sagen: »Hey Bec! Hast du die Zahlen für die Ticketverkäufe? Und wie wär's heute Mittag mit Sushi?«

Das wird mir einen Stich versetzen, aber ich schätze, es ist besser als Möglichkeit B, also das unangenehmste Gespräch der Welt. »Nun, Becca. Ungefähr alle sieben Jahre müssen wir es einfach tun, ob wir es brauchen oder nicht. Okay?« Gefolgt von einem verlegenen Hüsteln.

Nein, es könnte sogar noch schlimmer sein. »Becca, hey. Es tut mir so leid, dass ich die Kontrolle verloren habe. Bitte nimm diesen Gourmet-Früchtekorb als Entschuldigung an. Und übrigens wird Lauren von jetzt an mit mir zu Auswärtsspielen reisen.«

Ihhh. Wenn ich daran denke, dass ich so unbedingt wieder arbeiten wollte.

Irgendwann höre ich, wie meine Schwester den Schlüssel im Schloss umdreht. »Wow, Bec! Hier sieht's ja super aus!«

Ich verkneife mir einen bissigen Kommentar, warum das so

ist. Aber Missy hat keine Zeit zum Aufräumen. Sie muss dieses Semester und ein weiteres beenden, um ihren Abschluss zu bekommen. Das wünsche ich ihr. Und ich habe ihr ermöglicht, hier zu wohnen, damit sie den Hochschulabschluss bekommt, den ich nie machen konnte.

»Danke«, sage ich. Denn in meinem Leben sind genau diese beiden Sachen wichtig: meine Familie und der Job, von dem wir leben. Das darf ich nicht aus den Augen verlieren. Es war so dumm, mit Nate zu schlafen. Warum in aller Welt musste ich gerade jetzt alles noch komplizierter machen? Ich habe eine Kopfverletzung und riesige Verpflichtungen.

»Alles in Ordnung?«, fragt Missy, als Matthew anfängt, in seiner Babytrage zu brabbeln.

»Klar. Mir geht's gut.«

Zum Beweis mache ich weiter sauber. Ich sauge und staube alle Oberflächen ab. Dann nehme ich mir das Badezimmer vor, räume den Spiegelschrank um, um den Großteil meines Platzes meiner Schwester zur Verfügung zu stellen, damit sie all ihre Schnuller und Stilleinlagen irgendwo unterbringen kann.

Als ich mir den Mopp schnappe, um den Boden zu wischen, unterbricht Missy mich. »Ich mache mir Sorgen«, sagt sie von der Tür aus und bleibt bewusst außerhalb der Gefahrenzone. »Dass du putzt, wenn du Stress hast, habe ich schon immer an dir geschätzt. Aber jetzt übertreibst du.«

Ich knurre zur Antwort. Missy und meine Mutter haben sich darauf ausgeruht, dass sich diese Angewohnheit in jedem Semester während der Klausurenphase gemeldet hat. Weniger Arbeit für sie.

»Bist du gekündigt worden? Du kannst es mir ruhig sagen. Wir kommen schon zurecht.«

»Nein.« Doch bei der Vorstellung zucke ich zusammen. Weil mir auch schon in den Sinn gekommen ist, dass diese Möglichkeit bei einem anderen Boss gar nicht so aus der Luft gegriffen wäre. Nate ist einer von den Guten. Er wird mich nicht aus Scham entlassen und die Sache auch nicht aufbauschen.

»Aber es könnte passieren?«, bohrt meine Schwester nach.

»Vielleicht wäre es besser.« Mir ist klar, dass ich völlig übertreibe. Aber nichts scheint mehr sicher. Und dass ich schon zwei Wochen nicht mehr an meinem Schreibtisch saß, ist auch nicht unbedingt hilfreich.

»Was hast du angestellt?«

»Ich hab mit meinem Boss geschlafen.« *Ihhh*. Laut ausgesprochen klingt es viel schlimmer als nur der Gedanke daran.

Missy zieht die Nase kraus. »Ehrlich? Mit Hugh Major? Der ist doch *alt*.«

Wie schon gesagt ist meine Schwester nicht die hellste Kerze auf der Torte. »Der doch nicht. Er ist alt und verheiratet. Ich würde nie mit Hugh Major schlafen.«

Missy wartet.

»Es war …« Ich bringe es kaum über die Lippen. »Nate.« Und sofort überläuft mich ein kleiner Schauer. Sein Name fühlt sich auf meinen Lippen nicht mehr an wie vorher. Für den Rest meines Lebens werde ich mir Nate nackt und schwer atmend vorstellen können, wie seine definierten Bauchmuskeln sich über mir bewegen, wie seine langen Finger meine aufs Bett drücken …

»Wow.« Missys Mund beschreibt ein perfektes O. »Also hat er endlich zugegeben, dass er auf dich steht?«

»Missy!«, quietsche ich. »Sag das nicht.«

»Also bitte.« Sie verdreht die Augen, wie es nur Schwestern können, die man deshalb am liebsten boxen würde. »Beweisstück A.« Sie zeigt auf einen riesigen Korb mit sehr verwelkten Blumen, den ich neben die Tür gestellt habe. Ich hoffe, Renny bemerkt ihn und nimmt ihn mit nach unten zu den Mülltonnen.

»Es sind nur Blumen«, murre ich.

»War es denn gut?«, fragt sie.

»Hm?« Ich schrubbe die Fliesen, als gäbe es später eine Kontrolle.

»Der Sex. War er gut?«

Allein bei der Frage spüre ich ein Flattern in der Brust.

»Hatte jemand Sex ohne mich?«, fragt Renny, der gerade aus dem Schlafzimmer kommt.

»Ja, Rebecca!«, verkündet Missy, die sich mit Matthew auf das Biest gesetzt hat. »Mit ihrem Boss.«

»Oh, Sch…eibenkleister«, sagt er. Offensichtlich ist es die Aufgabe der Woche, auf Kraftausdrücke zu verzichten. »Du hast mit Hugh Major Matratzenmambo getanzt? Ist er nicht ein bisschen zu alt für dich?«

»Nicht mit ihm«, presse ich hervor. »Ich gehe spazieren.« Es ist ein spontaner Entschluss, aber ich muss an die frische Luft.

»Bevor du gehst … da sind zwei Briefe, die du dir ansehen solltest.« Meine Schwester lässt sich herab, sich genau so weit vom Sofa zu erheben, dass sie die Post auf dem Couchtisch durchblättern kann. Es sind hauptsächlich Kataloge, aber sie findet zwei Umschläge – einen dicken und einen dünnen. »Dieser ist von einer Immobiliengesellschaft, ich dachte, er könnte wichtig sein. Und der andere ist von der Krankenversicherung.«

Oh, Scheiße. Doppelscheiße. Der dickere Umschlag ist von Dumbo Holdings. »Das ist unser neuer Mietvertrag.« Darauf hatte ich gewartet. Mein Zweijahresvertrag ist ausgelaufen, und kraft Gesetzes können sie die Miete nun deutlich anheben. Ich schlitze den Umschlag auf und hole die gefalteten Blätter heraus. Ich überfliege die erste Seite, bis ich finde, was ich suche.

Turnusmäßige Mieterhöhung: 0,00 Prozent.

Weil ich es kaum glauben kann, lese ich es noch dreimal. Dann blättere ich zur zweiten Seite, um mich zu vergewissern, dass die Zahlen dort mit denen auf der ersten Seite übereinstimmen.

Das tun sie.

»Wow«, keuche ich. »Das sind die besten Nachrichten seit Wochen.«

»Ja?« Missy rückt mir auf die Pelle, um draufzugucken. »Keine Erhöhung? In New York?«

»Komisch, oder? Haben die sich vielleicht verschrieben?«

»Ist doch egal«, sagt meine Schwester schnell. »Unterschreib. Schick es zurück. Sie werden es akzeptieren müssen.«

Das stimmt nicht, weil es noch nicht gegengezeichnet ist. Aber ich nehme einen Stift aus dem Glas, in das ich ihn (ordentlich!) gesteckt habe, und unterschreibe trotzdem.

»Ich hole eine Briefmarke«, bietet Missy an.

Der dünnere Umschlag ist von meiner Krankenkasse. Davor graut es mir auch. In den vergangenen Wochen habe ich einen Besuch in der Notaufnahme, bei einem Neurologen und einen Sonntagsbesuch bei Dr. Armitage angesammelt. Das übernimmt meine Versicherung bestimmt nicht.

Wie erwartet finde ich dann auch eins dieser abschreckenden Formulare zur *Erläuterung von Leistungsansprüchen* darin – das man erst mal entschlüsseln muss. »Dies ist keine Rechnung«, steht ganz oben auf der Seite. Aber ich bin nicht so dumm, anzunehmen, dass das gute Neuigkeiten sind. Und damit liege ich richtig. Dr. Armitages Behandlungen werden von meiner Krankenkasse nicht übernommen, was mich in keinster Weise überrascht. Doch auch meine erste Therapiestunde beim Physiotherapeuten ist nicht erstattungsfähig.

Beim Anblick der Preise hole ich scharf Luft. Vierhundert

Dollar für die Untersuchung und zweihundertfünfundsiebzig Dollar für die erste Therapiestunde. Und ich soll dreimal in der Woche hingehen.

»Ist es schlimm?« Missy ist zurück, mit einer Briefmarke auf einer Fingerspitze.

»Nein«, lüge ich. »Nur ein bürokratisches Schlamassel. Mit der Versicherung zu sprechen, dauert bestimmt einen halben Tag.« *Schön wär's.* Ich werde versuchen, sie dazu zu bringen, die Therapiekosten zu übernehmen, aber ich weiß, dass meine Chancen schlecht stehen.

Verdammte Scheiße.

»Schick den Mietvertrag ab!«, sagt Missy und klebt die Briefmarke auf den Rückumschlag. »Eine Sache weniger, um die du dir Sorgen machen musst.«

Ich hoffe, sie hat recht.

Fünf Minuten später werfe ich den Umschlag in einen Briefkasten auf der Water Street. Zwei weitere Jahre für dieselbe Miete in einer Wohnung, die nur zwei Blocks von der Arbeit entfernt ist, die ich liebe. Das sollte sich wie der Jackpot anfühlen.

Aber ich habe einfach Angst vor dem, was da noch kommt.

14

Nate

Tampa, 1. Mai

Ein paarmal im Jahr werden Artikel über mich veröffentlicht. *Wie hoch ist Nate Kattenbergers IQ?* Oder: *Der Mann, der in die Zukunft der IT schauen kann.*

Die Autoren dieser Artikel liegen offensichtlich falsch. Denn ich bin der dümmste Mensch auf diesem Planeten. Ich sitze mit zwanzigtausend Leuten in einem überfüllten Eishockeystadion. Spieler, in die ich Millionen von Dollar investiert habe, kämpfen dort unten auf dem Eis um den Cup. Und woran denke ich?

Rebecca.

Genau. Fünf Tage danach sitze ich hier und könnte mir wegen meiner Unbeherrschtheit in den Arsch beißen. Ein hitziges Gespräch mit Rebecca in der Dunkelheit, und ich habe vollkommen den Verstand verloren. Jetzt geht sie mir aus dem Weg, was bedeutet, dass ich vielleicht eine gute Freundin verloren habe. Und wenn ich Pech habe, verliert mein Unternehmen eine großartige Mitarbeiterin.

Bis jetzt habe ich nie kapiert, was Leute mit *Er denkt mit dem Schwanz,* meinen. Doch jetzt verstehe ich es. Meiner ist auf dumme Gedanken gekommen, und anstatt sie zu unterdrücken, habe ich gesagt: *Leg los, Kumpel.*

In was für einen Albtraum habe ich mich da bloß hinein-
manövriert?

Lauren steht auf und klatscht, was mich daran erinnert, das
verdammte Spiel zu verfolgen. Beacon hat gerade grandios gehalten.

Wenigstens einer, der fokussiert ist.

»Super!«, sagt Stew und unterstreicht das Kompliment, indem er mir einen Klaps auf den Arm gibt. »So macht man das!
Deine Jungs können es schaffen.«

Das glaube ich auch, auch wenn es eine herausfordernde
Woche war. Das erste Spiel gegen Tampa hat meine Mannschaft verloren. Heute Abend wirken die Jungs jedoch stärker.
Ich weiß, dass es für uns noch nicht vorbei ist. In den vergangenen achtundvierzig Stunden haben die Spieler sich Videos der
gegnerischen Mannschaft angesehen, während Lauren und ich
uns mit unseren Laptops hingehockt und versucht haben, den
Überblick über die Projekte in New York zu behalten.

Die meiste Zeit habe ich an Rebecca gedacht.

Am Morgen, als sie aus Bal Harbour abgereist ist, habe ich
ihren Wagen abgefangen, bevor sie zum Flughafen aufgebrochen ist. Ich habe mich hineingebeugt, um ihr einen Kuss auf
die Wange zu geben, und sie hat mich mit großen, erschrockenen Augen angesehen.

Ihr Gesichtsausdruck hat mich getroffen, denn sie in den
Armen zu halten, war eine einschneidende Erfahrung. Die ich
immer noch nicht verdaut habe.

Wie sie dazu steht, weiß ich nicht.

»Wir reden bald, okay?«, sagte ich in unserem letzten gemeinsamen Moment.

Sie ist meinem Blick ausgewichen. »Ich werde die meiste
Zeit offline sein. Anweisung vom Arzt.«

Das klang definitiv nach einer Abfuhr.

Ich habe ihr trotzdem ein paar Nachrichten geschickt und sie in einer Sprachnachricht gefragt, ob es ihr gut geht. Aber entweder ghostet sie mich oder sie ist wirklich offline. Und ich kann nicht länger versuchen, sie zu erreichen, weil mich das zu einem Stalker machen würde, der sie nicht in Ruhe lassen kann.

Und das Schlimmste an diesem Schlamassel ist: Das, was am Dienstagabend passiert ist, sieht wirklich so aus, als hätte ich versucht, die Regeln auf die allerschäbigste Art zu brechen. Während sie schlief, bin ich mit einer Schlüsselkarte, die sie Lauren gegeben hatte, in ihr Hotelzimmer gekommen. Ich habe sie geweckt, und dann hatten wir hemmungslosen Sex.

Zweimal.

Die Schlagzeilen kann ich mir jetzt schon vorstellen. *Top-CEO Nate Kattenberger: der größte Idiot aller Zeiten.*

Doch ich kann diese Nacht einfach nicht vergessen. Ich weiß, dass Becca es gelinde gesagt auch genossen hat. Immer wieder geht mir durch den Kopf – von dem ich dachte, er hätte überdurchschnittliche Konzentrationsfähigkeiten –, wie sie mich ausgezogen hat. Das mit der Konzentrationsfähigkeit stimmt offensichtlich nicht, denn ich kann an nichts anderes mehr denken als an den Geschmack ihrer Küsse.

»Oh mein Gott«, keucht Lauren. »Dieses Spiel kostet mich ein Jahr meines Lebens.«

Ich schaue auf die Anzeigetafel. Immer noch null zu null. Wenigstens habe ich mir das richtige Spiel ausgesucht, um unaufmerksam zu sein.

Neben mir fummelt Lauren am Riemen ihrer Handtasche herum und lässt den Goalie, von dem sie behauptet, dass sie ihn nicht liebt, nicht aus den Augen.

Tatsächlich bin ich nicht der Einzige, dessen Nacht in Bal Harbour interessant war. Sie weiß es nicht, aber als ich mich am nächsten Tag zurück in mein Hotelzimmer geschlichen habe, habe ich Mike Beacon dabei erwischt, wie er heimlich aus ihrem kam. Als wir uns im Flur begegneten, beide in zerknitterten Smokings, haben wir kein Wort gewechselt. Wir haben uns nur kurz zugelächelt und sind weitergegangen.

Ich würde nie etwas sagen, womit ich Lauren in Verlegenheit bringen würde. Doch dafür, dass ich ihre plötzlich wiedererwachte Begeisterung für Eishockey nicht erwähnt habe, hätte ich eine Medaille verdient.

»Nate.« Stew schnippt mit den Fingern vor meinem Gesicht. »Du bist jetzt nicht ernsthaft mit deinen Gedanken woanders, oder?«

»Nein, nein«, lüge ich.

»Du bist der Einzige, der in so einem Moment an die Arbeit denken kann«, sagt er und stopft sich noch eine Handvoll Popcorn in den Mund.

Stew kennt mich ziemlich gut. Und ich habe den Ruf, bei jeder Gelegenheit an die Arbeit zu denken. Wenn es allerdings so weitergeht, werde ich nie wieder einen geistreichen Gedanken haben. Und ich weiß noch nicht einmal, ob ich das schlimm finde. Meine Besessenheit von Becca hat Nahrung bekommen, und ich möchte an der Erinnerung festhalten, solange ich kann.

Das Spiel zieht sich hin, auf dem Eis eskaliert die Anspannung. Ich schaffe es, mich aufs Spiel zu konzentrieren. Weniger charakterstarke Männer würden ihre Enttäuschung zeigen, aber meine Spieler bleiben gelassen.

Tampas jedoch nicht. Ihr hochdekorierter Stürmer bringt meinen Verteidiger zu Fall und legt sich dann mit dem Schiedsrichter an. Als er kurz darauf rausgeworfen wird, lächle ich.

»Power Play!«, quietscht Lauren, und auch darüber lächle ich.

»Schön, dass du aus deinem Tagtraum aufgewacht bist«, sagt sie.

»Schön, dass du wieder Eishockeyfan bist«, kontere ich.

Und da passiert es. Meine Jungs schießen ein Tor. Endlich! Wir springen auf und jubeln. Das zweite Drittel endet eins zu null.

Lauren setzt sich wieder hin und atmet tief aus. »Das ist die reinste Folter«, murmelt sie.

Ich sage nichts und poliere meine Diskretionsmedaille. Aber jetzt muss ich fünfzehn Minuten bis zum Schlussdrittel warten. Und das ist eine Ewigkeit. Also wandern meine Gedanken sofort wieder zu Rebecca. Liegt sie wieder in meinem Wohnzimmer und lauscht dem Spiel?

Gott, wie sehr ich das hoffe. Ich hoffe, ich habe es nicht versaut, weil ich, na ja, zu versaut war.

Wie ein ungeduldiger Teenager ziehe ich mein Handy aus der Tasche und schaue auf das Display.

Keine Nachricht von Becca.

Ich öffne das Chatfenster für Bingley. Eine meiner Innovationen für dieses Produkt ist die Möglichkeit, aus der Ferne zu kommunizieren.

Nate: *Hallo, Bingley.*
Bingley: *Hallo, Nate! Beim Spiel steht es eins zu null für Sie. Aber das wissen Sie bestimmt, weil Sie gerade einundzwanzigeinhalb Meter von der Eisfläche entfernt sitzen. Von der Heimatfront gibt es nichts zu berichten. Die Innentemperatur beträgt zwanzig Grad. Alle Sicherheitssysteme sind eingeschaltet.*
Nate: *Sehr gut. Ich habe mich gefragt, ob Rebecca da ist?*
Bingley: *Ach, die holde Rebecca ist derzeit nicht im Hause. Mit ihr habe ich zuletzt am Mittwoch um 13:33 Uhr interagiert.*

Ach, verdammt. Das war direkt, nachdem sie vom Flughafen zurückgekommen ist. Auf ihrem Weg aus meinem Leben hat sie quasi einen Kondensstreifen hinterlassen.

Mist.

Nate: *Hat sie eine Nachricht hinterlassen?* Die Hoffnung stirbt zuletzt.

Bingley: *Nein, Sir. Soll ich ihren derzeitigen Aufenthaltsort lokalisieren?*

Jedes Mitarbeiterhandy lässt sich tracken, Bingley könnte Rebecca also leicht finden. Aber es gehört zu meiner Unternehmensphilosophie, Mitarbeitern nicht nachzuspionieren, es sei denn, wir befürchten, dass jemand in Gefahr ist.

Und ich will nicht zu einem Stalker werden.

Nate: *Nein, vielen Dank. Gute Nacht.*

Bingley: *Nacht, Sir!*

Ich könnte seinen Namen wieder in Hal ändern. Aber ich lasse es. Nur für den Fall, dass Rebecca zurückkommt.

Schön wär's.

Ich stecke das Handy weg und bemerke, dass Stew mich beobachtet.

»Was?«

»Nichts«, sagt er grinsend. »Willst du ein Bier? Ich gehe zur Bar.«

»Nein, danke«, sage ich.

»Ich hol dir was zu trinken, Stew«, sagt Lauren und steht auf.

»Nein! Das musst du nicht.« Auch wenn Lauren dienstlich hier ist, würde er das nie ausnutzen, indem er sie um kleine Gefälligkeiten bittet.

Nicht ohne Grund sind wir seit Jahren befreundet. Stew ist einer von den Guten.

»Aber ich möchte auch etwas trinken, und ich weiß nicht, was es gibt.« Sie legt ihm die Hand auf die Schulter. »Ich gehe. Vielleicht gelingt es dir ja, Nate aus seinen Träumereien zu reißen.«

»Kumpel«, sagt Stew, nachdem sie gegangen ist, »was ist los mit dir? Und erzähl mir nicht, dass du gerade über Systemarchitektur nachdenkst.«

»Ich bin ein bisschen abgelenkt. Keine große Sache.«

Stew zieht eine Augenbraue hoch. »Bitte sag mir, dass deine Durststrecke endlich vorbei ist. Ich hab mir langsam Sorgen gemacht.«

»Ach, lass mich in Ruhe.«

Er lacht. »Also, wer ist die Glückliche?«

»Das kann ich dir nicht sagen.«

Das Lächeln auf seinem Gesicht erstirbt. »Warum nicht?«

»Weil du sie kennst. Ich bin keine Klatschtante.«

»Du bist die Mutter aller Klatschtanten. Aber gleichzeitig irritierend diskret. Dir ist schon klar, dass mich das total wahnsinnig macht?«

»Nicht mein Problem.«

»Arsch. Man könnte meinen, du hättest endlich Rebecca klargemacht.«

Ich schaue ihn ausdruckslos an. Mir wurde mehrfach gesagt, ich hätte ein Pokerface.

»Ach du Scheiße«, flüstert er.

Mir wurde auch gesagt, dass dieses Pokerface, wenn es um Rebecca geht, ganz und gar nicht funktioniert.

»Ehrlich? Wann ist es passiert?«

»Erinnerst du dich, dass ich dir vor zehn Sekunden gesagt habe, dass wir nicht darüber sprechen werden?«

Stew reibt sich das Kinn. »Und läuft da jetzt noch was?«

Ich seufze bloß.

»Ich würde mich viel besser fühlen, wenn du mir erzählen würdest, dass du heimlich schon das ganze Jahr mit ihr ausgehst.«

»Das geht mir auch so.«

Stew stöhnt. »Es ist also nur einmal passiert, und jetzt hat sie dich kaltgestellt? Ist es vor Kurzem passiert?«

»Bal Harbour. Ist erst ein paar Tage her. Dann ist sie nach New York zurückgeflogen, und ich bin hier. Ich weiß nicht, was in ihrem Kopf vorgeht.«

»Hast du sie angerufen? Bitte sag mir, dass du sie angerufen hast.«

»*Natürlich* hab ich das. Sie ist aber nicht drangegangen. Hab ihr ein paar Nachrichten geschickt.«

Stew macht große Augen. »Dann hast du ein Problem.«

»Ach, tatsächlich?«

»Nein, ein *Riesen*problem. Sie ist deine Angestellte, und jetzt bedrängst du sie. Du musst damit aufhören.«

»Offensichtlich müssen wir miteinander reden.«

Stew zupft am Kragen seines Shirts, das ist seine Art zu zeigen, dass ihm etwas unangenehm ist. »Nein. Ich glaube, du hast es versaut.«

»Und wie kommst du darauf?« Ich schaue mich um und hoffe, dass Lauren wieder zu uns zurückkommt. Ich möchte dieses Gespräch beenden.

»Ihr zwei habt es getan, und jetzt ruft sie dich nicht zurück? Das ist ein schlechtes Zeichen.«

»Vielleicht braucht sie nur Zeit, um es zu verarbeiten?« So geht es mir jedenfalls.

»Wie ist es überhaupt dazu gekommen? Bitte sag mir wenigstens, dass es von ihr ausging.«

»Ging es nicht. Aber das heißt nicht, dass sie nicht ziemlich schnell meiner Meinung war. Sie hat die Sache eindeutig vorangetrieben.«

»Du hast sie geküsst.«

»Hab ich«, gebe ich zu. Aber ich überspringe den Teil, wo ich in ihr Hotelzimmer eingedrungen bin und sie geweckt habe. Ich mag gar nicht daran denken, was meine Personalabteilung dazu sagen würde. Wahrscheinlich steht es ganz oben auf der Liste der Dinge, die man auf einer Geschäftsreise niemals mit einer Angestellten tun sollte.

»Du hast sie geknutscht«, bohrt Stew nach. »Und dann?«

»Sie hat ein Geräusch gemacht, also hab ich aufgehört. Dann hat sie mich eine Minute lang angeschrien, ist auf meinen Schoß geklettert und hat mich geküsst, als würde die Welt gleich untergehen.«

Stew legt sich grinsend eine Hand auf sein Herz. »Wow. Darauf hast du jahrelang gewartet.«

Ich seufze, denn er hat recht.

»Ihr seid also übereinanderhergefallen. Und was dann?«

»Mehr verrate ich nicht.«

»Ich meine, am nächsten Morgen, Dumpfbacke.«

Oh. »Ich habe bei ihr übernachtet. Dann habe ich sie gefragt, ob sie mit mir frühstückt, aber sie hat gesagt, sie wäre schon verabredet. Eine Stunde später habe ich sie ins Auto gesetzt, ihr einen Abschiedskuss gegeben und ihr gesagt, dass ich es nicht erwarten kann, sie wiederzusehen.«

»Und jetzt geht sie nicht ans Telefon, wenn du anrufst.«

»So ungefähr.«

»Meine Güte.« Stew zupft wieder an seinem Kragen. »Sie war aber nicht betrunken, oder?«

»Nein! Überhaupt nicht. Sie war redselig, hat mir Fragen gestellt. Sie hat mich gefragt, warum ich sie nach Brooklyn versetzt habe.«

»Und du hast gesagt: ›Weil ich in dich verliebt bin‹?«

»Nein. Das wäre übertrieben.« Doch als ich es ausspreche, wird mir seltsam eng um die Brust. Vielleicht ist es nicht so weit von der Wahrheit entfernt, wie mir lieb wäre.

»Nach meiner ersten Analyse gibt es nur zwei Gründe, warum sie dich nicht zurückruft.«

Die will ich eigentlich lieber nicht hören.

»Grund eins: Es hat ihr nicht gefallen, aber sie will es dir nicht sagen.«

»Es hat ihr gefallen«, sage ich sofort. Ich mag sozial ein wenig ungeschickt sein, aber wenn eine Frau meinen Namen keucht und auf mir kommt, weiß ich, dass sie Spaß hatte.

»Na, dann herzlichen Glückwunsch.« Er grinst, und ich würde ihn am liebsten boxen. »Aber die zweite Möglichkeit ist nicht besser: Vielleicht hat es ihr in dem Moment gefallen, doch jetzt bereut sie es.«

Natürlich hat er recht. Das ist nicht besser. »Warum sollte sie es bereuen?«

»Zum Beispiel, weil es ihr Leben komplizierter macht. Du bist der Boss. Das ist schwierig.«

»Ich bin nicht *ihr* Boss.«

»Nate, das weißt du doch besser.« Er boxt mir auf den Arm. »Du hast sie eingestellt. Du hast ihr den aktuellen Job verschafft. Selbst wenn sie formal gesehen für Hugh arbeitet, bist du immer noch der Boss von ihrem Boss.«

Dieser Gedankengang macht mich noch grantiger, als ich sowieso schon bin. Stew ist mein bester Freund, und ich respektiere seine Meinung. Aber ich will nicht hören, dass ich Beccas Leben komplizierter mache. In den vergangenen Wochen habe ich versucht, es einfacher zu machen.

Und warum hast du das gemacht?, fragt mein Unterbewusstsein.

Verdammt.

»Dieses Gesicht kenne ich«, sagt Stew. »Du kannst es nicht leiden, wenn ich dir die Wahrheit sage. Aber hör zu, Kumpel. Das ist wirklich wichtig. Du darfst Rebecca nicht bedrängen. Jetzt nicht und auch sonst nicht. Das ist sonst sexuelle Nötigung.«

»Ich bedränge sie doch gar nicht«, widerspreche ich. Verdammt. Schon als ich es ausspreche, wird mir bang ums Herz. Sich ungefragt ins Zimmer einer Angestellten zu schleichen und mit ihr zu schlafen, ist eindeutig Nötigung.

»Schau mal.« Sein Gesicht ist todernst. »Du bist der korrekteste aller Top-Unternehmer. Ich weiß das. Rebecca weiß das. Aber das zählt nicht. Du kannst dich nicht anders verhalten als die zweitausend Leute, die für dich arbeiten.«

»Tatsächlich sind es jetzt nur noch tausendneunhundertneunundneunzig, denn dich habe ich gerade gefeuert. Eine Schande, denn du bist der zweitbeste Mann im Unternehmen. Der Vorstand wird ausrasten.«

Stew schüttelt lediglich langsam den Kopf. »Es tut mir leid, Nate. Es wäre etwas anderes, wenn sie nicht für eins deiner Unternehmen arbeiten würde.«

In diesem Moment kommt Lauren zurück. Sie reicht Stew ein Bier und mir noch eine Cola light. Sie trinkt Orangensaft und hält eine Tüte, in der drei heiße Brezeln sind, wie sich herausstellt.

»Lecker«, sagt Stew. »Danke!«

»Du hättest mir doch nichts mitbringen müssen«, sage ich und breche ein Stück von der Brezel ab.

Sie reicht mir ein kleines Schälchen mit Senf. »Mach dir keine Sorgen. Du hast sie sowieso bezahlt. Ich versuche nur, dich ein wenig aufzuheitern. Funktioniert es?«

»Klar«, lüge ich.

Aber ich bin mir sicher, dass ich nach dem Gespräch mit Stew noch eine Weile verdammt bedrückt sein werde.

Die gute Nachricht ist, dass mein Team mit einem weiteren Tor im Power Play das Spiel eine halbe Stunde später für sich entscheidet. Und weil die nächsten beiden Spiele in Brooklyn stattfinden, hoffe ich, dass uns der Heimvorteil in die Karten spielt.

Abends fliegen Stew und ich mit der Gulfstream nach Hause.

Es ist spät, und er versucht nicht mehr, mit mir über Rebecca zu sprechen. Dafür bin ich dankbar. Als wir die Reiseflughöhe erreicht haben, ziehen wir gemütliche Klamotten an, stellen die Sitze in die Schlafposition und hoffen, ein paar Stunden schlafen zu können. Die Landung ist für drei Uhr morgens geplant.

Ich dimme das Licht in der Kabine und schließe die Augen. Jetzt, auf dem Weg zurück nach New York, ist es noch schwieriger, die Gedanken an Becca zu unterdrücken. Unsere gemeinsame Nacht läuft wie ein Film vor meinem inneren Auge ab. Dieser winzige Fetzen aus Seide und Spitze, den sie trägt, als ich sie aufwecke. Unser merkwürdiges Streitgespräch und der Kuss, den ich ihr gebe, damit sie mir nicht noch mehr Fragen stellt.

Ihre Lippen, die sich unter meinen öffnen, und wie ich sie zum ersten Mal koste. Wie sie sich rittlings auf mich gesetzt und gestöhnt hat …

Verdammt, war das gut. Nein – großartig. Für uns beide. Ihr Verlangen hat mich völlig überwältigt. Doch man kann nicht gerade behaupten, sie brächte die Telefondrähte zum Glühen, um mir zu sagen, dass sie es kaum erwarten kann, es noch einmal zu tun.

Kein gutes Zeichen.

Man sollte meinen, ich wäre lernfähig. Nach der Nacht mit Alex hätte ich es besser wissen müssen.

Doch die beiden Nächte haben nichts gemeinsam. Rebecca hat mich in Brand gesetzt, als sie sich an mir bewegt hat. Die Laute, die sie von sich gegeben hat, werde ich nie vergessen.

Es hat nicht nur mir gefallen, verdammt. Sie hat jede Minute genossen.

Also wo ist sie jetzt?

Ich wälze mich unruhig hin und her, bis mein Jet in den frühen Morgenstunden in LaGuardia landet. Ich verabschiede mich von Stew und steige zu Ramesh in den Wagen. Es ist einer der seltenen staufreien Augenblicke in der Stadt, und Ramesh bringt mich im Nullkommanichts nach Hause zum Pierrepont Place.

»Das ist wahrscheinlich ein neuer Geschwindigkeitsrekord«, sagt er und fährt bis zur verschlossenen Garage der Villa.

»Danke, Mann. Tut mir leid, dass es eine so blöde Uhrzeit war.«

Er gähnt. »Ich werde es überleben. Nacht, Boss.«

Ich spüre seinen Blick, als ich das Sicherheitssystem ausschalte, um durch die Hintertür einzutreten. Er wird das Auto erst abschließen und in seine Wohnung hinaufgehen, wenn ich sicher im Haus bin.

Als ich diesmal die Küche betrete, höre ich nur Stille. Ich gehe hindurch bis zum Salon und lausche.

Nichts. Und mit einem satten Klicken schließen sich die Schlösser um mich.

Ich trage den Koffer nach oben und schlendere dann durch mein stilles Haus. »Willkommen zu Hause, Nate«, sagt Bingley. »Sie sind der Einzige auf dem Gelände.«

Seine Äußerung ist Teil des Sicherheitsprotokolls. Aber sie bedrückt mich trotzdem. Ich erwidere die Begrüßung nicht, weil Bingley nicht beleidigt sein kann. »Schalte alle Sicherheitssysteme ein«, sage ich stattdessen.

»Systeme aktiviert.«

Ich stelle mein Gepäck in meinem Zimmer ab. Und obwohl ich weiß, was ich dort finden werde, gehe ich in das grüne Schlafzimmer. Natürlich ist das Bett frisch bezogen, und Rebeccas Sachen sind aus dem Badezimmer verschwunden.

Da weiß ich mit absoluter Sicherheit, dass ich alles total versaut habe. Rebecca ist eine gute Freundin und eine wichtige Mitarbeiterin. Und sie nimmt meine Anrufe nicht entgegen.

Den Montag verbringe ich in Manhattan und kämpfe mich durch Meetings. Meine Aufmerksamkeitsspanne ist so niedrig wie noch nie.

Zu Hause finde ich eine von Mrs Gray selbst gemachte Calzone mit Schinken und Käse zum Abendessen. Und eine Nachricht.

Nathan, Ihre Mutter hat angerufen. Sie würde gerne mit Ihnen über ihren kurzen Besuch diese Woche sprechen. PS: Im Gemüsefach ist ein Salat für Sie. Bitte essen Sie ihn, Ihre Mutter möchte, dass Sie ausreichend Ballaststoffe zu sich nehmen. Mrs G.

Ich habe seit einer Woche nicht mehr mit Mom gesprochen. Deshalb bitte ich Bingley, sie anzurufen, nachdem ich den Salat gefunden und mir eine weitere Cola light aufgemacht habe.

»Nate?« Moms Stimme kommt über das Soundsystem. »Das Spiel gestern Abend war total aufregend.«

»Ja, oder?« Meine Eltern lieben Eishockey. Aber das ist kein Wunder, denn sie haben sich in Minnesota kennengelernt und auch dort geheiratet. »Ihr kommt doch zu Spiel drei und vier, oder?«

»Das würden wir sehr gern, wenn es dir keine Umstände macht?«

»Für mich überhaupt nicht. Ich fliege die Gulfstream ja nicht selbst.« Wenn sie zu Spielen kommen, lasse ich sie mit dem Jet in Iowa abholen.

»Das ist auch gut so, Schatz. Dein Vater schaut immer ganz angespannt, wenn er an unsere alte Garagentür denkt.«

Ich knurre genervt. Als ich den Oldsmobile meines Vaters rückwärts gegen das Garagentor gesetzt habe und einen Schaden von über tausend Dollar angerichtet habe, war ich erst sechzehn. Tausend Dollar waren damals ziemlich viel Geld. Aber das echte Problem war das Auto selbst. Es passierte kurz nach der Ankündigung, dass Oldsmobiles nicht mehr hergestellt werden. »Das war mein letzter Olds«, pflegte er zu seufzen.

Wenn Journalisten über mich schreiben, sagen sie, dass ich eine »normale, gut behütete Kindheit im Mittleren Westen« erlebt habe. Damit haben sie wohl recht.

»Bleibt ihr die ganze Woche?«, frage ich und wechsle das Thema.

»Das geht nicht, Schatz. Die Personalversammlung deines Vaters am Dienstag ist obligatorisch.«

»Ah.« Mein Vater ist Direktor einer Vorortschule und nimmt seinen Job sehr ernst. »Ihr könnt nach dem Spiel nach Hause fliegen, wenn er sich keinen Tag freinehmen will. Ich kümmere mich darum.«

»Danke. Dann bin ich am Mittwoch bestimmt ein bisschen müde. Aber zuzusehen, wie deine Jungs zu Hause Tampa niedermähen, ist mir das wert.«

Ich lächle in meinen Salat, denn meine Mutter ist toll. Sie ist ebenfalls Lehrerin und zudem Leiterin für Sonderpädagogik des gesamten Schulbezirks.

Ein paar Minuten später legen wir auf, und Stille senkt sich über mich herab. Allein mit meinen Gedanken beende ich mein Abendessen. Die einzigen Geräusche kommen von draußen. Es ist Montagabend, aber in Brooklyn tobt das Leben – Paare flanieren über die Promenade, glückliche Familien essen auswärts. Von meiner stillen Küche aus kann ich sie nicht sehen, aber ich kann das geschäftige Treiben der Brooklyner hören, die den Frühling genießen.

Nach einem langen Tag im Büro bin ich noch ganz aufgedreht. Ich könnte laufen oder zum Yoga gehen. Ich könnte ein paar der fünfzig E-Mails meiner Entwickler beantworten, die sich in meinem Postfach stapeln.

Genau. Als könnte ich mich gerade auf irgendetwas konzentrieren. Meine Konzentrationsfähigkeit macht gerade Pause.

Stattdessen stelle ich den Teller in die Spülmaschine, achte darauf, keine Krümel auf der Arbeitsplatte zu hinterlassen, damit Mrs Gray nicht mit mir schimpft.

Dann schnappe ich mir meine Schlüssel und mein Handy und gehe los, um nach Rebecca zu sehen. Ich weiß nicht, was sie von mir will. Vielleicht nichts. Aber das muss ich herausfinden. Stew würde das nicht gutheißen. Aber Rebecca und ich kennen uns viel zu lange, als dass ich es einfach auf sich beruhen lassen könnte. Ich brauche nur ein kurzes Gespräch, bevor ich sie ganz aufgeben kann.

Becca ist nicht zu Hause, doch an der Wohnungstür habe ich eine kurze, aber erhellende Unterhaltung mit ihrer Schwester.

Missy schaut wie jemand, der genau weiß, was zwischen uns passiert ist. Sie plappert grinsend drauflos, während ich versuche, meine Panik in Schach zu halten.

Ihre kleine Wohnung ist überraschend aufgeräumt und riecht nach Zitronen. Und auf Missys Hüfte sitzt dieses süße, sabbernde Baby. Rebeccas Schwester ist sehr gesprächig, und während ich beobachte, wie das Baby an seinem Schnuller nuckelt, schalte ich kurz gedanklich ab. Ich frage mich, wie wohl ein Baby von mir und Rebecca aussehen würde.

Dann würde ich mich am liebsten schlagen. *Was soll das, Gehirn?*

»Ich muss los«, sage ich zu Missy, bevor sie noch eine Geschichte über ihre Schwester auspacken kann. »Sag Rebecca, dass ich hier war.«

»Mache ich«, sagt sie mit einem vielsagenden Zwinkern.

»Danke, dass du ihre Durststrecke beendet hast.«

Darauf gibt es keine höfliche Antwort, also verschwinde ich einfach.

Weil mir nichts Besseres einfällt, gehe ich in mein Büro in Brooklyn. Da es schon nach acht ist, bin ich überrascht, ein Licht im Bürotrakt brennen zu sehen. Meine Sneakers verursachen kein Geräusch auf dem glänzenden Holzboden, deshalb kann man mich beim Näherkommen nicht hören. Und dann finde ich, wonach ich gesucht habe. Rebecca ist in meinem Büro und steht mit einem Staubwedel in der Hand vor dem Bücherregal. Sie sortiert meine Sammlung signierter Pucks und summt vor sich hin.

Den Song erkenne ich nicht, aber ich muss kurz innehalten, um sie zu bewundern. Ihre Miene ist ruhig, aber auf die Arbeit konzentriert. Ich kenne jeden ihrer Gesichtsausdrücke: das Gesicht, das sie zieht, wenn ein Anrufer unhöflich zu ihr ist, und den Ausdruck der Freude, wenn sie lacht – das Kinn erhoben, die Augen strahlend.

Inzwischen weiß ich auch, wie sie aussieht, wenn sie angetörnt ist und meine Hände auf ihrem Körper spüren möchte. Und das hat mich für immer verändert. Heute Abend trägt sie enge Jeans, die ihren traumhaften Hintern betonen, und leider weiß ich genau, wie gut er sich unter meinen Händen anfühlt …

Mit einem überraschten Aufschrei wirbelt Rebecca herum. Ich habe sie erschreckt. Sehr. Sie lässt den Staubwedel fallen, und als sie sich hinunterbeugt, um ihn aufzuheben, sehe ich, wie sie leicht schwankt.

Einen Sekundenbruchteil später bin ich bei ihr und lege ihr die Hand auf die Schulter, um sie zu stützen. Ich kann nicht anders.

Mit großen Augen richtet sie sich langsam auf. Wir stehen zu nah beieinander. Ich kann ihr Parfum riechen und würde mich am liebsten zu ihr hinunterbeugen und ihren Hals küssen.

»Hi«, sage ich stattdessen. Sie sieht mich an, als wäre sie ein Reh im Scheinwerferlicht.

Wundervoll.

»Was machst du an einem Montagabend hier?«, fragt sie stirnrunzelnd.

»Genau das wollte ich dich auch fragen, vor allem, da du ja noch krankgeschrieben bist.«

Sie sieht mich ärgerlich an. »Ich darf nicht am Bildschirm arbeiten, aber ich kann stressputzen. Das ist nicht gegen die Regeln.«

»Stressputzen? Nur mal so ins Blaue: Bin ich der Grund für deinen Stress?«

Schuldbewusst zuckt sie mit den Schultern.

Verdammt. Ich wollte nicht, dass es etwas zwischen uns verändert. *(Sagte der Trottel, der mit seiner Freundin und Angestellten geschlafen hat.)* Ich hole tief Luft. »Ich wollte deine Urteilsfähigkeit nicht anzweifeln. Können wir uns kurz unterhalten?«

»Muss das sein?«, fragt sie leise.

»Ja«, flüstere ich. Einen langen Augenblick sehen wir uns nur in die Augen. Und plötzlich verstehe ich zwei Sachen. 1. Ich bereue nichts. Tatsächlich würde ich sie jetzt am liebsten mit zu mir nach Hause nehmen, meine Schlafzimmertür abschließen und sehr viel Zeit damit verbringen, die Erinnerung an die süßen Laute wachzurufen, die sie macht, wenn sie kommt. 2. Ihr geht es nicht so. Ihre Miene ist verschlossen. Unlesbar.

Verdammt.

»Du rufst mich nicht zurück, Bec«, sage ich. »Rede mit mir.«

Sie dreht sich um und setzt sich auf den Zweisitzer in meinem Büro. Ihre Haltung ist so steif, als müsste sie sich eine Predigt in der Kirche anhören.

Ich setze mich neben sie und achte darauf, Platz zwischen uns zu lassen.

»Wie hast du mich gefunden?«, fragt sie und knibbelt an einem Fingernagel.

»Da du meine Anrufe nicht annimmst ...«, ich stupse ihr Knie mit meinem an, »... bin ich erst mal zu deiner Wohnung gegangen.«

»Meine Schwester hat mich verraten?«

»Nein. Aber sie war schrecklich gesprächig.«

Rebecca stöhnt.

»Ja. Missy ist ziemlich distanzlos. Aber das ist es nicht, was dir Sorgen bereitet. Sagst du mir, was los ist? Ich komm schon damit klar. Egal, was es ist.« *Selbst, wenn es mir nicht gefällt.*

»Ich kann einfach nicht glauben ...« Sie legt die Hände auf die Knie und sieht mich an. Ihre blauen Augen sind vorsichtig. »Dass ich mich dazu habe hinreißen lassen.«

»Wozu?«

»Mit meinem Boss zu schlafen.«

Autsch. Ich versuche es mit einem Witz. »Echt? Du hast mit Hugh Major geschlafen?«

»Nate! Das ist nicht witzig!« Ihre Augen werden gefährlich schmal. »Tu nicht so, als *wüsstest* du nicht, wovon ich rede.

Hugh *ist* mein Boss, aber nur auf dem Papier. *Du* hast mich vor sieben Jahren eingestellt. Und *du* hast mir diesen Job beim Team gegeben.«

»Klar hab ich das. Weil du absolut professionell bist.«

Ihre Stimme bricht. »Das gilt nicht für Dienstagabend.«

»Gott, bitte fühl dich nicht schuldig. Das solltest du nicht. Ganz und gar nicht. Dienstagabend war allein meine Schuld.« Und als ich diese Worte sage, höre ich, wie sie klingen – als wäre es ein Verbrechen und nicht eine der besten Nächte meines Lebens.

Tatsächlich zuckt sie zusammen. »Ich werde nicht zulassen, dass du die ganze Schuld auf dich nimmst. Ich war auch dabei.«

Das war sie – und sie hat meinen Hosenschlitz aufgeknöpft. Hat mir mit ihren weichen Händen über die Brust gestreichelt …

Himmel. Allein bei dem Gedanken werde ich hart.

»Aber es war ein Fehler«, fährt sie fort. »Damit kann ich nicht locker umgehen. Selbst wenn ich dir formal nicht direkt unterstehe, wissen wir beide, dass du derjenige bist, der sagt, wo es langgeht.«

Ich stöhne frustriert. »Ich würde gerne wieder sagen, wo es langgeht, Bec. Und damit meine ich nicht das Eishockeyteam.«

»Gott, Nate.« Sie atmet hörbar aus.

»Ja, genau so. Nur lauter.«

Sie bedeckt die Augen mit der Hand, bevor sie antwortet. »Und ich dachte, wir könnten uns darauf einigen, es zu vergessen.«

»Willst du das?« *Na los, stoß mir das Messer ins Herz.*

Becca späht zwischen zwei Fingern hervor. »Ich muss es vergessen. Wir wissen beide, dass du einer der engagiertesten Teameigner im professionellen Eishockey bist. Wir arbeiten die ganze Zeit zusammen. Ich kann nicht einfach beiläufig mit meinem Boss schlafen.«

Aber mir dämmert gerade, dass die Art, wie ich sie will, überhaupt nichts Beiläufiges hat. Wie in aller Welt ist es so weit gekommen? »Hör mal«, halte ich dagegen. »Ich glaube nicht, dass unser spontanes nächtliches Abenteuer etwas mit der Arbeit zu tun hatte. Du bist nicht auf meinen Schoß geklettert, weil du eine Gehaltserhöhung wolltest.«

Ihre Wangen werden noch röter, und sie wendet den Blick ab. »Wie auch immer, ich möchte, dass mein Job so bleibt, wie er ist. Ich möchte nicht als Gespielin des Besitzers gelten.«

Mein entrüstetes Schnauben ist alles andere als subtil. »Glaubst du wirklich, dass ich dich so sehe?«

»Nein. Doch. Ich weiß nicht.« Mit hängenden Schultern schaut sie zu Boden. »Am liebsten würde ich mein Leben ein paar Wochen zurückspulen, als alles super lief. Du hast mir gesagt, dass ich mich aufs Gesundwerden konzentrieren soll. Und das machst du mir gerade wirklich schwer.«

Verdammt. Das habe ich. Und ich tue es immer noch. Ich möchte so lange mit ihr diskutieren, bis sie es sieht wie ich. Ich bin sehr überzeugend. Aber Rebecca will nicht überzeugt werden. Und Stew hat mir ziemlich deutlich gesagt, warum ich es nicht versuchen darf.

Und bei einer Sache hat sie recht – das Timing ist schrecklich.

»Okay«, stimme ich plötzlich zu. Denn ich weiß, wann ich verloren habe.

Rebecca blinzelt »Okay …?«

»Wir vergessen, dass es passiert ist. Wir werden nie wieder darüber sprechen.«

»In Ordnung.« Sie öffnet den Mund und schließt ihn wieder.

»Genau darum hast du mich doch gebeten, oder?«

Sie schaut unsicher. »Ja«, sagt sie mit einem Nicken. Sie atmet tief ein. »Ich liebe diesen Job. Und ich liebe unsere Freundschaft. Und ich möchte nichts davon verlieren.«

»Wirst du nicht«, sage ich schnell. »Niemand bekommt deinen Job, Bec. Das wird nie passieren.«

»Gut zu wissen.« Sie räuspert sich. »Doch jetzt frage ich mich, ob diese Beurteilungen, die du mir geschrieben hast, wirklich unvoreingenommen waren.« Als sie mich ansieht, weiß ich, dass sie an das denkt, was ich gesagt habe, bevor ich sie geküsst habe. Selbst wenn ich es mir nie eingestanden habe, mich hat es voll erwischt. Und ich habe nicht die leiseste Ahnung, was ich dagegen tun soll.

Genau deshalb habe ich meine dumme Libido jahrelang kontrolliert. Genau dieses Gespräch wollte ich unbedingt vermeiden. »Hör mal. Ich wollte dir nicht zu nahe treten. Sag mir, wie ich es wiedergutmachen kann.«

Sie reibt sich die Stirn, und ich weiß, dass ich für ihre aktuellen Kopfschmerzen verantwortlich bin. Wieder einmal habe ich genau das Gegenteil von dem getan, was ich hätte tun sollen. Ihretwegen werde ich zum Idioten.

»Wir machen weiter wie immer. In ein paar Wochen kann ich wieder arbeiten, und alles kann so weiterlaufen wie vorher.«

»In Ordnung«, stimme ich zu, weil ich nichts anderes sagen kann, ohne ein Arsch zu sein. Doch ich weiß, dass das ziemlich unmöglich ist. Diese Nacht werde ich nie vergessen. Ich kann nicht vergessen, wie sie sich zu mir gebeugt hat und wie ihre Lippen geschmeckt haben.

»Danke«, sagt sie. Dann entsteht eine längere Pause, in der wir uns nur ansehen. Ich habe genau das getan, worum sie mich gebeten hat. Aber sie wirkt nicht erleichtert. Sie sieht mich an, als würde sie etwas herauszufinden versuchen, aber ich habe keine Ahnung, was.

Doch dann sehe ich, wie sie aufgibt. Sie wendet die schönen Augen ab. Sie schaut sich im Zimmer um, entdeckt ihre Jacke auf der Armlehne des Sofas. Sie steht auf, schnappt sie sich mit einer Hand und geht hinaus.

Beim Anblick, wie sie das Zimmer verlässt, zieht sich mir der Magen zusammen. Das soll es gewesen sein? Eine perfekte Nacht und ein dreiminütiges Gespräch. Das ist alles, was ich je bekommen werde.

»Bec«, sage ich, um sie aufzuhalten.

»Ja?« Als sie sich umdreht, um mich anzusehen, bemerke ich, dass nicht nur ich mit mir ringe. Sie wirkt hin- und hergerissen, während sie in die Jacke schlüpft.

Ich lehne mich an den Türrahmen, halte aber bewusst Abstand, weil ich mir nicht traue. »Meine Tür steht dir immer offen.«

»Danke«, sagt sie leise.

»Egal, was du brauchst. Frag Bingley, wenn du mich nicht anrufen willst. Alles Gute, und pass auf dich auf.«

»Du auch«, sagt sie. Dann lächelt sie mich mit feuchten Augen an, dreht sich um und geht.

Dreißig Sekunden später höre ich, wie sich die Tür der Lobby öffnet und wieder schließt. Sie ist weg.

15

Rebecca

3. Mai, New York

»Geschafft, Mädchen. Jetzt lös deinen Klammergriff, bevor ich komplett das Gefühl im Arm verliere.«

Ich zwinge mich, Ramóns Handgelenk ein wenig lockerer zu fassen, aber ich halte die Augen fest geschlossen. Ich hüpfe schon wieder auf dem verdammten Trampolin. Kleine Sprünge. Und Ramóns Hand ist das Einzige, was mich aufrecht hält.

Trotzdem ist es ein Fortschritt. Vor zwei Wochen konnte ich das noch nicht.

»Noch zehnmal«, ermutigt er mich, dann zählt er rückwärts. »Zehn. Neun. Atme, Becca. Acht …«

Als er bei eins angekommen ist, mache ich die Augen auf und halte inne. »Wow. Okay.« Es dauert eine oder zwei Sekunden, bis der Raum sich nicht mehr dreht. Aber langsam gewöhne ich mich an diese kleinen Neustarts meines Systems. Sie sind nicht mehr so verwirrend wie früher und deshalb auch nicht mehr so beängstigend. Ich atme noch einmal ein und warte, bis ich wieder fest auf den Beinen stehe.

»Gut gemacht«, sagt Ramón. »Wie geht es dir?«

»Ich kotze dir nicht auf die Turnschuhe, das wäre schon mal der erste Hinweis.« Ich musste nicht wirklich in den Therapiestunden kotzen, aber ich war ein paarmal kurz davor.

»Rebecca.« Dr. Armitage persönlich kommt in seinem Arztkittel über die Trainingsfläche auf mich zu. »Wie geht's uns denn?«

»Das Trampolin geht jetzt«, sagt Ramón. »Ihre Erholzeit hat noch ein wenig Verbesserungspotenzial, aber was soll's, noch eine Woche oder so. Sie macht gute Fortschritte.«

Und das stimmt. *Endlich* geht es mir besser. Jeden Tag fühle ich mich ein bisschen stabiler. Und meine Schwindelanfälle werden auch weniger. Besser noch: Ich bin nicht mehr so schwach und hoffnungslos wie beim ersten Mal, als ich hierhergekommen bin. »Sie beide sind wirklich Wunderheiler.«

»Sie heilen sich selbst«, sagt der Doktor. »Wir zeigen Ihnen nur den Weg.«

»Was kommt als Nächstes?«, frage ich Ramón.

Er schaut auf seine Uhr. »Der gefürchtete Drehstuhl. Und dann haben wir noch Zeit für eine Runde Tischtennis.«

»Aber du musst mich gewinnen lassen.«

»Pfff«, macht der Trainer, und der Arzt grinst. »Das ist nicht im Preis inbegriffen. Komm jetzt. Bringen wir den Stuhl hinter uns.«

»Kommen Sie noch in meinem Sprechzimmer vorbei, wenn Sie fertig sind«, sagt Dr. Armitage.

»Auf jeden Fall.«

Zehn Minuten später nehme ich vor dem Doktor Platz. Ich bin immer noch verschwitzt von meinem Training, einschließlich einer weiteren Tischtennis-Niederlage gegen Ramón.

Dr. Armitage setzt seine Lesebrille auf und überfliegt Ramóns Notizen. »Sie machen gute Fortschritte. Das ist wunderbar.«

»Ja, das ist wirklich ermutigend«, stimme ich zu. »Es geht

mir besser. Ich glaube, ich könnte wieder arbeiten gehen, finden Sie nicht?« *Bitte, bitte, sagen Sie Ja.*

Er schaut mich nachdenklich an. »Bald. Diese frühen Fortschritte sind erfreulich, aber bei einer Störung des Vestibularsystems verläuft die Heilung nie in einer geraden Linie. Die meisten Patienten stagnieren erst mal auf einem gewissen Level, ehe sie weitere Fortschritte machen. Und wir verlangen Ihrem Körper gerade eine Menge ab. Investieren Sie noch ein wenig mehr Zeit in Ihre Therapie, bevor Sie Ihre Augen wieder im Büro strapazieren.«

Mist.

»Okay …« Ich räuspere mich. »Aber wie lange denn? Ich muss arbeiten. Ich habe alle Krankentage verbraucht, die ich hatte, wenn nicht sogar noch mehr. Es wäre toll, wenn ich meinem Boss sagen könnte, wann er wieder mit mir rechnen kann.«

Der Arzt runzelt die Stirn. Anscheinend hat er nicht erwartet, dass ich mir darüber Sorgen mache. Immerhin hat Nate mal eben so fünfzig Riesen springen lassen, damit ich hier einen Termin bekomme.

Und schon steigt mir die Hitze ins Gesicht. Allein beim Gedanken an Nate passiert das jetzt. Mir fällt auch der Morgen ein, als der Arzt dachte, ich wäre Nates bessere Hälfte.

Schon komisch, dass Nate und ich inzwischen genau das getan haben, was Dr. Armitage schon die ganze Zeit angenommen hat.

Oh je. Mein Gesicht glüht jetzt. Aber ich kann es immer noch auf das Training schieben.

»Wir sprechen uns in einer Woche noch mal«, sagt der Arzt freundlich. »Schlafen Sie viel und bleiben Sie aktiv. Dann können wir vielleicht über eine Rückkehr zur Arbeit in Teilzeit nachdenken. Glauben Sie, Ihr Arbeitgeber würde sich auf so etwas einlassen?«

»Bestimmt.« Das wäre besser als nichts, und es würde sich weniger so anfühlen, als wäre ich verbannt und vergessen. »Ehrlich, es wäre gut, in Teilzeit zurückzukehren. Es ist wirklich anstrengend für mich, nicht im Büro zu sein.«

Sein Blick wird milder. »Ich glaube, so würde es mir auch gehen. Aber bleiben Sie wenigstens noch eine Woche zu Hause, in Ordnung? Ich schreibe Ihnen gerne ein Attest, falls Ihre fortwährende Abwesenheit das erfordern sollte.«

Hugh Major braucht kein Attest, da bin ich mir sicher. Aber deswegen möchte ich nicht weniger dringend zurück zur Arbeit. »Danke. Ich melde mich, falls das nötig sein sollte.«

Als ich das Gebäude verlasse, wartet ein nebliger Frühlingstag auf mich. Es riecht nach Regen, und ich habe keine Lust, in die U-Bahn zu steigen, also laufe ich durch die Stadt. Es ist kein besonders interessanter Teil von Lower Manhattan, aber ich schlendere den Broadway entlang und betrachte Schaufenster. Ich bleibe stehen und bewundere den chinesischen Nippes bei Pearl River. Es gibt ein Paar grüne Essstäbchen mit Pandas drauf, und ich erinnere mich an die hübschen Stäbchen, die Nate in seiner Schreibtischschublade aufbewahrte, weil er die Wegwerfstäbchen, die immer mit dem Essen vom Lieferdienst kamen, nicht mochte.

Hallo, Unterbewusstsein. Ich denke oft an Nate, und jedes Mal versetzt es mir einen Stich. Seit dem unangenehmen Gespräch in seinem Büro spukt er mir ständig durch den Kopf und beschäftigt mein Unterbewusstsein so sehr wie noch nie. Ich kann sein Lachen in meinem Kopf hören und stelle mir sein wissendes Grinsen vor.

Ich stand vor ihm und habe ihm gesagt, dass ich diese Nacht vergessen will. Und wahrscheinlich will ich das auch. Bloß ist das leider ein sinnloses Unterfangen. Wenn ich abends ins Bett gehe, kann ich förmlich spüren, wie er mir die Schenkel auseinanderdrückt. Wenn ich die Augen schließe, ist meine Vorstellungskraft schamlos.

Meine neueste Fantasie ist so machtvoll und ganz untypisch für mich: Ich liege bäuchlings auf dem Bett. Nate kommt unaufgefordert ins Zimmer. Er hebt die Decke an und steigt zu mir ins Bett. *Du solltest nicht hier sein*, sage ich. Er antwortet nicht. Stattdessen zieht er mir das Höschen aus. *Das ist keine gute Idee*, sage ich. Zur Antwort drückt er mir die Beine auseinander. Ich hebe meine Hüfte an, weil ich nicht anders kann. Und ich werde belohnt, als er in mich eindringt und mich wortlos fickt.

Meine innere Feministin ist absolut angewidert.

Aber *huch!* Das Frühlingswetter ist auf einmal ganz schön warm.

Ich kann meinen Kopf nicht abschalten. Und dennoch habe ich Nate während unserer unangenehmen kleinen Unterhaltung in seinem Büro sofort das Wort abgeschnitten. Langsam wird mir klar, dass ich nie erfahren werde, was er über unsere gemeinsame Nacht in Florida denkt. Ich habe es ihn nicht aussprechen lassen. Und jetzt bringt die Neugier mich förmlich um.

Ein Teil von mir fragt sich, wie es weitergegangen wäre, wenn ich nicht die Panikkarte ausgespielt hätte. Was wäre passiert, wenn ich ihm gestanden hätte, wie sehr mir das Knistern zwischen uns die Sprache verschlägt? Das wahrscheinlichste Ergebnis wäre wohl eine weitere heiße Nacht zusammen gewesen. Oder zwei.

Aber das war's auch schon. Nate und ich könnten niemals ernsthaft ein Paar sein. Wenn Nate über seine Zukunft nachdenkt, sieht er darin ganz sicher nicht mich. Ich bin nicht wie seine Ex Juliet, eine der Jahrgangsbesten ihrer Elite-Uni. Und ich bin auch keine erfolgreiche Unternehmerin wie seine Freundin Alex. Ich bin nicht einmal wie Lauren, die gerade kurz vor ihrem Master in Wirtschaftswissenschaften steht, um anschließend auf der Karriereleiter bei KTech weiter nach oben zu klettern.

Ich bin die Bürochefin – hervorragend in meinem Job, aber wirklich keine Vorzeigefrau. Ich bin das lustige Mädchen aus dem Büro, das weiß, wann die gebuchten Wagen kommen, und das immer noch irgendwo eine Tischreservierung hervorzaubern kann.

Nie bin ich diejenige, für die der Tisch reserviert wird.

Wenn mein emsiges Gehirn sich nicht gerade seltsam unterwürfigen Sex mit Nate vorstellt, spielt es folgende Endlosschleife ab: *Was hätte noch zwischen uns passieren können? Ach ja. Nicht viel.*

Und wieder von vorne.

Auch wenn ich mich selbst verrückt mache, weiß ich doch, dass es am besten war, die Sache zu beenden. Jedes weitere Techtelmechtel mit Nate würde nur bedeuten, mit dem Feuer zu spielen. Es wäre viel zu einfach, mich in ihn zu verlieben. Er ist nicht nur der intelligenteste Mann, den ich jemals kennenlernen werde, er hat auch ein wunderbares Lächeln, einen herrlichen Sinn für Humor und – wie mir zufällig aufgefallen ist – einen prächtigen Körper. Das ganze Paket.

Ich erschauere beim Gedanken an irgendein Paralleluniversum, in dem es mir erlaubt wäre, ihn zu küssen, wann immer ich das Bedürfnis danach verspüre. Aber in *dieser* Realität hier habe ich einen Job, den ich nicht verlieren darf. Wenn ich etwas mit Nate anfange, setze ich meinen guten Ruf bei den Bruisers aufs Spiel. Es ist nicht übertrieben, wenn ich behaupte, dass die Mannschaft meine zweite Familie ist.

Ich nehme die Linie F nach Brooklyn. Heute Abend spielen meine Jungs. Spiel drei. Seit Wochen habe ich kein Spiel mehr gesehen, seit meinem Unfall. Ich wünschte, ich könnte heute Abend ins Stadion gehen. Aber ich kann Nate doch nicht sagen, dass ich Abstand brauche, und dann in seiner privaten Loge im Stadion auftauchen. Und vierhundert Dollar für ein Ticket habe ich nicht einfach so herumliegen.

Vielleicht hätte ich darüber nachdenken sollen, bevor ich ihm das Hemd aufgeknöpft und ihn ausgezogen habe.

Man lernt nie aus.

Ein paar Stunden später liege ich auf dem Biest – unserem grässlichen Sofa –, während Missy mit einem unleidigen Matthew in der Wohnung auf und ab läuft. Er zahnt.

Wir haben keinen Fernseher, und unsere Internetverbindung ist so schlecht, dass der Livestream ständig hängen bleibt. War ja klar. Also checkt Missy auf meinem Handy einen Twitter-Feed nach Tor-Updates, weil ich sie darum gebeten habe. Das Stadion ist keine dreieinhalb Kilometer von meiner Wohnung entfernt, aber heute kommt es mir sehr weit vor.

»Was sagen die Leute jetzt?«, frage ich zum zehnten Mal.

»Nichts.«

»Das ist Twitter. Irgendwas muss es geben.«

»Irgendwer beschwert sich, dass die Schlange vor der Damentoilette zu lang ist.«

»Wäääh!«, heult Matthew an ihrer Schulter, und mein Kopf pocht mitfühlend.

»Gib mir mal das Handy«, sage ich. Dann stehe ich auf und nehme es ihr aus der Hand. Ich renne in mein Zimmer und knalle die Tür hinter mir zu. Ich tippe auf Georgias Namen in meinem Adressbuch und warte, während es an meinem Ohr tutet.

»Hallo?«, ruft sie. »Becca?«

»Wie steht es?«, frage ich.

»Ich bin so aufgeregt!«, brüllt sie über den Hintergrundlärm hinweg. Ich weiß nicht, ob sie meine Frage überhaupt gehört hat.

»Gigi, auf welchem Radiosender wird das Spiel übertragen? Ich muss den Kommentar hören.«

»Eishockey im Radio? Gibt's das überhaupt?«

»Wieso nicht? Alte Männer hören sich sogar Baseball im Radio an. *Du* bist die Pressesprecherin. Wenn du es nicht weißt, wer dann?«

»Rebecca, was ist los? Wieso bist du eigentlich nicht hier und schaust das Spiel mit uns?«

Hmmm. Vor meiner besten Freundin ein Geheimnis zu haben macht keinen Spaß. Aber jetzt ist nicht der richtige Zeitpunkt, um davon zu erzählen. Vielleicht steht sie gerade neben Nate. »Mir geht's gut. Es ist kompliziert. Erzähl mir einfach, was auf dem Eis los ist.«

»Die erste Reihe ist gerade dran. Leo, Bayer, Castro.«

»Wow. Junges Line-up heute. Wer ist in der Verteidigung?«

»Doulie und … O'Doul passt zu Leo. Und … OH MEIN GOTT. OH! NA LOS! Ja! Nein. Mist. Arrrgh!«

»Was ist los? Haben wir verschossen? Jetzt sag nicht, dass die anderen getroffen haben.«

Ich höre ein Klappern, dann bricht die Verbindung ab.

»Georgia?«, frage ich in die Stille.

Nichts.

Das ist Folter. Ich brauche Antworten.

Ich tippe auf die Bingley-App. Sie öffnet sich, und eine vertraute Stimme sagt: »Hallo, meine liebe Rebecca. Wie kann ich Ihnen behilflich sein?«

»Hi.« Es kommt mir vor, als spräche ich mit einem alten Freund, auch wenn das irgendwie albern ist. »Ich muss wissen, was beim Eishockeyspiel passiert.«

»Das Eishockeyspiel läuft gerade.«

»Wie steht es, Bingley, wie steht es gerade?«

»Es steht unentschieden, null zu null.«

»Okay. Was noch? Wer hat den Puck?«

»Der Puck ist eine hundertsiebzig Gramm schwere Hartgummischeibe.«

»Das weiß ich, Bingley. Aber welcher Spieler kontrolliert gerade den Puck?«

»Einen Augenblick, Miss«, sagt Bingley höflich. »Ich hole mir Unterstützung.«

Ach, Mist. Offensichtlich habe ich Bingleys Fähigkeit, ein Eishockeyspiel zu verstehen, überschätzt. Irgendein armer Programmierer bei KTech arbeitet wahrscheinlich gerade fieberhaft daran, diesen Defekt zu beheben.

Aber etwa neunzig Sekunden später ist Bingley schon wieder da. »Nate erinnert Sie daran, dass Sie Ihren Kopf schonen sollen. Aber er sagt auch, dass Sie ins Stadion kommen sollen, wenn Sie wissen wollen, wer spielt.«

»Was? Moment. Du hast Nate gefragt?«

»Selbstverständlich. Er ist mein Admin. Bleiben Sie einen Augenblick dran. Ah. Nate hat mich gebeten, Ihnen einen Wagen zu schicken. Voraussichtliche Ankunft in drei Minuten. Ein schwarzer Mercedes C-Klasse. Der Fahrer heißt Parker.«

Ich stoße ein gereiztes Stöhnen aus.

»Liebe Rebecca, ist alles in Ordnung?«

»Mir geht's gut«, blaffe ich. Aber ich bin genervt. Ich hatte nicht vor, Nate irgendetwas zu fragen. Niemals. Und ich weiß nicht, ob ich wirklich ins Stadion kommen soll, wenn ich so furchtbar verwirrt bin.

»Oje«, sagt Bingley. »Jetzt steht es eins zu null für Tampa.«

»Oh nein!«

»Oh ja. Und Ihr Auto ist noch zwei Minuten entfernt.«

Das war's. Ich kann hier nicht länger herumsitzen, während meine Mannschaft gegen Tampa kämpft. Ich springe vom Bett auf, werfe das Handy weg und fange an, mich umzuziehen. Selbst ein verwirrtes, total beschämtes Mädchen muss gut aussehen. Ich schnappe mir meinen Mantel und meine Handtasche, winke der armen Missy zu und renne die Treppe hinunter. Das Auto wartet schon. Also rutsche ich hinein und ziehe die Tür zu.

Sechs Minuten später schleichen wir durch den stockenden Verkehr in Richtung des hell erleuchteten Stadions zwei Blocks entfernt. So nah und doch so fern.

»Ich springe hier raus«, sage ich zu dem erstaunten Fahrer.

»Es ist direkt da vorn, Miss.«

»Ich weiß. Ich muss mich beeilen«, sage ich, als wir das nächste Mal anhalten. »Tschüssi.« Ich springe aus dem Wagen und setze mich auf dem Bürgersteig eilig in Bewegung.

Ich trage Chucks, die sich bei meinen Gleichgewichtsstörungen besser machen als Girlie-Schuhe. Zum ersten Mal in meinem Leben musste ich mir Gedanken darüber machen, welche Schuhe ich anziehe, und irgendwie nervt mich das. Doch als ich am Stadion angekommen bin, ist meine Odyssee noch nicht beendet. An einem Kontrollpunkt nach dem anderen zeige ich meinen Firmenausweis, und schließlich trabe ich den letzten Korridor entlang zur Lounge, wo Nate und irgendwelche hohen Tiere von KTech, die er heute eingeladen hat, das Spiel anschauen. Auch ich sitze hier normalerweise, wenn ich in offizieller Funktion im Stadion bin.

Ich höre die Menge brüllen, und die Spannung macht mich fertig.

Außer Atem halte ich meinen Ausweis gegen den Scanner, um die Tür zur Lounge zu öffnen. Als das grüne Licht aufleuchtet, jubelt die Menge. Ich reiße die Tür auf. »Wie steht es?«, frage ich Georgia, die Erste, die ich sehe.

»Eins zu eins. Wir haben ausgeglichen. Das zweite Drittel ist gleich um. Tampa hat gerade einen Angriff gestartet, aber Beacon hat gehalten.«

Ich atme aus. Wir können das immer noch schaffen. Wir haben noch zwanzig Minuten, um einen oder zwei Treffer zu landen.

Beim Klang meiner Stimme dreht Nate sich langsam auf seinem Platz um. Ich verspüre einen Stich, als unsere Blicke sich begegnen, und wahrscheinlich gelingt es mir nicht besonders gut, das zu verbergen. Aber Nate zieht bloß fragend eine Augenbraue hoch.

In meinem Bauch zieht es, aber definitiv nicht vor Verlangen.

Nein, damit fangen wir jetzt nicht an.

»Sag nichts«, sage ich zu Nate. »Es ist noch nicht so spät, und ich kann nicht schlafen, solange das Spiel noch läuft.« Ich plappere, und ich kann kaum damit aufhören, weil mich meine Reaktion auf Nate vollkommen überrascht hat. Ich habe das seltsame Bedürfnis, mich über das halbe Dutzend Menschen zwischen uns zu beugen und ihm seine fragende Miene vom Gesicht zu küssen.

Was ist los mit mir?

Nate hingegen kämpft nicht mit sich. Mit unbeteiligtem Blick wendet er sich wieder dem Geschehen auf dem Eis zu.

Okay. Autsch.

Ich wirble herum und sehe meine beste Freundin, die mich fragend ansieht. Also nehme ich ihr wie selbstverständlich das Weinglas aus der Hand und trinke einen Schluck.

»Ich dachte, du sollst keinen …«

»Pssst«, stoppe ich sie. »Ist doch nur ein Schlückchen. Alarmier nicht meinen Kerkermeister.« *Boss. Liebhaber. Was auch immer.* Ich bin wahrscheinlich die verwirrteste Person in Brooklyn.

Und die sexuell frustrierteste.

Georgia holt mir eine Limo und mustert mich erneut.

»Und wie geht's dir so? Seit der Party in Bal Harbour habe ich kaum etwas von dir gehört. Wohnst du immer noch bei Nate?«

»Nö.« Ich trinke einen großen Schluck Limo und weiche ihrem Blick aus. »Bin wieder in meiner Wohnung.«

»Okay.« Georgia wartet auf weitere Einzelheiten, aber da kann sie lange warten. Wir können mein verzwicktes Sexleben nicht in diesem Raum besprechen, nicht, wenn Nates Eltern nur ein paar Meter entfernt sitzen.

Von Nate ganz zu schweigen.

Ich entgehe weiteren bohrenden Fragen, weil genau in diesem Moment Tampa Trevi den Puck abnimmt und auf Brooklyns Verteidigungszone zurast.

»Baby, nein!«, kreischt Georgia.

Als Tampa auf das Tor zustürmt, beugen sich alle in der Lounge angespannt vor.

Tampa schießt auf Beacon, der den Schuss mit seinem Schläger abfälscht. Aber der Rebound kommt so schnell, dass er ein zweites Mal hechten muss.

Wir halten alle den Atem an, während Brooklyn zu klären versucht. Doch Tampa greift wieder an, zwei Spieler stürmen auf das Tor zu. Der Linksaußen schießt, Beacon schlägt erneut den Puck weg.

Doch dann rammt der andere Gegner unseren Goalie.

»Oh, Scheiße«, sagt Nate, und für einen seltenen Moment bröckelt seine undurchdringliche Fassade. »Fang bloß keinen …«

Er hat den Satz noch nicht ausgesprochen, da wirft Mike schon die Handschuhe weg und stürzt sich auf den Angreifer. Lauren jault auf, und alle in der Lounge springen entsetzt auf.

Falls sich unser Goalie verletzt, wäre das ein Desaster.

Da unten kommt es zu einem Handgemenge. Der Gegner hat Beacon mit einer Hand am Trikot gepackt und schlägt mit der anderen auf ihn ein. Beacon wehrt sich jedoch und fegt seinem Gegenüber mit einem Schlag das Visier weg. Sie sind ein verschwommener Wirbel aus fliegenden Fäusten, bis der andere zu Boden geht und Beacon mit sich reißt.

Ich verspüre einen unangenehmen Stich, denn inzwischen kann ich mir nur zu gut vorstellen, wie Beacon mit dem Kopf aufs Eis knallt und wie lange es dauern wird, bis er sich davon erholt. Von nun an werde ich keinen Spieler mehr hinschlagen sehen können, ohne mir die schrecklichsten Folgen auszumalen.

Der Schiedsrichter und der Linienrichter rasen heran, um sie zu trennen. Aber Beacon geht es gut. Er hat Blut im Gesicht, aber Feuer in den Augen. Und als der Physiotherapeut zu ihm hinausrennt, um ihn zu untersuchen, scheucht Beacon ihn weg.

Wir alle seufzen vor Erleichterung. In diesem Drittel sind nicht einmal mehr vier Minuten zu spielen, und schon wenig später geht das Spiel weiter. Die nächsten drei Minuten fühlen sich an wie eine Ewigkeit, während wir alle Beacon nach Zeichen einer Verletzung absuchen.

Er zeigt jedoch keine. Stattdessen verlagert sich das Spielgeschehen auf die andere Seite der Eisfläche, und dreißig Sekunden vor dem Ende kriegt Leo Trevi den freien Puck vor den Schläger und schafft es irgendwie, ihn an Tampas Torwart vorbeizubefördern.

Georgia stößt einen kleinen Freudenschrei aus, als hinter Tampas Tor die Lampe aufleuchtet.

Nun steht es zwei zu eins für uns, und als das Drittel beendet ist, ist die ganze Loge von Optimismus erfüllt.

»Puh«, sage ich, während ich an meiner Limo nippe. Ich drehe Nate und seinen Eltern den Rücken zu, damit ich ihn nicht die ganze Zeit anstarre.

»Also, was ist los mit dir?«, fragt Georgia.

»Was meinst du?«

»Warum bist du zu spät zum Spiel gekommen?« Georgia packt mich am Handgelenk. »Komm mit zur Toilette. Ich habe ein paar Fragen.«

Das klingt unheilvoll. Und es wird noch schlimmer. Während Georgia ihre Handtasche holt, kommt Mrs Kattenberger zu mir herüber und umarmt mich. »Rebecca! Wie schön, dass Sie wieder auf den Beinen sind.«

Nates Mom ist einfach so nett, dass mich sofort Scham überkommt, als wäre ich ein katholisches Schulmädchen, bloß weil ich vor ihr stehe. »Ach, machen Sie sich um mich keine Sorgen, mir geht es gut.«

Es sollte mich nicht überraschen, dass Nate seiner Mutter von meiner Kopfverletzung erzählt hat. Die beiden stehen sich nah. Trotzdem fasziniert es mich. Er wird seiner Mom sicher nicht Details aus dem Leben all seiner zweitausend Mitarbeiter erzählt haben.

Darüber muss ich später noch nachdenken.

»Ich hatte tatsächlich schon bessere Monate«, füge ich mit nervösem Lächeln hinzu. »Aber es geht mir jeden Tag besser.«

»Sie Arme. Womit haben Sie sich denn die ganze Zeit abgelenkt?«

Mit Ihrem Sohn. Die Worte tauchen einfach so in meinem Kopf auf. Und ich muss mich einfach fragen, was sie sagen würde, wenn sie es wüsste. »Ach, so dies und das«, antworte ich vorsichtig. Und dann schaue ich auf und bemerke, dass Nate hinter seiner Mutter aufgetaucht ist.

Aber sein Blick verrät nichts. Falls er meine Bemerkung gehört oder mich hat erröten sehen, lässt er sich nichts anmerken. Das ist doch ein gutes Zeichen, oder? Ich hatte Nate gebeten, die Sache auf sich beruhen zu lassen. Und das tut er.

»Das Spiel ist so aufregend!«, sage ich mit schriller Stimme.

Mrs Kattenberger drückt mir die Hand. »Das stimmt«, bestätigt sie.

Nate wendet sich ab und begrüßt eine junge Frau, die ich noch nie gesehen habe. Während eines Spiels gehen in Nates Loge Geschäftsleute ein und aus. Eine Einladung hierher ist sehr begehrt, und ich bin sicher, es bekommt sie immer derjenige, den KTech in dem Moment am meisten beeindrucken muss.

Trotzdem gefällt mir das Lächeln nicht, das er dieser Frau im Hosenanzug schenkt. Sie trägt High Heels, keine Chucks. Ich komme mir vor, als wäre ich dreißig Zentimeter kleiner als sie. Und als sie sich vorbeugt, seinen Arm berührt und über seinen Witz lacht, habe ich das irrationale Bedürfnis, sie in die Kehle zu boxen.

»Äh, Bec?« Georgia ist hinter mir aufgetaucht. Sie schaut mich verwundert an und schiebt mich hinaus auf den Gang. Ich atme tief ein und wieder aus und folge ihr den Flur hinunter zu den luxuriösen Damentoiletten im Zwischengeschoss, denen für die vornehmen Logengäste.

Kein Witz – reiche Leute bekommen einen eigenen, ganz besonderen Raum für ihr Geschäft. So ist das nun einmal auf der Welt.

»Okay, jetzt spuck's schon aus«, sagt Georgia, als sie die Tür aufdrückt.

214

Die Toilettenfrau begrüßt uns lächelnd. »Guten Abend, die Damen. Wie ist das Spiel?«

»Anstrengend«, sage ich.

»Wunderbar«, widerspricht Georgia.

»Für dich vielleicht. Aber dein Schatz hat ja auch gerade gepunktet. Also punktest du nachher auch.«

»Apropos«, sagt sie, nachdem wir zwei aneinandergrenzende Kabinen betreten und die Türen verriegelt haben. »Ich warte darauf, dass du mich einweihst.« Ihre Stimme schwebt über die walnussvertäfelte Trennwand.

»Worin? Und müsstest du gerade nicht unten sein und eine Pressekonferenz vorbereiten?«

»Weich nicht aus, meine Liebe. Außerdem bereitet Danny heute die Pressekonferenz vor. Er ist mein Auszubildender.« Sie betätigt die Spülung. »Also, erzähl. Ich hab viel Zeit.«

Oh Mann. Ich überlege, mich für den Rest des Abends hier in dieser Kabine zu verkriechen. Aber so feige bin ich dann doch wieder nicht. Als ich herauskomme, um mir die Hände zu waschen, wartet sie immer noch. »Hast du denn gar nichts zu erzählen?«

»Was denn zum Beispiel?«

»Zum Beispiel, warum du vorhin beim kürzesten Gespräch der Welt mit einer gewissen Mutter glühend lila angelaufen bist.«

»Tja …« Ich lache nervös auf. »Nicht lila. Höchstens rot.«

Die Toilettenfrau reicht mir ein weiches Leinenhandtuch, als ich das Wasser abstelle.

»Oh. Mein. Gott. Ist nicht wahr!« Ihre Augen leuchten. »Wow. Es war in Bal Harbour, stimmt's? Du hast das Frühstück ausgelassen für Sex mit …«

Ich halte ihr den Mund zu. »Bitte. Ein bisschen Diskretion, was meine schlechten Entscheidungen im Leben angeht.«

Die Toilettenfrau hat jedes Wort gespannt verfolgt und schaut jetzt enttäuscht drein.

Georgia blinzelt. Ich ziehe die Hand weg. »Oh mein Gott«, sagt sie noch einmal, und ihre Stimme klingt ehrfürchtig. »Wow. Wer hätte gedacht, dass Florida eine so mächtige Magie besitzt?«

Ich jedenfalls nicht.

»Okay.« Sie atmet tief ein und stößt die Luft wieder aus. »Ich habe nur eine Frage: War es gut?«

Uff. Wieso müssen mich das alle fragen? »Ist das wirklich wichtig? Dadurch wird mein Leben nicht weniger kompliziert, also ist die Frage ziemlich irrelevant.«

»Die ist überhaupt nicht irrelevant«, sagt Georgia und ringt die Hände. »Entweder du stehst auf ihn oder nicht. Also, wie sieht es aus?«

»So einfach ist das nicht. Wir können nicht einfach eine Büroromanze haben, Georgia. Es würde Konsequenzen haben. Für mich mehr als für ihn.«

»Tja.« Sie lehnt sich mit der Hüfte gegen den marmornen Waschtisch und runzelt die Stirn. »Das ist das eigentliche Problem, stimmt's? Dass es ein Machtungleichgewicht zwischen euch gibt.«

»Ja! Danke!«

»N…« Sie kriegt gerade noch mal die Kurve. »Der Typ ist mächtiger als jeder andere, den ich kenne. Und zugleich ist das sein Gefängnis. Ich wette, wenn er eine Frau kennenlernt, kann er sich nie sicher sein, ob sie ihn um seiner selbst willen liebt. Und da seine Firma sein Leben ist, steht jede, die er dort kennenlernt, bereits in seiner Schuld.«

So hatte ich das noch gar nicht gesehen. Andererseits läuft

alles andere in seinem Leben ziemlich genau so, wie es ihm gefällt. »Hol mal noch nicht die Geigen raus. Es kann halt nicht immer einfach sein. Wo bliebe denn da der Spaß?«

Georgia zuckt mit den Achseln. »Schon klar. Hat er gesagt, dass er dich irgendwann mal wiedersehen möchte? Außerhalb vom Büro, meine ich?«

»Oder über seinen Schreibtisch gebeugt«, flüstere ich. Das ist eine weitere meiner Fantasien, auch wenn ich ihm das nie verraten werde.

Die Toilettenfrau macht große Augen.

»Oh, wow.« Meine beste Freundin fächelt sich mit dem Leinenhandtuch Luft zu. »Ich muss dran denken, von jetzt an bei der Arbeit immer anzuklopfen.« Sie grinst breit.

Ich gebe mir innerlich eine Ohrfeige. »Ach, da brauchst du dir keine Sorgen zu machen. Denn ich habe ihm gesagt, dass wir die ganze Sache vergessen müssen.«

»Oh.« Georgia wirkt enttäuscht. »Aber wieso denn? Meine Fantasie ist gerade direkt zu Candle-Light-Dinners und Wochenendausflügen nach Bermuda gewandert. Und stell dir mal die Partys vor, die du in diesem Anwesen schmeißen könntest.«

Aber das *kann* ich mir nicht vorstellen. »Das ist ein Märchen. In Wirklichkeit ist es total komisch. Was, wenn wir es versuchen und es nicht funktioniert? Ich würde nicht mit den Folgen leben können. Und überhaupt, wie ist man denn eigentlich seine …«

»Freundin«, beendet Georgia den Satz für mich.

Sogar das Wort hört sich unmöglich an. »Meine Psyche wird sich nicht so leicht an das Konzept gewöhnen. Ich habe ihm den Kaffee geholt, Georgia. Das tue ich immer noch.«

»Mädel!«, schimpft die Toilettenfrau. »Ich würde ihm bis ans Ende meines Lebens den Kaffee holen, wenn ich dafür in Bermuda Sex mit einem heißen reichen Typen haben kann.

Wer auch immer es ist, gib ihm 'ne Chance. Denn wenn du es nicht machst, dann mach ich es.«

»Da hat sie wirklich recht«, beharrt Georgia.

Die beiden klatschen sich ab, und ich möchte ihnen am liebsten eine reinhauen.

16

Nate

15. Mai, Brooklyn

Mit acht lernte ich die ersten Zeilen Programmiersprache. Eine der ersten Lektionen war, eine Endlosschleife zu vermeiden, in der das Programm stecken bleibt, der Bildschirm einfriert und man abwägen muss, ob man den Stecker zieht und den Rechner neu starten soll.

Genau so geht es mir gerade. Es ist Sonntagmorgen, ich hänge zu Hause auf dem Sofa im Wohnzimmer herum und denke an Rebecca. Seit dem seltsamen Gespräch in meinem Büro stecke ich in einer Endlosschleife fest.

Ich kann nicht aufhören, mich zu fragen, ob ich es damit schlimmer gemacht habe. Und trotzdem fällt mir nicht ein, wie ich es hätte besser machen sollen. Wenn ich mehr gesagt hätte – ihr gesagt hätte, wie viel ich für sie empfinde –, hätte ich sie nur noch mehr unter Druck gesetzt.

Ich will nicht der Arsch sein, der sie auf der Arbeit bedrängt. Dem sind Frauen schon seit Jahrhunderten ausgesetzt. Und ich brüste mich damit, ein tolles Unternehmen zu leiten, mit großartigen Erfolgsaussichten für Mitarbeiter aller Couleur.

Als ich dreizehn war, hatte meine Mutter ein schreckliches Jahr. Sie war gerade in das Zentralbüro des Schulbezirks befördert worden. Dort gab es diesen Arsch, der bei der Arbeit zudringlich wurde. Mein Vater hätte deshalb fast einen Herzinfarkt bekommen. Er bat sie zu kündigen, aber sie wollte nicht.

Weil der Typ ein echter Widerling war, wurde er später wegen Nötigung verhaftet und sorgte so selbst für seine Entlassung. Aber in der Zwischenzeit waren meine Eltern total angespannt. Meine Mutter hatte sich beschwert, aber ihre Vorgesetzten unternahmen nichts.

So jemand werde ich nicht sein.

Es hat eine gute Woche gedauert, bis ich mir eingestand, dass sowohl Stew als auch Becca recht hatten. Die gemeinsame Arbeit kompliziert die Situation. Ich kann sie nicht umwerben wie eine Frau, die nicht in meinem Unternehmen arbeitet. Ich kann ihr keine Blumen schicken, sie zum Essen einladen oder sie heimlich küssen. Ich kann meine Stärke nicht ausspielen, die darin liegt, hart für meine Ziele zu arbeiten.

Betonung auf hart.

Wenn ich nicht davon überzeugt wäre, dass wir etwas Großartiges aufbauen könnten, wäre es leicht zu akzeptieren. Aber mein Bauchgefühl sagt mir, dass wir super zusammenpassen. Ich vertraue meinem Bauchgefühl. Es liegt selten falsch.

Doch nichts davon ist wichtig, wenn sie nichts von dieser Vorstellung hält. Also bleibt mein Mund zu (und die Hose auch). Ich kann sie nicht daran erinnern, wie schön es war, oder ihr sagen, wie sehr ich mir wünsche, sie in jedem Zimmer und auf jedem Möbelstück dieses überdimensionierten Hauses zum Stöhnen zu bringen.

Ich muss selbst leise gestöhnt haben, denn sofort meldet sich Bingley. »Master Nate! Ist alles in Ordnung?«

»Glaub schon.«

»Könnten Sie das wiederholen, Sir? Gibt es einen Grund zur Besorgnis? Muss ich das Sicherheitssystem aktivieren?«

»Mir geht's gut, Bingley.«

»Freut mich, das zu hören, Sir. Kann ich Ihnen sonst noch irgendwie weiterhelfen?«

Ich sollte ein anderes Stimmmodul hochladen, damit er mich nicht länger Sir nennt. Das erinnert mich zu sehr an die Arbeit.

Andererseits habe ich ihn in einen viktorianischen Briten verwandelt, um Becca eine Freude zu machen. Und ich vermisse Becca.

»Bingley«, sage ich, »wie kommt man über jemanden hinweg?«

»Über jemanden hinwegkommen?«, fragt er. »Wie in ›physisch über jemanden hinübersteigen‹ oder ›sich aus einer romantischen Verwicklung lösen‹?«

»Zweiteres, Bingley. Ersteres kann ich mir nicht mal vorstellen.«

»Einen Augenblick, Sir. Ich führe eine Internetsuche durch.«

Das könnte lustig werden.

»Nate, in der Liebe sind wir alle Narren. Es gibt sechshundertzwanzig Millionen Ergebnisse auf diese Frage«, sagt er. »Folgende Vorschläge sind am gängigsten. Nummer eins: Unterdrücken Sie Ihre Gefühle nicht. Weinen Sie, wenn nötig. Zwei: Lassen Sie Ihre Wut zu, wenn Sie wütend sind. Drei: Sorgen Sie gut für sich selbst. Vergessen Sie nicht, regelmäßig zu essen, und treiben Sie Sport. Vier: Hören Sie Musik, besonders schnelle Songs. Fünf …«

»Danke, Bingley«, seufze ich.

»… schreiben Sie Tagebuch«, endet er.

»Ein Tagebuch.«

»Ja. Protokollieren Sie Ihre Gedanken und Gefühle, prüfen Sie sie und leben Sie sie auf dem Papier aus.«

Tja, so ein Dokument würde meiner Personalabteilung sicher gar nicht gefallen. *Liebes Tagebuch, erst nachdem ich in Rebeccas Hotelzimmer geschlichen bin und mit ihr geschlafen habe, habe ich festgestellt, dass ich in sie verliebt bin.*

Nicht hilfreich.

Wie meine Mutter sagen würde, muss ich da wohl durch. Und ich sollte mich mehr auf mein Eishockeyteam konzentrieren. Morgen fahren wir nach Detroit und treffen dort auf einen neuen Gegner. Und auch mein Hassteam tritt am anderen Ende des Landes in der Western Conference gegen einen neuen Gegner an.

»Bingley, gibt es neue Berichte über Verletzungen der Teams von Dallas oder Anaheim?«

»Einen Augenblick, Sir … Ja. Simms wird in Spiel eins nicht für Anaheim spielen.«

»Fuck.«

»Sir?«

»Das ist ein Ausdruck des Missfallens. Ignoriere alle ›Fucks‹.«

»Ja, Sir.«

Abgesehen davon weiß ich nicht, ob das eine gute oder schlechte Nachricht ist. Ich hasse Dallas aus ganzem Herzen. Weshalb ich ihnen einen leichten Sieg nicht gönne. Andererseits könnten meine Jungs sie im Finale niedermähen, wenn sie die Western Conference gewännen.

Das ist ein ansprechender kleiner Tagtraum. Allerdings statistisch eher unwahrscheinlich.

Mein Handy vibriert in meiner Tasche.

»Stewart ruft an, Sir«, verkündet Bingley.

Ich greife nach dem Handy, weil Stewie mich am Wochenende normalerweise nicht anruft. Im Gegensatz zu mir hat er ein Leben. »Ja«, sage ich, als ich drangehe. »Was gibt's, Kumpel?«

»Ich bin auf dem Golfplatz auf Kiawah«, sagt er mit leisem Lachen. »Was geht bei dir?«

»Rufst du an, um herauszufinden, ob ich der Personalabteilung Kummer bereite? Mache ich nicht.« Und was sind wir doch für ein Paradebeispiel für Gegensätze. »Ich liege hier nur auf dem Sofa und unterhalte mich mit meinem digitalen Assistenten. Was man halt so macht.«

Stew schnaubt in sein Handy. »Hör mal, ich will dich nicht kontrollieren. Und bevor die Spieler hinter uns sauer werden: Ich hab gerade eine Nachricht erhalten, dass wir morgen ein Angebot für die Router-Sparte bekommen.«

»Ehrlich?« Ich setze mich auf. »Von wem?« Alex kann es nicht sein, denn sie würde mich persönlich anrufen.

»Es ist von iBits Canada. Der Chiphersteller. Und sie wollen auch einen Lizenzvertrag abschließen.«

»Tja, das ist kompliziert.«

»Ein bisschen. Jedenfalls bekommen wir morgen die Details, okay? Dachte nur, du willst es vielleicht wissen, damit du deine Woche planen kannst.«

»Danke, Mann. Fröhliches Einlochen.«

»Schön wär's. Auf diesem Platz habe ich schon einen Lebensvorrat an Bällen verloren.«

»Pass auf deine Bälle auf, Kumpel.« Ich konnte noch nie einem offensichtlichen Witz widerstehen.

»Bis später, Nerd.«

»Bis später.«

Wir legen auf, und ich fühle mich sofort besser. Jetzt hat mein Riesenhirn wieder etwas zu tun. Doch es gibt noch ein Problem. Ich wollte morgen nach Detroit fliegen und das Eishockeyspiel sehen. Und jetzt fürchte ich, es könnte nicht klappen.

»Bingley, rufe bitte Hugh Major an.«

»Es ist mir eine Freude, Sir.«

In meiner Hand leuchtet mein Handy auf, und einen Moment später höre ich es bei Hugh klingeln. »Hey, Nate«, sagt der Geschäftsführer der Bruisers. »Was ist los?«

»Ich werde Lauren für eine Woche aus dem Büro der Bruisers abziehen. Tut mir leid, dass das so kurzfristig ist, aber ich brauche sie in Manhattan.«

»Da wird sie sich aber freuen.« Er lacht leise.

»Ich weiß. Wir werden es diese Woche vielleicht nicht nach Detroit schaffen. Kannst du jemand anderen mitnehmen?« Bei Auswärtsspielen hat Hugh immer einen Assistenten dabei.

»Klar. Das Timing ist übrigens gut. Rebecca hat mir vor achtundvierzig Stunden gesagt, dass sie wieder halbtags arbeiten darf.«

»Hat sie?« Das sind die besten Nachrichten seit einer Woche. »Bist du sicher?«

Wieder lacht er leise. »Natürlich bin ich sicher. Ich habe die Nachricht des Arztes, der um eine reduzierte Stundenzahl bittet.«

»Während der Play-offs gibt es keine reduzierte Stundenzahl«, führe ich an. Aber ich sollte lieber die Klappe halten. Das geht mich nichts an.

»Ich hab mich schon darum gekümmert, okay? Ich werde Rebecca eine Praktikantin zur Seite stellen, die Vollzeit arbeitet. Wir bringen beide mit nach Detroit. Die Praktikantin kann übernehmen, wenn Becca sich ausruht. Mach dir keine Sorgen um uns oder die Mannschaft. Wir gehen gut gerüstet in die Serie. Die Jungs sind bereit.«

Natürlich sind sie das. »Macht sie fertig. Bis in ein paar Tagen, vielleicht.«

»Bis dann.«

Tja, dann. Zeit, sich ums Geschäft zu kümmern und Rebecca zu vergessen.

Schön wär's.

17

Rebecca

22. Mai, Brooklyn

Es ist fast Zeit, zum Stadion aufzubrechen, und die Jungs spielen noch ein bisschen Aufwärmfußball, um sich die Zeit zu vertreiben. Alle tragen Anzug und Krawatte. Deshalb geht es etwas weniger wild zu als sonst, aber dafür sind sie eine ziemliche Augenweide.

Es ist herrlich, wieder arbeiten zu dürfen.

Silas hat den Ball. »Jetzt fliegst du raus, Captain.«

O'Doul verschränkt die kräftigen Arme vor der Brust und grinst den jungen Ersatz-Goalie an. »Du hast eine ganz schön große Klappe. Schieß schon.«

Das tut er.

Wir stehen im Aufwärmbereich der Trainingsanlage. In zweieinhalb Stunden ist der Einwurf für Spiel drei der dritten Runde. Von dem Spiel heute Abend hängt eine Menge ab.

O'Doul macht einen Sprung zur Seite, damit der Ball nicht den Boden berührt, aber er bleibt im Spiel und kickt den Ball mit dem Knie zu Trevi.

Wie immer habe ich ein Nähset in meiner Tasche. Früher oder später wird einem von ihnen eine Naht reißen.

Ich schaue auf die Wanduhr und dann auf das Handy in der

Hand meiner Praktikantin. Bis jetzt hat es noch nicht geleuchtet, um uns mitzuteilen, dass der Bus draußen steht.

Heidi Jo bemerkt meinen Blick und drückt sich das Telefon an die Brust. »Na, na. Nicht gucken«, sagt sie.

Ich möchte ihr eine scheuern.

Mein größter Fehler an meinem ersten Arbeitstag war es, ihr gegenüber zu erwähnen, dass ich meine Bildschirmzeit reduzieren muss. Wer hätte auch ahnen können, dass eine süße Zwanzigjährige so ein Diktator sein kann?

»Na, endlich«, sagt sie plötzlich. Das Handy vibriert in ihrer Hand. »Es ist so weit.«

Tatsächlich, die Außenkante des Handys leuchtet orange.

»Auf geht's, Jungs«, rufe ich und schlage nachdrücklich auf mein Klemmbrett. »Der Bus ist da.«

»Hast du das gehört, O'Doul?«, sagt Castro. »Becca möchte, dass du den nächsten Ball nicht kriegst, damit wir ins Stadion fahren können.«

O'Doul fletscht die Zähne, und Castro nutzt die Gelegenheit, um den Ball zu ihm zu pfeffern. Es geht doch nichts über einen kleinen freundschaftlichen Wettkampf, um die Jungs vor einem Spiel auf Touren zu bringen. Es ist ein Aufwärmspiel, das zugleich Körper-Augen-Koordination und Kühnheit erfordert.

Ich warte und bemühe mich um Geduld. Aber wir haben nicht mehr viel Zeit.

»Sie sind so traumhaft«, seufzt die junge Frau neben mir, während der Ball zwischen den muskulösen Männern hin und her springt. »Meine Mama würde mich ohrfeigen, wenn sie mich so reden hören könnte, aber ich möchte an Silas hochklettern wie an einem Baum. Oder vielleicht an Castro.«

Ich drehe mich zu meiner Praktikantin um. Auf einer Skala von eins bis zehn – wobei eins bedeutet, sie ist mir egal, und zehn, dass ich sie am liebsten erwürgen würde – ist sie eine Elf. Elfeinhalb.

Als Hugh mir erzählt hat, dass ich eine Praktikantin bekomme, dachte ich zuerst, das wäre ein Witz. Schließlich *bin* ich hier die Assistentin. Ich *habe* normalerweise keine. Jedenfalls nicht, seitdem ich in Brooklyn arbeite. Ich dachte, es könnte lustig werden.

Wie sehr ich mich geirrt habe. Heidi Jo in der Nähe zu haben ist so, als würde ich die Woche mit einem hyperaktiven Welpen verbringen. Sie hält nie die Klappe und will allen am Bein hochspringen. Und sie ist auch genauso süß. Große Augen. Seidige blonde Haare, die ihr in Locken ums Gesicht fallen.

Wenn ich sie doch bloß vor dem Tierheim aussetzen könnte. *In gute Hände abzugeben.*

Möglicherweise trägt auch die Erschöpfung zu meiner sehr strapazierten Geduld bei. Am Montagmorgen bin ich um sieben Uhr früh in den Teamjet gestiegen. Wir waren für zwei Spiele vier Tage in Detroit. Und jetzt sind wir für die nächsten beiden Spiele wieder in Brooklyn.

Es ist Samstagabend und mein sechster Arbeitstag. Ich bin vollgepumpt mit schwarzem Kaffee und Adrenalin. Aber es geht eben nichts über einen Spieltag. Die Spieler sind aufgekratzt. Sie haben die ersten beiden Spiele der Serie gewonnen, und jetzt haben sie Heimvorteil.

Der Fußball hat immer noch nicht den Boden berührt. Während ich zuschaue, befördert Silas den Ball mit dem Knie quer durch den Kreis zu Trevi, der ihn zu Castro köpft. Der ihn zu O'Doul kickt.

Der verfehlt.

»So ein Pech«, lacht der Kapitän.

»Alt werden ist scheiße, Mann«, sagt Silas und riskiert sein Leben.

»Jungs«, warne ich, »raus mit euch, sonst setzt es was.«

»Das wollen wir nicht«, sagt O'Doul. »Gehen wir, Jungs. Wir wissen eh, dass Silas gewonnen hätte. Er gewinnt doch immer.«

O'Doul wirft Castro den Ball zu, und dann steuern sie einer nach dem anderen den Hinterausgang an.

Ich beeile mich, mich an den Anfang der Schlange zu setzen, während Heidi Jo mir auf den Fersen folgt.

»Bereit, Miss?«, fragt mich ein Mann im dunklen Anzug an der Tür. Er gehört zur Security, aber ich kenne seinen Namen nicht. Ich spähe nach draußen, wo der Bus wartet. »Gehen wir«, bestätige ich.

Er hält die Tür auf, und ich trete hinaus. Hinter dem Eisenzaun stehen Touristen und machen Fotos. Ich zähle mit, während zwei Dutzend Spieler an mir vorbeieilen und in den Bus steigen, und als sich die Tür hinter ihnen schließt, bin ich zufrieden.

Wieder einmal habe ich erfolgreich einen Sack Flöhe gehütet. Wenn der Bus in zehn Minuten mit allen Jungs an Bord vor der Arena vorfährt, ist der wichtigste Teil meiner Arbeit erledigt.

»Okay, Miss«, sagt der Security-Typ. »Hier ist Ihr Wagen.«

Eine Mercedes-Stretchlimo hält dort an, wo gerade eben noch der Bus stand.

»Oh! Cool«, freut sich Heidi Jo. »Ich bin zuletzt bei meinem Abschlussball in so einer gefahren. Ich hatte so ein süßes Kleid an ...«

Sie redet immer noch. Soll sie doch.

Normalerweise fahren wir nicht in einer Stretchlimo zum Stadion, aber manchmal schickt uns der Fahrdienst einfach einen Wagen, der gerade frei ist. Ich mache mir nicht die Mühe, ihr das zu erklären, denn ich bin viel zu müde. Das

Hündchen kläfft immer weiter, während der Fahrer aussteigt, zu unserer Seite herumkommt und mit behandschuhter Hand die Tür öffnet.

»Spring rein«, seufze ich und frage mich, ob es wohl möglich sein wird, auf einer nicht einmal drei Kilometer langen Fahrt ein Nickerchen zu machen. Aber Heidi Jo wird wahrscheinlich die ganze Zeit über sabbeln.

Sie tänzelt zur Tür und verschwindet im dunklen Inneren.

Meine Augen fühlen sich trocken an, als ich mich nach weiteren Kollegen umschaue, die vielleicht mit uns mitfahren möchten. Aber niemand erscheint. Mit einem erschöpften Seufzen folge ich meiner Praktikantin in den Wagen und lasse mich auf den Ledersitz direkt neben der Tür fallen.

Als der Fahrer die Tür mit dem eleganten Klicken, wie es nur deutsche Wertarbeit hervorrufen kann, schließt, fällt mir auf, dass ich mich praktisch auf den einzig wahren Nate Kattenberger gesetzt hatte.

Und ich hatte angenommen, der Wagen wäre leer. *Ups.*

»Ähm, hi«, quieke ich, als mich der würzige Duft seines Aftershaves einhüllt.

»Rebecca«, sagt er mit einer Stimme, so ruhig und kühl wie ein Eisberg, »guten Abend.«

Schluck. So distanziert hat Nate nicht mehr mit mir gesprochen seit … Na ja, noch nie. Also ist das sehr seltsam. »Ich habe dich hier nicht erwartet«, sage ich. Als wäre das nicht offensichtlich.

»Ich wollte vorbeikommen und mich mit Hugh unterhalten.«

»Ach«, sage ich dämlich.

Heidi Jo starrt uns von gegenüber an und hält sich ein perfekt manikürtes Händchen vor den Mund. Vielleicht hat sie noch nie einen Milliardär getroffen.

Ich wackle mit der Hüfte und rutsche auf der Lederbank, die ich für leer gehalten hatte, ein Stück von Nate weg. »Tut mir leid«, sage ich peinlich berührt. Ich frage mich, ob ich schon meinen kompletten Lippenstift abgeleckt habe. Ich hoffe, ich habe keine Schweißflecken unter den Achseln.

Wann um alles in der Welt bin ich in Nates Gegenwart bloß so unsicher geworden?

»Mr Kattenberger, ich bin Heidi Jo«, sagt Heidi ehrfürchtig. »Und ich bin ein riesiger Fan von Ihnen.«

Nate blickt von seinem Telefon auf. »Danke«, sagt er milde. Ich kann eine gewisse Belustigung in seiner Stimme hören.

»Heidi Jo ist meine Praktikantin«, steuere ich bei.

»Und ich passe wirklich gut auf Miss Rowley auf«, sprudelt sie hervor.

»Freut mich, Sie kennenzulernen, und schön zu hören.«

Doch mir fällt auf, dass er mich keines Blickes würdigt.

Nate steckt sein Handy weg. »Miss Rowley, haben Sie zufällig die Liste der Ehrengäste heute Abend zur Hand?«

Miss Rowley? Was zur Hölle soll das? Nate siezt mich? Vor Überraschung fehlen mir die Worte, und ich blinzele ihn einfach einen Moment an. Seine blassen Augen hinter der Lesebrille sind undurchschaubar.

Verwirrt reiße ich den Blick von ihm los und lasse das Klemmbrett auf meine Knie fallen. Mein Strickkleid – in Lila, der Teamfarbe – rutscht nach oben, also lege ich eine seltsame Verrenkung hin, um es wieder herunterzuziehen. Dann blättere ich die ganzen Notizen durch, bis ich die Liste mit den heutigen Logengästen finde.

»Schauen wir mal«, murmele ich. »Sie haben zwei Typen von Goldman Sachs eingeladen – Kearns und Brown. Außerdem Stew und Seely und Marsha Ryan. Oh – und Alex Engels.«

Mist. Wenn sich Alex heute Abend auch nur das kleinste bisschen seltsam mir gegenüber verhält, drehe ich wahrscheinlich durch.

Ich bin schon völlig fertig, wenn ich nur darüber nachdenke. Und anstatt die restlichen Namen auf der Liste vorzulesen, reiche ich ihm einfach resigniert das Klemmbrett.

Er überfliegt die Liste und reicht es mir wortlos zurück.

Ich nehme es und seufze.

Der Wagen schleicht zur nächsten roten Ampel, und wir warten schweigend.

»Wie war Ihre erste Woche bei der Arbeit?« Nates Frage überrascht mich.

Anstrengend. Und jetzt auch noch seltsam. »Wunderbar. Danke der Nachfrage.«

»Ich habe darauf geachtet, dass sie in Detroit nicht zu viel arbeitet«, meldet Heidi Jo sich zu Wort. »Sie macht das ganz toll.«

»Ah«, macht Nate. »Sehr gut. Was immer wir Ihnen zahlen, es ist bestimmt nicht genug.«

Heidi Jo kichert. »Ich könnte Gefahrenzulage gebrauchen, wenn Miss Rowley mal wieder miese Laune hat. Sie kann manchmal ein richtiger Brummbär sein.«

»Ach, tatsächlich?«

Ich will Heidi Jo quer durchs Auto meinen sengenden Todesblick zuwerfen, aber sie beachtet mich überhaupt nicht, also strenge ich meine Augenmuskulatur völlig umsonst an. Wenn ich sie allein erwische, ist sie tot.

Nate mustert mich erneut, und sein Blick ist seltsam kühl. Ich frage mich, was er sieht. Vermutlich eine leicht derangierte Frau in einem engen lila Kleid.

Oder einen Riesenfehler?

Zum Glück habe ich keine Zeit mehr, mir darüber Gedanken zu machen. Das Auto kommt hinter dem Bus zum Stehen.

Wir sind beim Spielereingang des Stadions angekommen. Aus dem Fenster sehe ich, dass die Security den Bürgersteig abgesperrt hat. Ein roter Teppich ist ausgerollt und wartet darauf, dass die Spieler einmarschieren. Hinter der Absperrung hat sich eine Menschenmenge versammelt.

Die Tür der Limo wird geöffnet. »Bereit?«, fragt der Fahrer.

Ich sehe, wie Heidi Jo sich bewegt.

Moment, will ich sagen, denn normalerweise steigt Nate als Erster aus. Aber Welpen sind flink. Und im nächsten Augenblick steht Heidi Jo da und blinzelt heftig, als sie dem Blitzlichtgewitter Tausender Kameras ausgesetzt ist.

Ich höre Nate leise lachen, als er ihr aus dem Wagen folgt. Die Auslöser klicken weiter, als er lässig Heidi Jos Arm ergreift und sie zum roten Teppich führt. Jeder andere Mensch würde beschämt aussehen, wenn er sich versehentlich ins Rampenlicht gedrängt hat. Nicht aber unsere Heidi Jo. Sie bleibt am Anfang des Teppichs stehen wie ein Filmstar bei den Oscarverleihungen, dreht sich um und winkt der Menge zu. Weitere tausend Klicks, und Nate schenkt der Schar ein steifes Winken und ein noch steiferes Grinsen, ehe er Heidi Jo zum Eingang zieht und schließlich mit ihr im Gebäude verschwindet.

Was war das denn gerade?

Normalerweise beobachte ich diesen Auftritt aus dem Inneren des Stadions, nicht aus dem Auto. Und normalerweise sind nicht so viele Leute da. Aber es sind die Play-offs, und offenbar ist ganz Brooklyn zum Eishockeyfan geworden.

Da ich Heidi Jos Auftritt nicht nachmachen möchte, bleibe ich im Wagen sitzen, während die Tür des Busses aufgeht und O'Doul herauskommt. Er winkt den Zuschauern zu, die prompt ausrasten. Sie sind hier, um die Spieler zu sehen, die nun einer nach dem anderen unter dem Jubel der Menge aus dem Bus steigen.

Nun, da alle Aufmerksamkeit den heißen Sportlern gilt, schlüpfe ich schließlich aus der Limousine und bedanke mich beim Fahrer.

Ich schwinge mein Klemmbrett und marschiere auf die Tür zu. Niemand beachtet mich, weil alle Augen auf die Spieler gerichtet sind.

Georgia wartet direkt hinter der Tür. »Was um alles in der Welt hat sich das Mädchen …«

»Tut mir leid«, sage ich rasch. »Ich habe ihr nicht gesagt, dass sie sich zurückhalten soll.«

»Ich habe schon drei Nachrichten von Journalisten bekommen, die wissen wollen, mit welcher Studentin Nate Kattenberger da ausgeht.« Sie verdreht die Augen.

War ja klar.

Meine Freundin senkt die Stimme. »Vielleicht hättest du zuerst aussteigen sollen«, flüstert sie. »Versuch das doch mal.«

»Wahnsinnig witzig«, zische ich. »Vielleicht mache ich das am Montag wirklich, bloß um dir das Leben schwer zu machen. Viel Spaß damit, die News aus der Welt zu schaffen, dass Nate nur mit Assistentinnen und Praktikantinnen ausgeht.«

»Und nur mit Frauen unter eins vierundsechzig. *Milliardär hat eine Schwäche für Untergroße, heute um elf*«, kichert Georgia.

»Ich hasse dich«, sage ich. Aber das ist gelogen.

Spieler strömen an uns vorbei zu den Umkleiden, wo sie ihre Anzüge aus- und die Aufwärmmontur anziehen werden. Sie werden ein paar Last-Minute-Besprechungen haben und sich ihre wunden Muskeln tapen lassen. Sie werden wieder und wieder ihre Schläger tapen. Sie werden etwas trinken und sich dehnen und eine große Klappe haben.

Ich liebe die Spieltage. Die Energie im Gebäude hat mich schon jetzt ein wenig aufgemuntert.

Heidi Jo stöckelt über den Flur auf mich zu, ihre Absätze klappern wichtig auf dem Beton. »Oh mein Gott, das war so nett von Mr K, mit mir über den roten Teppich zu gehen!«

»Blieb ihm ja auch nichts anderes übrig«, raunt Georgia.

»Mr K?« Will die mich verarschen?

»Was machen wir als Nächstes?«, zwitschert meine Praktikantin.

»*Wir* müssen dafür sorgen, dass du nicht mehr mit dem Boss aus einer Limo aussteigst«, sagt Georgia.

»Sorry«, sagt Heidi Jo fröhlich. »Was noch?«

Georgia hält einen Finger hoch und bittet um einen weiteren Moment meiner Aufmerksamkeit. »Ach, eins noch. Da ist so eine Reporterin von der *Post*, die unbedingt ein Interview mit Nate will. Aber ich finde die ganze Sache ein bisschen seltsam.«

»Inwiefern seltsam?«, frage ich.

Georgias Augen schnellen den Gang hinunter und dann wieder zu mir zurück. »Ich kenne diese Reporterin nicht besonders gut. Aber sie möchte eine Story darüber schreiben, warum Nate ein Eishockeyteam gekauft hat. Aber er will ihr kein Interview geben. Hast du eine Ahnung, wieso? Du kennst ihn doch schon viel länger als ich.«

Langsam schüttele ich den Kopf. Im Moment habe ich das Gefühl, ihn überhaupt nicht zu kennen. »Als Nate das Team gekauft hat, war ich überrascht. Ich wusste nicht, dass er darüber nachgedacht hat. Ich weiß nur, dass in unserem ersten Büro ein Eishockeyposter an der Wand hing.« Ich schließe die Augen und versuche mich zu erinnern. »Die Blackhawks, glaube ich.« Ich habe das Poster rahmen lassen, als wir das Büro zum ersten Mal renoviert haben, weil die neuen Räumlichkeiten gepflegter waren und ich die Jungs nicht ermutigen wollte, sie wieder im Stil einer Studentenbude einzurichten.

Aber irgendwann war das Poster verschwunden. Ich habe es seit Jahren nicht mehr gesehen, wenn ich so darüber nachdenke.

»Die Blackhawks also?«, fragt Georgia und tippt sich an die Lippe. »Ich schätze, das ergibt Sinn. Er war sicher kein Minnesota-Fan, denn das ist ein relativ neues Team, das erst gegründet wurde, nachdem seine Familie aus Minnesota weggezogen war.«

»Frag ihn doch einfach.«

»Er möchte nicht darüber reden, aber diese Reporterin lässt nicht locker. Ich habe bei ihr irgendwie ein komisches Gefühl. Als wüsste sie etwas, womit sie nicht herausrücken will. Und ich habe keine Ahnung, was es sein könnte.«

»Das ist seltsam«, stimme ich zu. Andererseits kann ich mir nicht vorstellen, was so faszinierend daran ist, dass Nate ein Eishockeyteam besitzt. Reiche weiße Männer machen so was eben. »Vielleicht will sie es so darstellen wie die *Rache der Nerds*. Superhirn hat Spaß dran, wenn es auf dem Eis rau zugeht.«

»Haben wir das nicht alle?«, seufzt Heidi Jo.

Georgia verdreht die Augen in meine Richtung. »Bis später, Süße.«

»Bis später.« Ich wende mich wieder meinem Sidekick zu. »Ich frage mal beim Stadionpersonal nach, ob sie irgendwelche Mitteilungen für mich haben. Und dann überprüfe ich, ob die Spieler in der Umkleide alles haben, was sie brauchen.«

Heidi Jos Hand schnellt nach oben. »Ich melde mich freiwillig.«

Seufz. »Und dann schaue ich, ob in der Loge alles vorbereitet ist für …« Für den Mann, über den ich so krampfhaft nicht nachzudenken versuche. »Auf geht's«, sage ich. »Erst mal zum Ticketschalter.«

Mit Heidi Jo auf den Fersen mache ich mich auf den Weg zu den Aufzügen. »Mit Loge meinst du Mr Ks Lounge?«

Dass sie ihm einen neuen Spitznamen verpasst hat, nagt an mir. Aber ich verkneife mir einen bissigen Kommentar. »Genau die.«

»Ist die schick? Ich habe bis heute noch nie einen Milliardär kennengelernt.«

»Er *wohnt* doch nicht da«, knurre ich. »Es ist die typische Reiche-Leute-Einrichtung. Samtgepolsterte Stadionsitze. Vertäfelte Wände. Kronleuchter. Stripper während der Pausen.«

»Was?«

»Männer und Frauen. Aber du brauchst ihnen kein Geld zuzustecken. Sie bekommen Gehalt.«

Heidi Jo fallen beinahe die Augen aus dem Kopf, und ich komme mir mies vor.

»Das Letzte war bloß ein Witz.«

»Man muss ihnen *doch* Geld zustecken?«

Kann mich bitte jemand erschießen? »Es gibt keine Stripper. Das Eishockeyspiel ist schon aufregend genug. Aber wenn wir gewinnen, gibt es Champagner, und wenn nicht, jede Menge andere Getränke. Ach, und diese warmen Käsebällchen, die Georgia immer in sich hineinstopft, wenn sie angespannt ist.« Allein beim Gedanken daran knurrt mir der Magen.

»Es ist nicht nett von dir, mich zu ärgern«, schmollt Heidi Jo.

»Tut mir leid.« Na toll. Jetzt habe ich einen Welpen getreten. Aber Heidi Jo bringt echt meine schlechten Seiten zum Vorschein.

»Wie geht es dir?«, fragt sie mich.

»Bestens.« Ich bin müde und habe Hunger. Ich brauche zwölf Stunden Schlaf am Stück in meinem eigenen Bett. Der Arzt hat mich gewarnt, dass meine erste Arbeitswoche anstrengend werden würde und ich es ruhig angehen lassen solle. Der Arzt hat ganz offensichtlich keine Ahnung, wie es bei den Eishockey-Play-offs zugeht. Das hier ist mein Leben. Das ist mein Job, und den liebe ich. Schlafen kann ich später.

»Hast du Kopfschmerzen?«

»Nein. Mir geht's gut.«

»Ich könnte dir einen Snack holen.«

»Heidi? Hör auf. Mir geht es gut.«

Sie wirft mir einen verletzten Blick zu. »Okay. Sag einfach Bescheid.«

Pünktlich um neunzehn Uhr dreißig wird der Puck eingeworfen, und mein Arbeitstag ist beendet. Ich könnte jetzt tatsächlich nach Hause gehen und den Schlaf nachholen, der mir fehlt.

Stattdessen lasse ich mich in Nates Loge auf einen Platz fallen. Ich nehme den, der am weitesten von ihm entfernt ist, und konzentriere mich auf das Spielfeld. Nichts kann mich davon abhalten, in einem Play-off-Spiel meinen Jungs zuzuschauen. Nicht einmal die erstklassige Anspannung zwischen mir und dem Boss.

Ungünstigerweise für uns beide läuft das Spiel nicht so wie erwartet. Am Ende des ersten Drittels steht es eins zu eins, und daran ändert sich die nächsten Stunden nichts.

So viel also zum Heimvorteil. Die Schiedsrichter treffen den ganzen Abend über unfaire Entscheidungen. Brooklyn wird für jedes nur erdenkliche Foul bestraft.

Beinstellen. Stockschlagen. Behinderung. Unsere Spieler verbringen so viel Zeit auf der Strafbank wie in den letzten beiden Spielen zusammen. Schlimmer noch – jedes Mal, wenn Detroit zurückschlägt, ist der Schiedsrichter plötzlich auf einem Auge blind. Ich schaue fassungslos zu, wie ein Spieler von Detroit Castro mit dem Gesicht zuerst in die Plexiglasbande stößt. »Also bitte«, brülle ich, als nicht abgepfiffen wird. »WAS IST DENN DAS FÜR EINE VERFICKTE SCHEISSE DA UNTEN?«

»Finde ich auch«, bekräftigt Heidi Jo. »Aber meine Mama würde mich ohrfeigen, wenn ich das so ausdrücken würde.«

Irgendwie habe ich das Gefühl, dass ich mich mit Heidi Jos Mama nicht besonders gut verstehen würde.

Zum hundertsten Mal heute Abend wandert mein Blick hinüber zu Nate. Ich frage mich, was er von diesem grässlichen Spiel hält. Ich frage mich, ob er überhaupt bemerkt hat, dass ich hier bin.

Und ich frage mich, wieso mir das auf einmal so wichtig ist. Ich habe die Spiele immer in stiller Eintracht mit Nate geschaut und mich nie gefragt, was er von mir hält.

Das dritte Drittel endet, und es steht immer noch unentschieden, also geht es in die Verlängerung, und die Zamboni, die Eisbearbeitungsmaschine, rollt heraus, um das Eis zu polieren. Ich bin todmüde, und dabei habe ich gerade nicht neunzig Minuten auf dem Eis verbracht.

»Zeitwette!«, ruft Stewie. Er steht auf, nimmt seine Brooklyn-Bruisers-Kappe ab und dreht sie um. »Wer macht mit?«

Ich hole einen Zwanziger heraus und werfe ihn in den Hut.

»Zwölf Minuten und sechsunddreißig Sekunden«, sage ich, und er schreibt es auf.

»Oh«, sagt Heidi. Ich liebe Wetten. Sie wirft auch einen Zwanziger ein. »Worauf wetten wir?«

»Wie lange die Zamboni braucht, um das Spielfeld zu präparieren.«

»Ah.« Ihre blauen Augen mustern das Fahrzeug, und sie streckt die Zunge zu einem Mundwinkel hinaus, während sie nachdenkt. »Zwölf Minuten und achtunddreißig Sekunden.«

Stew schnaubt und schaut mich an. »Deine Praktikantin hat Kampfgeist.«

»Wer, ich?« Heidi Jo blinzelt ihn mit großen Augen an.

Ich möchte sie treten. Ihr kann nicht entgangen sein, wie nah sie an meinem Tipp ist. »Wenn du gewinnst, musst du morgen das Mittagessen ausgeben.«

»Super.«

Stew grinst mich an und geht weiter.

»Tja.« Heidi Jo steht auf. »Ich wollte mir gerade einen Cocktail holen. Soll ich dir was mitbringen?«

»Ich wusste gar nicht, dass du Alkohol trinkst, Heidi Jo.« Aus irgendeinem Grund amüsiert es mich, dass Little Miss Perfect einen Drink braucht.

»Ich meinte einen Fruchtcocktail.« Sie kichert.

Genau.

Ich bin *so* kurz davor, sie um zwei Finger breit Scotch zu bitten, aber ich widerstehe der Versuchung. »Ich hätte gern eine Cola. Danke.«

Meine Augen fühlen sich bleischwer an, und den Rest der Pause verbringe ich mit meiner Limo und Karottenstiften.

Nate umgarnt die Banker von Goldman Sachs. Und würdigt mich keines Blickes.

Die Zamboni verlässt in ihrem bekannten schwerfälligen Tempo die Eisfläche, und ich habe die Wette schon längst wieder vergessen, als Stew ruft: »Zwölf Minuten und vierunddreißig Sekunden. Rebecca Rowley gewinnt den Pokal.«

Das rüttelt mich ein bisschen wach. Stew gibt mir dreihundert Dollar und einen Kuss auf die Wange. »Glückwunsch, Bec.«

Fast alle Anwesenden gratulieren mir. Abgesehen von Nate, der mich immer noch nicht ansieht. Na wunderbar.

»Tja, dann musst du wohl morgen das Mittagessen ausgeben«, bemerkt Heidi Jo.

»Das stimmt«, bestätige ich. »Ach übrigens, hier, bitte.« Ich greife in meine Tasche und hole einen Zwanziger heraus. »Es ist nicht fair, die Praktikantin um ihr Geld zu bringen.«

Ihre Augen weiten sich vor Überraschung, dann schiebt sie den Schein zurück zu mir. »Ist schon okay. Dafür gewinne ich beim nächsten Mal.«

So wie ich sie kenne, stimmt das sogar.

Sie flitzt davon, um unsere Getränke auffüllen zu lassen, und Stew setzt sich neben mich. »Das war knapp, Bec. Drei Sekunden länger, und es wäre unentschieden ausgegangen. Meinst du, ihr hättet es mit Armdrücken entscheiden können?«

»Mit ihr kann ich es aufnehmen«, sage ich, und er lacht.

»Übrigens«, fügt er leise hinzu. »Es war nett von dir, dass du ihr den Zwanziger zurückgeben wolltest. Aber du weißt schon, dass sie sich das leisten kann, oder?«

»Weiß ich das?« Ich weiß überhaupt nichts über Heidi Jo, weil ich es vermeide, ihr Fragen zu stellen. Es ist zu riskant. Wenn sie erst mal zu reden anfängt, kann man sie nicht mehr abschalten.

Stew stößt einen überraschten Laut aus. »Also bitte, Bec. Dir entgeht doch sonst nichts. Sie ist die Tochter des Liga-Präsidenten.«

»Des …« Liga-Präsidenten. »Der NHL? Wirklich?«

»Jep. Heidi Jo heißt Heidi Jo Pepper. Daddy ist böse geworden, als sie ihr Studium in Bryn Mawr abgebrochen hat, also hat er sie gezwungen, für eine Mannschaft zu arbeiten.«

»Oh, Scheiße. Ich Glückspilz.« Stew zwinkert mir zu und geht zurück zu seinem Platz. Währenddessen gehe ich im Kopf jedes Gespräch durch, das ich jemals mit meiner Praktikantin geführt habe, und versuche herauszufinden, wie gemein ich war. *Mist.*

Eine Minute später setzt sie sich neben mich und reicht mir mein Glas.

»Vielen lieben Dank. Das ist so nett von dir«, schleime ich.

Sie mustert mich von der Seite. »Was hat der Mann dir gerade erzählt?«

»Hm? Welcher Mann?« Ich schaue ihr nicht in die Augen.

»Der Wett-Mann. Er hat dir erzählt, wer mein Daddy ist, stimmt's? Und jetzt bist du besonders nett zu mir. Das ist Blödsinn, Becca. Ich bin bloß die Praktikantin. Ich brauche keine Sonderbehandlung.«

Ups. »Okay. Tut mir leid.«

Zum ersten Mal, seitdem ich sie kenne, wirkt Heidi Jo grummelig.

Doch dann erscheinen unsere Spieler wieder auf dem Eis, und alles ist vergessen. Leider lässt Beacon schon nach fünf Minuten einen Schuss rein, und das Spiel ist beendet.

Ein »Sudden Death« in der Verlängerung ist immer ein kleiner Schock. Eine Weile ist es still in der Lounge, während wir alle aufs Eis starren und nicht wahrhaben wollen, was wir gerade gesehen haben.

Nate sinkt auf seinem Sitz zurück, lehnt den Kopf an die Lehne und seufzt.

»Viel Glück fürs nächste Spiel, Jungs«, sagt Stew.

»Nate«, hören wir Georgia von der Tür, »du wirst unten erwartet.«

Das war's. Mein Abend ist um. Ich kann mich zum Hinterausgang hinausschleichen und endlich etwas Schlaf nachholen.

Doch dann fällt mir ein, dass ich meinen Mantel unten gelassen habe. Also bleibt mir nichts anderes übrig, als mit den ganzen VIPs die Lounge zu verlassen und zu den Aufzügen zu gehen.

Ich bleibe zurück und nehme den letzten. Heidi Jo hat mich stehen lassen – endlich. Ich bin allein mit meinen trägen Gedanken, bis sich die Aufzugtüren zum Nachspiel-Trubel hin öffnen. Der Korridor ist voller Journalisten und Mitarbeiter. Georgia und ihr Kollege bemühen sich, die Meute in den Presseraum zu scheuchen. Ich schlängele mich durch die Menge in Richtung von Hughs Büro, wo ich, wie ich annehme, meinen Mantel abgelegt habe.

»Miss Rowley.«

Nates Stimme stoppt mich, als ich an seiner Bürotür vorbeikomme. Ich drehe mich um und sehe, dass er auf der Schreibtischkante hockt, vermutlich, weil Georgia ihn gebeten hat, hier auf seinen Auftritt auf dem Pressepodium zu warten. Seine Krawatte sitzt gerade, sein Hemd ist makellos. Während mein Make-up verschmiert ist und ich mir vorkomme, als hätte ich in diesen Klamotten einen Berggipfel erklommen, sieht er aus wie aus dem Ei gepellt.

»Brauchst du irgendwas?«, frage ich. *Bitte sag Nein.* »Und was soll diese Miss-Rowley-Scheiße?« Kaum habe ich es gefragt, möchte ich mich selbst in den Arsch treten. Ihn wissen zu lassen, dass es mich stört, ist vermutlich eine blöde Idee.

Er runzelt die Stirn. »Ich wollte nur fragen, ob du weißt, wieso Alex heute Abend nicht aufgetaucht ist.«

»Nein«, sage ich langsam. »Ich habe nichts von ihr gehört. Aber ich habe sie ja auch nicht auf die Gästeliste gesetzt.«

»Verstehe. Ich rufe sie morgen wohl mal an und frage sie, ob alles in Ordnung ist.«

»Genau. Okay.« Ich räuspere mich. »Gute Nacht.« Ich wende mich zum Gehen.

»Und ...«

Scheiße. »Ja?«

»Ich wollte kein Arsch sein. Diese …«, er macht eine Handbewegung in Richtung Korridor, »die eifrige Praktikantin hat dich Miss Rowley genannt. Ich fand, das hörte sich süß an.«

»Süß«, wiederhole ich dämlich.

Er zuckt mit den Achseln.

»Für mich klingt es so, als hättest du meinen Namen vergessen.« Ich trete in sein Büro und schließe die Tür hinter mir, denn offensichtlich breche ich gerade einen Streit mit dem großen Nate Kattenberger vom Zaun, was total bescheuert ist. Immerhin besitze ich noch genug Selbsterhaltungstrieb, dafür zu sorgen, dass es niemand mitbekommt.

Nate verzieht das Gesicht. Und als er wieder spricht, ist es immer noch mit seiner Eisbergstimme. »Das war nicht meine Absicht. Dass du dich unwohl fühlst.«

»Du behandelst mich, als hätte ich Ebola.« Diese Beschwerde kommt irgendwie quietschig und seltsam heraus. Ich sollte kein emotionales Gespräch führen, wenn ich erschöpft bin, das weiß ich.

»Schlechte Justierung«, sagt Nate. Dann dreht er den Kopf um ein paar Grad und setzt sein nachdenkliches Gesicht auf.

»*Was?*« Er ist völlig undurchschaubar. Bei Nates nachdenklichem Gesicht weiß man nie, woran man ist. Vielleicht denkt er noch über das zuletzt besprochene Thema nach, aber vielleicht ist er auch schon ganz woanders. Im Augenblick könnte er an eine Fusion mit Comcast denken oder daran, den Akku deines Smartphones komplett neu zu entwickeln.

»Es hat länger gedauert als erhofft, meine Reaktion auf dich neu zu justieren. Es tut mir leid, Becca. Du hattest recht, das hier ist deine Arbeit, und es wäre falsch, dich hier zu bedrängen. Und das habe ich auch nicht.«

Ich versuche, das zu verstehen. »Dann ist diese ganze Mister-Darcy-Nummer also nicht, weil du sauer auf mich bist?«

»Nein.« Nate schenkt mir ein winziges Lächeln. Das erste seit Wochen. »Ich bin nicht sauer auf dich. Überhaupt nicht.«

Ich bin so verwirrt. Und das Schlimmste daran ist, dass es alles meine Schuld ist. Ich hatte es so eilig, dieses unangenehme Gespräch in Nates Büro hinter mich zu bringen – das Gespräch, in dem ich ihm gesagt habe, dass das nie wieder passieren darf und er es noch nicht einmal ansprechen darf. Wenn ich mit dieser Forderung nicht so herausgeplatzt wäre, dann wüsste ich vielleicht, wie er zu der ganzen Sache steht.

»Es tut mir leid, dass ich deine … Justierung durcheinandergebracht habe.«

»Das ist ganz allein meine Schuld. Darüber haben wir doch schon gesprochen.«

»Nicht wirklich«, widerspreche ich. »Ich habe dir nie die Gelegenheit gegeben, mir zu sagen, was du über die ganze Sache denkst.«

Er grinst mich an. »Mit *der ganzen Sache* beziehst du dich auf eine ziemlich heiße Nacht in Bal Harbour, Florida?«

»Worauf denn sonst?«

Er zuckt mit den Achseln, und ich möchte ihn schütteln. »Aber es spielt keine Rolle, was ich denke. Der Typ, der der Besitzer deines Arbeitsplatzes ist, kann nicht aussprechen, was er empfindet. Ich möchte nicht aussehen wie so ein Typ. Ich will nicht so ein Typ sein. Und wir wissen beide, dass ich an meinem Pokerface arbeiten muss. Also fange ich gleich damit an.«

Er faltet die Hände, als wäre die Angelegenheit damit erledigt. Das Problem ist, dass ich auf einmal gar nicht mehr will, dass sie erledigt ist. Ich möchte es wissen. »Nate«, flüstere ich, »erzähl mir, was passiert wäre, wenn du nicht seit sieben Jahren mein Boss wärst. Oder auch – was passiert wäre, wenn ich an dem Morgen nicht Nein zum Frühstück gesagt hätte. Was hättest du beim Hotelkaffee zu mir gesagt?«

»Wahrscheinlich irgendetwas Unbeholfenes.« Er räuspert sich. »Pass auf: Es gibt kein *Was wäre wenn*. Du warst nie einfach irgendein Mädchen, das ich bei irgendeiner Party kennengelernt habe. Also bitte mich nicht, dir zu sagen, was ich denke. Jedenfalls nicht, wenn etwas Unbeholfenes dich total aus der Fassung bringt. Denn ich glaube nicht, dass du bereit bist für das, was ich dir zu sagen habe.«

»Aber …« Mein Puls beschleunigt sich. Ich fühle mich hellwach und hoffnungsvoll und verwirrt. Alles auf einmal. »Was, wenn ich dir nicht eine lange Rede darüber gehalten hätte, dass die ganze Sache ein Riesenfehler ist? Was hättest du gesagt, wenn ich dich hätte ausreden lassen? Weißt du es überhaupt?«

»Natürlich weiß ich das.« Er steht auf, kommt aber nicht näher. »Ich habe seitdem ständig darüber nachgedacht. Ich habe über uns nachgedacht, bei Telefonkonferenzen und beim Eishockeyschauen.« Untypisch fahrig streicht Nate sich durch die Haare. »Ich habe in der Gulfstream über uns nachgedacht und sogar im *Bett*.«

Sofort läuft mein Gesicht rot an. Denn der Gedanke, dass Nate ähnliche Fantasien haben könnte wie ich, ist mir noch gar nicht gekommen. »Was ist mit uns?«, quieke ich.

»Was meinst du? In meiner Vorstellung gehen wir keine Tabellen durch, das ist schon mal klar.« Er stützt sich mit einer Hand neben sich auf dem Schreibtisch ab. »Das einzige Büromöbel, das in diesem Szenario eine Rolle spielt, ist der Schreibtisch, über den ich dich beuge.« Er senkt die Stimme. »Beantwortet das die Frage? Oder soll ich noch ausführen, welche Farbe das Kleid hat, das ich dir hochschiebe, wenn ich …«

Ich halte eine Hand hoch, bevor ich noch einen Feuerlöscher auf mich selbst richten muss. »Ich glaube, ich verstehe, was du meinst.«

»Und das ist erst der Anfang.«

Puh. »Das, ähm, deckt sich so ziemlich mit meinen eigenen Überlegungen in dieser Angelegenheit.«

»Tatsächlich?« Er bekommt große Augen. »Warum gehen wir uns dann stattdessen aus dem Weg?«

»Weil es Spaß machen würde und jeder Spaß einmal endet. Denk mal darüber nach. Du wärst ziemlich schnell am Ende deines Drehbuchs, und dann würde alles bloß doppelt so unangenehm. Wenn du erst einmal darüber nachgedacht hast, wirst du auch zu dem Schluss kommen, dass wir die ganze Sache einfach vergessen sollten.«

»Auf gar keinen Fall«, entgegnet er sofort. »Wann bist du so pessimistisch geworden?«

»Das bin ich schon von Geburt an«, behaupte ich. »Kennst du mich denn gar nicht?«

»Du bist keine Pessimistin, Bec«, sagt er und lehnt sich gegen den Schreibtisch. »Du liebst jeden, außer vielleicht deine Praktikantin. Du planst Georgias Hochzeit, als wäre sie die Queen. Das ganze Team würde sich für dich auf die Straße werfen. Das ist kein Pessimismus. Deshalb nehme ich dir das nicht ab.«

»Na ja …« Mein Herz pocht. Mir fällt nicht mal eine Antwort ein. »Vielleicht kann ich mir einfach kein gutes Ende vorstellen.«

»Planst du immer erst deinen Fluchtweg, wenn du dich für jemanden interessierst?«

Volltreffer. »Ich interessiere mich nie für jemanden.« Ein Moment verstreicht, bis mir klar wird, was er gerade gesagt hat. »Interessierst du dich für mich?«

»Hast du nicht zugehört, als ich dir gerade beschrieben habe, wie sehr ich mich für dich interessiere? Aber wenn es nach mir ginge, wäre das Nächste, was zwischen uns passiert, ein Dinner.«

»Dinner?«

Er verdreht die Augen. »Du weißt schon, dieses Essen am Ende eines Tages. In einem Restaurant, denn ich kann nicht kochen. Bei Kerzenschein. Du in einem tief ausgeschnittenen Oberteil. Danach hätte ich dich beim Frühstück gefragt.«

Ich versuche, das zu verstehen. »So wie ein Date?«

»So was in der Art.« Jetzt macht er sich auch noch über mich lustig.

Ich blinzle. »Das ist wirklich süß. Tut mir leid, dass ich dich so abserviert habe, ohne überhaupt zu fragen.«

»Komm her.« Er breitet die Arme aus.

Sofort trete ich näher und lasse mich in eine Umarmung ziehen. Ich lehne mich an seine muskulöse Brust und stoße einen Seufzer aus. Eine seiner schmalen Hände streicht mir über den Rücken.

»Es ist alles ein wenig verzwickt, nicht wahr?«

»Ja«, sage ich gegen sein Hemd. Mich an seine harte Brust zu lehnen beruhigt mich.

»Es tut mir leid, dass ich dir Schwierigkeiten gemacht habe«, flüstert er. »Du bedeutest mir sehr viel.«

Und dann fangen meine Augen an zu brennen, verdammt. Ich blinzle hektisch. »Ich glaube, ich habe ein bisschen überreagiert, Nate. Du bist mir sehr wichtig. Aber mein Job auch. Wieso ist das so kompliziert geworden?«

»Alles Lohnenswerte ist kompliziert.«

Es fühlt sich herrlich an, von Nate gehalten zu werden. Ich spüre seinen Herzschlag an meiner Wange, und in diesem Moment höre ich auf, ihn als den mächtigen Nate Kattenberger zu sehen. Gerade ist er bloß ein Mann, der wunderbar umarmen kann.

Er fährt mir mit einer Hand durch die Haare. Und dann drückt er mir die Lippen an die Schläfe und gibt mir einen zarten, andauernden Kuss. Er ist herrlich, weil er warm ist und weil er nichts von mir verlangt, als es hinzunehmen. Er ist perfekt.

Und in dem Moment fliegt die Tür auf. »Sie werden bei der Pressekonferenz erwartet, Mr K«, ertönt eine zwitschernde Stimme. Und dann: »Ach herrje, das tut mir leid.«

Ich bin längst zurückgewichen, allerdings so, wie man sich aus einer giftigen Kletterpflanze befreien würde. In der Stille, die nun folgt, läuft mein Gesicht knallrot an.

»Bin in einer Sekunde da«, sagt Nate. Er sieht vollkommen ungerührt aus.

Natürlich. Er kann tun, was immer er will. Es kratzt ihn nicht im Mindesten, wenn Heidi Jo dem Liga-Präsidenten erzählt, dass Nate und seine Assistentin zwischen den Meetings in seinem Büro rummachen. Sein Ruf kann nicht angekratzt werden.

Ich bin diejenige, die Heidi Jo jeden verdammten Tag bis zum Ende der Spielzeit in die Augen schauen muss.

Aber noch nicht. Ich kann es einfach nicht.

Ich drängle mich an ihr vorbei, lasse Nate und Heidi einfach stehen. Drei Sekunden später habe ich meinen Mantel geschnappt und entschwinde hinaus in die kühle Mainacht.

18

Nate

Also, das hätte besser laufen können.

Stammelnd eröffne ich die Pressekonferenz. Aber wenn das eigene Team gerade verloren hat, darf man ruhig ein wenig sprachlos sein. Es kümmert sowieso niemanden, was ich sage. Sie wollen hören, was Coach Worthington und die Spieler zu sagen haben.

Und was auch immer das sein mag, ich höre sowieso nicht zu. *Bla, bla, bla, das nächste Spiel werden wir gewinnen,* wahrscheinlich.

Ich bin mit den Gedanken woanders. Ich denke immer noch an Rebeccas schnellen Abgang und ihren entsetzten Gesichtsausdruck, als ihre gesprächige Praktikantin uns erwischt hat.

Doch das sehe ich nur als vorübergehenden Rückschlag. Etwas, über das wir später einmal lachen werden. Ich würde alles tun, um die Anspannung zwischen uns zu lösen. Heute Abend fühlte es sich an, als würde mir das endlich gelingen.

Das Geräusch über den Boden scharrender Stühle reißt mich aus meinen Überlegungen. Die Pressekonferenz ist vorbei. Ich stehe auf und steuere auf die Tür zu. Als ich mich durch die Menge schlängele, versuchen mehrere Journalisten, mich zu einem Kommentar zu bewegen.

»Mr Kattenberger, was halten Sie von …«

»Mr Kattenberger …!«

Nein. Heute Abend bin ich nicht in der passenden Stimmung. Ich winke ihnen allen freundlich zu und gehe weiter. Die Kanten meines Handys leuchten grün, was bedeutet, dass Ramesh draußen auf mich wartet. Perfekt. Zehn Sekunden später gleite ich auf den Rücksitz des Wagens.

Wie das Sicherheitsprotokoll es vorsieht, verschließen sich die Türen sofort, als Ramesh so schnell es geht losfährt.

»Hartes Spiel«, sagt er vom Fahrersitz aus.

»Ja. Aber wir können es noch drehen. Hey, Kumpel, können wir einen Zwischenstopp einlegen?«

»Klar, wo denn?«, fragt er.

Ich gebe ihm Rebeccas Adresse auf der Water Street. Bis dahin sind es nur drei Kilometer, und er erwischt die grüne Welle. Also drücke ich nur ein paar Minuten später auf die Klingel an ihrer Haustür.

Da erst fällt mir ein, auf die Uhr zu sehen. Es ist Viertel vor zwölf.

Verdammt. Ich bin so ein Arsch.

»Hallo?«, höre ich kurz darauf Rebeccas Stimme.

»Ich bin's.« Ich seufze. »Hör mal, es tut mir leid, dass es so spät ist. Ich habe gesagt, dass ich dir nicht nachstellen werde. Und jetzt stehe ich um Mitternacht auf deiner Türschwelle. Das ist überhaupt nicht aufdringlich, was? Wahrscheinlich hast du schon geschlafen und von Kaschmirpullis oder so geträumt, und ich habe es versaut. *Schon wieder.*«

Ich höre mich selbst plappern. Aber bisher hat mir auch noch niemand gesagt, dass ich in so was gut bin. Doch ich versuche, zum Punkt zu kommen.

»Aber egal, wir wurden genau zum falschen Zeitpunkt unterbrochen. Oder zumindest fand ich, dass es die falsche Zeit war. Ich wollte nur sagen, falls du das Gespräch jemals weiterführen willst, bin ich da. Nicht wortwörtlich. Ich werde nicht jede Nacht um zwölf bei dir auftauchen, bis du entweder mit mir redest oder die Personalabteilung informierst. Aber wenn du irgendwann mit mir reden möchtest, sag einfach Bescheid.«

Mehr bringe ich nicht heraus. Doch nichts davon klingt besonders vernünftig. Deshalb bin ich nicht sehr überrascht, dass Rebecca nichts sagt.

Kein einziges Wort.

Ich lege den Kopf an das Glasfenster in ihrer Tür und frage mich, ob ich schon wieder alles schlimmer gemacht habe.

Verdammt.

Da erscheinen zwei hübsche blaue Augen auf der anderen Seite der Scheibe, und vor Schreck mache ich einen Satz rückwärts.

Die Tür öffnet sich. »Hey du«, sagt Rebecca und kommt heraus.

»Hi.« Ich brauche einen Moment, um zu verstehen, dass sie meine ausschweifende Ansprache gar nicht gehört hat. Das kann sie gar nicht. Sie hat sich was angezogen und ist zwei Stockwerke heruntergelaufen. »Du siehst anders aus als sonst«, sage ich, mustere ihren Aufzug und versuche, mich zu sammeln.

»Das ist Rennys Trenchcoat«, sagt sie. »Du kennst mein winziges Negligé ja schon, aber dem Rest von Brooklyn wollte ich das Vergnügen vorenthalten.«

»Ich meinte das, äh, Baby.« Ihr Neffe muss in irgendeiner Vorrichtung hängen, die sie umgeschnallt hat. Alles was ich über dem obersten Knopf des Mantels sehe, ist sein kleiner haarloser Kopf. »Hab ich ihn aufgeweckt? Passt du auf ihn auf?«

»Er ist eine Nachteule.« Becca schüttelt den Kopf. »Renny und Missy sind auch zu Hause. Sie haben nur gerade sehr lauten Sex in ihrem Zimmer. Deshalb habe ich dich nicht heraufgebeten.«

Ich lache angestrengt, und sie lächelt auch. Ihre Miene ist herzlicher und entspannter als vorhin. Aber unter ihren Augen liegen Schatten.

»Hör mal, ich sollte besser gehen«, sage ich. »Es tut mir leid, dass unser Gespräch vorhin unterbrochen wurde. Soll ich der Praktikantin irgendwas sagen?«

»Nein.« Rebecca schüttelt den Kopf. »Ich kümmere mich darum.«

»Okay. Sag einfach Bescheid. Aber eigentlich bin ich hergekommen, um dir zu sagen, dass meine Einladung nicht abläuft, okay? Wenn du in einem Monat meinst, die Vorstellung sei nicht so schrecklich, wie du jetzt glaubst, lass es mich wissen. Ich werde aber nicht noch einmal fragen. Ich will dich nämlich nicht bedrängen.«

»Oh, Nate!« Ihr Ausdruck wird sanft, und unsere Blicke treffen sich. Ich spüre die Anziehung zwischen uns, und damit bin ich nicht allein. Da bin ich mir zu neunundneunzig Prozent sicher. »Du könntest mich gar nicht bedrängen. So ist es nicht.«

»Gut zu wissen.«

Becca tätschelt dem Baby den kahlen Kopf, und ich bemerke, dass es hastig an seinem Schnuller nuckelt und dabei schmatzende Geräusche macht, genau wie Maggie von den Simpsons. »Ich möchte gern«, sagt sie plötzlich.

»Hm?«

»Essen. Ich möchte mir dir essen gehen.«

»Ehrlich?« Ich klinge schockiert, und sie lacht.

»Ja. Aber es muss unser Geheimnis bleiben. Ich, äh, versuche nur, mich langsam vorzutasten.« Sie will die Arme vor der Brust verschränken, aber weil das Baby im Weg ist, lässt sie sie wieder sinken.

»Okay«, sage ich schnell. »Du bist der Boss.«

Sie zieht eine Augenbraue hoch, um mir zu zeigen, dass das ein dummer Kommentar war. Weil *ich* der Boss bin und genau da das verdammte Problem liegt.

»Bei dieser Sache«, füge ich hinzu. Und es stimmt ja auch. »Wie wäre es mit morgen Abend?«

Sie blinzelt. »Okay. Klar. Ich bin mir immer noch nicht sicher, ob das keine blöde Idee ist.«

»Mach dir keine Sorgen. Ich werde dir meine Vorzüge schon schmackhaft machen.«

Mit einem kleinen Lächeln wendet sie den Blick ab, und eine leichte Röte steigt ihr in die Wangen.

Sie ist so verdammt süß. Und mich hat es so dermaßen erwischt.

Der Kleine schaut mich an und nuckelt weiter. Auch er scheint meine Vorzüge abzuschätzen.

»Tja, dann geh ich wohl mal«, sage ich. Ein guter Geschäftsmann weiß, wie man einen Deal mit einem Handschlag besiegelt und dann so schnell wie möglich verschwindet, bevor die Gegenpartei es sich anders überlegen kann. »Treffen wir uns um sieben?«

»Sieben«, sagt sie sanft. Sie hält meinen Blick.

»Tut mir leid, dass ich mich wie – wie hast du es genannt? – Mr Darcy verhalten habe.«

»Ja, du bist so …«, sie macht ein ernstes Gesicht und schielt ein bisschen, »unterkühlt. Oder vielleicht verstockt.«

Ich schnaube. Nur wenige Leute in meinem Leben necken mich. Rebecca hat mich immer wie einen normalen Typen behandelt, nicht wie einen Star. Ich steh drauf.

Wir grinsen jetzt beide wie Idioten und sehen uns unverwandt an. Und es passiert in Zeitlupe. Ich beuge mich vor, nur ein bisschen. Sie spiegelt mich. Wir sind nur noch Zentimeter voneinander entfernt. Ich zögere nur einen winzigen Moment, um ihr Zeit zu geben, sich an die Vorstellung zu gewöhnen.

Dann leckt sie sich über die Lippen, und ich kann nicht länger widerstehen. Ich überwinde den Abstand zwischen uns und küsse sie. Sanft treffen unsere Lippen aufeinander. Immerhin ist da noch ein kleiner Mensch zwischen uns. Dieser eine Kuss ist alles, was ich im Moment bekommen werde. Deshalb sorge ich dafür, dass er gut wird. Ich teile ihre Lippen und berühre einmal sanft ihre Zunge mit meiner, bevor ich mich zurückziehe.

Wie in einem Nebelschleier aus Lust sieht sie mich an.

Und ich kann kaum erwarten, dass endlich morgen Abend ist.

19

Rebecca

»Fertig. Ich krieg keinen Bissen mehr runter.« Ich lege die Gabel auf den Dessertteller und lehne mich auf dem Stuhl zurück.

»Drückebergerin.« Nate schaufelt sich mit dem Löffel den letzten Rest des Schoko-Himbeer-Soufflés in den Mund, das wir uns geteilt haben.

Ich habe mir schon öfter Nachtisch mit Nate geteilt.

Aber ich saß noch nie in einem tief ausgeschnittenen Kleid allein mit ihm in einem schicken Restaurant.

Wir sind im River Café, und Nate hat dem Oberkellner diskret einen Hunderter zugesteckt, damit wir diesen perfekten Tisch am Fenster bekommen. Wir hatten gerade eines der besten Essen in Brooklyn mit unverbautem Ausblick auf die Lichter Manhattans und den East River.

Eine erleuchtete Yacht gleitet am Fenster vorbei, während Nate den Scheck unterschreibt. »Gute Wahl, Nate. Aber alles andere hätte mir auch gefallen.«

»Was?« Er sieht zu mir auf, und im Kerzenlicht wirken seine Augen dunkler. »Das sagt die Frau, die bei Falafel so wählerisch ist?«

»Okay, schon gut.« Ich erwidere sein Lächeln. »Nicht *alles.*

Aber du musst mich nicht mit einem ausgefallenen Gourmet-Restaurant beeindrucken.«

Er zieht ein Gesicht, das sagt: *Ach, komm.* »Glaubst du, das weiß ich nicht? Mit dir kann man Spaß haben, Bec. Nächsten Monat reise ich mit Lauren nach China, das Streetfood, das ich gern probieren würde, wird sie sicher nicht essen wollen. Du warst schon immer abenteuerlustig. Das liebe ich an dir.«

Das Kompliment bringt mich zum Erröten. Ich bin es nicht gewohnt, so etwas von ihm zu hören. Der Abend war total vertraut und doch völlig neu. Es ist uns leichtgefallen, uns zu unterhalten, weil wir dieselben Leute kennen und nicht anders können, als den ganzen Abend über Eishockey zu sprechen. Währenddessen hat Nate unter dem Tisch meine Hand gehalten.

Das hat mir gefallen. Sehr sogar. Und jetzt würde ich am liebsten über den Tisch klettern und ihn küssen. Noch vor einem Monat hätte ich daran nicht einmal im Traum gedacht. »Weißt du …« Ich räuspere mich. »Das ist eine ganz neue Art von Abenteuer.«

»Stimmt«, sagt er und klappt die Zahlmappe zu. »Deshalb sind wir heute Abend hier und nicht an einem Falafel-Stand. Ich will dich nicht mit dem Zwanzig-Dollar-Nachtisch beeindrucken. Obwohl er ausgezeichnet *war*. Ich möchte dir bloß zeigen, dass es etwas Besonderes für mich ist.«

Der Kellner kommt vorbei, um den Scheck mitzunehmen. Ich schaue den Scheck nicht an. Ich versuche nicht, die Hälfte zu bezahlen, weil Nate mehr Geld hat als der liebe Gott und mich auch nicht lassen würde.

Das heißt nicht, dass ich nicht zwiegespalten wäre, mit Nate auszugehen. Aber dabei geht es um mehr als nur die Rechnung. Und trotzdem bin ich hier.

Ich nehme mein Champagnerglas und trinke den letzten Tropfen. Ich habe ein halbes Glas bestellt, nur um Nate zu ärgern.

Und er hat kein Wort gesagt. Kluger Mann. »Okay, Abenteuertyp.« Ich stelle das Glas ab. »Bist du abmarschbereit?«

Sein Lächeln sagt: *Bin ich doch immer.*

Wir holen meinen Mantel und gehen hinaus. Es ist ein kühler Abend, aber am Pier, wo Eiscreme verkauft wird und man einen tollen Blick auf die Brooklyn Bridge hat, ist ziemlich viel los. Doch Nate führt mich die Straße hinauf, weg von der Menge.

Zurück zu seinem Haus.

Obwohl nervöse Vorfreude in meinem Magen aufsteigt, wehre ich mich nicht dagegen. »Wo ist Ramesh? Hast du ihn abgehängt?«

»Nein.« Nate nimmt meine Hand und drückt sie. »Ich habe ihm heut Abend freigegeben.«

»Ehrlich? Kannst du das so einfach?«

»Klar. Irgendein anderes Mitglied meines Sicherheitsteams beobachtet irgendwo einen Punkt auf einem Bildschirm und verfolgt meine Bewegungen. Irgendjemand passt immer auf.« Er bleibt stehen und dreht sich zu mir um. »Das spricht nicht unbedingt für mich, oder?«

»Was?«

»Ständig überwacht zu werden ist nicht sehr sexy.« Er führt meine Hand an seinen Mund und küsst meine Handfläche. Ich kann seine schönen Lippen nicht sehen, aber sein Gesichtsausdruck ist so hungrig, dass mir schlagartig heiß wird. Er küsst meine Handfläche noch einmal, und seine Bartstoppeln bringen all meine Nervenenden zum Prickeln.

Wow. Er hat bloß meine Hand berührt, aber am liebsten würde ich ihn wie einen Baum besteigen.

Er spricht weiter, und es fällt mir schwer, zuzuhören. »Ramesh hat den Abend frei, weil ich wusste, dass du ihm, wenn ich ihn gebeten hätte, uns zurück zu mir nach Hause zu bringen, nur schwer in die Augen hättest schauen können.«

Da hat er recht.

»Außerdem habe ich einen von Laurens Assistenten gebeten, einen Tisch für uns zu reservieren, denn Lauren hätte mich bestimmt gefragt, mit wem ich essen gehe. Und du hast ja deutlich gesagt, wie du zu Büroklatsch stehst.«

»Das ist sehr rücksichtsvoll von dir. Und lieb von dir, dass du mein kleines schmutziges Geheimnis bist.« Ich betone die kleine Spitze, indem ich einen Schritt seitwärtsmache, um ihm einen Hüftcheck zu verpassen.

Er legt mir den Arm um die Taille. »Schön, dass du das schon wieder hinkriegst, ohne das Gleichgewicht zu verlieren. Gut gemacht.«

Es stimmt, obwohl ich ein wenig überrascht bin, dass es Nate auffällt. »Nur damit du es weißt: Ich werde nie wieder einen Fuß aufs Eis setzen.«

Den ganzen Weg nach Hause bleibt sein Arm um mich gelegt. Doch je näher wir seiner Villa kommen, desto nervöser werde ich. Er öffnet das kleine Tor vorn und hält es für mich auf.

Ich gehe hindurch, denn auch wenn ich ein wenig beklommen bin, kann ich nicht anders.

Nate gibt den Sicherheitscode an der Tür ein, die sich dann mit einem Klicken öffnet. Ich folge ihm in das große Entree und frage mich, was als Nächstes passiert.

»Guten Abend, Nate!«, ruft Bingley.

»'n Abend«, antwortet Nate. Er hilft mir aus dem Mantel und hängt ihn auf »Ich habe etwas von der mexikanischen Limo, die du so magst, in den Kühlschrank gelegt.« Er deutet nach oben. »Möchtest du eine?«

»Klar!«, sage ich fröhlich. Meine Knie fühlen sich ein wenig zittrig an, und das kann ich nicht auf meinen Gesundheitszustand schieben. Ich hab tatsächlich Muffensausen. Und das ist völlig untypisch für mich. »Gott, ich kann es gar nicht erwarten, wenn ich wieder wie jeder normale Mensch Wein trinken darf.« Jetzt plappere ich.

Nate lächelt nur und reicht mir die Hand, damit ich mit ihm hinaufgehe.

Hinauf. Wo sein riesiges Bett steht.

Ich bleibe auf der vierten oder fünften Stufe stehen.

»Das ist wahrscheinlich keine gute Idee«, flüstere ich. Komischerweise sage ich genau das in meinem häufig wiederkehrenden Nate-Tagtraum – dem, in dem er mich erst ignoriert und dann hemmungslosen Sex mit mir hat.

Das passiert jetzt nicht.

Nate setzt sich mitten auf der großen Treppe hin. Er klopft neben sich auf den dicken Treppenläufer. Ich setze mich.

»Alles in Ordnung?«, fragt er.

»Ja und nein«, flüstere ich. »Ich möchte bloß eine kluge Entscheidung treffen. Und manchmal weiß ich nicht, wie das geht.« Nate wird das jedoch vermutlich nicht verstehen. Er macht nur kluge Sachen.

»Du glaubst, ich bin eine schlechte Entscheidung? Du hast recht.«

»Hab ich?«

Er legt den Arm um mich. Beugt sich vor und küsst mich auf die Wange. Langsam. Sodass ich jede einzelne Bartstoppel auf meiner Haut spüre, ebenso wie weich seine Lippen sind. Als er mir ins Ohr flüstert, richten sich die Härchen in meinem Nacken auf. »Sehr schlecht. Weil ich sehr unanständige Sachen mit dir anstellen möchte. Ungezogene Sachen. Und wenn du dazu keine Lust hast, sagst du es besser jetzt.«

»Was denn für Sachen?«, frage ich, und meine Nippel werden hart.

»Ich könnte es dir verraten«, fährt er leise fort, »wenn du etwa eine halbe Stunde hättest. Ich bin nämlich sehr detailverliebt. Tatsächlich habe ich eine PowerPoint-Präsentation vorbereitet ...«

Meine Nervosität bricht sich Bahn, und ich muss kichern.

»Sie dauert auch nicht lange«, sagt er und streichelt meinen Rücken. »Nur etwa fünfzig Folien.«

»Gibt es auch Grafiken und Diagramme?«, versuche ich zu fragen, muss aber gleichzeitig losprusten.

Nate behält sein Pokerface, aber seine Augen lächeln. »Ich habe vier Diagramme erstellt, die auf meinen Fantasien beruhen. Außerdem technische Daten und Leistungsschätzungen.«

»Oh, Nate«, keuche ich. »Du darfst dich niemals ändern.« Ich stehe kurz vor der Hysterie. Ich will ihn, aber es ist so schwer, einfach nachzugeben. Wir sind so viele Jahre standhaft geblieben ...

Er küsst mich – beugt sich einfach vor und erobert meinen Mund.

Ich brauche ziemlich genau anderthalb Sekunden, um meine Überraschung zu überwinden. Vielleicht noch weniger. Ich schlinge die Arme um ihn und halte mich an ihm fest, als er meine Lippen teilt und meinen Mund mit seiner Zunge erkundet. Er schmeckt nach Schokolade und Selbstbewusstsein. Zwei großartige Geschmacksrichtungen, die auch noch großartig miteinander harmonieren. Und es ist um mich geschehen.

Ich vergesse meine Zurückhaltung, fahre ihm mit den Fingern durch die Haare und ziehe ihn an mich. Mit einem Stöhnen lässt er die Hand an mir hinabwandern, und ich erschauere.

Und dann streicht seine ungezogene Hand über die Innenseite meines Oberschenkels. Ich wusste gar nicht mehr, wie gut sich das anfühlt.

Vielleicht hätte Nate es dabei belassen, doch er entdeckt, dass ich unter dem Kleid halterlose Strümpfe trage. Als seine Fingerspitzen auf meiner nackten Haut landen, entfährt ihm ein überrascht-glücklicher Laut. Und weil ich keine Selbstbeherrschung habe, entspanne ich mich und mache ihm so den Zugang leichter.

Sein nächster Kuss ist lustvoll und langsam, und mit dem Daumen streichelt er über mein Seidenhöschen, direkt zwischen meinen Beinen.

Ich stöhne verzweifelt in seinen Mund und erschrecke damit uns beide.

Nate muss wirklich erschrocken sein, denn er zieht seine Hand zurück, drückt mir die Knie zusammen und setzt sich hastig auf.

Da sehe ich Ramesh im Türrahmen, die Pistole gezückt, doch der Lauf zeigt zu Boden. Vor Überraschung schreie ich auf. Oder vor Scham. Wahrscheinlich beides.

»Was soll das?«, fragt Nate mit rotem Gesicht.

Ramesh blickt zur Decke und schüttelt den Kopf. »Zwei Wärmesignaturen. Wenn Sie, sagen wir, auf einem Sofa liegen würden, hätte mich das nicht gewundert. Aber auf der Treppe? Sah aus wie ein Kampf. Und Sie haben die Sicherheitssysteme nicht wie sonst immer sofort aktiviert.«

»Hab ich vergessen«, stottert Nate.

Ich verstecke mein Gesicht hinter den Händen.

»Tschüss«, sagt Ramesh. »Schließen Sie hinter mir ab. Wir sprechen morgen über das Sicherheitsprotokoll. Sie könnten ein paar Sachen optimieren.« Er verschwindet, und die Tür schließt sich hinter ihm.

Nate stöhnt frustriert. »Es tut mir leid …«

»Ich weiß«, unterbreche ich ihn. »Irgendwann finden wir das bestimmt lustig. Aber jetzt brauche ich einen Moment.«

»Das glaube ich«, seufzt er.

Nate

Ich bin so frustriert. Sexuell und überhaupt. Ich habe schon genug Probleme mit meiner eigenen Unbeholfenheit. Ich brauche keine Hilfe von meinen Sicherheitsleuten, um den Augenblick zu zerstören.

Rebecca steht langsam auf, sie wirkt gequält und unglücklich.

Ich springe auch auf. »Alles in Ordnung?«

»Ja. Nur Muskelkater. Heute Morgen war ich bei einer Pilates-Stunde, die Ari mir empfohlen hat. Meine Bauch- und Beinmuskeln werden mir das nie verzeihen.«

Das bringt mich auf eine Idee. »Komm mit, ich möchte dir etwas zeigen. Und es geht nicht um eine Sicherheitsvorkehrung.«

Sie lächelt mich verzagt an, aber dann nimmt sie die Hand, die ich ihr entgegenstrecke, und folgt mir die Stufen hinab.

»Guten Abend, Nate!«, sagt Bingley wieder, als wir den Salon durchqueren. »Guten Abend«, antworte ich. »Schalte bitte alle Sicherheitssysteme ein.«

»Roger, Roger!«

»Ich bleibe also heute Abend hier?«, fragt Becca, als wir die Küche betreten. Bingley schaltet automatisch das Licht ein, und sie sieht mich blinzelnd mit großen Augen an.

»Möchtest du?« Aber ich warte ihre Antwort nicht ab. Ich umfasse zärtlich ihren Hinterkopf und küsse sie direkt vor dem Kühlschrank. Unter meinem Kuss schmilzt sie dahin. Es ist wunderbar. Und es bedeutet, dass ich nicht alles kaputtgemacht habe.

Dummerweise versteht Bingley den Hinweis nicht. »Hallo, Rebecca!«, sagt er. »Schön, wieder einmal Ihre Stimme zu hören.«

»Mmm«, sagt sie an meinen Lippen. »Hallo zurück.«

Lachend löse ich mich von ihr. »Limo?«

»Klar, warum nicht.« Sie zuckt mit den Schultern.

Ich greife in den Kühlschrank und hole ein paar Getränke heraus. »Komm mit.« Ich öffne eine Tür, durch die man in den Garten und gleichzeitig ins Untergeschoss gelangt.

»Wohin gehen wir?«

»Hast du nicht was von Muskelkater gesagt? Lass dich überraschen.« Ich drücke auf einen Schalter, und auf der Treppe wird es hell.

»Schöner Keller«, sagt Becca, die mir nach unten folgt.

»Er liegt nicht wirklich unter der Erde.« Aber die Etage ist schon ziemlich gut ausgestattet. Rechts befindet sich mein Fitnessraum. Doch ich bringe Becca nach links – in mein Spa. Eine Wand besteht aus Glastüren, nachts sind sie jedoch verschlossen und hinter schweren Vorhängen verborgen. Und es gibt zwei Liegestühle, die zu dem großen Schwimmbecken und dem Whirlpool ausgerichtet sind. Im Moment ist der Whirlpool eingeschaltet, weshalb ich das Blubbern der Düsen hören kann, die das warme Wasser umwälzen. Ich trete auf einen Knopf im Boden, und die Abdeckung öffnet sich automatisch.

»Oh, wow«, sagt Becca. »Schick.« Sie streift ihre Schuhe ab und tritt an den Rand. Dann zögert sie. »Ich vertraue meinem Gleichgewicht immer noch nicht. Du darfst nicht lachen, falls ich reinfalle.« Vorsichtig taucht sie eine Hand ins Wasser. »Angenehm.«

Ich schnappe mir ein Handtuch vom Stapel und werfe es ihr zu. »Du kannst dich hinsetzen und die Füße hineinhalten.«

Sie trägt ein kurzes Strickkleid, das mich schon den ganzen Abend in den Wahnsinn getrieben hat. Sie könnte also einfach die halterlosen Strümpfe ausziehen, sich auf das Handtuch setzen und beide Füße hineintauchen.

Und genau das tut sie. Sie schiebt einen Strumpf über ihr glattes Knie und zieht ihn aus.

Ich will nicht herumstehen und sie anstarren wie ein Schuljunge. Na gut, ich will schon. Aber ich will nicht, dass sie sich unwohl fühlt. Deshalb gehe ich stattdessen zum Soundsystem, stelle mein Handy auf Lautsprecher und lasse eine uralte Playlist laufen. Eine, die sie erkennen muss.

Als ich mich wieder umdrehe, sitzt sie am Rand, beide Beine im blubbernden Wasser. »Ah. Wow.« Mit blitzenden Augen sieht sie zu mir auf. »Schön hast du's hier.«

»Ja, oder?« Ich streife auch meine Schuhe ab und kicke sie beiseite.

Das erste Lied beginnt, es ist von Macklemore, und in unserem ersten Büro haben wir es rauf und runter gespielt. Rebecca fängt sofort an zu lachen. »Wie witzig! Die Playlist habe ich ja seit Ewigkeiten nicht mehr gehört. Aber ich wette, die Reihenfolge kenne ich immer noch. Danach kommt Lady Gaga.«

»Ganz genau.«

Rebecca strampelt mit den Beinen, dass es nur so spritzt. »Ich muss dir etwas beichten.«

»Was denn?« Ich lockere meine Krawatte und öffne den Knoten.

»Nun …« Sie grinst mich an. »Ich war mal in dich verknallt. Ganz am Anfang.«

Meine Hände erstarren mitten in der Bewegung. »Echt jetzt? Das glaube ich nicht.«

»Doch, wirklich.« Ihre Wangen sind gerötet. »Besonders im ersten Jahr. Aber du warst vergeben und mein Boss. So praktisch veranlagt, wie ich nun mal bin, haben es mir diese beiden Punkte ziemlich leicht gemacht, es zu unterdrücken.«

Ich gehe zu ihr und lasse mich neben sie fallen, allerdings mit dem Rücken zum Wasser, weil ich immer noch Anzughose und Socken anhabe. »Wie genau hast du das gemacht?«

»Was?« Sie schaut mich von der Seite an, wendet dann aber den Blick ab.

»Wie hört man auf, in jemanden verliebt zu sein? Ich bin auch praktisch veranlagt, aber ich weiß nicht, ob es dadurch leichter wird. Die wahnsinnige Anziehungskraft, die du auf mich ausübst, kann ich nicht ignorieren.«

Sie wirbelt zu mir herum, und ich nutze die Gelegenheit und küsse sie. Und es bedarf nur eines Kusses, und schon stehe ich wieder in Flammen.

Wir schauen in entgegengesetzte Richtungen, deshalb ist es total seltsam. Aber das ist mir völlig egal. Gierig berausche ich mich an ihrem Mund, bis sie sich von mir löst und mich ansieht. Ihre Wangen sind gerötet, und ihre Augen strahlen glücklich. »Das ist, als würde man Twister spielen.«

»Nein, besser«, korrigiere ich sie. Die Playlist wechselt zu Lady Gaga, genau wie Becca vorhergesagt hat. »Steigen wir jetzt endlich in diesen Whirlpool?«

Becca planscht mit dem Fuß im Wasser. »Ich hätte Lust. Aber ich habe keinen Badeanzug.«

»Zwei Doofe, ein Gedanke.«

Sie lächelt und schüttelt den Kopf. »Du gehst wirklich rein?«

»Wir müssen nicht.« Ich werde sie auf keinen Fall bedrängen.

Mit dem Finger fährt sie über das blubbernde Wasser. »Aber das hier ist ein Abenteuer, richtig?«

»Genau.« Ich stehe auf und ziehe mir die Socken aus. Sie

beobachtet mich. Und ich kann ihren Gesichtsausdruck nicht deuten. »Was?«

»Ich frage mich nur, was du sonst noch ausziehen wirst.« Sie lächelt.

»Komm her.« Die Aufforderung kommt mir einfach so über die Lippen.

Doch Rebecca zuckt nicht mit der Wimper. Sie steht auf und dreht sich mit neugierigem Gesicht zu mir.

»Du bestimmst. Was soll ich ausziehen?«

Langsam legt sie mir die Hände auf die Brust, und ich zwinge mich zur Geduld. Alles, was ich mir jemals gewünscht habe, liegt auf der anderen Seite dieses Augenblicks. Ich muss es nur schaffen, diese Unbeholfenheit zu überwinden, die Tun-wir's-oder-lassen-wir's-Anspannung.

Ihre Finger landen auf meinem obersten Hemdknopf. »Ich gehe nur ins Wasser, wenn du auch gehst.«

Mit diesem Kompromiss kann ich leben. Ich fange mit dem untersten Knopf an und arbeite mich nach oben, bis wir uns in der Mitte treffen. Sie schiebt mein Hemd zur Seite und streicht mir über die nackte Brust.

Mein innerer Höhlenmensch steht auf und jubelt.

Ich beuge mich vor und küsse ihre Kinnlinie. Sie riecht nach Blumen, und pure Lust schießt meine Wirbelsäule empor. Eine meiner Hände wandert auf ihren unteren Rücken, und ich keuche in ihr Ohr: »Mach mir den Gürtel auf.« Ich betone die Forderung mit einem Kuss auf den Nacken.

Das Blubbern des Whirlpools ist das einzige Geräusch im Raum, aber in meinem Kopf ist es so laut wie auf einem Konzert in einem Stadion. Als ihre Hände meinen Gürtel öffnen, wummert mein Puls wie ein Bass, und mein Herz verfällt in einen erwartungsvollen Rhythmus, als sie meinen Reißverschluss herunterzieht.

Himmel. Rebecca zieht mich aus. Das überlebe ich vielleicht nicht.

Ich führe ihre Hand zum Mund und küsse ihre Handfläche. Aber das ist nicht genug. Deshalb vergrabe ich mein Gesicht an ihrem seidigen Hals und küsse ihn noch einmal. Zweimal.

Sie schiebt mir das Hemd von den Schultern. »Du hast dich ausgehfein gemacht«, flüstert sie. »Heute kein Kapuzenpulli?«

Mein Mund trifft auf ihren, weil ich es nicht lassen kann. »Es gibt ein Outfit, das ich noch lieber trage, wenn ich mit dir zusammen bin«, murmele ich an ihren Lippen. Ich streiche über den weichen Stoff ihres Kleides, bis meine Hände auf ihrem Hintern landen.

Ich wandere noch weiter bis zur glatten Haut ihrer Schenkel. Und ich höre, wie ihr der Atem stockt.

»Darf ich dir das ausziehen?«

»Ja«, haucht sie.

Ich ziehe ihr das Kleid über den Kopf und werfe es auf den Liegestuhl, wo schon mein Jackett liegt. Und dann fällt mein Blick auf ihre schwarze Spitzenunterwäsche, und es verschlägt mir den Atem. »Himmel«, keuche ich. Der Stoff ist durchsichtig, und dass ihre rosigen Nippel kaum vor meinem hungrigen Blick verborgen sind, hat etwas wundervoll Verruchtes.

Die Wahl ihrer Unterwäsche haut mich wieder einmal um. Hätte ich all die Jahre nur den kleinsten Hinweis darauf gehabt, dass Becca am liebsten sexy Lingerie trägt, hätte ich wohl keinen Tag im Büro überlebt.

Doch sie bemerkt meine Qualen nicht. Sie greift hinter sich, öffnet ihren BH, wirft ihn beiseite, und ich verschlucke mich fast an meiner Zunge, als ihre üppigen Brüste aus ihrer Gefangenschaft befreit sind.

Oder vielleicht bemerkt sie es doch, denn sie dreht sich um und präsentiert mir ihre fast nackte Rückansicht. Mit einem herausfordernden Blick über die Schulter zieht sie ihr Höschen aus und geht dann direkt zur Leiter, die ins Schwimmbecken führt.

Ich stehe da, nur in geöffneter Hose, der mein pulsierender Schwanz verzweifelt zu entfliehen versucht.

Also dann.

Innerhalb weniger Sekunden schlüpfe ich aus meinen noch verbliebenen Kleidungsstücken und gleite zu Becca in den Pool.

Ich kann mich gar nicht daran sattsehen, wie Rebeccas Brüste im Pool vom aufgewühlten Wasser umspielt werden. Sie sitzt auf der Bank, den Kopf an den Rand gelehnt. Ihre Augen sind geschlossen. »Dieses Becken ist toll. Bist du oft hier unten?«

»Ja und nein. Ich schwimme zweimal die Woche in dem großen Becken. Immer allein. *Das hier* ist also neu für mich.«

Ich spritze sie nass, weil mein fünfzehnjähriges Ich nicht widerstehen kann. Sie öffnet die Augen und lächelt. »Aber ich frage mich – wozu brauche ich dieses irre Haus, wenn ich nie mit meinem Lieblingsmädchen nackt bade?« Ihr Gesichtsausdruck wird sanft. »Es macht *wirklich* Spaß. Aber es ist noch etwas ungewohnt.«

Damit meint sie nicht das Wasser. »Ich weiß. Du hast immer noch deine Zweifel.«

»Aber nicht, was dich angeht«, sagt sie und legt mir die nasse Hand an die Wange. »Es ist einfach kompliziert.«

Ich nicke, damit sie mir glaubt, dass ich sie verstehe. Und das tue ich auch – größtenteils jedenfalls. Obwohl ich die Probleme besser verstehe, wenn wir angezogen sind und ich mich daran erinnere, dass es außer uns noch andere Menschen gibt. Im Augenblick bin ich nackt, Wasser liebkost meine Haut, und sie ist nur wenige Zentimeter entfernt.

Erstaunlich, dass ich überhaupt etwas sagen kann.

»Das ist total angenehm für meine angestrengten Muskeln«, sagt sie und rollt ihren Kopf von einer Seite zur anderen.

»Wo genau hast du denn Muskelkater? Ich massiere dich. Bitte sag, dass es dein Hintern ist.«

Sie kichert. »Fast. Hintere Oberschenkelmuskeln.«

»Als bräuchte ich einen Grund, deine Schenkel zu berühren.« Unter Wasser lege ich ihr die Hand auf den Oberschenkel und drücke leicht.

»Au«, keucht sie. »Okay, das tut auch weh.«

»Tut mir leid.«

Sie schüttelt den Kopf. »Es ist ein angenehmer Schmerz. Ich habe mich so gefreut, als Dr. Armitage meinte, es würde mich nicht gesund machen, wenn ich einfach in dunklen Zimmern herumliege. Es fühlt sich gut an, mich zu bewegen, denn dann habe ich den Eindruck, dass ich etwas Sinnvolles tue.«

Ich knurre zustimmend, aber meine gesamte Aufmerksamkeit liegt auf Rebeccas Bein unter meiner Hand. »Schwing ein Bein hier rüber.«

Nach nur einem kurzen Zögern tut sie es.

Ich nehme ihr glattes Bein und massiere sanft ihre Muskeln.

Sie stöhnt, und ich verliere fast den Verstand. »Das fühlt sich so gut an.«

Ich werde dafür sorgen, dass sie das nachher noch einmal sagt, und zwar nicht in Bezug auf ihre Beinmuskeln.

20

Rebecca

Nate spendiert mir eine erstklassige Massage. Wir bemühen uns nach Kräften, nicht einfach übereinanderherzufallen. Nate gibt sein Bestes, sich zu gedulden, weil er glaubt, ich hätte Hemmungen. Und die habe ich auch – zumindest, wenn es um ein Date mit ihm geht.

Aber offensichtlich nicht, ihn zu bespringen. Alle meine Sinne sind in Alarmbereitschaft, und jedes Mal, wenn seine langen Finger über meine nackte Haut streichen, möchte ich aufstöhnen.

Ich sehe mich in dem unglaublichen Raum um, in dem wir uns befinden. Tagsüber müssen die riesigen Fenster eine Menge Licht hereinlassen. Nate hat etwas, wovon andere New Yorker nur träumen können: viel Platz in einer begehrten Lage. Es ist unfassbar.

»Hey, coole Schildkröte«, sage ich, damit ich ihn nicht versehentlich anflehe, mich zu vögeln.

»Hm?«, macht er und wirkt so abgelenkt, wie ich mich fühle.

»Du hast da eine aufblasbare Schildkröte, Nate. Sie grinst mich an.« Ich deute auf die Figur am anderen Ende des Pools.

»Ah«, sagt er, ohne hinzusehen. »Ein Scherzgeschenk von Alex.«

Allein bei der Nennung ihres Namens verkrampfe ich mich ein wenig, dabei weiß ich nicht einmal genau, wieso. »Bei der

Party wirkte sie irgendwie sauer auf dich«, höre ich mich selbst sagen.

»Das war sie auch, okay?« Er hört auf, mein Bein zu massieren, und drückt es einfach. »Es war ziemlich seltsam. Ich glaube, sie geht mir aus dem Weg. Hat wahrscheinlich etwas mit einem Geschäft zu tun.«

»Hm.« Ich wette eine Million Dollar, dass das nicht der Grund war. »Darf ich dich was fragen? Wart ihr mal zusammen, Alex und du?«

»Zusammen?«, wiederholt er gedehnt. »Nein. Nicht wirklich.«

»Nicht wirklich?« Das hört sich für mich verdammt nach einer Ausflucht an.

Er schüttelt den Kopf. »Einmal haben wir es betrunken getan. Aber danach nie wieder. Als Freunde passen wir besser zusammen.«

Einmal. Das sollte mich nicht stören. Sie kennen sich jetzt wie lange? Zwölf Jahre? Dreizehn? Aber warum war sie dann so sauer, als ich in Florida aufgetaucht bin?

Vielleicht bin ich einfach paranoid. Immerhin sitze *ich* jetzt hier nackt mit Nate, nicht sie. Und ich verschwende meine Zeit, indem ich über seine grummelige Collegefreundin nachdenke.

Super, Bec.

Ich verlagere mein Gewicht, sodass mein Bein von Nathans Knie herunterrutscht. Und als ich den Rücken strecke, ragen meine Brüste ein wenig aus dem Wasser. Nates Blick wandert hinab und bleibt an ihnen hängen.

Plötzlich versteht es sich von selbst, ihm noch einen besseren Ausblick zu verschaffen.

Ich wende mich ihm zu und knie mich auf die Bank. Ein unterdrückter Laut der Überraschung kommt ihm über die

Lippen, als mein tropfnasser Oberkörper aus dem Wasser auftaucht. Vielleicht werde ich mich später dafür schämen, aber ich beuge sogar den Rücken ein wenig durch, um den Effekt zu verstärken.

Ich setze mich rittlings auf seinen Schoß, dabei streifen meine überempfindlichen Brüste seinen nackten Oberkörper.

Mit einem Stöhnen zieht er mich an sich, und dann küssen wir uns. Seine Zunge ist heiß und fordernd, und unsere Küsse überspringen sämtliche Vorrunden und starten direkt mit den Play-offs. Seine Hände wandern hinab zu meinem Po und drücken ihn kräftig.

Glatte, nackte Haut gleitet über Haut. Sein harter Schwanz ist zwischen meinen Schenkeln gefangen. Und wir küssen uns filmreif.

»Du machst mich fertig«, murmelt er und umfasst mein Kinn, um die Kontrolle über den Kuss zu erlangen.

Ich weiß nicht, was er damit meint, aber es gefällt mir. Ich reibe mich an ihm. Ich bin hemmungslos, und die gequälten Laute, die er ausstößt, sind meine Bestätigung.

»Scheiße, Bec«, keucht er schließlich. »Setz dich hier rauf.«

»Was?«

Er klopft auf den Beckenrand. »Nein, Moment.« Er langt aus dem Wasser und holt die Schildkröte. Dann manövriert er mich in ihre grellgrüne Umarmung, stellt sich zwischen meine Beine und schiebt die Hände unter meine Oberschenkel. Er küsst sich an meinem Körper hinab.

»Oh«, flüstere ich, als mir seine Absicht klar wird. Und als meine Hüfte der Wasseroberfläche entgegenstrebt, ist sein Mund da und küsst meine Leiste. Seine Lippen wandern und finden meine mächtige Mitte. Ich keuche auf und lasse den Kopf nach hinten auf die Schildkröte sinken.

»Rebecca, geht es Ihnen gut?« Die Frage kommt von Bingley, dessen vergnügte Stimme aus den Lautsprechern dröhnt.

Nate lacht tatsächlich, und ich spüre sein Lachen in meinem ganzen Körper.

Herr im Himmel. Seine heiße Zunge streift über meine empfindlichste Stelle, und ich umklammere das Schwimmtier mit beiden Händen. »Oh«, mache ich, und das Wort hallt von den gefliesten Wänden wider.

Nate stößt einen tiefen, zustimmenden Laut aus, als er mich erneut leckt. Ich presse die Beine zusammen, halte ihn zwischen meinen Schenkeln gefangen. Ich kann mich nicht entspannen, denn *großer Gott*, es fühlt sich so gut an, und es ist eine Ewigkeit her, dass mich jemand so verwöhnt hat.

Er hält die braunen Augen auf mich gerichtet, während er erneut seine Zunge langsam und zielgerichtet aufwärtswandern lässt.

Ich stoße einen weiteren unartikulierten Laut aus, gefolgt von einem Flehen.

»Nicht aufhören«, gebe ich von mir.

»Aufhören?«, fragt Bingley »Ich habe Sie nicht ganz verstanden, Rebecca.«

»RUHE, Bingley«, dröhnt Nate.

Ich schlage mir die Hand vor den Mund, weil es wirklich lustig ist, und für einen Moment möchte ich lachen. Doch der Drang verschwindet, weil so viele andere Empfindungen meine Aufmerksamkeit verlangen. Nate hat jede Menge Fähigkeiten und Begabungen, aber ich hatte keine Ahnung, dass auch seine Zunge so verdammt talentiert ist. Er neckt und liebkost mich, bis ich vor Ungeduld fast umkomme.

Ich beiße mir auf die Lippe. »Wollen wir nicht …« Hektisch schaue ich mich um, während ich überlege, welche Sitzgelegenheit wir einweihen sollen. Vielleicht einen Liegestuhl. »Lass uns rausgehen«, drängle ich.

»Gleich«, quält er mich. Dann senkt er erneut den Kopf und lässt die Lippen über mich gleiten, bis ich zittere. »Komm auf meiner Zunge«, befiehlt er. »Und dann trage ich dich nach oben und lasse dich noch einmal auf mir kommen.«

Das hört sich alles so gut an, dass ich genau das tue. Sofort.

Vor Morgengrauen wache ich in Nates Bett auf. Ich liege auf der Seite, ein Bein über seinem. Er liegt auf dem Bauch, das Gesicht von mir abgewendet. Und ich kann nicht widerstehen. Ich stütze mich auf einen Ellenbogen und betrachte ihn. Er schläft tief und fest, seine Gesichtszüge sind entspannt. Seine langen, dunklen Wimpern ruhen auf diesen herrlichen Wangenknochen. Es ist ein hinreißendes Gesicht. Und gerade wirkt er so jugendlich. Ich bin verblüfft, wie sehr er jetzt dem Nate ähnelt, den ich vor sieben Jahren kennengelernt habe, als er noch ein junges Computergenie war und kein Milliardär. Mich überkommt ein seltsames Gefühl, als erhaschte ich einen Blick auf einen verlorenen Moment, als unser Leben noch nicht so kompliziert war.

Was natürlich Quatsch ist. Aber ich vermisse diese jüngeren Versionen von uns, die Zeit, als Nate mitten am Tag Pause machen und Tischtennis spielen konnte.

Ich könnte ihn den ganzen Tag lang anstarren, aber widerwillig drehe ich mich von ihm weg. In der Villa ist es so still, dass meine Bewegung ihn aufweckt. »Wohin gehst du?«, murmelt er, ohne die Augen zu öffnen.

Das Palindrom kommt wie aus dem Nichts: »Pils mit Bier treibt im Slip.«

Er lächelt ins Kissen.

Im größten Badezimmer der Welt erledige ich das, was ich zu tun habe, und putze mir die Zähne für den Fall, dass mich irgendjemand küssen möchte.

Und ich bemühe mich, nicht allzu erstaunt darüber zu sein, dass ich gerade die Nacht mit Nate verbracht habe.

Unglaublich.

Mein Schminktäschchen steht auf dem kleinen Holztisch neben dem Waschbecken, und ich hole meine Pillenpackung heraus und schlucke eine. Ich bin durch und durch praktisch veranlagt.

Oder? Als ich mir vor dem Badezimmerspiegel mit den Fingern die Haare kämme, überfluten mich Flashbacks an gestern Abend. Nate, der mich genau wie in meiner Fantasie aufs Bett drückt. Wie er das Handtuch aufschlägt, das ich um mich geschlungen habe, und sich über mir auf dem Bett aufstützt. Seine Arm- und Brustmuskeln, die sich anspannen, wenn er sich bewegt …

Aah! Allein beim Gedanken daran kribbelt alles. Und ich kann mir nicht vorstellen, dass das jemals wieder nachlässt. Das war eine Nacht, die ich nicht so schnell vergessen werde.

Das ist nicht praktisch. Aber magisch.

Als ich aus dem Bad komme, schalte ich das Licht aus, damit er mein Lächeln nicht sieht. Ich werde unmöglich noch einmal einschlafen können. Nicht mit diesen Erinnerungen, die sich in Endlosschleife in meinem Kopf abspielen. Aber ich kann ganz still liegen, während Nate weiterhin sein geniales Gehirn ausruht.

Oder auch nicht. Denn sobald ich zurück zwischen die Laken schlüpfe, rollt er sich zu mir und schmiegt sich an meinen Rücken. »Hi«, flüstert er.

»Selber hi.«

Ich entspanne mich an seinem großen, warmen Körper. Es

hat in letzter Zeit nicht viel Zärtlichkeit in meinem Leben gegeben. Wenn ich Georgia aufziehen will, sage ich ihr immer, wie neidisch ich auf all die heißen Nächte bin, die sie mit Leo erlebt, seit die beiden wieder zusammen sind.

Aber ich sage ihr nie, wie neidisch ich auf so etwas wie das hier bin: Kuscheln am Morgen. Nate vergräbt die Nase in meinen Haaren. Ein langer Arm liegt auf meiner Hüfte.

Ich schließe die Augen und nehme all diese Herrlichkeit in mich auf. Er liegt ganz still, und ich frage mich, ob er wieder eingenickt ist.

»Bec«, flüstert er ein paar Minuten später. Er lässt eine Hand meinen Brustkorb hinaufwandern und umfasst eine Brust. »Das hier ist direkt aus meiner PowerPoint-Präsentation. Folie siebzehn. Ich wache auf, und du liegst nackt in meinem Bett.« Seine Finger finden eine Brustwarze, die sich unter seiner Berührung aufrichtet. Sofort setzt das Kribbeln wieder ein.

Eine eifrige Erektion drückt sich gegen meinen Rücken.

»Und was steht auf Folie achtzehn?« Ich verspüre ein Ziehen im Unterleib, als ich mir vorstelle, wie er mich in die Kissen drückt und in mich eindringt.

Statt einer Antwort küsst er mich auf den Nacken. Und dann gleitet seine freche Hand an meinem Oberkörper hinab und ohne zu zögern zwischen meine Beine. Ich will ausatmen, aber es ist eher ein Keuchen.

»Folie achtzehn ist das Geräusch, das du gerade gemacht hast.« Er streichelt mich, sein Schwanz drückt gegen meinen Rücken. »Dreh dich um.«

Als ich gehorche, fährt er mir mit der Hand in die Haare. Aber anstatt mich für einen Kuss nach oben zu ziehen, tut er das Gegenteil. Unsere Blicke treffen sich, und er schiebt mich stattdessen nach unten. Seine Bizepse spannen sich an, als er mich sanft in Richtung seiner Erektion dirigiert.

Ja. Ohne zu zögern, nehme ich ihn in den Mund und lasse meine Zunge kreisen. Zum ersten Mal schmecke ich ihn. Und es gefällt mir, dass er mir ohne Worte zu verstehen gegeben hat, was er möchte.

Woher weiß er, dass mich das anmacht? Darüber kann ich mir später noch Gedanken machen.

Er stöhnt auf, und das Geräusch hallt in meinem ganzen Körper wider. Von der Brust bis in die Zehenspitzen. Ich schließe meinen Mund fest um ihn und sauge kräftig. Dann hebe ich den Blick, um mich meiner Wirkung auf ihn zu vergewissern.

Nates Gesicht ist gerötet, er hat die Augen halb geschlossen, seine Brust hebt und senkt sich, während ich weitermache. Sein Griff in meine Haare ist wie ein Schraubstock. »Fuck«, sagt er, und dann muss er auf einmal lachen. »Himmel.« Während ich ihn ansehe, zwingt er sich dazu, sich zu entspannen. Er löst die Faust und streicht mir über die Haare. »Du bist so schön. Wenn du so zu mir aufschaust, dann möchte ich sofort kommen.«

Das hört sich doch gut an, also sauge ich stärker.

Er bewegt die Hüfte, kommt mir mit langsamen Stößen entgegen. Ich spüre, dass es nicht mehr lange dauert. Ich nehme die Hände dazu …

Wieder packt er meine Haare. »Stopp, Liebling.« Er lacht und stöhnt zugleich. »Ich will nicht, dass es schon vorbei ist.«

Es stimmt, ich lasse mich gern herumkommandieren. Aber ich gebe auch gern Widerworte. Also lasse ich von ihm ab und richte mich auf. Rasch setze ich mich rittlings auf seine Oberschenkel, nehme ihn in die Hand und führe ihn in mich ein. Er stöhnt auf und atmet tief ein und aus. Ich blicke hinunter auf das Wrack, in das ich Nate verwandelt habe, und bin sehr zufrieden mit mir. Seine Brust und sein Hals sind gerötet, seine Lippen und Wangen glühen. Er ist umwerfend und so erregt, wie ein Mann nur sein kann.

Ich fühle mich auch ziemlich großartig. »Welche Folie ist das?«

Auf dem Kissen schüttelt er den Kopf. »Fuck, Bec. Ich dachte, meine Fantasien wären gut, aber die Wirklichkeit toppt alles.« Er legt eine heiße Hand auf meinen Bauch, die langen Finger weit gespreizt. »Sag mir noch ein Palindrom.«

»Was?« Ich schiebe die Hüfte vor, begierig, die Sache voranzubringen. Er fühlt sich so gut an, ich kann nicht anders.

»Ich brauche eine Minute, um mich abzukühlen.« Sein Daumen streicht über meine Hüfte, an einer Stelle, wo es mich eigentlich kitzeln müsste. Aber das tut es nicht, weil ich so erregt bin. »Not a banana baton«, flüstere ich.

Nate grinst. »So kenne ich mein Mädchen!« Er bewegt die Hüfte, um mich zu belohnen. Ich nehme das als Aufforderung. Mit den Händen auf seinen Schultern schiebe ich mich einmal ganz zurück und dann wieder nach vorn. Er fühlt sich so, so gut an. Und ich bin hemmungslos. Ich erhöhe das Tempo und weiß, dass meine Brüste bei jeder Bewegung hüpfen.

Das liebt er. Seine schlanken Hände gleiten überall über meine Haut und schüren das Feuer. Lange werde ich diese Pornostar-Performance nicht durchhalten. Ich stehe kurz davor, wie Butter auf diesem herrlichen Körper zu schmelzen und meinen eigenen Namen zu vergessen.

Nate stemmt die Fersen in die Matratze und kommt mir mit jedem Stoß entgegen. Dann packt er mich im Nacken und zieht mich für einen Kuss zu sich hinab. Mit einem Stöhnen trifft seine Zunge auf meine.

Und das war's. Ich erschauere und keuche und bin atemlos an seinen Lippen.

Und er lächelt. Seine Augen leuchten, als hätte ich irgendetwas Erstaunliches getan.

Er dreht uns um. Ich lande auf dem Rücken, und Nate beugt sich für einen langen, leidenschaftlichen Kuss zu mir hinunter. »Soll ich ein Kondom holen?«, fragt er. Gestern Abend hat er eins benutzt, ohne zu fragen.

»Nicht nötig«, lalle ich glücklich. »Tob dich aus.«

Er stöhnt, und dann lacht er, seine Hüfte drückt sich gegen meine.

Sex mit Nate ist eine fröhliche Angelegenheit. Ich schlinge die Arme um ihn und halte ihn fest.

Ich glaube, ich könnte mich in ihn verlieben. Das ist keine besonders willkommene Erkenntnis.

Aber jetzt ist nicht die Zeit für Panik. Ich umklammere Nate überall, mit den Armen und Knien und meinem Körper. Er stöhnt tief und lang. Seine Muskeln spannen sich an, und dann erbebt er zweimal.

An meinem Hals lacht er leise. »Gott, Bec, ich kann nicht in Worte fassen, wie sehr du mich verwöhnst.«

Ich lasse die Finger durch seine weichen Haare gleiten. Ich fühle mich auch gerade ziemlich verwöhnt.

Er stützt sich auf einen Ellenbogen. »Das mit ohne Kondom ist neu.«

»Hm?«

»Vor Florida habe ich das noch nie gemacht.«

»Wirklich nicht?« Ich schaue ihm in die Augen. Sie sind so hell und glücklich. »Vielleicht gefällt es dir deshalb so gut.«

Er schüttelt den Kopf. »Nein, deshalb dauert es nicht so lange, wie ich es gern hätte. Aber der Grund, warum es mir so gut gefällt, bist du.«

Dann küsst er mich noch einmal.

21

Nate

An diesem Morgen bin ich der glücklichste Mann der Welt. Ich bitte Ramesh, Bagels und Kaffee zu besorgen.

»Ich will ihm nicht über den Weg laufen«, grummelt Becca. »Ich kann ihm nie wieder in die Augen sehen.«

»Musst du auch nicht«, sage ich und gebe ihr einen Klaps auf den nackten Po, als sie auf dem Weg in meine Dusche ist. »Ramesh ist ein kluger Mann. Er wird das Essen auf den Tisch im Flur stellen und sehen, dass er wieder rauskommt.«

»Wann kommt Mrs Gray?«, fragt sie über das laufende Wasser hinweg.

»Neun. Warum?«

Sie antwortet nicht, beeilt sich aber im Bad.

Um Viertel nach acht gebe ich ihr einen Abschiedskuss. »Wann sehe ich dich wieder?«, frage ich.

»Meinst du normal oder nackt?«, fragt sie mit einem Lächeln.

»Ich meinte das Erste, aber das Zweite klingt auch gut.«

»Vielleicht beim Spiel heute Abend? Ich kann aber nicht in die Lounge kommen. Ich schaue mit Georgia auf den Freiplätzen des Coachs.«

»Okay.« Ich küsse sie auf die Wange. »Gehen wir Dienstagabend essen? Am Mittwoch musst du ja nach Detroit, richtig?«

»Ja.« Sie lächelt zu mir auf. »Guter Vorschlag.«

»Ich reserviere einen Tisch.«

Sie öffnet die Haustür. »Du meinst, du bittest jemanden, einen Tisch für dich zu reservieren.«

»Wer weiß. Vielleicht kriege ich raus, wie man so etwas macht. Für dich würde ich das tun, Baby. Hey, Bingley?«

»Ja, Mylord?«

»Wie reserviert man einen Tisch in einem Restaurant?«

Lachend verlässt Becca das Haus.

Die Arbeitswoche beginnt holprig. Am Montag quäle ich mich durch endlose Meetings in Manhattan. Es geht hauptsächlich darum, einen Käufer für meine Router-Sparte zu finden. Nachdem das kanadische Unternehmen ein Angebot abgegeben hat, habe ich auch von Alex' Firma eins erhalten.

Seltsamerweise hat Alex mich nicht persönlich angerufen, um darüber zu sprechen. Alles wird von ihren Investmentbankern geregelt. Das ist sonderbar.

Und – wie sie gesagt hat – sehe ich Becca nicht beim Spiel am Abend. Wir verlieren, und mir gefällt nicht, dass sie mir aus dem Weg geht. Ich bin immer noch ihr schmutziges Geheimnis.

Aber am Dienstagabend strahlt sie über das ganze Gesicht. Wir essen Sushi in diesem neuen Restaurant in Brooklyn Heights und laufen dann wieder nach Hause. Ich mache ein Feuer im Wohnzimmer, und Becca baut das Scrabble-Brett auf. Aber nach zwei Runden fallen wir übereinander her.

Mach langsam, rufe ich mir ins Gedächtnis, als wir auf dem Sofa herummachen. Aber offensichtlich ist das schlichtweg unmöglich. Zehn Minuten später habe ich sie ausgezogen und mich auch. Ich bedeute ihr, sich über die Ottomane vor dem Kamin zu beugen. Ich drücke ihr die Knie auseinander, und sie stöhnt.

Mit den Händen auf ihren Hüften dringe ich in sie ein.

»Nathan«, keucht sie und hält sich an dem Möbel fest.

Ich falle über sie her. Und es ist fantastisch. Aber nicht langsam.

Ansonsten läuft jedoch alles schief.

Die Meetings überschlagen sich. Und ich bin es leid, diesen Verkauf zu analysieren, aber diese Arbeit kann ich an niemanden delegieren, weil es um die Jobs von einhundertsechsundzwanzig Kattenberger-Entwicklern geht. Ich schulde es ihnen, die richtige Entscheidung zu treffen.

Alex kommuniziert nur über vage Textnachrichten und ihre Investmentbanker mit mir. Deshalb kann ich es noch nicht einmal mit ihr vernünftig diskutieren.

Am Mittwochmorgen bekomme ich einen Anruf von Stew. »Hey, hast du kurz Zeit?«

»Klar. Aber haben wir in einer Viertelstunde nicht sowieso ein Meeting?«

Er lacht. »Ja, aber es geht um etwas anderes. Das hier ist privat.«

»Oh, oh.« Ich schließe meine Bürotür. »Was ist denn los?«

»Ich hab einen Anruf von diesem Mickey in der KI-Forschungsabteilung erhalten.«

»Ach ja? Warum?« Stewie ist unser Finanzvorstand und vertrödelt seine Zeit gewöhnlich nicht mit Forschung. Mickey ist derjenige, der am Bingley-Produkt arbeitet.

»Donnerstags spielen wir zusammen Squash. Bei seiner Rückhand fühle ich mich wie ein alter Sack. Jedenfalls weiß er, dass wir uns nahestehen, und hat mich um Rat gefragt.«

»Und worum ging es?«

Stew lacht wieder, und langsam frage ich mich, was so witzig ist. »Na, denk mal drüber nach. Er analysiert die Audiodateien von deinem Modul zu Hause. Und die sind plötzlich voller …«

»Oh, fuck.«

»Genau.« Am anderen Ende der Leitung lacht Stew sich krank.

Auch ein schlauer Typ macht manchmal ziemlich bescheuerten Mist. Ich hatte völlig vergessen, dass andere Leute meine Interaktionen mit Bingley hören. Er spricht mit mir und Mrs Gray, und die Jungs unten in der KI hören sich alles an, um herauszufinden, wie das Modul reagiert.

Wenn Rebecca das wüsste, würde sie vor Scham sterben. Und mich wahrscheinlich kastrieren.

»Ich hoffe, du hast ihm gesagt, dass er die Dateien löschen soll?«

»Ja. Und dann habe ich ihn gebeten, es so einzurichten, dass du jeden Tag die gespeicherten Audiodateien autorisieren musst. Du kriegst jeden Morgen eine E-Mail und kannst die Dateien mit einem Klick freigeben, dann hört er sie sich an. Wenn du die E-Mail löschst, bleiben die Dateien privat.«

»Okay.« Ich seufze. »Danke, dass du dich darum gekümmert hast.«

»Gern geschehen!« Er kichert. »Nimm zur Kenntnis, dass ich dich wegen ihres Inhalts nicht verurteile.«

»Das liegt daran, dass du sie nicht gehört hast. Ich habe diese Woche wirklich gute Arbeit geleistet.«

»Ich gratuliere. Darf ich annehmen, dass eine gewisse Bruisers-Angestellte in den Genuss deiner Anstrengungen gekommen ist? Oder hast du deine Ambitionen woanders ausgelebt?«

»Nein. Bei ihr. Aber kein Bedarf für eine Strafpredigt.«

»Hörst du eine Strafpredigt? Egal, wie ihr das hingekriegt habt, ich bin mir sicher, die Personalabteilung wird stolz auf dich sein.«

»Sie wären vermutlich nicht wahnsinnig begeistert davon. Aber es war ihre Entscheidung.«

»Hey, daran habe ich keinerlei Zweifel.« Stew räuspert sich. »Ich hoffe, es hält, Kumpel. Du trotteliger Arsch hast jemanden verdient, der mit dir zurechtkommt.«

»Ich bin nicht trotteliger als du«, wende ich ein.

»Murre nie einer rum«, antwortet er, und ich brauche einen Augenblick, bis ich begreife, dass es ein Palindrom ist. »Ich freue mich für dich. Wann ist die Hochzeit?«

Ich pruste los. »Eins nach dem anderen. Erst muss ich sie davon überzeugen, dass die Welt nicht untergeht, wenn andere wissen, dass wir zusammen sind.«

»Kluges Mädchen. Wahrscheinlich ist es nicht so einfach, mit dir zusammen zu sein. Wirst du ihr einen Bodyguard besorgen?«

»Äh, nein. Das fände sie schrecklich.«

Mein bester Freund schweigt einen Augenblick. »Irgendwann werdet ihr darüber sprechen müssen.«

»Wer bist du – meine Mutter?«

»Bitte. Wenn es so wäre, hätte ich dir vorhin wohl kaum zu deinem Sexleben gratuliert.«

»Kommst du jetzt rüber, damit wir mit den Finanzheinis sprechen können, oder was?«

»Bin in zehn Minuten da.«

Und als wäre die Arbeit nicht schon stressig genug, kackt auch mein Eishockeyteam in Spiel fünf und sechs richtig ab. Anfang der Woche hatten die Bruisers in der Serie mit drei zu null geführt. Aber nach dem Debakel am Montag verlieren wir auch die beiden folgenden Spiele.

Nach dem Spiel am Samstagabend komme ich kaum aus dem Stadion. Die Pressekonferenz ist grauenvoll, und auf dem

Weg nach draußen will mir jeder Journalist in New York ein Mikrofon ins Gesicht schieben und mich fragen, wie ich jetzt über meine Investition denke.

Kein Kommentar, ihr Arschlöcher. Aber das kann ich nicht sagen. Verdammt, es gibt eine Menge, was ich nicht sagen kann. Die Tatsache, dass Dallas gerade die Western Conference gewonnen hat, macht mich stinksauer.

Ich hasse dieses Kackteam. Und mein schwaches männliches Ego wollte so unbedingt gegen sie antreten. Unbedingt.

Aber auch das kann ich nicht sagen. Deshalb lasse ich mich von Ramesh und zwei weiteren Männern des Sicherheitsteams zum Wagen begleiten.

Es ist schon Mitternacht. Ich bin schlecht gelaunt und bestimmt nicht die beste Gesellschaft. Aber weil ich mich nicht beherrschen kann, hole ich trotzdem mein Handy hervor, um Rebecca zu schreiben.

Doch sie war schneller als ich. *Mist. Tut mir leid, dass das Spiel so scheiße gelaufen ist. Hugh sieht aus, als würde er gleich explodieren.*

Das wird er wohl auch, antworte ich. *Wo bist du?*

Ich sehe, dass sie ihre Antwort tippt. *Packe für die frühe Abreise nach Detroit.*

Scheiße. Natürlich. *Kommst du am Dienstag zu mir in die Loge?*

Ein paar Minuten vergehen ohne Antwort. Ramesh fährt in die Garage, und ich wünsche ihm eine gute Nacht. Drinnen begrüßt mich Bingley, aber ich schweige ihn an. Er wollte mein Mädchen in Verlegenheit bringen.

Kacke, eigentlich bin ich selber schuld. Bingley denkt schließlich nicht wie ein Mensch.

Aber wozu haben wir die Technologie, wenn wir ihr nicht die Schuld zuschieben können, wenn etwas schiefläuft?

Endlich antwortet Becca. *Ich glaube nicht, dass ich neben dir in der Loge sitzen und so tun kann, als würde ich dich nicht mit den Augen ausziehen. Ich schaue das Spiel wieder mit Georgia. Und wir holen das später nach.*

Seufz.

Kein Problem, antworte ich. *Wir können in Runde vier in Dallas nebeneinandersitzen.*

Na, du bist dir ja sehr sicher:)

Du etwa nicht?

Vorschlag, schreibt sie kurz darauf. *Wenn es deine Jungs nächste Woche in die Endrunde schaffen, schaue ich das Entscheidungsspiel mit dir.*

Dann haben wir ein Date, stimme ich zu. *Wenn wir den Cup gewinnen, muss ich dich küssen.*

Wenn wir den Cup gewinnen, darfst du das.

Grinsend gehe ich nach oben.

22

Rebecca

Ein neuer Tag, ein weiterer roter Teppich.

Aus dem Busfenster sehe ich den Spielern zu, wie sie unter Jubel aus dem Fahrzeug steigen. Ich wette, das Team von Detroit hat auf seinem Weg ins Stadion mehr Applaus bekommen, weil Spiel sieben wieder in ihrem Revier stattfindet. Aber die Eishockeyfans sind in Scharen hierhergeströmt, denn dieses Spiel wird entscheiden, wer in Runde vier um den Pokal spielen darf. Trotz allem jubelt eine beachtliche Menge meinen Jungs zu, als sie in ihren Anzügen ins Stadion marschieren.

»Haach«, seufzt Heidi Jo neben mir. Das macht sie oft, wenn sie die Jungs in ihren makellosen Hemden und mit Krawatte sieht.

»Bereit, Ladys?« Hugh bleibt im Mittelgang vor unseren Plätzen stehen.

»Und wie«, sage ich zu meinem Boss.

Ganz Gentleman, wartet Hugh darauf, dass Heidi Jo und ich vor ihm aus dem Bus steigen. Da ich ihn nicht länger aufhalten will, stupse ich Heidi Jo an und husche zur Vordertür. Ich bedanke mich beim Fahrer und springe hinaus.

Leider ist der Asphalt ein bisschen weiter weg, als ich erwartet hatte, und ich verdrehe mir den Knöchel, ehe ich mich an der Haltestange festhalten kann. Ein scharfer Schmerz schießt mein Bein hinauf.

Scheiße.
Trotzdem trete ich beiseite und lächle.

»Ach, Süße«, sagt Heidi Jo viel zu laut. »Hast du dir wehgetan?«

»Alles gut.« Hier gibt es nichts zu sehen.

Hugh schaut mich fragend an. Aber wir haben Publikum, also winkt er der Menge zu. »Arbeitsessen mit den Jungs in einer halben Stunde, okay?«, fragt er mich.

»Okay.« Mein Knöchel pocht. »Ich rufe sofort beim Caterer an und kläre, ob alles bereit ist. Wir sehen uns drinnen.«

Er salutiert freundschaftlich und geht auf die Eingangstür zu, wo ihn ein Security-Mitarbeiter hineinlässt.

Ich warte, bis der Bus abgefahren ist, bevor ich meinen linken Fuß wieder belaste. Dann mache ich ein paar vorsichtige Schritte. Es ... tut weh. Aber nicht allzu schlimm. Ich glaube, ich werde es überleben.

»Also?« Heidi Jo verschränkt die Arme. »Bist du heute ein wenig wacklig auf den Beinen?«

»Es geht schon. Und ich bin *nicht* wacklig.« Aber das stimmt nicht. Der Tag war anstrengend. Zu viel Stress und zu wenig Schlaf letzte Nacht. Ich habe mir selbst das schlimmste Hotelzimmer zugeteilt – direkt neben den Aufzugschächten –, weil die Spieler ihre Ruhe brauchen, wenn sie Spiel sieben gewinnen wollen. Ich war seit zehn Tagen nicht mehr bei meiner Therapie und spüre, wie sich die Erschöpfung auf meinen Gleichgewichtssinn auswirkt. Meine Augen sind schwer, und ich bin müde. Aber das werde ich niemals zugeben.

Und als wäre das nicht schon genug Stress für eine Woche, habe ich gestern auch noch meine Tage bekommen. Also habe ich die letzten achtundvierzig Stunden damit verbracht, mich in irgendwelche öffentlichen Toiletten zu stehlen, Ibuprofen einzuwerfen und Münzen in Tamponautomaten zu stecken.

Und dann habe ich eben im Bus gehört, wie sich O'Doul über einen Niednagel beschwert hat. Ein Profisportler!

Nun stehe ich hier draußen auf der Straße vor der Arena und rufe die Cateringfirma an. Wenn man eins lernt, während man von einem Auswärtsspiel zum anderen durch das ganze Land reist: Wenn man mit jemandem sprechen möchte, sollte man niemals aus dem Inneren des Stadions anrufen.

Heidi Jo wartet geduldig, während ich unsere Menübestellung durchgehe. Mein treuer Schatten.

»Okay«, sage ich und stecke das Katt-Phone in meine Tasche. »Sie sind auf dem Weg, stehen aber im Stau. Sie kommen zehn Minuten später. Sag Jimbo Bescheid, damit er nach ihnen Ausschau halten kann.«

»Roger«, sagt sie, als wir uns der Tür nähern, ich ein wenig hinkend. Nun, da der erste Andrang vorbei ist, wird die Tür nur noch von einem einzelnen Mann bewacht. Auch wenn er für zwei durchgeht. Sein Nacken ist breiter als meine Hüfte, schätze ich.

Ich hole meine Team-ID hervor und zeige sie ihm. Heidi Jo tut das Gleiche. Der menschliche Kühlschrank bedenkt uns mit einem finsteren Blick. »Zutritt nur für Spieler«, sagt er.

Das ist lächerlich, denn unser Teamausweis gewährt uns Zugang zu allen Bereichen. »Wenn Sie beiseitetreten, kann ich Ihnen zeigen, dass meine Karte die Tür öffnet.«

Er tritt beiseite. Ich halte meinen Ausweis vor den Scanner und … nichts passiert. Scheiße. Sie muss sich in meiner Tasche entmagnetisiert haben. »Heidi Jo?«

Sie zückt ihre Karte, aber Mister Kühlschrank verstellt ihr den Weg. »Tut mir leid, Miss. Zutritt nur für Spieler.«

»Können Sie es bitte mit ihrer Karte probieren? Oder drinnen nachfragen?«, sage ich kühl. »Ich bin die Assistentin von

Hugh Major, dem Geschäftsführer der Bruisers, und er erwartet uns. Ich kann Ihnen meinen Teamausweis zeigen …«

Er hebt eine Hand. »Passt auf, Mädels. Manchmal klappt das vielleicht, aber nicht mit mir. Ich weiß, es macht Spaß, sich bei den Spielern einzuschleichen, aber …«

»Wollen Sie mich verarschen?«, platze ich heraus. »Wir sind keine Groupies. Wir *arbeiten* für die Mannschaft. Das ist was anderes.« Ich merke, dass ich langsam gereizt werde. Dieser Scheiß passiert öfter mal, aber heute ist mir das einfach zu viel.

»Auch keine Spielerfrauen«, fügt der Typ hinzu.

Ich bin kurz davor, mich auf den Riesen zu stürzen und ihn zu würgen, als Heidi Jo mich sanft mit ihrer schmalen Hüfte beiseiteschiebt. »Wie wäre es, wenn ich den Geschäftsführer anrufe, damit er für uns bürgt? Er hat *echt* viel zu tun, aber bestimmt wird er langsam ungeduldig, weil wir noch nicht da sind, also wird er bestimmt gern Ihre Fragen beantworten.« Sie lächelt unschuldig zu dem Neandertaler auf, der uns Scherereien macht.

Der Riese blinzelt. Sie gibt nicht nach, und er gerät ins Zweifeln. Vom Geschäftsführer eines NHL-Teams einen Rüffel zu kassieren steht heute nicht auf seiner To-do-Liste.

»Darf ich Ihren Ausweis noch mal sehen, Miss?«

Sie reicht ihn ihm, und Mister Kühlschrank späht darauf.

Wenn das funktioniert, hat Heidi Jo was gut bei mir. Aber das ist es mir wert.

Mein Knöchel pocht, während ich auf die Urteilsverkündung warte. Wahrscheinlich ist Lesen nicht so seine Stärke.

»Ich muss kurz darüber nachdenken«, sagt er langsam.

»Tun Sie das«, kann ich mir nicht verkneifen.

Heidi Jo sieht mich warnend an und zieht mich beiseite, um den großen Kerl nicht zu bedrängen. »Ganz ruhig«, sagt sie. »Ich hab das im Griff.«

Ich atme tief durch die Nase ein. »Du hast recht«, sage ich, auch wenn es mir wehtut. »Deine zuckersüße Methode funktioniert besser als meine Frechheit.«

Das Kompliment freut sie, und sie schenkt mir ein breites, welpenmäßiges Lächeln. »Ich habe gerade letzte Woche gesehen, wie du das auch gemacht hast. Ich habe von der Besten gelernt.« In einer demonstrativen Zurschaustellung ihrer Wichtigkeit zieht sie ihr Handy hervor. Den Südstaatenakzent schraubt sie auch hoch. »Ich fahre die schweren Geschütze auf, bevor ein ganzes Eishockeyteam um sein Mittagessen gebracht wird. Dann sind sie *richtig* sauer.«

In diesem Moment fährt eine glänzende Limousine vor, wo vor ein paar Minuten noch der Bus stand. Wir drehen uns alle um und sehen, wie der Chauffeur an der Fahrerseite aussteigt, um den Wagen herumgeht und die Fondtür für niemand Geringeren als Nate Kattenberger öffnet.

Wie oft habe ich Nate schon aus einem Wagen aussteigen sehen? Hundert Male? Tausend? Diesmal macht mein Magen einen Satz. Sein schlanker Körper entfaltet sich, gibt den Blick auf seinen typischen Hoodie frei, die Ärmel hochgekrempelt, unter denen muskulöse Unterarme hervorblitzen. Er trägt tief sitzende Jeans und Retrosneakers aus Wildleder.

Ich habe jahrelang ausgeblendet, wie attraktiv er ist. Aber nun ist ein Schalter umgelegt worden, und ich glaube nicht, dass ich es jemals wieder übersehen kann.

Er nimmt eine lederne Reisetasche aus dem Auto und hängt sie sich über die Schulter. Dann schreitet er mit ernstem Gesichtsausdruck auf uns zu, wie ein Model auf dem Laufsteg, während der Wind ihm die Haare zerzaust.

Sogar Mister Kühlschrank wirkt ein wenig angetörnt. Oder vielleicht schließe ich bloß von mir auf ihn.

»Miss Rowley«, schnurrt Nate. Er schaut mir nicht in die

Augen, aber als er meinen Namen ausspricht, läuft mir ein Schauer über den Rücken. »Miss Pepper. Was stehen Sie hier vor dem Hintereingang herum?«

Er wirft Mister Kühlschrank einen durchdringenden Blick zu, und natürlich entsichert der Typ die Tür mit seiner eigenen Schlüsselkarte und lässt uns alle eintreten.

War ja klar.

»Zieh dem Typen jetzt keins über, Becca«, warnt mich meine Praktikantin. »Geh einfach weiter.«

Nate lacht leise, und der Klang vibriert in meiner Brust. Fast lenkt mich das sogar von den anhaltenden Schmerzen in meinem Knöchel ab. »Hatten Sie Schwierigkeiten mit der Security?«

»Nur der übliche sexistische Mist. *Mr Kattenberger*«, füge ich noch demonstrativ hinzu.

»Wir waren kurz davor, ihn auszutricksen«, ergänzt Heidi Jo.

»Das kann ich mir vorstellen«, sagt Nate und mustert mich von Kopf bis Fuß. Es ist vollkommen unnötig. Halb ärgert mich seine nicht vorhandene Subtilität, halb freut mich sein Interesse.

Heidi Jo wirft uns ein komisches Lächeln zu. »Mir ist gerade eingefallen, dass ich noch was erledigen muss«, sagt sie. »Wenn ihr mich entschuldigen würdet.« Dann schießt sie mit klackernden Absätzen den Betonflur hinab, biegt um eine Ecke und verschwindet.

Oh, oh. Am Morgen nach dem letzten Vorfall – als sie Nate und mich dabei erwischt hat, wie wir viel zu nah beieinanderstanden – hat sie mich rundheraus gefragt, ob Nate mein Freund wäre. Ich habe es abgestritten, denn er war es nicht. Jetzt schon. Mehr oder weniger …

Dieser Gedanke wird von einem gewissen Milliardär unterbrochen, der sich mir nähert, mich gegen die Wand drückt und auf den Hals küsst.

Gänsehaut breitet sich auf meinem ganzen Körper aus, und ich neige instinktiv den Kopf, um ihm besseren Zugang zu verschaffen. »Mr Kattenberger«, flüstere ich, »das ist jetzt wirklich nicht der richtige Zeitpunkt.«

»Ich weiß«, murmelt er zwischen Küssen. »Das macht es ja besonders aufregend.« Er umfasst durch das Kleid meinen Po, und mir fällt es schwer, ihm zu widersprechen. »Komm heute nach dem Spiel in meine Suite.« Es ist ein Befehl, keine Bitte, und beim Klang seiner Stimme richten sich meine Nippel auf. *Huch!*

Ich nehme sein Kinn in beide Hände, löse seine Lippen von meinem bebenden Körper und halte seinen fordernden Mund auf Abstand. Er blinzelt mich aus kurzer Entfernung an, die hellbraunen Augen blicken warm und glücklich. »Aus, Junge«, befehle ich.

Nate streckt die Zunge raus und hechelt wie ein Hund. »Ich bin kurz davor, dein Bein anzuspringen. Es ist drei Tage her, seit ich dich gesehen habe, Miss Rowley.«

»Du meinst wohl, seit du mich *nackt gesehen* hast«, flüstere ich.

Er schüttelt den Kopf, was nicht ganz einfach ist, weil ich ihn immer noch festhalte. »Das sagst du immer. Und du gefällst mir nackt. Aber ich vermisse dich, und du schreibst mir nie.«

»Das liegt daran, dass Heidi Jo mir ständig das Handy wegnimmt, wenn sie meint, dass ich zu oft darauf schaue. Soll sie etwa deine schmutzigen Palindrome lesen oder was du mir sonst so schicken willst?«

Er grinst. »Schmutzige Palindrome. Das klingt gut.«

In der Nähe höre ich Schritte. Nate hört sie auch, denn wir treten auseinander. Er zieht sein Handy hervor, als Jimbo aus dem Orga-Team um die Ecke kommt. »Becca, die Caterer sind draußen vorgefahren. Würdest du uns die Tür aufhalten?«

»Klar«, sage ich fröhlich.

Nate steckt sein Handy wieder weg. »Bringst du mir nach dem Spiel die Dokumente?«, fragt er.

Ich verdrehe tatsächlich die Augen. *Sehr subtil, Mr Kattenberger.* Aber ich werde heute nicht in sein Zimmer kommen. Ich möchte nicht erwischt werden. Und außerdem ist rote Woche, da wäre er bloß enttäuscht. »Du wirst wohl bis morgen auf die Unterlagen warten müssen«, beharre ich. »Viel Spaß beim Spiel.«

»Ich versuch's«, sagt er seufzend. »Bis später.«

Er sagt es lässig, aber im Weggehen wirft er mir einen heißen Blick über die Schulter zu.

Ich helfe Jimbo, das Essen für die Spieler auf Rollwagen hereinzubringen, denn der Caterer hat keine Zugangsberechtigung für den VIP-Bereich. Die meisten Spieler werden nicht viel essen, weil das Spiel schon in zwei Stunden anfängt. Aber wir haben leichte Snacks und alle erdenklichen Getränke bestellt. Unsere Jungs sollen satt, glücklich und bereit sein, Motown niederzumähen.

In Brooklyn bin ich nicht für das Essen zuständig. Aber bei Auswärtsspielen kann ich es mir nicht leisten, meine Position herauszukehren. Sogar der Geschäftsführer der Mannschaft würde mit dem Orga-Team Ausrüstungen schleppen, wenn die Zeit knapp wird.

Dieser Zusammenhalt ist mit das Beste an meinem Job. Die Bruisers sind ein fantastisches Team, und ich würde niemals irgendwo anders arbeiten wollen.

»Danke für deine Hilfe, Bec«, sagt Jimbo, als wir bei der kleinen Höhle angekommen sind, die die Gastgeber unseren

Spielern als Aufenthaltsraum zugewiesen haben. »Willst du ein Sandwich mitessen?«

»Nein, danke«, sage ich. »Ich muss noch ein paar Patzer bei den Reservierungen ausbügeln.« Irgendeine wichtige Person ist immer dabei, die mit ihrem Platz nicht zufrieden ist.

Als vor mir die Aufzugtür aufgeht, will Heidi Jo gerade aussteigen. »Da bist du ja«, kräht sie. »Ich habe dir was mitgebracht.«

»Ja?«

Sie zieht mich in den Aufzug, und ich drücke auf den Knopf fürs Erdgeschoss.

»Hier.« Aus ihrer enormen Handtasche holt sie eine Tüte mit dem Logo eines Drogeriemarktes. Darin sind drei Sachen. Eine kleine Schachtel Tampons, weil ich vorhin erwähnt habe, dass ich welche brauche. Eine Knöchelbandage und eine schwarze Strumpfhose. »Ich dachte, die Bandage fällt vielleicht nicht so auf, wenn du sie zu einer schwarzen Strumpfhose trägst.«

Ich blicke an mir hinab – ich trage ein schwarzes Kleid mit einer Schärpe in Bruisers-Violett – und verstehe, dass es wirklich funktionieren könnte. »Danke!« *Verdammt, Heidi Jo.* Ich fange an, sie wirklich zu mögen.

»Ist doch kein Ding. Wie geht es Mr Kattenberger heute?«

»Ganz gut, denke ich. Ich kann mir nicht vorstellen, wie es sich anfühlen muss, wenn so viele Millionen deiner Dollars davon abhängen, dass dein Team in die Finalrunde einzieht.«

»Ich glaube, ihm geht es nicht ums Geld«, überlegt meine Praktikantin. »Er möchte einfach gewinnen.«

»Hm.« Langsam schwebt der Aufzug nach oben, während ich darüber nachdenke. Ich denke die ganze Zeit an Geld, weil ich nie genug davon habe. Nate hat mehr Geld als die meisten Männer auf der Welt. Aber irgendwie habe ich immer angenommen, er würde auch viel darüber nachdenken. Weil er nur deswegen so viel hat.

Sich keine Gedanken um Geld machen müssen. Wie geht das überhaupt? Ich wüsste nicht, wo ich anfangen sollte.

Doch an diesem Abend vergesse ich meine Geldsorgen und alles andere für neunzig aufreibende Minuten, in denen unsere Jungs tun, was getan werden muss – sie gewinnen Spiel sieben fair und verdient. Nachdem sie spät im ersten Drittel zwei Tore erzielt haben, dominieren sie das ganze Spiel.

Als der Schlussbuzzer ertönt, falle ich Heidi Jo ungeniert um den Hals und kreische.

Auf der Spielstandsanzeige leuchtet: *Detroit: 1, Brooklyn: 3.* Und meine Jungs werden zum ersten Mal seit Jahren in die Finalrunde einziehen!

Wir rennen in die Lounge, wo alles in Aufruhr ist. Nate ist von Gratulanten umringt. Heidi Jo reicht mir ein halbes Glas Champagner, und ich trinke es mit einem breiten Grinsen im Gesicht.

Der Pokal. Meine Jungs könnten das Ding gewinnen. Ich habe sie auch geliebt, als wir es in den letzten zwei Jahren nicht in die Play-offs geschafft haben. Aber das hier ist so aufregend.

Nach ein paar Minuten, in denen ich Champagner schlürfe und auf Schultern klopfe, fällt mir auf, dass ich noch gar nicht Feierabend habe. Ich hole mein Handy heraus, stecke mir einen Finger ins Ohr und rufe beim Hotel an. Wir brauchen einen separaten Raum, Essen und ein paar Getränke für eine improvisierte Feier.

Das Hotel stellt uns das alles mit Vergnügen zur Verfügung, denn sie wissen, wir werden uns nicht beschweren, wenn sie ihre Wucherpreise noch mal um fünfundzwanzig Prozent erhöhen, als Eilaufschlag sozusagen.

»Na komm, Rookie«, sage ich zu Heidi Jo. »Wir müssen eine Party organisieren. Buch uns einen Uber zurück zum Hotel, und auf geht's.«

Sie gehorcht. Meine Praktikantin ist tatsächlich ganz patent. Wenn ich gute Laune habe, kann ich das sogar anerkennen.

Aber niemand kann so gut spontane Partys organisieren wie ich. Das ist meine Superkraft. Wir planen so etwas nicht im Voraus, weil Sportler abergläubisch sind.

Die nächsten neunzig Minuten verbringe ich damit, über die Bier- und Weinpreise zu verhandeln und Fingerfood für achtzig Leute zu bestellen. Also stehe ich inmitten von Essen, Getränken und Angehörigen, als der Bus triumphierend vom Stadion zurückkommt. Als die ersten Spieler den Raum betreten, stößt Heidi direkt neben meinem Ohr einen kleinen Jubelschrei aus. Aber es fällt mir schwer, sauer auf sie zu sein, weil wir alle so glücklich sind.

»Auf nach Dallas!«, ruft irgendjemand, und im Raum bricht noch mehr Jubel aus.

Ich fange an, Champagnergläser auszuteilen, und weil heute der besonderste aller besonderen Anlässe ist, nehme ich mir selber auch eins.

»Sollst du das denn trinken?«, fragt Heidi Jo sofort.

»Sollst du mich denn nerven?«, antworte ich.

»Wahrscheinlich nicht. Na, dann, Prost«, sagt sie, und wir stoßen an.

Quer durch den ganzen Raum spüre ich Nates Blick auf mir. Als ich mich umdrehe, entdecke ich sofort sein Lächeln. Ich hebe das Glas und proste ihm zu, und er tut das Gleiche.

Ich durchquere den Raum und gratuliere meinen Freunden, die immer betrunkener werden. Morgen sind sie bestimmt verkatert, aber der Coach wird nicht meckern, weil sie heute Abend einfach großartig waren.

»Gut gemacht, Castro«, sage ich zu meinem Kumpel.

Zur Antwort hebt er mich hoch und wirbelt mich herum.

Ich stoße einen kleinen überraschten Schrei aus, aber er vollendet mehrere Umdrehungen, ehe er mich wieder auf die Füße stellt. »Hey! Pass auf das Champagnerglas auf«, beschwere ich mich. Mit der freien Hand klammere ich mich an seinem Arm fest.

»Ich habe dir bloß einen Gefallen getan«, witzelt er. »Musst du dich in diesen Therapiestunden, für die du dich so hoch verschuldest, nicht auch immer herumdrehen lassen?«

Während ich mich an ihm festhalte, zähle ich die Sekunden, bis der Schwindel nachlässt. Hmpf. Es ist keine besonders erfreuliche Zahl. Vielleicht weil ich müde bin. Und weil ich mindestens zwei Gläser Schampus hatte.

Oder – und der Gedanke gefällt mir gar nicht – vielleicht wird es wieder schlechter, weil ich so lange nicht bei der Therapie war. Und ich werde auch nicht wieder hingehen. Ich habe meine Kreditkarte schon mit dreitausend Dollar für die Stunden belastet. Mehr kann ich mir nicht leisten. Die Play-offs haben mir die perfekte Ausrede geliefert, um die Therapie abzubrechen.

Castro legt einen Arm um mich und drückt mich. Er quatscht mit Silas, dem Ersatztorwart, der heute im ersten Drittel eine erstklassige Leistung im Tor gebracht hat. Es war eines dieser seltenen Spiele, bei denen einfach alles stimmte. Morgen werden uns die Gesichter wehtun, weil wir so breit grinsen.

Da spüre ich wieder einen Blick auf mir. Als ich aufblicke, sehe ich Nate, der mich aus ein paar Metern Entfernung finster ansieht. Auch er ist mitten in einem Gespräch. Hugh Major redet wild gestikulierend auf ihn ein.

Aber Nates Aufmerksamkeit ist allein auf mich gerichtet. Er

wirkt sauer, und das ist komisch, denn der heutige Abend ist genau so gelaufen, wie wir es uns erhofft haben.

Ich blicke hinunter auf den Arm, den Castro lässig um mich gelegt hat. Er ist ein herzlicher Typ, und wir sind Freunde. Er umarmt auch andere Teammitglieder. Es hat nichts Erotisches an sich.

Aber erst jetzt geht mir auf, dass Nate das nicht so sieht. Er hat die Augenbrauen zusammengezogen. Er ignoriert den Geschäftsführer, um mit seinem Blick Löcher in Castros Hand auf meinem Arm zu brennen.

Nate ist *eifersüchtig*.

Das gibt's doch nicht.

Als ich wieder etwas fester auf meinen Füßen stehe, löse ich mich aus Castros Umarmung. »Wollt ihr Jungs noch irgendwas? Ich hole mir noch was zu trinken.«

»Danke, alles gut«, sagt Castro. Er tätschelt mir sogar den Kopf. Da er dreißig Zentimeter größer ist als ich, ist das nicht so schräg, wie es sich anhört.

Ich gehe zum Büfett und nehme mir ein mundgerechtes Stück Quiche. Ich will gar nicht wissen, wie viel uns das Hotel dafür berechnet. Ich stecke es mir in den Mund und nehme mir noch eins. Es wäre zu schade, wenn sie übrig bleiben.

Nachdem ich mir beim Barkeeper eine Limo bestellt habe, drehe ich mich um und sehe wieder Nate an. Sein Blick ist auf mich gerichtet – und er ist hungrig.

Ich sollte ihn nicht anstarren, aber ich kann auch nicht wegschauen. Ich kenne ihn seit sieben Jahren. Ich habe ihn schon überall berührt. Ich habe ihn sogar schon überall gekostet. Und trotzdem sind wir wie eine Matheaufgabe, die ich nicht ganz verstehe. Nate plus Rebecca. Er will mich, aber ich weiß immer noch nicht, warum. Wenn er mich durch diesen Raum voller Partygäste ansieht, was sieht er dann?

Denn ich sehe eine erschöpfte Büromanagerin, deren Fuß-bandage ein wenig kneift. Sie ist etwas zu klein und ein biss-chen benommen von einem Sturz auf den Kopf, und ihr Bauch ist aufgebläht von Mini-Quiches und Periodenschmerzen.

Vielleicht ist es Zeit fürs Bett.

Ich werfe Nate ein winziges Lächeln zu. Dann tippt Hugh ihm auf den Arm, um seine Aufmerksamkeit zurückzugewin-nen, und Nate wendet den Blick ab.

Also nehme ich das als mein Stichwort, um nach oben ins Bett zu gehen.

23

Nate & Rebecca

Nate: *Ich hoffe, du schläfst, aber ich wollte dir nur kurz sagen, dass ich dich vermisse. Ich wollte es mit einem Palindrom sagen, aber ich habe aufgegeben. Ich hätte auch gern ein Palindrom für: Warum bist du jetzt nicht in meiner Suite?*

Becca: *Hi, Süßer. War kurz vor dem Einschlafen, als mein Handy aufgeleuchtet hat. Ich kenne auch kein Gute-Nacht-Palindrom. Aber gibt es sexy Palindrome? Ich meine, abgesehen von NOT A BANANA BATON.*

Nate: *RAMONA LAG MATT AM GALAN OMAR.*

Becca: *Das ist gut. Hast du das gegoogelt?*

Nate: *Tun wir so, als hättest du das nicht gefragt. Bitte.*

Becca: *Mir ist es nicht peinlich, sie zu googeln. Habe ER HORTET ROHRE gefunden. Aber das ist nur sexy, wenn man wie ich eine sehr schmutzige Fantasie hat.*

Nate: *Bitte ändere dich nie. Ich liebe deine schmutzige Fantasie.*

Becca: *Auch fragwürdig: ZEUS MASSIERTE TREISS AM SUEZ.*

Nate: *Wer auch immer Treiss ist. Wie findest du SPART STRAPS?*

Becca: *Zu prüde. O GRETA, NUN A TERGO gefällt mir besser.*

Nate: *Touché.*

Becca: *Danke.*

Nate: *Jetzt bin ich heiß.*

Becca: *Tut mir leid. Ich weiß, dass dich Wortspiele anmachen.*

Nate: *Stimmt. Aber du auch. Wo bist du? Ich könnte mich in dein Hotelzimmer schleichen. Irgendwann will ich nicht mehr schleichen.*

Becca: *…*

Nate: *Hey. Keine Panik. Ich beschwere mich ja gar nicht.*

Becca: *Ich kriege keine Panik. Ich überlege. Denk daran, dass die meisten Leute langsamer denken als du. Wie bei jedem Normalsterblichen braucht mein Gehirn Zeit zum Überlegen.*

Nate: *Ich liebe dein Gehirn. Und deine Brüste auch.*

Becca: *Diversifikation ist gut. Ich liebe dein Gehirn. Und deine Zunge auch.*

Nate: *Mhhh. Komm nach oben. ILONA LIEGT GEIL AN OLI. Da hast du dein Sexpalindrom.*

Becca: *Ich bin nicht bei dir oben, weil ich gerade nicht im Kader bin. Ich bin auf der Reserveliste.*

Nate: *Was? Bist du verletzt? Was ist passiert? Ich hab mich vorhin schon gefragt, ob du humpelst.*

Becca: *Nein! Ich habe eine Sportmetapher benutzt. Mir geht's gut.*

Nate: *Dann …? Metapher? Was?*

Nate

Das Handy klingelt in meiner Hand. »Hallo?«

»Hi.«

Das eine Wort mit Rebeccas rauchiger Stimme macht mich hart. Ich bin so ein hoffnungsloser Fall. »Selber hi. Jetzt sag mir, was das Problem ist.«

»Mir geht's gut. Es ist nur … Ich habe meine Tage. Damit ist Sex vom Tisch, das ist alles.«

»Oh.« Jetzt klingt das alles viel logischer.

»Danke, dass du auch ab und an auf dem Schlauch stehst. Es macht dich normaler.«

»Normal ist total überbewertet«, grummele ich.

»Aus deiner Perspektive sicher. Glückwunsch, Nate. Ich weiß, dass du dich über die Chance freust, Dallas plattzumachen.«

»Danke. Aber immer, wenn mir jemand gratuliert, komme ich mir vor wie ein Hochstapler.« Ich lege mich bequemer im Bett hin und wünschte, wir könnten persönlich miteinander reden.

»Warum?«

»Ich habe heute Abend nicht die Tore geschossen. Und ich bin nicht der Coach. Ich bin nur der Geldgeber.«

Becca schweigt einen Augenblick. »Ich weiß, was du meinst. Aber du hast die Mannschaft zusammengestellt, die es geschafft hat. Du und Hugh. Und du hast es für Brooklyn getan. Die Bars sind heute Abend sicher ziemlich voll. Jetzt, wo ich drüber nachdenke, freuen sich die Barkeeper bestimmt am meisten darüber.«

»Hm.« Das ist eine wohlwollende Perspektive. Doch in einigen Aspekten hat sie recht. Ich wollte, dass Brooklyn ein eigenes Eishockeyteam bekommt, und unsere Mannschaft bewirkt einiges für die Wohltätigkeitsorganisationen der Stadt.

»Nate?«

»Ja, Bec?«

»Hast du dich geärgert, als ich mit Castro gesprochen habe?«

Oh. »Du ärgerst mich nie. Aber mir gefällt es nicht, wenn er dich anfasst. Wenn mich das zu einem Höhlenmenschen macht, tut es mir leid. Aber er steht auf dich.«

»Wir sind bloß Freunde.«

»Ich weiß. Aber wenn er könnte, würde er die Gelegenheit ergreifen.«

»Er hat es mal bei mir versucht.«

Das lässt mich aufhorchen. »Ehrlich?«

»Ja. Nur einmal. Ich hab ihm gesagt, dass ich niemals mit einem Spieler zusammen sein könnte, und damit war die Sache erledigt.«

»Warst du in Versuchung?« Die Worte verlassen meinen Mund, bevor ich sie aufhalten kann. »Schon gut. Ich ziehe die Frage zurück.«

»Nicht besonders«, antwortet sie trotzdem. »Castro ist süß, und er ist wirklich nett. Aber ich wollte es nicht ausprobieren. Ich kann entweder die Büroleiterin sein, der die Spieler zuhören, oder die Büroleiterin, die den Job nur macht, weil sie ein Auge auf die Spieler werfen will. ›Im Zweifel für den Angeklagten‹ gilt für Frauen nicht.«

Das bringt mich zum Schweigen, denn es klingt logischer, als ich zugeben will. »Bec?«

»Ja?«

»Bis gerade eben habe ich es nicht verstanden. Ich habe es erst kapiert, als du Castro als Beispiel genommen hast und nicht mich.«

»Ah.« Ich spüre, dass sie lächelt, auch wenn ich es nicht sehen kann.

»Jetzt verstehe ich es. Ich verstehe, warum du so reserviert bist.«

»Das hier ist aber noch schlimmer. Mit dem Boss zu schlafen. Das sieht übel aus.«

»Abgesehen davon, dass das Team dir schon vertraut.« Alle lieben und respektieren Becca.

»Klar, aber es kommen ständig neue Leute. Im besten Fall

tratschen sie über mich, im schlimmsten Fall halten sie mich für deine Spionin. ›Pass auf, was du zu ihr sagst, sie schläft mit dem Teameigner.‹«

Ich schnaufe unglücklich. »Aber du machst es trotzdem. Warum?«

»Keine Ahnung«, sagt sie sofort. »Vielleicht, weil du so unwiderstehlich bist.«

»Nicht schleimen«, sage ich. Aber ich weiß nicht, ob sie es hört, weil sich mein Telefon abschaltet. Es piept, und dann wird der Bildschirm schwarz.

Scheiße.

Ich springe auf und hänge es ans Ladekabel. Aber scheiße. Becca glaubt wahrscheinlich, dass ich einfach aufgelegt habe, deshalb reicht das nicht. Ich werfe mir einen Trainingsanzug über, ziehe meine Schuhe an und schnappe mir die Magnetkarte. Dann gehe ich zum Aufzug.

Becca schläft in Zimmer 805. Ich habe es auf den Reiseunterlagen gesehen, als der Reisekoordinator nach meiner Zimmernummer gesucht hat. Auf Zehenspitzen laufe ich über den Flur im achten Stock, da öffnet sich eine Tür und Becca kommt in Trainingsanzug und mit Magnetkarte heraus.

Ich winke. Sie macht große Augen, dann grinst sie.

Sie dreht sich wieder um und geht zurück in ihr Zimmer. Ich folge ihr, schließe die Tür hinter mir und führe sie dann rückwärts zum Bett, wo ich auf sie falle und sie küsse.

»Ist dein Telefon ausgegangen?«, fragt sie an meinen Lippen.

»Ja.« Ich küsse ihre Nase. »Aber ich war noch nicht fertig.«

»Du ruinierst meinen Ruf.« Das sagt sie, umfasst aber gleichzeitig mit beiden Händen meinen Po.

»Erstens gehe ich ganz früh morgens. Kein Spieler steht vor sieben Uhr auf. Zweitens habe ich eine Entschuldigung parat, falls jemand sieht, wie ich dein Zimmer verlasse.« Ich küsse ihre Kinnlinie. Sie schmeckt nach Bonbons. Ich will nicht aufhören.

»Und die wäre?«

»Was meinst du?«

»Diese großartige Entschuldigung dafür, dass du morgens aus meinem Zimmer kommst.«

»Ich musste unbedingt in Jogginghose und mit vom Sex verstrubbelten Haaren mit dir über die Ticketverkäufe sprechen.«

Sie vergräbt den Kopf an meinem Hals und lacht. »Du wirst keine vom Sex verstrubbelten Haare haben, erinnerst du dich?«

Ich klettere weiter aufs Bett. »Dann eben vom Kuscheln. Oder Zerwuscheln. Egal. Komm unter die Decke.« Ich setze mich auf und ziehe mein Shirt aus.

Sie tut es mir gleich, und ich darf wieder einmal ihre sexy Seidenunterwäsche bewundern. Diese ist rot mit einem tiefen V-Ausschnitt, der ihren Brustansatz zeigt.

Unnnnnd ich bin hart. »Du trägst tolle Unterwäsche.«

Sie zieht ihre Jogginghose aus, nimmt den Bund ihres Höschens zwischen zwei Finger und lässt es zurück auf ihre Hüfte schnicken. »In der roten Woche gibt's allerdings nur Baumwollhöschen. Du hast deine schlossähnliche Suite also umsonst verlassen.«

»Das ist nicht wahr.« Ich schlage die Decke zurück und ziehe meine Jogginghose aus. Ich klettere ins Bett, doch es gibt ein Problem. »Ich bin auf der falschen Seite.«

»Du hast eine Seite?«

»Der Linkshänder liegt links.« Ich drücke sie in die Kissen und klettere über sie hinweg, was sie zum Kichern bringt. Dann lösche ich das Licht auf meiner Seite, lege mich hin und breite die Arme aus. »Komm her.«

Sie schaltet die andere Lampe aus, kuschelt sich an mich und lässt sich von mir umarmen.

»Schon besser«, flüstere ich. »Deshalb bin ich hergekommen.«

»Okay.« Rebecca kuschelt sich noch enger an mich und seufzt.

»Du vertraust mir immer noch nicht«, flüstere ich. Dann küsse ich sie auf die Schläfe. »Doch eines Tages wirst du mir vertrauen.«

»Ich vertraue dir«, widerspricht sie.

»Aber du glaubst nicht, dass du mich lieben könntest.«

Sie wird in meiner Umarmung ganz steif. »Das habe ich nicht gesagt. Niemals.«

Ich würde ihr keinen Vorwurf machen, wenn es so wäre. Ich bin kein einfacher Mann. Aber mein Bauchgefühl sagt mir, dass unsere Probleme anders sind als die, die ich mit Juliet hatte. »Vielleicht glaubst du, ich könnte dich nicht lieben. Ist es das?«

»Vielleicht«, flüstert sie.

»Warum?«

»Weil wir so verschieden sind.« Sie spricht so leise, dass ich sie kaum verstehe.

»Ich gehe nicht gern bei Bloomingdale's shoppen. Aber ansonsten mögen wir viele gleiche Sachen. Alien-Filme. Streetfood. Und Eishockey nicht zu vergessen.«

»Nate«, sagt sie leise, »sei kein Dummkopf. Du bist ein Genie und ein Ivy-League-Absolvent. Und der Kopf eines Top-Unternehmens. Ich nicht.«

»Aber du bist alles andere als dumm. Ganz und gar nicht. Und dass du von der Uni abgehen musstest, war nicht deine Schuld.«

Sie sagt kein Wort, was nicht unbedingt für meine Argumentationskünste spricht.

»Hör mal, Bec. Ich habe keine PowerPoint-Präsentation, um dir zu erklären, warum ich dich brauche. Ich brauche dich einfach. Und zwar schon ziemlich lange, aber offensichtlich bin ich nicht das hellste Licht im Hafen, weil ich so lange gebraucht habe, um es auszusprechen. Aber jetzt liege ich hier in deinem Bett. Ich bin hergekommen, weil ich dein Lächeln mag und dich vor dem Einschlafen sehen wollte. Und wenn du mich lässt, würde ich das gern so oft wie möglich machen …«

Becca unterbricht meinen weitschweifigen Vortrag, indem sie sich auf einen Ellenbogen stützt und mich küsst. Und es ist ein guter Kuss. Weiche Lippen senken sich auf meine, und sie seufzt leise, als sie ihren Mund noch fester auf meinen presst.

Ich öffne meine Lippen unter ihren und lade sie ein. Sie nimmt an und küsst mich sehr, sehr ausgiebig. Meine Becca mag zwiegespalten sein, aber ich bin ihr nicht gleichgültig. Ich streiche über ihr seidiges Hemdchen und wünschte, ich könnte es ihr ausziehen. Ihre Kurven bitten darum, und es fällt mir schwer, mich zu benehmen. Es ist ein Kampf.

Als sie den Kuss schließlich unterbricht, atmen wir beide schwer. »Du machst mir Angst«, flüstert sie in der Dunkelheit. »Und ich bin es nicht gewöhnt, Angst zu haben.«

Oh.

Ich zeichne mit der Fingerspitze den Ausschnitt ihres Unterhemds nach und streiche dabei über ihren Brustansatz. »Ich bin nicht angsteinflößend. Ich bin noch nicht einmal besonders kompliziert. Aber ich werde geduldig warten, bis du das herausgefunden hast.« Tatsächlich wissen wir beide, dass Geduld nicht meine größte Stärke ist. Aber ich kann es versuchen. Ich möchte es versuchen.

Sie küsst mein Ohr. »Jetzt habe ich dich ganz heiß gemacht.« Ihre Hand wandert in meinen Schritt, wo mein sehr harter Schwanz meine Boxershorts wie ein Zelt ausbeult. »Was sollen wir bloß mit dir machen?«

»Gar nichts.« Ich schiebe ihre Hand weg. »Ich bin es gewohnt, von dir angetörnt zu sein. Das geht schon jahrelang so. Schätze, das wird langsam zur Dauereinrichtung.«

»Oh, Nate.« Sie lacht. »Das kann einfach nicht wahr sein.«

»Doch, kann es.« Weil ich nicht aufhören kann, sie zu berühren, lege ich die Hand auf die Mulde zwischen ihrer Hüfte und ihren Rippen. »Ich habe mir zwar nicht erlaubt, herumzuliegen und von dir zu träumen. Doch immer, wenn wir im selben Zimmer waren, hat mich das abgelenkt. Heutzutage? Träume ich ständig von dir: Wir hatten schon Sex in sämtlichen zivilisierten Ländern. Und in den meisten Entwicklungsländern.«

Rebecca prustet los. »Ehrlich? Und was ist deine Lieblingsfantasie?«

»Mmm.« Ich setze mich bequemer im Bett hin. Ich sehne mich so sehr nach ihr, und das wird es nur noch schlimmer machen. Aber für mich ist das okay. »Wir sind irgendwo an einem einsamen Strand und planschen im Wasser. Und wir fangen an herumzumachen. Und dann können wir nicht länger warten. Ich muss dich aus den Wellen tragen, dir deinen kleinen Bikini ausziehen, dich auf Händen und Knien absetzen und direkt dort auf dem nassen Sand mit dir schlafen.«

»Das klingt so schön.« Sie streichelt meine Bauchmuskeln, und ich muss mir auf die Lippen beißen, um sie nicht anzubetteln. »Gibt es wirklich so etwas wie einen absolut einsamen Strand? Oder ist das auch eine exhibitionistische Fantasie?«

»Auf keinen Fall.« Ich nehme ihre Hand von meinem Bauch, weil sie mich quält, und küsse ihre Handfläche. »Er ist einsam, weil …« Den Satz zu formulieren, hilft mir, etwas auszusprechen, was mir bis jetzt entgangen ist. »Diese Wirkung hast du auf mich. Mein Leben besteht aus ständigem Lärm. Meetings und Verpflichtungen und zweitausend Angestellten. Es ist großartig, aber auch laut. Wenn du mich küsst, tritt all das in den Hintergrund. Nur dann kann ich alle anderen vergessen.« Ich drehe mich auf die Seite und lege die Lippen direkt an ihr Ohr. »Und wenn ich in dir bin, sind nur wir beide wichtig. Ich sehne mich so sehr danach.«

Sie wendet mir das Gesicht zu, und unsere Nasen berühren sich. »Das ist so schön«, flüstert sie. »Ich wusste nicht, dass ich diese Wirkung auf dich habe.«

Wir küssen uns wieder. Ich bin härter als Stahlbeton. Als Rebecca diesmal die Hand in meine Boxershorts steckt, schiebe ich sie nicht weg. Sie streichelt mich langsam, und ich stöhne in ihren Mund.

»Bec«, keuche ich, als sie mich mit ihrer weichen Hand weiterstreichelt, »was ist deine Fantasie?«

Ihre Lippen an meinem Mund werden ruhig. »Sie ist simpler als deine. Du drückst einfach mein Gesicht ins Kissen. Ich möchte mit dir reden, aber du hörst nicht zu. Du hältst mich einfach fest und legst los.«

»Das ist nicht …« Es ist hart, einen Satz zu formulieren, während Becca mit meinen Eiern spielt. »… besonders höflich von mir«, bringe ich schließlich hervor.

»Ich weiß.« Sie saugt an meinem Ohrläppchen und fährt dann mit ihrem Daumen über meine Eichel. Das macht mich so an. »Aber manche Vorstellungen ergeben im Kopf mehr Sinn als im echten Leben.«

Da hat sie wohl recht. Strandsex führt meistens dazu, dass irgendjemand Sand in der Poritze hat.

Das ist mein letzter rationaler Gedanke, während sie mich streichelt. Gott, ich muss kommen. Ich ziehe Becca auf mich, sodass sie über mir kniet, mein Schwanz zwischen ihren Beinen. Sie beugt sich herunter, um mich zu küssen, und ich umfasse ihren Po mit beiden Händen, um sie zu ermuntern, sich auf mir zu bewegen.

»Oh«, stöhnt sie in meinen Mund.

»Kannst du so kommen?«, keuche ich.

»Ich weiß nicht.«

»Dann finden wir es heraus.« Wir küssen uns und machen rum wie Teenager. Ich kann mich kaum noch beherrschen, wünsche mir aber, dass es ewig weitergeht. Bis auf unseren Atem und mein klopfendes Herz ist es still.

»Himmel«, beschwert sich Becca. Dann setzt sie sich auf, steckt die Hand in ihr Höschen und bewegt die Finger. Der rote Satin strafft sich über ihren Brüsten, und sie atmet schwer.

Hallo, neue Fantasie.

Becca keucht und erschauert, und ich ziehe meinen Penis aus der Boxershorts und komme auf meiner Brust.

24

Nate

Nachdem wir wieder nach New York zurückgekehrt sind, muss ich in zwei aufeinanderfolgenden Nächten Bingleys Tonaufnahmen löschen, anstatt sie der IT-Abteilung zu schicken. Das Leben ist so schön. Wenn ich nicht an Rebecca denke, stelle ich mir vor, wie meine Jungs Dallas schlagen.

Dieses Bild gefällt mir ziemlich gut.

Übernachte in Dallas bei mir in der Suite, schreibe ich Becca an dem Morgen, als sie mit dem Team aufbricht. *Es gibt einen Whirlpool.*

Nein, antwortet sie. *Das ist eine Geschäftsreise. Geknutscht wird nicht.*

Wie schade. Aber man kann es ja mal versuchen. Nur um die Sache am Kochen zu halten, rufe ich im Hotel an und bitte darum, Rebeccas Zimmer gegen meine Suite zu tauschen. Selbst wenn sie nicht knutschen will, möchte ich, dass sie die Suite genießt. Sie ist schon eingebucht, und so wie es aussieht, bleibt Rebecca drei Nächte, während ich mit der Gulfstream nur zu den Spielen und danach wieder nach Hause fliege.

Den Verkauf meiner Router-Sparte habe ich immer noch nicht besiegelt. Ich tendiere dazu, Alex den Bereich zu verkaufen, auch wenn sie noch nicht vorbeigekommen ist, um persönlich mit mir darüber zu sprechen.

»Alter«, sagt Stew, der am Mittwochmorgen bei mir im Büro vorbeischaut, »du brauchst sonst nie so lange, um eine Entscheidung zu treffen. In der Zeit hätte ich schon längst eine neue Router-Firma aufbauen und verkaufen können.«

Er hat recht. Ich bin nicht der Typ, der lange grübelt. Aber ich verkaufe zum ersten Mal einen Teil meines Unternehmens. »Es geht um über hundert Jobs«, erinnere ich ihn. »Echte Menschen mit Familien.«

»Das ist wirklich ehrenhaft von dir.« Stew schnappt sich den Briefbeschwerer von meinem Tisch und spielt damit herum. »Aber wenn du Bingley noch nicht beigebracht hast, in die Zukunft zu schauen, wirst du nicht herauskriegen, was der Käufer nach Vertragsabschluss mit den Arbeitsplätzen macht.«

Er hat recht. Ständig werden Unternehmen gekauft und verkauft. »Ich bin ein Kontrollfreak.«

»Ach, das fällt dir erst jetzt auf?«

»Musst du nicht irgendwelche Bücher prüfen oder so?«

Mein bester Freund schmeißt sich aufs Ledersofa an der Wand. »Warte, kann man sich hier guten Gewissens hinsetzen? Oder sollte ich mich fragen, was auf dieser Couch passiert ist, da du nun wieder ein Sexleben hast?«

Ich zeige ihm den Stinkefinger. Wir sind schließlich keine sechzehn mehr. Auch wenn es in unserem ersten Büro ein paar ziemlich olle Möbelstücke gab. Die Flecken kamen jedoch von chinesischem Essen und Pizza, nicht von Körperflüssigkeiten.

»Dallas also? Kann ich zum ersten Spiel mitkommen?«

»Klar, warum nicht.«

»Ich bin erstaunt, dass du nicht irgendwo bei der Mannschaft sitzt und mit ihnen Spielszenen analysierst. ›Den Typen musst du verprügeln. Zerquetsche ihn wie einen Käfer.‹«

314

»Stew …«

Ich will ihn gerade aus meinem Büro werfen, da steckt Lauren den Kopf zur Tür herein. »Nate, da ist ein Arzt am Telefon. Armitage. Kennst du den? Er sagt, du wüsstest, worum es geht.«

»Ah. Ich nehme gleich ab.« Ich zeige auf Stew. »Geh! Raus hier. Er will mir bestimmt eine weitere Spende für die Forschung an Kopfverletzungen aus den Rippen leiern.«

»Klingt aufregend. Bis dann.«

Als sich die Tür hinter Stew schließt, begrüße ich meinen Anrufer. »Hallo, Doktor! Wie läuft es?«

»Ich hatte gehofft, das könnten Sie mir sagen«, antwortet er. »Wir haben Rebecca seit fast zwei Wochen nicht gesehen. Hat sich ihre Nummer geändert? Ich würde gerne mit ihr sprechen und sie fragen, ob sie die Therapie nicht wieder aufnehmen möchte. Außerdem würde ich gern einen Folgetermin für weitere Tests vereinbaren.«

»Die Therapie wieder aufnehmen«, sage ich langsam. »Sie war nicht da?«

Es entsteht eine Pause. »Tut mir leid. Ich dachte, das wüssten Sie. Ich hätte nicht gefragt …«

»Nein, ist schon gut«, sage ich schnell. »Sie ist gerade in Dallas.«

»Ach ja! Herzlichen Glückwunsch übrigens. Das sind großartige Neuigkeiten.«

»Wir sind alle ganz aus dem Häuschen«, höre ich mich sagen. Aber innerlich koche ich. Rebecca hätte nicht einfach mit der Therapie aufhören dürfen. Sie hat eine Praktikantin, die für sie einspringt, wenn sie nicht bei der Mannschaft sein kann.

Ich schaffe es, mich freundlich von dem Arzt zu verabschieden, und verspreche ihm, seine Nachricht weiterzuleiten. Dann lege ich auf. »Was zur Hölle hast du dir dabei gedacht?«, frage ich mein leeres Büro.

Rebecca rufe ich jedoch nicht an. Ich bin zu verwirrt. Und obwohl mir gesagt wurde, dass ich nicht gut in Beziehungen bin, verstehe selbst ich die Regel *Nicht herumbrüllen*.

Deshalb gehe ich zum Laufband in der Zimmerecke und fange an zu laufen. Der integrierte Bildschirm spürt meine Anwesenheit, schaltet sich automatisch ein und zeigt mir das, woran ich auf dem Desktop-Rechner gearbeitet habe.

Aber in diesem Moment interessiert mich die Arbeit nicht. Ich muss nur etwas Energie loswerden, damit ich meine Freundin nicht anscheiße, wenn ich das nächste Mal mit ihr spreche. Aber mal im Ernst: die Therapie abbrechen? Nach allem, was sie durchgemacht hat, um endlich die richtige Diagnose zu erhalten?

Ich programmiere das Laufband auf Intervalltraining mit Steigung und überfliege die Schlagzeilen. Sie bessern meine Laune auch nicht, weil es der übliche Scheiß ist. Nordkorea hat eine Rakete abgefeuert. Ein Eisbär ist in der Wildnis verhungert. Kalifornien droht eine weitere Dürre. Die Kosten für die Krankenversicherung steigen um siebenundzwanzig Prozent.

Kosten für die Krankenversicherung. Das sticht mir ins Auge, während mich das Laufband einen weiteren imaginären Berg hinauflaufen lässt. Ich beuge mich vor und atme aus dem Zwerchfell, während eine Idee Gestalt annimmt.

»Hey, Bingley?«, rufe ich meinem Handy zu.

»Hallo, Nate! Wie kann ich es Ihnen besorgen?«

»Bingley, hast du mit Stew gesprochen? Ist das sein Witz?«

»Ja. Gefällt er Ihnen?«

»Ich finde ihn tatsächlich lustig, aber er ist unangebracht. ›Es jemandem besorgen‹ ist ein umgangssprachlicher Ausdruck für Sex.«

»Lieber Himmel. Danke, dass Sie mich aufgeklärt haben.«

»Könntest du mich mit Dr. Armitages Praxis verbinden?«

»Natürlich, sofort, Sir.« Ungefähr neunzig Sekunden später sagt er: »Die Sprechstundenhilfe ist am Apparat, Sir.«

Ich gehe ans Telefon am Laufband. »Hallo. Hier spricht Nate Kattenberger ...«

»Ihr Assistent ist sehr höflich«, platzt sie heraus. »Was für ein süßer Akzent.«

»Er ist der Beste. Könnten Sie mir bei etwas helfen? Ich habe bisher noch keine Rechnung für Ms Rebecca Rowleys Behandlungen bekommen. Liegen die vielleicht noch bei der Versicherung?«

»Oh, Rebecca! Ich schaue mal nach ...« Ich höre schnelles Tastengeklapper. »Die Behandlungen und die Arztbesuche werden nicht übernommen. Dafür wurde eine Visakarte belastet.«

Rebeccas Kreditkarte. »Wie viel hat die Behandlung bisher gekostet?«

»Dreitausendvierhundert Dollar.«

Scheiße. Jetzt weiß ich, warum Rebecca die Therapie abgebrochen hat.

»In Ordnung, da gab es wohl ein Missverständnis. Könnte ich Ihnen eine andere Karte nennen?«

»Natürlich, Mr Kattenberger.«

Ohne meinen Lauf zu unterbrechen, ziehe ich mein Portemonnaie aus der Gesäßtasche und gebe meine Kreditkartennummer durch.

25

Rebecca

3. Juni, Dallas

Nate betont immer, wie sehr er Dallas hasst, aber am dortigen Flughafen wird unser Equipment in Rekordzeit in Busse verladen. Im Stadion gibt es eine anständige Versorgung für die Gastmannschaft, und das Hotel ist nur ein paar Blocks entfernt.

Ich bin leicht zufriedenzustellen.

Während die Jungs beim morgendlichen Training sind, laufen Heidi Jo und ich vom Stadion zum Ritz. »Das ist *echt* hübsch«, schwärmt Heidi Jo in der Lobby. Sie ist ganz klassisch mit Säulen aus Walnussholz und einem Marmorboden ausgestattet. »Ich weiß, dass wir nur hier sind, um zu gewinnen, aber die Reiseabteilung hat uns echt einen Gefallen getan.«

Das stimmt. Die lächelnde Frau an der Rezeption hat bereits den Zimmerbelegungsplan für uns ausgedruckt, und Dutzende Schlüsselkarten liegen auf einem Tablett bereit. Daran könnte ich mich gewöhnen.

»Schau mal!«, sagt Heidi Jo und deutet auf meinen Namen auf der Liste. »Luxus-Suite in der Penthouse-Etage.«

»Das muss ein Irrtum sein.« Ich blinzele, aber mein Name steht immer noch neben der Suite. *Nates* Suite. Dabei habe ich ihm doch gesagt, dass ich in einem eigenen Zimmer übernachten würde. »Entschuldigung«, sage ich zu der hilfsbereiten Frau. »Ich sollte eigentlich ein Einzelzimmer haben.«

»Nein, das war eine ausdrückliche Anweisung.« Wieder lächelt sie. Ob sie den Angestellten hier irgendwelche Glückspillen verabreichen?

»Gibt es noch ein anderes freies Zimmer?«

Ihr Lächeln verschwindet. »Das tut mir leid. Wegen der Play-offs ist das Hotel komplett ausgebucht.«

Mist. Natürlich ist es ausgebucht.

»Na, dann.« Mit einem zufriedenen Grinsen reicht mir Heidi Jo die Schlüsselkarte. Nate hätte *wissen* müssen, dass seine kleine Trickserei nicht unbemerkt bleiben würde.

Ich bin sauer und auch ein bisschen verletzt. Als wir darüber gesprochen haben, weshalb ich Castro habe abblitzen lassen, hat er mir gesagt, dass er versteht, unter welchem Druck ich stehe. Ich dachte, er hätte mir *zugehört*. Und dann habe ich ihm gesagt, dass ich nicht mit ihm in der Suite wohnen möchte, und trotzdem hat er mich dort untergebracht.

Warum macht er das?

»Ooh, im Spa wird eine Margarita-Salz-Wellnessmassage angeboten«, frohlockt Heidi Jo. »Lass uns mal schauen, ob in der Mittagspause noch zwei Termine frei sind.«

»Geh ruhig allein«, grummele ich. Eine Massage kann ich mir nicht leisten. Ich glaube, ich werde einfach auf dem Sofa sitzen und schmollen.

Es sei denn, es gibt da wirklich so einen irren Whirlpool, wie Nate gesagt hat. Dann schmolle ich eben da, denn sonst wäre es Verschwendung. Aber ich werde allein baden, verdammt noch mal. Und wenn Nate morgen anreist, dann ziehe ich zu Heidi Jo ins Zimmer. Dann wird sie schon aufhören, so blöd zu grinsen.

Meine Praktikantin zieht los, um das Hotel zu erkunden und vor der Ankunft der Spieler den Raum für das Mittagessen zu inspizieren. Diese Aufgabe überlasse ich ihr, weil sie unter ihrem geschwätzigen Äußeren erstaunlich kompetent ist.

Ich steige in den Aufzug und stelle fest, dass ich meine Schlüsselkarte brauche, um in die Penthouse-Etage zu gelangen. Also tue ich das, und die Kabine gleitet lautlos nach oben.

Die Suite ist herrlich. Es gibt einen Esstisch und ein Wohnzimmer. Auf dem riesigen Bett türmen sich Kissen. Ich stelle mir vor, wie Nate und ich uns darin herumwälzen, und für einen kleinen Augenblick fällt es mir schwer, an meiner Wut festzuhalten. Denn ich will es.

Aber nur mit einem Mann, der mir zuhört.

Mein Smartphone vibriert. Also hole ich es hervor und entsperre das Display. Aber es ist keine Textnachricht, sondern eine von diesen Push-Benachrichtigungen von meinem Kreditkartenkonto. Ich will das Handy schon wieder zurück in die Tasche stecken, da fällt mir ein, dass ich meine Kreditkarte heute gar nicht benutzt habe. Also werfe ich einen Blick auf die Buchungssumme, und mir bleibt beinahe das Herz stehen. Dreitausendvierhundert Dollar. Das kann unmöglich richtig sein. Ich tippe auf die Benachrichtigung.

Es *ist* richtig. Aber es ist keine Belastung, sondern eine Gutschrift. Von Dr. Armitages Praxis.

Für einen winzigen Augenblick bin ich erleichtert. Aber meine Freude währt nur sechzig Sekunden, denn als ich meinen Laptop heraushole und bei meiner Versicherung den Status meines Erstattungsantrages checke, steht da immer noch: *Abgelehnt.*

Jetzt platzt mir wirklich der Kragen, denn dieser plötzliche Geldsegen kann unmöglich ein Buchungsfehler sein. Es gibt nur eine Person, die dafür verantwortlich sein kann.

Ich wähle Nates Handynummer. Er geht fast augenblicklich

ran. »Hey. Wie ist es in Dallas? Bist du schon in der Suite?« Er ist die gute Laune in Person.

Ich nicht.

»Wo soll ich anfangen? Also gut. Die Suite. Ich hatte Nein gesagt, und trotzdem bin ich hier. Das ist Punkt eins, vor allem, weil Heidi Jo den Belegungsplan gesehen hat. Also vielen Dank. Hoffen wir einfach, dass sie keine Tratschtante ist. Aber was soll das mit den dreieinhalb Riesen auf meiner Kreditkarte? Willst du mich verarschen?«

Es dauert eine Minute, bis er antwortet. »Du kannst jetzt deine Therapiestunden wieder aufnehmen, Bec. Ich möchte mir keine Sorgen machen müssen, weil du die Anweisungen der Ärzte nicht befolgst.«

»Du machst dir Sorgen?«

Er lacht leise. »Was denkst du denn? Ich verstehe nicht, warum dir dein Gehirn nicht wichtiger ist.«

»Es ist mir wichtig.«

»Nicht, wenn man dem netten Arzt glauben darf, der mich nur angerufen hat, weil er sich Sorgen um dich gemacht hat.«

»Jetzt pass mal auf. Es gibt auch Therapieübungen, die nicht dreihundert Dollar pro Stunde kosten. Ich gehe für fünfundzwanzig Dollar die Stunde zum Pilates und mache zu Hause die Übungen, die sie mir aufgegeben haben. Ich bin nicht blöd, aber danke, dass du mir zu verstehen gegeben hast, dass du mich dafür hältst.«

»Das habe ich nicht gesagt. Übertreib mal nicht.«

»Behandele mich nicht wie ein Kind!« Jetzt bin ich wirklich in Fahrt. »Wenn du dir Sorgen machst, hättest du es einfach sagen können. Wenn du mir helfen wolltest, diese sauteure Therapie zu finanzieren, dann hättest du mich *fragen* können. Du sagst, du respektierst mich, aber dann ziehst du so eine Scheiße ab. Du respektierst mich, solange alles nach deiner Nase läuft.«

»Rebecca …«

»Lass es, okay? Ich muss hier meine Arbeit machen. Wir hatten darüber gesprochen. Wenn du in Dallas ankommst, ist deine Suite leer. Und lass mich bis nach den Play-offs in Ruhe.«

Und dann – zum ersten Mal in sieben Jahren – lege ich im Gespräch mit Nate Kattenberger einfach auf.

Am nächsten Abend liege ich in Georgias Zimmer auf dem Kingsize-Bett. Aus einer Vielzahl von Gründen rege ich mich auf.

Georgia geht es nicht viel besser. Genervt blättert sie durch ein Brautmagazin, das ich ihr in die Hand gedrückt habe. Nächsten Monat ist ihre Hochzeit. Alles ist längst geplant, nur die Gastgeschenke haben wir noch nicht ausgesucht.

»Wie wäre es mit Schokolade in Form eines Taxis?«, frage ich. »Ich finde, wir sollten Brooklyn als Motto nehmen.«

»Aber die Hochzeit findet auf Long Island statt«, sagt sie. Vom vielen Schreien beim Spiel heute ist sie ganz heiser.

»Aber Brooklyn hat euch zusammengebracht«, argumentiere ich. »Na gut, das Motto könnte auch Eishockey sein. Oder Eishockey und Tennis. Eure beiden Sportarten. Abwechselnd. Ich finde diese personalisierten Schokoriegel hier süß.«

In einem für sie untypischen Wutausbruch schlägt Georgia das Heft zu und schleudert es durch das Zimmer. Raschelnd bleibt es auf dem Schreibtischstuhl liegen. »Rebecca, hör auf. Niemand interessiert sich für Schokoriegel mit meinem Namen drauf.«

»Na gut, dann kleine Weinflaschen mit euren Namen drauf …«

»Hör auf!« Sie verdreht die Augen. »Mir sind die Gastgeschenke egal. Du bist super, und nur deinetwegen habe ich ein Kleid und Blumen und einen Caterer, aber wir sind *durch*, okay?«

»Tief durchatmen, das war bloß Spiel eins. Wir können noch aufholen.«

Unsere Jungs haben vorhin gegen Dallas verloren. Georgia hat sich die Seele aus dem Leib gebrüllt, sobald Brooklyn den Puck hatte. Es wundert mich, dass sie überhaupt noch sprechen kann. Aber es hat nicht gereicht. Unsere Jungs haben nicht gut gespielt, und so hat Dallas das erste Spiel gewonnen. Wir fühlen uns beide elend.

Georgia steht vom Bett auf, holt ihre Zahnbürste aus dem Bad und steckt sie in die Handtasche. »Also. Ich schleiche mich jetzt in Leos Zimmer und schaue, wie es ihm geht. Du kannst gerne hierbleiben. Du kannst mir auch gerne erzählen, was zur Hölle eigentlich mit dir los ist. Seit vierundzwanzig Stunden gehst du mir mit den Gastgeschenken auf die Nerven, und ich möchte wissen, warum.«

»Weil die Hochzeit in …«

Mit einer Handbewegung schneidet sie mir das Wort ab. Sie sieht wütend aus. »Bec, spar dir den Scheiß. Irgendetwas ist passiert, und du hast mir nicht erzählt, was. Aber ich habe ein paar Vermutungen.«

Auweia. »Zum Beispiel?«

»Irgendwas mit Nate ist schiefgelaufen. Und wahrscheinlich ist es nicht allein seine Schuld, sonst hättest du es mir schon erzählt.«

Autsch. Ich wusste schon immer, dass Georgia ein cleveres Mädchen ist. »Ich bin sauer auf ihn. Aber auch verwirrt.«

Ihr Blick wird milder. »Erzähl es mir.«

Also tue ich es. Ich erzähle ihr die ganze leidige Geschichte von dem Hotelzimmer und der Arztrechnung. »Ich dachte, er hätte mir zugehört. Und dann hat er sich einfach über alles hinweggesetzt, was ich gesagt habe.« Wie eine Irre wedele ich mit dem Zimmerbelegungsplan.

Georgia nimmt ihn mir aus der Hand und überfliegt ihn. »Er bringt Lauren auch manchmal in einer Suite unter, wenn sie unterwegs sind.«

»Aber nicht in *seiner* Suite.«

»Warum steht Nates Name dann bei einem anderen Zimmer?«

Sie deutet auf die zweite Spalte.

»Was?« Ich reiße ihr das Blatt aus der Hand und lese: *Nathan Kattenberger, Zimmer 512*. »Aber …« Das ergibt überhaupt keinen Sinn. »Er hat mich gefragt, ob ich *mit ihm* in der Suite wohne.«

»Und du hast Nein gesagt.« Georgias Stimme ist sanft – so wie man mit einer Verrückten reden würde. »Also hat er die Zimmer getauscht und dir die Suite gegeben.«

»Oh, Scheiße«, flüstere ich. »Und ich habe ihn angeschrien.«

»Wir schreien alle manchmal. Und er hätte dich wirklich fragen sollen, bevor er die Arztrechnungen beglichen hat. Auch wenn er es getan hat, weil er dich liebt und sich Sorgen macht, was mit deinem Dickschädel passiert.«

Mit einem Stöhnen lasse ich mich auf die Bettdecke sinken. »Oh Mann, ich bin so blöd.«

Georgia setzt sich neben mich und tätschelt mir die Hand. »Ich glaube, du bist einfach gestresst. Zu deiner Verteidigung muss man sagen, dass in diesen letzten zwei Monaten nichts normal war. Du warst verletzt und voller Angst. Auf der Arbeit war es stressig. Deine Schwester und ihr Toyboy sind in deine Wohnung eingefallen. Das ist doch eine ganze Menge.«

»Nate verwirrt mich. Ich bin ihm nicht ebenbürtig und werde es auch nie sein. Und ich bekomme einfach immer Panik, wenn ich das Gefühl habe, ich werde zu etwas gezwungen.«

»Nicht ebenbürtig?«, sagt Georgia langsam. »Da muss ich dir widersprechen.«

»Oh bitte. Schmeichel mir nicht.«

»Was macht Leo und mich ebenbürtig? Oder überhaupt jemanden?«

Ich hebe den Kopf und blinzele sie an. »Weder du noch Leo regieren die Welt.«

»Okay, ich könnte nicht schon morgens vor dem Frühstück ein kleines Land kaufen oder verkaufen«, stimmt Georgia zu. »Aber vielleicht ist das Nate auch überhaupt nicht wichtig. Vielleicht ist er auch einfach ein Typ, der vor einem Mädchen steht und es bittet, mit ihm in den Whirlpool zu steigen.«

»Kann sein«, sage ich zur Bettdecke.

»Es passt überhaupt nicht zu dir, dich von Nate einschüchtern zu lassen. Warst du eingeschüchtert, als du ihn kennengelernt hast?«

»Nein«, pruste ich.

»Und warum dann jetzt?«

Weil er mir jetzt das Herz brechen kann. Ich atme tief ein und wieder aus. »Vielleicht ist es gar nicht Nate, der mich einschüchtert. Vielleicht ist es der Gedanke, mich auf einen Mann einzulassen. Das tue ich sonst nicht.«

Georgia gibt mir einen Klaps auf den Po. »Die Wahrheit ist ans Licht gekommen. Du wirst langsam schlauer. Schau mal an.«

»Halt die Klappe, sonst suche ich ganz kitschige Gastgeschenke für dich aus.«

»Als ob mir das auffallen würde.« Sie steht wieder auf. »Also, mach's gut. Jetzt werde ich Leo ausziehen und mal schauen, ob ich ihn aufheitern kann.«

»Ich hab dich lieb«, rufe ich ihr nach, als sie zur Tür geht.

»Ich dich auch, Süße.«

Als sie fort ist, ist es zu still im Zimmer. Eine Weile liege ich da und fühle mich so dumm. Ich vermisse Nate. Er hatte heute Abend Logenplätze, und ich habe mich dort nicht blicken lassen. Ich frage mich, was er während der Pause gedacht hat, ob er nach mir Ausschau gehalten hat. Wahrscheinlich sind Dutzende von Leuten um ihn herumgeschlichen, die Reichen und Schönen von Dallas, die ihm alle die Hand schütteln wollten.

Nates Leben muss komisch sein. Er hat nicht darum gebeten, berühmt zu sein. Das weiß ich, denn ich war dabei. Er hat ein paar Sachen erfunden, die die Welt gebraucht hat, und es ist einfach passiert. Irgendwann war unser Büro keine pizzafleckige Tischtennis-Höhle mehr, und er spielte bei den ganz Großen mit.

Vielleicht hat Georgia recht, und die Ereignisse der letzten Zeit haben bei mir ihre Spuren hinterlassen. Aber ich kann mir wirklich nur schwer eine Zukunft vorstellen, in der ich an Nates Seite bin, während er aller Welt die Hand schüttelt. Und genau das ist es, womit ich nicht klarkomme – der Gedanke, dass ich bloß ein vorübergehender Zeitvertreib für ihn sein könnte und er eines Morgens aufwacht und feststellt, dass es an der Zeit ist, ernsthaft seine Zukunft zu planen. Und ich darin nicht vorkomme.

Wie dem auch sei, ich muss mich entschuldigen. Ich greife nach dem Zimmertelefon und wähle die 512. Es klingelt und klingelt. Also hole ich mein Handy hervor und schreibe Heidi Jo. *Hast du nach dem Spiel zufällig Nate gesehen? Hast du eine Ahnung, wo er sein könnte?* Vielleicht schüre ich jetzt bloß die Gerüchte, aber ich kann nicht anders.

New York, antwortet sie sofort. *Er ist nach dem Spiel nach Hause geflogen, ich habe ihm einen Wagen zum Flughafen besorgt.*

Ah, okay. Dann sind jetzt wohl mehrere Hotelzimmer leer.

Brauchst du irgendwas?, fragt Heidi Jo.

Wie immer ist mein erster Impuls, Nein zu sagen. Aber sie war in letzter Zeit wirklich eine große Hilfe, und ich habe mich noch nicht an meinen Teil der Vereinbarung gehalten. *Wenn es dir nichts ausmacht, erinnere mich doch morgen bitte dran, einen neuen Therapietermin auszumachen. Ich muss dringend wieder damit anfangen.*

Gute Idee!!!, antwortet sie sofort. Mit drei Ausrufezeichen. Aber sie bringen mich zum Lächeln, anstatt mich zu nerven. Dieses Mädchen wächst mir langsam richtig ans Herz. Wenn ich in der letzten Zeit nicht so eine rasende Irre gewesen wäre, hätte ich das schon viel eher feststellen können.

Ruh dich aus, schreibe ich. *Gute Arbeit heute.*

Sie antwortet mit drei verschiedenen Herz-Emojis. War ja klar.

26

Rebecca

5. Juni, Dallas

Wir gewinnen Spiel zwei, aber Nate ist nicht anwesend. Nach dem Spiel kauft mir Leo Trevi ein Glas Wein, das ich rasch austrinke. Da ich keinen Alkohol mehr gewöhnt bin, bin ich sofort betrunken. Also ziehe ich mich in meine große, leere Hotelsuite mit dem einsamen Whirlpool zurück und rufe Nate an.

Die Mailbox geht ran, was mich eigentlich von dieser schlechten Idee abbringen sollte. Aber nein. Ich hinterlasse eine Nachricht.

> *Hi. Ich bin gerade ganz allein in diesem wunderschönen Hotelzimmer, aber ich habe dich angeschrien, und du bist nicht hier und ich weiß, du hasst Dallas, aber heute haben wir in der Verlängerung gewonnen, auch wenn das Team ein bisschen verunsichert gewirkt hat. Beringer fehlt ihnen. Scheißverletzung. Was wollte ich sagen? Ach ja, es tut mir leid, okay? Es tut mir leid, dass ich zu blöd bin, einen Raumplan zu lesen, und nicht gemerkt habe, dass du unsere Zimmer getauscht hast, und das bedeutet, dass du mir doch zugehört hast, auch wenn ich dachte, das hättest du nicht. Aber wegen der Arztrechnungen bin ich immer noch sauer. Du hättest zuerst fragen sollen. Auch wenn*

ich nicht weiß, was das ändern würde, weil du immer der reiche Typ bleiben wirst und ich immer das Mädchen, das das Studium abgebrochen hat. Und offensichtlich komme ich darüber nicht hinweg. Vielleicht auch doch, aber die Play-offs sind im vollen Gang, und ich muss zurück zur Therapie und muss mal Luft holen. Und ich hoffe, das lässt du zu.

Oder so ähnlich.

Vielleicht war es nicht ganz so schlimm.

Nein, wahrscheinlich doch. Meine Entschuldigung hat sich irgendwo dort unter einem riesigen Haufen Angst und Unentschlossenheit versteckt. Wenn ich Nate nicht schon längst davon überzeugt habe, dass ich die Mühe nicht wert bin, dann habe ich mit diesem Anruf wahrscheinlich den Sack zugemacht.

»Bingley?«, frage ich, während ich zur verzierten Decke hinaufblicke. Hier in der Suite ist sogar die Decke ein bisschen höher als in einem durchschnittlichen Hotelzimmer.

»Ja, Miss Rowley?«

»Nenn mich Becca.« Ich bin irgendwie betrunken.

»Ja, Becca?«

»Ich habe Nate gerade eine ewig lange Mailboxnachricht hinterlassen. Kannst du die bitte löschen?«

»Es tut mir leid, aber das steht nicht in meiner Macht. Die Mailboxnachrichten werden beim Mobilfunkanbieter gespeichert. Die Smartphones von KTech nutzen die Software des Anbieters.«

»Das muss ein Fehler sein, Sir«, beschwere ich mich. »Ich kann nicht glauben, dass Nate diese Software nicht selbst geschrieben hat.«

»Ich werde ihm ausrichten, dass Sie unzufrieden sind.«

»Nein!« Rasch setze ich mich auf, und das Zimmer dreht

sich. »Mach das nicht. Erzähl Nate bloß nicht, dass ich mit irgendetwas unzufrieden bin.«

»In Ordnung, Miss. Ein Wort von Ihnen, und ich werde für immer schweigen.«

»Das ist ein bisschen zu dramatisch«, gähne ich. »Gute Nacht, Bingley.«

»Angenehme Träume, Miss.«

Offensichtlich hat Nate die Nachricht abgehört, denn als wir für die Spiele drei und vier zurück in Brooklyn sind, lässt er mir Freiraum. Sehr viel Freiraum.

Worum ich ihn wahrscheinlich gebeten habe, als ich gesagt habe, ich müsste mal durchatmen.

Wieder was gelernt. Nie wieder betrunken anrufen. Er geht mir ganz eindeutig aus dem Weg. Vielleicht ist er auch damit beschäftigt, die Welt zu regieren, und es ist naiv von mir zu glauben, er würde tatsächlich einen Gedanken an mich verschwenden.

Ich gehe zwei Tage in Folge zur Therapie, und das macht mich fertig. Ramón lässt mich stundenlang auf dem blöden Trampolin hüpfen.

Und dann, bei Spiel vier, legt mein Herz auch ein paar Runden auf dem Trampolin ein. Wenn wir das Spiel gewinnen, steht es in der Serie zwei zu zwei unentschieden. Ich schaue von einem Platz in Reihe B aus zu, mit freundlicher Unterstützung von unserem altgedienten Spieler David Beringer.

Er sitzt neben mir und klammert sich mit weißen Knöcheln an die Armlehne. Wenn es mich schon fertigmacht, unsere Jungs spielen zu sehen, muss es für ihn mindestens doppelt so schlimm sein, wenn er eigentlich dort draußen sein und ihnen beim Sieg helfen sollte.

Merke: Schlimmer geht immer.

»Hintermann!«, brüllt Beringer Castro zu. »Trevi ist frei!«

Ich quietsche nervös, als Castro seinen Pass spielt. »Na los, Jungs, ihr schafft das!«

Und doch endet das erste Drittel torlos. Während der Pause richte ich in der Toilette mein Make-up und rede mir ein, dass ich mich nicht für einen gewissen Tech-Tycoon aufhübsche.

Derweil ist Heidi Jo in Nates Lounge und sprengt mein Handy mit geschwätzigen Fragen. *Soll ich Nate noch eine Cola light anbieten? Was trinkt Stew?*

Mach dir keinen Stress, antworte ich brummig. *Die haben beide zwei gesunde Hände, sie können sich selber nachschenken.*

Entspann dich mal, es steht immerhin unentschieden.

Ich antworte nicht, denn es wäre keine freundliche Antwort. Doch im zweiten Drittel bessert sich meine Laune. Wir landen zwei Treffer, und diesmal kann Dallas nicht ausgleichen. Es folgt ein schweißtreibendes, aggressives letztes Drittel, aber am Ende gewinnen wir vier zu zwei.

Ich bin ganz schwach vor Erleichterung. Dave ist heiser vom Schreien. »Ich bin gerade um Jahre gealtert, Bec. Kommst du noch mit in die Bar, feiern?«

»Okay«, sage ich sofort. Mit meinen Freunden Dampf abzulassen klingt nach einer guten Idee, vor allem, seit ich festgestellt habe, dass ich inzwischen ein oder zwei Gläser trinken kann, ohne mich auf die Fresse zu legen. »Die Bar auf der Hicks Street?«

»Na klar.« Er steht auf. »Ich gehe schon mal vor und bitte Pete, uns das Hinterzimmer zu reservieren.«

»Guter Plan. Ich suche meine Praktikantin und frage sie, ob sie auch mitkommen will.« Erscheint mir nur gerecht, wo ich heute so grummelig gewesen bin. Nach einem Sieg geht es in der Bar immer lustig zu.

Beringer verabschiedet sich mit einer Ghettofaust. Im Gehen schreibe ich Heidi Jo eine Nachricht, während ich hinunter zur Pressekonferenz gehe, weil ich einfach nicht anders kann. Seit Tagen habe ich Nate nicht gesehen. Nach dem Spiel bin ich immer noch voller Adrenalin und optimistischer Freude.

Ich will ihn sehen, verdammt. Und mich noch einmal nüchtern bei ihm entschuldigen.

Der übliche Trubel vor den Umkleiden trägt nicht dazu bei, mich zu beruhigen. Spieler und Familienmitglieder umarmen einander und feiern. Die Tür zu den Umkleiden öffnet und schließt sich fortwährend, wenn frisch geduschte Spieler herauskommen und sich beglückwünschen lassen.

»Pressekonferenz, Leute«, ruft Georgia. »Hier entlang. Noch drei Minuten.«

Meine beste Freundin hat noch nicht Feierabend.

»Da bist du ja«, sagt Heidi Jo, stellt sich neben mich und nimmt mir das Handy aus der Hand. »Du hast heute schon genug da drauf geschaut.«

»Hey! *Du* hast mir doch die ganze Zeit geschrieben.«

Sie zuckt mit den Achseln. »Ging nicht anders.«

»Das ist …« *So nervig.* Ich schlucke meine Unzufriedenheit hinunter. »Die Spieler gehen gleich in der Bar auf der Hicks Street noch was trinken. Ich wollte dich fragen, ob du mitkommst.«

»Oh.« Ihre Miene hellt sich auf. »Bin dabei. Gibt's da auch Darts und einen Billardtisch?«

»Denke schon.« Ich spiele so was nie.

»Darin bin ich richtig gut«, kichert sie.

»Das überrascht mich nicht.« Heidi Jo ist nicht blöd. Bloß ein bisschen übereifrig.

Georgias Pressekonferenz fängt an. Sie steht auf dem Podium, als hinter ihr die Tür aufgeht und Nate, Coach Worthington, O'Doul und zwei weitere Spieler unter Applaus hinaustreten. Ich stecke mir zwei Finger in den Mund und pfeife so laut, dass sich Heidi Jo neben mir die Ohren zuhält.

»Danke, dass Sie heute hier sind und uns auf unserem Weg zum Sieg begleitet haben«, sagt Georgia auf dem Podium. »Der Besitzer des Teams, Mr Nathan Kattenberger, möchte Ihnen auch danken. Bitte warten Sie mit Ihren Fragen bis nach der Stellungnahme des Coachs. Vielen Dank.«

Georgia macht Platz für Nate, der den Spielern und dem Coach für ihre beeindruckende Leistung heute Abend dankt.

Ich höre kein Wort von dem, was er sagt, weil ich viel zu beschäftigt damit bin, ihm meinen verführerischsten Laserblick zuzuwerfen. *Es tut mir leid, dass ich mich so blöd benommen habe,* sagen meine Augen. Oder vielmehr versuchen sie es, denn Nate schaut zufällig nicht in meine Richtung. Als kleine Frau am anderen Ende eines überfüllten Raums stehen meine Chancen, gesehen zu werden, nicht besonders gut.

»Mr Kattenberger!«, ruft eine Journalistin. Georgia blinzelt verstimmt, denn während der Ansprache sind Nachfragen nicht erwünscht. »Stimmt es, dass Sie einen persönlichen Groll gegen die Mannschaft von Dallas hegen?«

Von dort, wo ich stehe, kann ich die Journalistin nicht sehen. Vielleicht ist sie genauso klein wie ich. Aber viele Köpfe drehen sich in ihre Richtung.

Nates Augen weiten sich, und mir kriecht eine eisige Kälte über den Rücken. »Persönlich? Nein.« Er räuspert sich auf eine sehr Nate-untypische Weise. »Aber ich hege einen Groll gegen jeden, der zwischen meinem Team und dem Pokal steht.«

Georgia mischt sich ein. »Wir beantworten Ihre Fragen am Ende …«

Aber die Reporterin unterbricht sie. »Haben Sie ein Eishockeyteam gekauft, um sich an dem Spieler aus Dallas zu rächen, der Ihnen die Verlobte ausgespannt hat?«

Moment, was?

»Das ist lächerlich«, sagt Nate, jedes Wort klingt wie ein Eissplitter. »Ich bin Eishockeyfan, seit ich meine ersten Worte gesprochen habe. Ich habe ein Team gekauft, damit es wieder Profisport in Brooklyn gibt.«

Die Frau muss lebensmüde sein, denn sie schneidet ihm schon wieder das Wort ab: »Stimmt es denn nicht, dass Sie den Kapitän von Dallas, Bart Palacio, und Ihre …«

»*Verzeihung*«, sagt Georgia und stellt sich vor Nate und das Podium. »Bitte warten Sie mit Ihren Fragen, bis Coach Worthington sein Statement verlesen hat.« Sie hat hektische rote Flecken im Gesicht.

Und Nate? Schaltet das Mikrofon auf dem Podium aus, dreht sich um und verlässt den Raum.

Das Klicken der Tür, die hinter ihm ins Schloss fällt, dröhnt förmlich in der darauffolgenden Stille.

Georgia blinzelt. »Coach Worthington möchte ein paar Bemerkungen über das Spiel machen«, sagt sie knapp.

Mir schwirrt der Kopf. Der Kapitän aus Dallas ist der gleiche Typ, mit dem Juliet ihn betrogen hat?

Ich klopfe alle Fächer meiner Umhängetasche ab, bis mir klar wird, dass Heidi Jo mein Telefon geklaut hat. »Handy«, zische ich. Aber sie ist nicht schnell genug, also hake ich mich bei ihr unter und schiebe sie ruppig hinaus in den Flur. »Ich brauche mein Handy. Rück es raus.« Dann entdecke ich es in ihrer Blazertasche und bediene mich selber. Ich starte eine rasche Suche nach Nate und Dallas – und *bumm*. Die Journalistin hat ihre Story schon hochgeladen. Sie hat wohl einfach gehofft, Nate vor laufenden Kameras noch ein wenig zusätzlich beschämen zu können.

Die Alte mach ich fertig!

Ich warte darauf, dass die Seite lädt, und drehe das Handy quer, damit der Text größer wird. Vor lauter Anspannung verschwimmt mir die Sicht, und nach dem langen Tag fühlen sich meine Augen müde an.

»Hier, lass mich mal.« Meine Praktikantin nimmt das Handy. »Was suchst du? *Oh*«, sagt sie plötzlich. »Ekelhaft.«

»Lies vor«, verlange ich.

»Diese Schlagzeile.« Sie schnalzt mit der Zunge. *»Skandal: Teameigner Nate Kattenbergers heimlicher Beef mit Dallas-Eishockeystar.«*

»Scheiße!« Das ist das Reißerischste, was ich je gelesen habe. »So ist Nate nicht.«

»Pssst«, zischt Heidi Jo. »Wenn du deine Geschichte mit Nate geheim halten willst, dann solltest du etwas leiser sprechen.«

Ich knurre, aber sie hat recht. Und Nate kann jetzt gerade nicht noch mehr Gerede gebrauchen. »Lies weiter.«

»Vor fünf Jahren hat Milliardär Nate Kattenberger, der Eigentümer der Brooklyn Bruisers, seine Verlobte mit einem Eishockeyprofi in ihrem gemeinsamen Bett erwischt. Diese Woche bietet sich ihm die Chance auf Revanche, wenn sein Team in den Stanley-Cup-Finals gegen Dallas antritt.«

»Oh, Scheiße«, hauche ich.

Als Heidi Jo weiterliest, erfahre ich, dass Juliet inzwischen Mrs Palacio ist. Ihr gehört eine lokale Fitnessstudiokette, und sie hat Bart geheiratet, als er noch für die Rangers spielte. Inzwischen ist er Mannschaftskapitän in Dallas.

»Oh, Scheiße«, sage ich noch mal. Dann reiße ich meiner Praktikantin das Handy aus der Hand und überfliege die Story noch einmal, weil ich es einfach nicht glauben kann.

»Ich wusste gar nicht, dass Nate mal verlobt war«, flüstert Heidi Jo. »Sie ist hübsch.«

»Ja, ist sie«, seufze ich. »Sie waren schon seit dem College zusammen. Ich mochte sie noch nie.« Das Letzte rutscht mir einfach so heraus.

Heidi Jo lacht. »Würde ich auch nicht. Sie hat deinem Typen das Herz gebrochen.«

»Pssst!« Der arme Nate. Seine Leidensgeschichte verbreitet sich gerade im Internet. Ich suche nach Juliet Palacio, und auf dem Display erscheinen jede Menge Fotos. Sie hat ein Kind – eine kleine Tochter. Auf einem Bild steht sie mit dem Baby auf der Hüfte neben ihrem Mann. Sie tragen alle die gleichen Trikots mit seiner Nummer, und als ich das sehe, möchte ich am liebsten kotzen.

»Süßes Kind«, sagt Heidi Jo. »Und du wusstest echt nicht, dass seine Ex mit dem Kapitän verheiratet ist?«

»Ich wusste nicht einmal, dass sie überhaupt verheiratet ist«, stammele ich. »Ich habe noch nie nach ihr gesucht.« Aber jetzt wünschte ich, ich hätte es. Auf einmal ergeben eine Menge Dinge viel mehr Sinn.

Nate hasst Dallas, aber er hat nie gesagt, wieso.

Nate wollte kein Interview dazu geben, weshalb er das Eishockeyteam gekauft hat.

Nate hat mich gebeten, bei den Spielen gegen Dallas neben ihm zu sitzen, weil er wusste, dass er seine Ex sehen würde. Er wollte mich an seiner Seite. Und ich habe Nein gesagt.

»Lass uns gehen, Bec.« Als ich aufblicke, steht Castro vor mir und streicht sich die Krawatte glatt. »Beringer hat einen Tisch für uns reserviert. Du kommst doch mit, oder?«

Ich drücke mich von der Wand ab und folge ihm, auch wenn ich mit dem Kopf ganz woanders bin.

Er hält Heidi Jo und mir die Tür auf, und dann erscheint auch noch Silas, der Ersatztorwart. »Uber, Taxi oder laufen?«

»Laufen«, sage ich sofort. Die Kneipe ist nicht besonders weit weg, und ich muss den Kopf freibekommen.

»Klingt gut«, sagt Silas, und wir setzen uns auf dem Bürgersteig in Bewegung.

»Das war bestimmt scheiße für den Bossman«, sagt Castro, als wir an der nächsten Straßenecke ankommen. »Ich würde nicht wollen, dass die ganze Welt weiß, dass meine Freundin mich für einen Schwachmaten wie Palacio verlassen hat.«

»Er soll wirklich ein Arsch sein«, wirft Heidi Jo ein.

»Bec, kanntest du sie?«, fragt Silas.

Während wir warten, um die Atlantic Avenue zu überqueren, denke ich über die Frage nach. »Ein bisschen. Hatte sie mehrmals am Tag am Telefon. Hab sie ein- oder zweimal die Woche gesehen. Aber immer nur Small Talk. Ich war total geschockt, als die beiden sich getrennt haben.«

»Du hast eine ziemlich gute Menschenkenntnis«, sagt Castro. »Konntest du sie leiden?«

»Nein«, sage ich sofort. »Aber ich kann nicht mal sagen, warum.«

Heidi Jo grinst, und ich werfe ihr einen warnenden Blick zu.

»Nate greift heute Abend bestimmt zum Whiskey«, sagt Castro. »Ich wette, er kommt nicht in die Bar. Nicht nach dieser Scheiße. Alle wissen, wie sehr er Dallas verabscheut. Und jetzt wissen wir auch, warum.«

»Weil Dallas arrogant ist«, widerspreche ich. »Glaubt ihr wirklich, es wäre eine effektive Strategie, eine Mannschaft zu kaufen, wenn Nate sich an dem Typen rächen wollte? Er würde wohl eher dafür sorgen, dass das Telefon von diesem Typen nur noch mit einem Viertel der normalen Geschwindigkeit läuft, oder ein Skript schreiben, das ihm auf jedem Foto im Internet Pickel verpasst.«

Meine drei Freunde lachen laut auf.

Aber das war kein Witz. Und ich ertrage den Gedanken nicht, dass Nate allein in seinem Haus vor sich hin brütet. »Ach, wisst ihr, ich glaube, ich bin doch zu müde für die Kneipe. Bis morgen, Jungs.«

»Sollen wir dich nach Hause bringen?«, fragt Castro, ganz Gentleman.

»Nein, alles gut«, sage ich fröhlich. Langsam entferne ich mich von ihnen. *Hier gibt es nichts zu sehen.*

Heidi Jo lacht leise. »*Erhol* dich gut.« Sie zwinkert.

Ich drehe mich um und jogge die Atlantic hinunter, Richtung Promenade.

27

Nate

10. Juni, Brooklyn

Mein Wohnzimmer ist dunkel, doch als ich eintrete, geht sofort sanftes Licht an.

»Hallo, verehrter Nate«, sagt Bingley. »Dürfte ich Ihnen den Fernseher einschalten?«

»Oh Gott, nein.« Nach dem Debakel bei der Pressekonferenz werde ich wahrscheinlich nie wieder fernsehen. »Schenk mir doch bitte einen Scotch ein, ja?«

»Tut mir leid, Sir. Ich habe nicht die Fähigkeiten, über die manch anderer verfügt. Das übersteigt meine Möglichkeiten.«

»Ich weiß, Bingley. Ich habe mich nur gefragt, wie du wohl darauf reagieren würdest.« Eine ganz normale Nacht in Solohausen, in der ich mit einem Computer scherze. Die Party kann steigen. Wenigstens gibt es hinten in der Ecke eine verdeckte Bar. Ich öffne einen Schrank aus Walnussholz und hole ein Glas und eine Flasche Macallan 18 heraus. Ich gieße mir zwei Fingerbreit Scotch ein und kicke die Schuhe von den Füßen.

Dann setze ich mich hin und trinke einen Schluck. Der Scotch brennt mir in der Kehle.

Es sollte mich nicht kümmern, was irgendein Drecksblatt über mich schreibt. Ob wir den Cup gewinnen oder nicht, das Eishockeyteam ist meine Herzensangelegenheit. Alle haben behauptet, es würde mir nicht gelingen, mit der Mannschaft in die Play-offs einzuziehen. Und trotzdem habe ich genau das geschafft – mit einem guten Management und einem großartigen Trainerstab. Und zwar in nur zwei Jahren.

Als ich den Verein gekauft habe, befand er sich in einer Krise. Jetzt nicht mehr. Ende der Geschichte.

Aber der Artikel trifft mich. Juliet hat mich für einen Sportler verlassen, und ich möchte nicht, dass jemand das liest und über mich lacht.

Mein Telefon klingelt in meiner Tasche – der Klingelton meiner Mutter. Ich ignoriere es. Sie wird lauter nette Sachen sagen, aber ich will diese nicht hören. Doch sie schreibt mir eine Nachricht.

Was war denn das? Meinst du, Juliet steckt dahinter?

Das bezweifle ich, aber meine Mutter mochte sie nie.

Ich buche Flüge nach Dallas, schreibt sie kurz darauf. *Wir möchten dich bei Spiel fünf unterstützen.*

Ich stecke das Handy zurück in die Tasche. Ich bin zu müde, um mit ihr zu schreiben. Das Sofa ruft, und ich lehne mich zurück und stelle den Scotch auf meinem Bauch ab, wie es Homer Simpson tun würde.

Meine Pressesprecherin Georgia ist sauer, dass ich sie nicht vorgewarnt habe. Als ich im Auto auf dem Weg nach Hause war, hat sie mich angerufen. »Das hätte ich verhindern können«, hat sie gesagt. »Du musst mir mehr Informationen geben, damit ich dich beschützen kann.«

»Ich hab's kapiert«, habe ich geknurrt, bevor wir auflegten.

Was für ein beschissener Abend. Ich sollte einfach früh ins Bett gehen und hoffen, dass morgen ein weniger beschämender Tag wird.

Aber zuerst Scotch. Ich nippe daran und versuche, objektiv auf mein Leben zu blicken. Ich habe den erfüllendsten Job, den sich ein Mann nur wünschen kann, und ein erfolgreiches Eishockeyteam. Das sollte doch reichen, oder?

»Sir«, sagt Bingley plötzlich, »Rebecca würde gern wissen, ob sie Sie besuchen dürfte.«

Ich stöhne, weil ich nicht weiß, ob ich mein Pokerface aufsetzen kann, und ich möchte nicht, dass sie sieht, wie niedergeschlagen ich bin. »Würdest du ihr sagen, dass es gerade nicht so gut passt?«

»In Ordnung«, antwortet Bingley. »Dann schicke ich sie wieder nach Hause.«

»Moment.« Ich stelle mein Glas ab. »Sie ist hier?«

»Auf der Vordertreppe, Sir.«

»Schön, dann schick sie rauf«, sage ich, bevor ich es mir anders überlegen kann.

Einige Sekunden später höre ich ihre Schritte auf der Treppe. Mein Herz schlägt schneller, ob ich will oder nicht, und seltsamerweise macht es mir nichts aus. Rebecca wird immer diese Wirkung auf mich haben.

Kurz darauf gleitet sie herein und kommt direkt zum Sofa. Sie lässt sich neben meine Füße fallen und legt eine Tüte und eine Zitrone auf den Tisch. Dann holt sie eine Flasche aus ihrer Handtasche und stellt sie lautstark daneben. »So. Cat Tacos?«

Ich blinzele.

Sie kaut auf ihrer Unterlippe.

»Warte.« Ich setze mich auf. »Hast du mir Empanadas und Tequila mitgebracht?«

»Ja«, sagt sie leise. »Es ist nichts Besonderes, aber …«

Ich unterbreche sie. »Weißt du, dass ich dich liebe?«

Sie klappt den Mund zu und bekommt feuchte Augen. »Nein. Wusste ich nicht.«

»Es stimmt, Bec. Es hat mich total erwischt. Und diese beschissene Story über Juliet und mich ist großer Mist, aber auch nicht so wichtig.«

»Ich wusste es nicht«, sagt sie und wischt sich über die Augen. »Von Juliet und Dallas.«

Oh. »Ehrlich?« Ich dachte, sie würde sich gut auskennen mit meinen Blamagen.

Sie schüttelt den Kopf. »Ich hatte keine Ahnung. Aber auf dem Weg hierher ist mir etwas Wichtiges klar geworden. Du hast mich gebeten, in Dallas neben dir zu sitzen. Und ich habe Nein gesagt, weil man uns dann zusammen gesehen und gewusst hätte, dass zwischen uns was läuft.«

»Genau. Das verstehe ich, Bec.«

Sie schüttelt den Kopf. »Aber ich habe es nicht verstanden. Du wusstest, dass alle sehen würden, wie es ist. Und du wolltest mich trotzdem bei dir haben.«

»Natürlich.« Mir ist nicht klar, worauf sie hinauswill.

»Es war dir egal, dass alle sagen würden: ›Oh, Nate ist mit seiner Sekretärin zusammen.‹«

»Büroleiterin«, korrigiere ich.

Sie verdreht die Augen. Dann schnappt sie sich die Tequilaflasche und schraubt sie auf. Sie zieht ihr gutes altes Taschenmesser aus der Jackentasche und schneidet die Zitrone auf einem Untersetzer. »Gläser? Oder trinken wir aus der Flasche wie in guten alten Zeiten?«

Ich hole zwei weitere Gläser aus dem Schrank, weil ich möchte, dass Becca einschätzen kann, wie viel Tequila sie trinkt. Denn ich kann nicht aufhören, mir Sorgen um die Frau zu machen, die ich liebe.

Ich liebe sie. Das kann ich mir jetzt eingestehen.

Sie gießt uns ein und reicht mir ein Glas. »Es tut mir leid«, sagt sie und schaut mir in die Augen. »Du wolltest mich an deiner Seite, und ich habe abgelehnt. Ich habe es nicht glauben können. Ich dachte, du würdest dir jemanden wie Juliet oder Alex wünschen. Jemanden, der mehr …«, sie runzelt die Stirn, »mehr zu bieten hat als ich.«

»Es gibt niemanden, der mehr zu bieten hat als du. Niemand ist lustiger. Niemand hat eine bessere Einstellung. Niemand ist begehrenswerter. So viel steht fest.« Ich stoße mit ihr an und leere mein Glas.

Sie nicht. Sie schaut mich nur an.

»Was?«

»Ich liebe dich auch«, sagt sie, und mein Herz hört kurz auf zu schlagen. Becca kippt ihren Tequila hinunter. Er bringt ihre Augen zum Tränen, und sie schnappt sich eine Zitronenspalte, saugt daran und blickt mich mit geschürzten Lippen an. »Ich bin gleich blitzdicht, deshalb merk dir, dass ich das gesagt habe, als ich noch nüchtern war.«

Ich bin immer noch durcheinander, muss aber sofort lachen. »Blitzdicht?«

»Ja. Ich darf wieder trinken. Aber ich bin überhaupt nichts mehr gewohnt.«

»Dann komm her und küss mich, bevor der Alkohol deine Motorik beeinträchtigt.«

Becca schwingt sich so schnell auf meinen Schoß, dass ich fast die Balance verliere. Aber ich umarme sie und halte sie ganz fest. Sie gibt mir einen Zitronenkuss, und ich lächle an ihren Lippen.

»Es tut mir leid«, sagt sie zwischen Küssen. »Es tut mir leid, dass ich dich angebrüllt habe. Es tut mir leid, dass ich wegen der Arztrechnungen so ausgerastet bin.«

Diesbezüglich hatte sie jedoch ein gutes Argument: Ich hätte erst mit ihr darüber sprechen müssen. Das werde ich ihr später sagen, aber jetzt bin ich gerade zu beschäftigt damit, sie zu küssen und ihr zu zeigen, wie sehr ich sie vermisst habe.

Becca erwidert meine innigen Küsse und schmiegt sich eng an mich.

Meine Hände streichen über ihr lila Kleid. »Mmm«, murmele ich an ihren Lippen. Zeit für Versöhnungssex direkt hier auf dem Sofa. Ich schiebe ihr Kleid hoch und umfasse ihren Po. Es ist Juni, sie trägt also keine halterlosen Strümpfe. Ich liebe den Sommer. Meine Handfläche trifft nur auf ein seidiges Höschen und Haut.

Becca stöhnt und fährt mir mit den Fingern durch die Haare.

»Mach mir die Hose auf«, verlange ich.

Ihre Finger finden meinen Reißverschluss, und ich sauge sanft an ihrem Hals, während sie meinen Schwanz auspackt. Ich schwöre, dass ich irgendwann langsamen Sex mit dieser Frau haben werde. Aber es scheint nie der richtige Zeitpunkt zu sein, um es langsam angehen zu lassen. Sex mit Rebecca ist meistens schnell und wild, und ich glaube, das gefällt uns beiden.

Sanfte Finger gleiten in meine Boxershorts und streicheln mich.

»Fuck, ja.« Ich schiebe einen Finger unter den Zwickel ihres Höschens und stöhne. Sie ist weich. Und als ich sie streichle, werden meine Finger sofort nass.

Dann wird es halt schnell und wild.

»Zieh dein Höschen aus«, befehle ich und zupfe daran.

Sie richtet sich gerade so lange auf, dass ich ihr beim Ausziehen helfen kann.

»So gefällt mir das«, keuche ich. Ich schiebe meine Hose die entscheidenden Zentimeter hinunter, und mein Schwanz salutiert ihr wie ein Soldat, der sich zum Dienst meldet.

Becca greift nach meinen Hemdknöpfen, aber mir reißt der Geduldsfaden. Ich ziehe sie auf mich, sodass sie wieder rittlings auf mir sitzt, die Knie zu beiden Seiten neben mir. Ich nehme meinen Schwanz in die Hand, richte ihn aus, ziehe sie herunter und dringe in sie ein.

»Oh«, seufzt sie. »Jaaaaa.«

Mit einem leidenschaftlichen Kuss bringe ich sie zum Schweigen. Ich schiebe ihr Kleid hoch und finde darunter einen Spitzen-BH, der mich zum Stöhnen bringt. Ich ziehe ihr das Kleid über den Kopf, werfe es beiseite und bewundere sie. »Du bist einfach perfekt«, sage ich, während ich mich unter ihr bewege und sie gleichzeitig liebkose. »Und so sexy, dass ich den Verstand verlieren möchte.«

»Verliere ihn ruhig«, sagt sie mit vor Verlangen belegter Stimme. Sie legt mir die Hände auf die Schultern und fängt an, sich zu bewegen.

Und es könnte nicht besser sein.

Um zwei Uhr morgens essen wir aufgewärmte Empanadas im Bett.

»Hast du sie eigentlich gesehen?«, fragt Becca und leckt sich ein bisschen Sauce von der Fingerspitze. Sie trägt mein Star-Trek-Shirt und sieht so süß aus, dass ich sie sofort wieder vögeln möchte.

»Wen?«, frage ich, abgelenkt von ihren Brüsten, die das Raumschiff Enterprise verformen.

»Du machst Witze, oder? *Juliet.*«

Aber das war kein Witz. Becca wieder in den Armen zu halten hat mich die Probleme des Abends vergessen lassen. »Nein. Habe ich nicht. Aber warum sollte ich auch? Bis auf die Spiele jetzt haben die Vereine wenig Kontakt.«

»Zum Glück.«

Ich zucke mit den Schultern. »Muss mir trotzdem bei jedem Spiel Barts Hackfresse angucken. Mit drei Toren ist er bisher der beste Schütze dieser Serie. Am liebsten würde ich ihn mit der Zamboni überfahren.«

»Meinst du, er ist immer noch Veganer?« Sie lächelt mich frech an.

»Was, daran erinnerst du dich noch?« Ich habe diese Zeit in meinem Leben verdrängt. Abgesehen von meiner Wut.

»Wir haben darüber gelästert, dass es bestimmt keinen Spaß macht, mit ihm essen zu gehen. Ich erinnere mich an jedes Detail dieser Nacht, auch daran, dass ich dich in ein Taxi verfrachtet habe, nachdem wir uns betrunken hatten. Auf dem Nachhauseweg war mir in der U-Bahn ganz schön schwindelig.«

»Kommt mir vor, als wäre es hundert Jahre her.« Denn jetzt kann ich mir nicht mehr vorstellen, dass ich mal mit jemand anderem als Becca das Bett teilen wollte. »Wäre es zu optimistisch von mir zu fragen, ob du mich zu Spiel fünf nach Dallas begleitest?«

Ihr Gesichtsausdruck wird sanft. Sie stellt ihren Teller weg. »Ich würde sehr gern mitkommen. Allerdings kann ich nicht. Ich habe Heidi Jo vorhin gesagt, dass sie für mich nach Dallas fliegen muss, denn ich mache endlich mit der Therapie weiter, und Dr. Armitage will mich am Montagmorgen sehen.«

Ich widerstehe dem Drang, die Wiederaufnahme der Behandlung zu kommentieren, aber es freut mich. »Es macht nichts, wenn du nicht im Teamjet sitzt«, sage ich. »Ich fliege am Montagnachmittag mit der Gulfstream. Du kannst mit mir kommen. Und zwar nicht, um zu arbeiten. Es wäre ein Date. Wenn dir das nicht zu schnell geht. Ich will dich nicht unter Druck setzen.«

Rebecca macht große Augen. Sie atmet aus. »Ja, okay. Abgemacht.«

»Du musst dich nicht sofort entscheiden«, sage ich ruhig. »Wenn dir das zu schnell geht, verstehe ich das.«

»Ich möchte mitkommen«, sagt sie fest. »Wenn du willst, will ich auch.«

Ich beuge mich zu ihr und küsse ihren Hals. Es dauert noch eine Stunde, bis wir einschlafen.

28

Rebecca

13. Juni, New York

Das ganze Wochenende lang treiben Nate und ich es wie zwei hormongesteuerte Teenager. Doch dann kommt der Montag, so wie immer nach einem Wochenende. Nach meinem Arzttermin habe ich ein paar Stunden für mich, bevor ich mich mit Nate am Flughafen LaGuardia für den Flug nach Dallas treffe.

Auftritt: die Modekrise.

Ich finde mich bei Bloomingdale's wieder und frage mich, was Nates Spielbegleitung anziehen soll. Ich werde jedes Mal im Bild sein, wenn die Fernsehkameras auf Nate schwenken, um seine Reaktion einzufangen. Oder halb im Bild. Meine Brüste kommen zur Primetime ins Fernsehen.

Ich lasse mir jeden Schal bringen, in dem auch nur ein Fleckchen Bruisers-Lila vorkommt. Doch vor dem Spiegel verwerfe ich alles sofort wieder. Ich trage keine Schals, weil sie meine Oberweite noch voluminöser erscheinen lassen, als sie sowieso schon ist.

Ich sollte diese Modekrise nicht haben. Es sollte mir egal sein, dass die Kameras auf Nate und seine Gefolgschaft zoomen, sobald Brooklyn ein Tor schießt. Ich sollte nicht darüber nachgrübeln, wie Nates Freundin auszusehen hat. Aber es fällt mir schwer, mich nicht mit der straffen blonden Juliet, der Promi-Fitnesstrainerin, zu vergleichen.

Und nur, weil ich mit Nate zusammen bin, mutiere ich noch längst nicht zu einer Frau, an der Schals gut aussehen.

Ich lasse die frustrierte Verkäuferin stehen und nehme die Rolltreppe hinauf in die Designerabteilung, die ich nur selten aufsuche. Ich drehe eine Runde, aber für das Eisstadion ist alles viel zu sommerlich. Bis ich die Ecke mit den reduzierten Wintersachen entdecke. Und ich finde – ungelogen – Kaschmirjacken. Es sind nicht so viele wie in dem Traum, aus dem Nate mich in jener schicksalhaften Nacht in Florida geweckt hat. Aber ich brauche auch keine hundert, ich brauche nur eine.

Und ich finde eine in genau dem richtigen auberginefarbenen Violett.

Es ist Schicksal, also muss ich sie kaufen. Außerdem ist meine Kreditkarte fast vollständig ausgeglichen, weil Nate meine Arztrechnungen bezahlt hat.

Und weil ich ich bin, kann ich den Laden nicht verlassen, ohne in der Wäscheabteilung vorbeizuschauen. Ich durchstreife die Gänge und frage mich, welche Fetzchen aus Seide oder Spitze Nate diesen Ausdruck in die Augen zaubern, den er immer bekommt, wenn ich mich ausziehe – wie ein Hund, dem die Zunge aus dem Maul hängt. Ich finde ein Spitzenhöschen in einem zarten Rosaton, das quasi nichts verdeckt, und einen dazu passenden BH.

Dann gehe ich nach Hause, um zu packen und mich hübsch zu machen.

Ich dachte, es würde seltsam sein, als Nates Freundin zu fliegen und nicht als seine Assistentin, aber das ist es nicht. Zumindest anfangs nicht. Erstens ist Lauren mit an Bord. Das war nicht geplant, aber wie sich herausstellt, ist sie wieder mit Beacon, dem Goalie zusammen, und hat Nate gefragt, ob sie mitkommen darf, um sich das Spiel anzuschauen.

»Wir können diese Unterlagen während des Fluges durchgehen«, sagt sie, während sie auf dem Tisch der Gulfstream ihren Laptop aufklappt.

»Du bist ja verrückt«, sage ich und setze mich in einen der breiten ledernen Liegesessel. Ich habe Lauren nicht erklärt, warum ich hier bin, und Nate hat auch nichts gesagt. Ich bin gespannt, wie lange es dauert, bis sie fragt.

Als Lauren uns den Rücken zuwendet, streicht Nate mir über die Haare. Er lächelt mir verschwörerisch zu und setzt sich ihr gegenüber.

Ich verbringe den Flug damit, eine *Vanity Fair* durchzublättern und zu faulenzen. Ich kann mich nicht erinnern, wann ich zum letzten Mal nichts zu tun hatte. Aber als ich Heidi Jo gesagt habe, sie dürfe dieses Auswärtsspiel in Dallas selbst organisieren, habe ich mich gezwungen, sie machen zu lassen, egal was passiert. Sie ist immer noch überschwänglich und redet zu viel. Aber trotzdem erledigt sie, was zu tun ist. Meine Jungs sind gerade bestimmt in guten Händen. Falls sie irgendein Problem hat, das sie nicht lösen kann, wird sie sich schon melden.

Die Flugbegleiterin bringt mir ein Glas frisch gepressten Orangensaft in einem Kristallglas und eine kleine Schale geröstete Mandeln. Dann reicht sie mir ein hübsches Kärtchen mit dem WLAN-Passwort. »Kann ich Ihnen sonst noch etwas bringen? Hier in der Sitztasche gibt es Zeitschriften und Bücher ...« Sie deutet auf den anderen Liegesessel. »Und in einer Stunde wird das Abendessen serviert.«

Schön. Nates Freundin zu sein bringt also die eine oder andere Annehmlichkeit mit sich.

»Im Moment brauche ich nichts«, sage ich zu ihr. »Vielen Dank.«

Als wir in Dallas landen, wartet eine Stretchlimo auf dem Rollfeld. So ist es also, mit Nate zu reisen. Der Wagen bringt uns zum Stadion. Wir stehen im Stau, sind aber trotzdem noch rechtzeitig zum Anstoß da.

Die Tür fliegt auf, und sofort fängt Heidi Jo zu quasseln an. Sie plappert davon, wie sie in letzter Minute ein zusätzliches Hotelzimmer für Lauren organisiert hat und wie sie ein ernstes Wörtchen mit den Stadionmitarbeitern reden musste, weil sie die Trainingszeiten für unsere Jungs geändert hatten.

Aber ich blende sie aus, als wir die Loge erreichen, denn Nate nimmt meine Hand und führt mich zu den Sitzen in der Mitte der ersten Reihe. Als würden wir das jeden Tag machen.

Mein Herz legt einen Zahn zu, als ich meine Hand in seine gleiten lasse und diese drücke. Wenn du willst, will ich auch, habe ich zu ihm gesagt. Dann kann es jetzt wohl anfangen, seltsam zu werden.

Und schon geht es los.

»Rebecca!«, sagt Nates Mutter vom Platz neben meinem. »Wie schön, Sie zu sehen.«

Ich schenke ihr ein Lächeln, das selbstbewusster wirkt, als ich mich fühle. »Hallo, Linda. Sind Sie bereit für Spiel fünf?« Und dann halte ich den Atem an, als ich mich frage, ob sie eine von den Müttern ist, der keine Frau gut genug ist für ihren Sohnemann. Aber ich lasse Nates Hand nicht los. Ich halte sie fest. Er drückt meine und begrüßt seinen Vater.

Ich sehe, wie Mrs Kattenbergers Blick zu unseren verschränkten Fingern hinabwandert. Sie bekommt große Augen.

Und dann? Lächelt sie, als hätte sie einen Preis gewonnen. »Ich bin bereit«, sagt sie. »Auf geht's. Setz dich. Ich hole uns ein Bier.«

Ich schaue ihr nach, wie sie zum Getränketisch hinübergeht, und die Enge in meiner Brust löst sich zum Teil. So wie es aussieht, stellt Nates Mom kein Problem dar. Bleibt nur noch der Rest der Welt.

Die nächsten zwei Stunden sind nicht gerade entspannend. Unsere Jungs sind heiß, aber Dallas gibt sich nicht kampflos geschlagen. Ich vergesse, dass ich mich wie Nates Vorzeigepüppchen verhalten soll, und schreie stattdessen den Schiedsrichter an. »FOUL!«, brülle ich im zweiten Drittel. »Das müsste mindestens zwei Minuten geben.«

Nate lacht leise, ohne den Blick vom Eis abzuwenden. Er *lächelt*, obwohl Dallas keine Strafe bekommen hat. Die Leute reden immer darüber, wie stoisch Nate sich ein Eishockeyspiel anschaut. Aber heute Abend muss ich feststellen, dass es noch schlimmer ist, wenn man direkt neben ihm sitzt. Ich habe Schaum vorm Mund, und er nippt in aller Seelenruhe an seiner dritten Cola light.

Nates Mom unterhält sich in den Pausen mit mir, aber ich bin viel zu aufgekratzt, um ihr mehr als ein paar belanglose Fragen zu stellen. Ich nicke und lächle einfach im richtigen Moment. Hoffe ich zumindest.

Meine Mannschaft ist noch zweieinhalb Spiele davon entfernt, sich den Pott zu holen, und ich kann meine Aufregung nicht verbergen.

Als das Spiel in die Verlängerung geht, bin ich vollkommen erschöpft. Bis Trevi in der ersten Verlängerung den Puck im Netz versenkt und alle Brooklyn-Fans in Dallas vor Freude aufspringen.

»JAAA!«, schreie ich. »Gott sei Dank!«

Nate lacht und zieht mich in eine stürmische Umarmung.

Nach dem Spiel begleite ich Nates Eltern zu einem Wagen. Sie übernachten in einem anderen Hotel als die Mannschaft. Und wenn mich nicht alles täuscht, ist Mrs Kattenbergers Umarmung besonders fest. »Bis bald, Liebes. Hoffentlich sehen wir uns bald wieder«, sagt sie.

Ich bin zu aufgedreht von dem Spiel, um in die wartende Limousine zu steigen. In der Hotellobby wird eine improvisierte Feier stattfinden, und der Gedanke macht mich nervös. »Können wir laufen?«, frage ich. Es sind nur zwei Blocks.

»Klar«, sagt Nate sofort. Er nimmt meine Hand, und wir machen uns auf den Weg. Natürlich folgt die Stretchlimo uns. Nates Bodyguards passen immer auf. Irgendwann werde ich mich bestimmt daran gewöhnen.

»Wegen dieser Party …« Ich weiß nicht, wie ich meine Bitte formulieren soll, ohne dass ich meine Ängste alle auf einmal verrate.

»Ich werde dir nicht die Zunge in den Hals schieben, falls du das meintest.« Nate drückt meine Hand. »Ich weiß, dass du die anderen lieber vorsichtig an den Gedanken gewöhnen willst.«

»Richtig. Genau. Ich möchte nicht, dass es skandalös wirkt. Höchstens später. Unter uns. Wenn du meine neue Unterwäsche siehst.«

Nate bleibt unvermittelt auf dem Bürgersteig stehen. »Neue Unterwäsche?«

»Und was für welche. Und wir haben gewonnen. Also werde ich sie sorgfältig waschen und bei Spiel sechs und sieben wieder tragen. Die bringt uns Glück, ist doch klar.«

»Offensichtlich.« Nate lächelt amüsiert. Er legt mir eine Hand an die Wange und schüttelt den Kopf. »Sobald ich kann, werde ich dafür sorgen, dass sie *dir* Glück bringt. Vielleicht können wir die Party einfach überspringen?«

Können wir nicht, und das weiß er auch. Aber wir stehen direkt unter einer Straßenlaterne, und er küsst mich sehr ausgiebig. Ich halte mich an seinen Schultern fest und seufze, als er mich kostet. Es ist ein Kuss, der mir verrät, dass das heute für ihn eine große Sache ist.

Und für mich auch. Es ist die Nacht, in der ich über meinen Schatten springe und die Zeit mit Nate genieße, anstatt mir Sorgen zu machen, was das alles zu bedeuten hat.

Er seufzt und löst sich von mir. »Damit werde ich mich für die nächste Stunde begnügen müssen.«

Wir laufen den Rest des Weges zum Ritz, und Nate lässt meine Hand los, um mir durch die Drehtür zu folgen. Er greift nicht wieder danach, wahrscheinlich aus Respekt, weil ich die Leute langsam an unseren neuen Beziehungsstatus gewöhnen möchte.

»Hey!«, rufen Castro und Trevi von einem abgesperrten Bereich am Ende der Bar in der Lobby. »Schaut mal, wer da ist.«

Ich weiß nicht, ob sie mich oder Nate meinen. Er hat die heutige Pressekonferenz mal wieder geschwänzt. Hätte ich an seiner Stelle auch.

»Gut gemacht, Jungs«, sagt er, und sie jubeln. Wir laufen weiter in den Barbereich hinein, und die Spieler verstummen, als ihr Teameigner sich nähert. Er und Coach Worthington sind die Einzigen, die mit ihrer bloßen Anwesenheit eine gesamte Umkleide zum Schweigen bringen können.

»Der Mann braucht ein Bier«, sagt O'Doul und winkt den Barkeeper heran.

»Zwei«, sagt Nate, und ich bemühe mich, nicht rot anzulaufen, als Nate mir ein Glas reicht, bevor er sich selbst eins nimmt. »Ich gebe eine Runde aus«, sagt er unter allgemeinem Jubel. »Und ich möchte euch etwas sagen.«

»Eine Rede!«, brüllt Leo Trevi.

Nate lächelt und trinkt einen Schluck Bier. »Zuerst einmal möchte ich mich bei euch bedanken, dass ihr euch an meiner streng geheimen jahrelangen Verschwörung beteiligt habt, um mich an einem Spieler von Dallas zu rächen. Diejenigen von euch, die dazu beigetragen haben, erhalten ihren Bonusscheck, sobald wir am Samstag den Pokal gewonnen haben.«

Ein gut gelauntes Lachen durchdringt die Bar.

Nate trinkt sein Bier aus und wartet, dass es verebbt. »Ganz im Ernst, es ist kein Spaß, wenn dein Privatleben in der Presse ausgebreitet wird. Aber die Leute haben von Anfang an schlecht über unser Team geredet. Wir wären zu jung. Wir wären zu hochmütig. Es würde ein Desaster, wenn wir mit dem Team nach Brooklyn umziehen. Ihr habt ganze Arbeit geleistet, dass ihr auf diesen Blödsinn nicht gehört habt und euch stattdessen auf das konzentriert habt, was wirklich wichtig ist.«

Die Spieler und ihre Familien applaudieren, und ich verspüre ein kleines Flattern in der Brust. Mich auf das zu konzentrieren, was wirklich wichtig ist, steht auch ganz oben auf meiner Liste.

»Der Artikel in der *Post* war übrigens völlig falsch«, fügt Nate hinzu.

Er grinst teuflisch, und ich frage mich, ob er jetzt so was sagen wird wie: *Es war nicht unser Bett, es war der Küchentisch.* Aber nein. »Ich habe eine Eishockeymannschaft gekauft, weil ich sehen wollte, wie ihr Jungs es da draußen rockt. Und – im Gegensatz zu dem Zeitungsartikel – möchte ich Bart und Juliet Palacio für ihre Einmischung in mein Privatleben danken. Denn wenn die beiden einander nicht gefunden hätten, dann hätte ich jetzt nicht diese wunderbare Frau hier an meiner Seite.«

Mein Hirn ist immer noch dabei, den Satz zu verarbeiten, als Nate beiseitetritt, einen Arm um meine Taille legt und mir einen Kuss auf die Wange drückt.

Die Bar explodiert. Georgia und Lauren stoßen beide den

gleichen Schrei aus, und ich höre entfernt Castros: »Was zum Teufel«, und O'Douls plötzliches Lachen.

Seltsamerweise könnte ich schwören, dass ich ein paar Stimmen höre, die »Na, endlich« sagen.

Mein ganzer Körper wird heiß unter der unerwarteten Aufmerksamkeit. Einen Moment lang habe ich Angst, und es ist mir unangenehm, aber dann wird mir klar, dass mich fast alle, die ich kenne, anstrahlen. Irgendjemand ruft nach Champagner, und da wir hier im Ritz sind, wo alles reibungslos läuft, höre ich nur ein paar Sekunden später Korken knallen. Unter dem Jubel der Anwesenden schlinge ich Nate einen Arm um die Taille. Und dann zwicke ich ihn. »Wie war das noch mit dem Langsam-dran-Gewöhnen?«, raune ich.

»Ich gebe eine Runde aus. Damit gewöhnt man sie an alles.«

Leo Trevi steigt auf einen Barhocker und schlägt mit einem Löffel an sein Glas. »Küssen. Küssen!«

»Oh, Himmel«, murmele ich. Dann lege ich Nate eine Hand auf die Brust und stelle mich auf die Zehenspitzen. Ich küsse Nates Lächeln nur einmal, dafür aber richtig. Dann richte ich meine Finger auf Leo wie eine Pistole und löse die Sicherung. »Das war's. Ende der Vorstellung. Wenn du noch einmal fragst, geht dein Gepäck auf dem Weg nach Hause verloren.«

»Oh, Mist«, sagt er und springt vom Hocker. Und alle lachen.

29

Nate

17. Juni, New York

Zurück in Brooklyn, verlieren wir Spiel sechs in einem verdammten Penaltyschießen. Könnte jedem passieren. Meine Jungs sehen das ganze Spiel über gut aus. Selbstsicher. Aber es reicht nicht, um die Serie siegreich zu beenden.

Also müssen wir das in Spiel sieben erledigen. So ist es eben.

Doch ich bin so abgelenkt. Am liebsten würde ich nur noch dem Training zusehen und Coach Worthington dabei zuhören, wie er seine schroffen Weisheiten verbreitet.

Wir sind so nah dran. Ich kann es förmlich schmecken.

Nur um alles noch komplizierter zu machen, haben meine Investmentbanker ein drittes Angebot für meine Router-Sparte erhalten. Aus dem Nichts möchte ein Hardwarehersteller die Wettbewerber aus diesem Geschäftsbereich verdrängen.

Stew verdreht die Augen, als ich ihm die Neuigkeit erzähle. »Wenn du dich schon entschieden hättest, hättest du dieses Problem nicht, du Superhirn.«

Sag bloß.

Aber meine Unentschlossenheit ist nicht das einzige Problem. Allein in meinem Büro, schnappe ich mir das Telefon und tippe Alex' Nummer ein. »Hey, du. Hör mal. Ich möchte das Geschäft mit dir abschließen, aber wir müssen uns beeilen.

Und du musst dich blicken lassen, denn es gibt eine neue Komplikation. Ruf mich bitte endlich zurück, sonst muss ich dich als vermisst melden.«

Draußen an ihrem Schreibtisch plant Lauren noch mehr Meetings, für die ich viel zu abgelenkt bin, und bestellt Mittagessen, damit mein Blutzuckerspiegel nicht sinkt und ich mich in ein weinerliches Blag verwandele. Der beeindruckende Ausblick über Manhattans Skyline vor meinem Fenster ist hinter dicken Wolken verborgen. Es ist ein regnerischer Junitag, und die Eishockeysaison steht ein Spiel vor ihrem packenden Abschluss.

Und ich werde gleich mehrere Stunden dem Geschwafel von Finanzheinis zuhören müssen. Kann mich bitte jemand umbringen?

Ich esse gerade den Rest einer riesigen Schale scharfer Nudeln, als es an der Tür klopft. »Komm rein, besonders, wenn du Rebecca bist.« Becca hat vorhin gesagt, sie müsste nach Manhattan und käme vielleicht gegen Mittag vorbei.

»Tut mir leid«, sagt eine Frauenstimme. Es ist nicht Rebeccas Stimme. Als sich die Tür öffnet, erscheint dahinter Alex' Gesicht.

»Hey!« Ich stehe auf, weil ich mich freue, sie zu sehen. »Endlich! Wie geht es dir?« Ich werfe die Verpackung meines Imbisses in den Mülleimer neben meinem Tisch.

Alex lächelt mich sparsam an. Sie schließt die Tür und geht zum Besucherstuhl vor meinem Schreibtisch. »Nate, ich bin hier, um dir den Tag zu versauen.«

»Was?« Das haben Frauen schon öfter getan, haben es aber selten so offen zugegeben. »Dann zieh wenigstens zuerst die Jacke aus. Oder sollen wir einen Kaffee trinken gehen?« Damit ich die heutigen Meetings durchstehe, könnte ich einen Espresso vertragen.

Langsam schüttelt Alex den Kopf. So angespannt habe ich sie noch nie gesehen. Wäre dies eine Folge von *Sherlock*, hätte sie unter ihrem Regenmantel eine Bombe umgeschnallt.

»Spuck es aus, Kumpel«, sage ich. »Was ist los?«

»Ich bin schwanger. Aber wahrscheinlich nicht von dir.«

Sechs Mal. So oft lasse ich mir diese Ankündigung durch den Kopf geben, um sicher zu sein, dass ich richtig gehört habe. Ich kann spüren, wie alles Blut mein Gesicht verlässt. Und trotzdem weiß ich sehr genau, dass ich mir gut überlegen muss, was ich jetzt sage. Ich brülle nicht: *Es ist nur ein einziges Mal in zwölf Jahren passiert, und wir haben ein Kondom benutzt!* Ich brülle überhaupt nicht.

»Schwanger«, sage ich vorsichtig. Aber wahrscheinlich nicht von mir, hat sie hinzugefügt.

Wahrscheinlich – heißt das, sie ist sich zu einundfünfzig oder zu neunundneunzig Prozent sicher? Irgendwie schaffe ich es, die Frage nicht auszusprechen. »Herzlichen Glückwunsch«, füge ich sanft hinzu. Dann warte ich auf mehr Informationen.

Alex lächelt mich noch einmal angespannt an. »Ich kenne dich gut genug, um zu wissen, dass sich deine Rädchen drehen. Ich bin mir zu achtundachtzig Prozent sicher, dass es nicht dein Problem ist. Ich war kurz mit Jared zusammen, nachdem wir …« Sie räuspert sich. »Aber ich muss dich um einen Gefallen bitten. Ich möchte dich ausschließen, bevor ich mit ihm spreche.«

»Mich ausschließen«, sage ich dämlich.

Sie schließt die Augen und öffnet sie wieder. »Mit einem Vaterschaftstest, Nate.«

»Oh. Okay«, sage ich schnell. »Was immer nötig ist.«

»Atme, Nate. Es ist vermutlich nicht von dir. Aber ich brauche trotzdem deine Hilfe.«

Die zwölfprozentige Wahrscheinlichkeit geht mir trotzdem nicht aus dem Kopf. »Mir geht's gut«, sage ich. »Was soll ich tun?«

Alex zieht eine blaue Schachtel mit großen Buchstaben aus ihrer Tasche. Man könnte sie für Zahnpasta halten, abgesehen von dem leuchtenden Etikett: *Vaterschaftstest.*

»Ich möchte, dass du ihn machst, auch wenn die Chancen gering sind.«

Während sie die Verpackung öffnet, schaltet sich mein Verstand wieder ein. »Bittest du mich, weil du ihn nicht bitten kannst?«

Ihre Finger erstarren mitten in der Bewegung. »Ich will nur mit ihm darüber sprechen, wenn ich muss. Er ist kein guter Mann.«

»Ach, Scheiße, Alex.«

Ihre Augen werden rot. »Ja, stimmt, eine Riesenscheiße. In diesem Jahr habe ich mehr Fehler gemacht, als ich zählen kann. Diese Unterhaltung wollte ich nie mit dir führen. Aber obwohl ich mir ziemlich sicher bin, dass du vom Haken bist, wünscht sich ein Teil von mir, es wäre anders. Ich will kein Kind mit jemandem, der mich geschlagen hat.«

Ich verschlucke mich tatsächlich an nichts. »Wie schlimm war es denn?«

Sie schüttelt den Kopf. »Glaub mir, das eine Mal war das letzte Mal, dass er und ich zusammen im selben Raum gewesen sind. Er war nur mit mir zusammen, um an meinen Vater heranzukommen.«

»Oh, Scheiße«, sage ich wieder. Alex' Vater ist ein bekannter Risikokapitalgeber. Viele Arschlöcher würden ihn gern kennenlernen.

»Ich habe es ihm auf den Kopf zugesagt, und er hat mich mit dem Handrücken geschlagen. Das war das Ende. Bis jetzt.«

»Also …« Ich verstehe, worauf das hinausläuft. »Wenn das Baby von ihm ist, wirst du sein Start-up trotzdem finanzieren, im Austausch für ein Dokument, durch das er seine Elternrechte aufgibt.«

Sie nickt und wirkt so erschöpft, dass ich mir wünschte, ich hätte die Arme nie so sehen müssen.

»Es tut mir leid«, sage ich noch einmal. Das Schweigen zwischen uns ist voller Traurigkeit. »Da ich ja sozial ein wenig unbeholfen bin, nur noch mal zur Sicherheit: Du bist also nicht hier, um mit mir über die Router-Sparte zu sprechen?«

Sie macht große Augen, und dann lächelt sie. *Endlich.* »Du Arsch.«

Glucksend stehe ich vom Stuhl auf und gehe um den Tisch herum. Ich beuge mich zu ihr und nehme sie fest in die Arme. »Wir schaffen das schon, Kumpel. Alles wird gut.«

Alex vergräbt den Kopf an meiner Schulter und holt tief und zittrig Luft.

30

Rebecca

Es ist total schräg, zum ersten Mal seit zwei Jahren wieder bei KTech zu sein. Alles ist noch genauso wie früher, von den teuren und exquisiten Teppichen bis zu der Espressomaschine in der Teeküche.

»Hey!« Lauren lächelt mich von ihrem Schreibtisch vor Nates Büro an. »Du siehst ja schick aus.«

Ein Kompliment von Lauren. Das ist sogar noch schräger als die unveränderte Einrichtung. »Danke«, sage ich einen Tick zu spät. Lauren wirkt ungefähr hundertmal fröhlicher als früher. Entweder hatte sie eine Lobotomie oder es tut ihr gut, wieder mit Mike Beacon zusammen zu sein.

»Nate redet gerade noch mit Alex Engels. Soll ich ihn anrufen?« Noch während sie es anbietet, fliegt Nates Bürotür auf und Alex kommt heraus. Sie muss allen Ernstes zweimal hinsehen, als sie mich da stehen sieht. Sie macht den Mund auf und wieder zu, dann zieht sie das Kinn an die Brust und marschiert hinaus.

Keine drei Sekunden später verschwindet sie hinter den Aufzugschächten und aus unserem Sichtfeld.

»Ähm?«, mache ich dümmlich. »War das seltsam?«

»Ja, oder?« Lauren zuckt mit den Achseln. »Wo brennt's denn?« Dann deutet sie auf Nates offene Bürotür. »Geh ruhig rein. Er hat die nächste halbe Stunde keine Termine.«

»Danke.« Ich betrete Nates Büro, aber er sieht mich nicht. Er steht vor den bodentiefen Fenstern und hat mir den Rücken zugewandt, die Hände hinter dem Kopf verschränkt. Es ist die Pose eines Mannes, der nachdenken muss. Ich habe keine Ahnung, was er anschaut, denn draußen ist es neblig wie in einer Waschküche, und man kann nicht einmal bis zum Fluss sehen.

Mit einem leisen Klicken schließe ich die Tür hinter mir. »Nate?«

Er wirbelt herum, und in seinem Gesicht sehe ich … Schmerz? Es gibt kein anderes Wort, das mir dazu einfällt. Er schaut finster drein, und die tiefen Furchen auf seiner Stirn verraten mir, dass er sich Sorgen macht.

»Hi«, sage ich leise und gehe auf den Schreibtisch zu.

Er antwortet nicht, aber mit vier Schritten hat er den Schreibtisch umrundet und mich erreicht. Sein Kuss ist wie ein Gewitter, das sich aus dem Nichts zusammengebraut hat. Plötzlich und heftig.

Es dauert einen Moment, bis ich mich darauf einlassen kann. Aber so einen hungrigen Kuss darf man nicht ungenutzt lassen. Ich hebe den Kopf und erwidere das Feuer. Und ich umfasse seinen Hinterkopf, um ihn zu ermutigen.

Nate stößt einen tiefen, gierigen Laut aus, den ich überall spüre. Er bringt die dunkle Ecke meines Unterbewusstseins zum Klingen, in dem meine wildesten Fantasien wohnen. Wahrscheinlich unterbreche ich deshalb unseren Kuss und tue etwas, wovon ich nie geglaubt hätte, dass ich es im wahren Leben jemals tun würde: Ich strecke die Hand aus und drücke auf den Schalter auf Nates Schreibtisch – den Schalter, der die Tür verriegelt.

Seine Augen lodern, seine Brust hebt und senkt sich, als wäre er gerade zehn Kilometer auf dem Laufband in der Ecke gelaufen.

Und dann fällt er über mich her. Anders kann man es nicht nennen. Sein Mund und seine Hände sind überall, er schiebt mich rückwärts. Mit den Kniekehlen stoße ich gegen das Sofa an der Wand, und wir fallen darauf.

Nates Brust ist eine glühende Mauer, und seine Lippen sind überall – an meinem Hals, meinem Kinn, meiner Kehle. Ich bin überwältigt von ihm, und es ist berauschend. Als seine Hand zwischen meine Beine wandert, presse ich erwartungsvoll die Schenkel zusammen.

Genauso beginnen meine schmutzigsten Fantasien, außer ... »Nate?«

Als Antwort knurrt er nur, während er mir die Zunge ins Ohr steckt.

»Geht es dir gut?«

»Nein.« Er schiebt mir das Kleid hoch, und irgendwie sind meine High Heels noch nicht abgefallen. Hoffentlich erdolcht er sich nicht daran. »Ich brauche dich«, sagt er mit rauer Stimme.

»Dann nimm mich«, keuche ich.

Etwa zwei Sekunden später hat er mir das Höschen und einen Schuh ausgezogen. Nate befreit seinen Schwanz so eilig, als wäre er jemand, der aus einem brennenden Haus flieht. Dann packt er mein Bein, zieht das Knie unter seinen Arm und dringt mit einem festen Stoß in mich ein.

Erst dann hält er inne. Endlich erwidert er meinen Blick. Seine Augen sind braun und wunderschön und voller Sorge. Ich schenke ihm das schönste Lächeln, das ich aufbringen kann, auch wenn ich atemlos und ein wenig überwältigt bin. Langsam atmet er aus und stützt sich auf die Unterarme. Nun bekomme ich noch einen Kuss. Sanfter, aber nicht weniger fordernd. Unsere Zungen berühren sich, und unsere Zähne klackern sanft aneinander.

»Ja«, keucht er und bewegt sich in mir. Er zieht sich zurück und füllt mich erneut aus.

Auf meiner Haut breiten sich Hitze und Gänsehaut aus. Ich habe noch nie so viele Eindrücke in so kurzer Zeit empfunden, und das Tempo, das er anschlägt, ist erbarmungslos.

Er ist wunderschön in seinem Hemd und mit dem leichten Schweißfilm auf der Stirn. »Bec«, stöhnt er.

Ich umklammere ihn mit dem ganzen Körper, und er stößt einen Laut aus wie ein gequältes Tier. Er ist roh und verzweifelt, und Gott weiß warum, aber das bringt mich zum Höhepunkt. Im nächsten Moment beiße ich mir auf die Lippe, um keinen Ton von mir zu geben, als ich um ihn herum erschauere.

Und es ist, als könnte Nate endlich loslassen, was ihn quält. Er stützt sich auf die Unterarme und lässt das Gesicht an meinen Nacken fallen. »Fuck«, flüstert er, als er seine Stöße verlangsamt. Ich spüre, wie er sich anspannt und erschauert. Und endlich entspannt.

In der darauffolgenden Stille versuchen wir, wieder zu Atem zu kommen, aber es ist nicht leicht.

»Es tut mir leid«, sagt er mit den Lippen an meiner Haut.

»Das muss es nicht«, flüstere ich. »Das war ziemlich aufregend.«

»Nein. Ich weiß, ich bin …« Er flucht. »Mir tut der Ärger leid, den ich dir gleich bereiten werde. Und dass ich dich einfach aufs Sofa gedrückt habe, bevor ich dir alles erklären konnte.«

Mit einer trägen Hand streiche ich ihm die Haare glatt. »Wie schlimm kann es hiernach schon sein?«

Ich erwarte, dass er lacht, denn Nate lacht immer, wenn wir Sex haben. Dann ist er immer unbeschwert, und sein Lächeln wird jungenhaft.

Aber heute nicht. Seufzend löst er sich von mir. Dann hebt er mich tatsächlich hoch und stellt mich sanft auf dem Teppich ab. »Du bist ganz derangiert.« Er streicht mir das Kleid glatt. »Dabei ist dein Kleid so hübsch.«

Ich schaue an mir hinab. Ich hatte vergessen, wie aufgebrezelt ich bin und dass ich hier bin, um ihm vom Grund für meinen Besuch in Manhattan zu erzählen. Aber jetzt bin ich der Meinung, dass das warten kann. »Sag mir, was los ist.« Sein Hemd ist zerknittert, und ich streiche es glatt, während er seinen Schwanz wieder in der Hose verstaut.

»Setzen wir uns.« Beklommen betrachtet er das Sofa. »Hm. Komm her.« Er zieht einen von seinen Besucherstühlen hervor und dreht ihn so, dass er dem anderen gegenübersteht.

Den Moment nutze ich, um mir mein Höschen zu schnappen und es anzuziehen. Während ich nach meinen Schuhen Ausschau halte, setze ich mich auf den Stuhl.

Als wir uns gegenübersitzen, legt mir Nate die Hände auf die Knie. »Weißt du noch, dass ich gesagt habe, es wäre nicht so kompliziert? Bei Gott, das habe ich wirklich geglaubt. Aber ich muss dir etwas gestehen.«

Mir dreht sich der Magen um, weil er so ein ernstes Gesicht macht.

»Alex ist im zweiten oder dritten Monat schwanger, und sie muss mich als Vater ausschließen.«

»*Schwanger*?« Ich lasse mich auf meinem Stuhl zurücksinken, als hätte er mich geschlagen. »Von …« Ich kann es nicht aussprechen. Aber ich muss ausspucken, was mir durch den Kopf schießt. »Ich habe dich gefragt, ob du mal mit Alex zusammen warst. Du hast gesagt, du hättest einmal mit ihr geschlafen, und ich dachte, du meinst im College.«

Gequält verzieht er das Gesicht. »Es war auch nur einmal.« Er drückt mein Knie. »Und was den Zeitpunkt angeht … So sollte es auch klingen. Ich wollte nicht, dass du erfährst, wie dumm ich dieses eine Mal im März gewesen bin.«

Er hat nicht gelogen, ruft mir mein Herz hoffnungsvoll in Erinnerung. »Also hast du vielleicht bald ein Kind mit Alex«, flüstere ich.

»Die Möglichkeit besteht, aber sie muss erst einen Test machen. Der andere Kerl ist viel wahrscheinlicher. Aber er hat sie geschlagen.«

Mir bleibt der Mund offen stehen. »Was für ein Arsch.«

»Ja.« Nate leckt sich über die Lippen. »Ich, ähm, bin auch total platt. Und sauer auf mich selber. Ich wollte nicht, dass unser erstes gemeinsames Jahr so läuft.«

»Und wenn es von dir ist«, frage ich, »was dann?«

Nate zuckt mit den Schultern. »Ich habe es auch erst fünf Minuten, bevor du hereingekommen bist, erfahren. Keine Ahnung, was dann. Ich würde Kontakt haben wollen, wenn Alex das möchte. Mit dem Baby. Nicht mit Alex. Ich liebe dich, und daran wird sich niemals etwas ändern.«

Ich atme tief ein und wieder aus. Ich habe nicht gehört, was Nate zu Alex gesagt hat. Es war bestimmt kein einfaches Gespräch. Aber ich wette, Nate war nett und hat sich wie ein guter Freund verhalten.

Also kann ich das auch. Oder etwa nicht?

Auch wenn mir der Gedanke missfällt, dass Nate nur ein paar Wochen, bevor er etwas mit mir angefangen hat, mit Alex im Bett war, kann ich erwachsen damit umgehen.

»Meine Güte«, sage ich. »Da machst du *einmal* einen Fehler, und schon musst du zum Vaterschaftstest?«

»Tja.« Er sieht immer noch beschämt aus. »Wenn ich einen Fehler mache, dann gleich richtig.«

»Ach, Nate.« Ich kichere, aber das ist wahrscheinlich bloß der Stress. »Die arme Alex. Du Armer.«

»Ich komme schon damit klar. Es würde mich gar nicht besonders stören, wenn ich dich nicht gerade davon überzeugen wollte, dass ich eine gute Partie bin.«

»Stimmt das denn?«

»Dass ich dich überzeugen will? Immer.«

Wie süß. »Du *bist* eine gute Partie. Aber wenn Alex und du ein Baby bekommt, werde ich fürchterlich eifersüchtig sein.« So, jetzt habe ich es gesagt.

Er beugt sich vor und zieht mich in seine Arme. Nach einem Kuss auf die Wange flüstert er: »Das ist auch etwas, was ich viel lieber mit dir angehen würde.«

Ich sage nichts, denn damit begeben wir uns auf gefährliches Terrain. Aber ich schmiege mich an ihn, um ihm zu zeigen, dass mir der Gedanke auch gefällt.

»Becca, ich habe sieben Jahre gebraucht, um zu verstehen, wie sehr ich dich brauche. Ich werde nicht zulassen, dass uns irgendjemand im Weg steht.«

»Alles wird gut«, flüstere ich. Auch wenn wir jetzt in Spiel sieben gehen und uns fragen müssen, wie der Vaterschaftstest ausfällt. »Wie lange dauert es, bis wir das Ergebnis haben?«

»Nicht lange. Ach, übrigens ...« Er lässt mich los, dann nimmt er einen Umschlag vom Schreibtisch. »Alex hat das für dich dagelassen. Das hätte ich fast vergessen.« Er reicht ihn mir. Darin liegt ein Zettel.

Rebecca, ich muss mich dringend bei dir entschuldigen. Bitte glaub mir, normalerweise bin ich keine so blöde Zicke wie in Florida. Ich hatte schreckliche Angst, ich könnte schwanger sein und was das für alle Beteiligten bedeuten würde. Ich habe es an dir ausgelassen, und du sollst wissen, warum. Wie Nate dich ansieht, das ist so herzerwärmend und so selten. Er schaut dich an, als würde er für dich durchs Feuer gehen. Die meisten von uns werden so etwas nie finden, deshalb wünsche ich dir, dass du es zu würdigen weißt. Es tut mir so leid, dass ich euer Leben nun noch komplizierter mache. Ich hoffe, du kannst mir verzeihen. A.

»Was schreibt sie?«, fragt Nate und mustert mich mit wachen Augen.

Meine Kehle ist zugeschnürt. »Sie sagt, es tut ihr leid. Es ist ein wirklich netter Brief.«

»Halleluja. Alex war all die Jahre eine gute Freundin für mich. Ich würde es nicht ertragen, wenn sie nicht nett zu dir wäre.«

Wir werden sehen, denke ich.

»Wollen wir einen Kaffee trinken gehen?«, fragt er. »Scheiße, ich glaube, ich nehme mir den Rest des Tages frei.«

»Echt? Wow.« Das ist das erste Mal, dass ich ihn das sagen höre.

»Hey, wieso bist du überhaupt hier?«, fragt er.

Langsam schüttele ich den Kopf. »Darüber können wir ein andermal reden.«

»Spuck's schon aus«, sagt er. »Ich kann es verkraften.«

»Jedenfalls bin ich nicht schwanger.«

Er lächelt. »Das könnten wir ändern.«

»Sehr witzig.« Ich hole tief Luft. »Okay. Bitte reg dich nicht auf. Aber ich hatte ein Bewerbungsgespräch.«

Nate blinzelt. »Für dich selber?«

»Ja«, sage ich leise. »Der Job ist wahrscheinlich nicht das Richtige für mich. Es waren bloß ein Anruf und ein kurzes Treffen. Aber ich würde gerne schauen, was es sonst noch so gibt.«

Nate stemmt die Ellenbogen auf die Knie und stützt die Stirn in die Hände. »Bec, das finde ich fast schlimmer als die

369

zwölfprozentige Wahrscheinlichkeit, dass ich Alex geschwängert haben könnte.«

Zwölf Prozent. Typisch Nate und Alex, dass sie für alles konkrete Zahlen haben. »Ich habe nicht gesagt, dass ich definitiv aufhören werde. Ich wollte nur mal vorfühlen.«

Das Bewerbungsgespräch kam ganz zufällig und unerwartet. Ich habe einen Anruf von einem Typen erhalten, der in der Gegend vielleicht ein Frauen-Eishockeyteam gründen möchte. Bis jetzt ist das nichts als Zukunftsmusik.

Aber ich muss zumindest in Erwägung ziehen, die Bruisers zu verlassen.

Nate blickt auf. »Aber das ist dein Leben. Das hast du selbst gesagt. Du liebst die Mannschaft.«

»Ich weiß.« Das habe ich tatsächlich gesagt. »Aber dich liebe ich auch. Also möchte ich überlegen, was es sonst noch für mich geben könnte. Wo ich arbeiten kann, ohne die Freundin des Teameigners zu sein. Ich bin noch nicht weg. Ich möchte einfach darüber nachdenken. Deshalb erzähle ich es dir jetzt, damit du später nicht schockiert bist.«

Nate streckt mir die Hand entgegen, und ich nehme sie. »Tu, was immer du tun musst. Ich möchte bloß, dass du glücklich bist. Aber bevor du irgendetwas unterschreibst, versprich mir, dass wir noch einmal darüber reden.«

Das ist leicht. »Versprochen«

»Danke, dass du so toll bist.«

»Du bist auch nicht schlecht.« Er lächelt mich an. In dem Moment dringt Laurens Stimme durch die Gegensprechanlage und sagt ihm, dass es Zeit für sein Meeting ist.

»Sag es ab«, verlangt er erschöpft. »Ich fühle mich nicht so gut und denke, ich gehe nach Hause.«

»Ähm …« Ich höre die Verblüffung in Laurens Antwort. »Okay. Ich sage ihnen Bescheid.«

Und nachdem wir uns in Nates privatem Badezimmer ein wenig frisch gemacht haben, verlassen wir das Büro Hand in Hand.

31

Nate

18. Juni, Dallas

Ich werde ständig damit aufgezogen, dass ich Eishockeyspielen recht unbewegt folge. Dass ich auf großartige Spielzüge und schlechte Entscheidungen nicht sichtbar reagiere.

Nach heute Abend wird sich das ändern.

Noch nie in meinem Leben habe ich mich gefühlt, als stünde alles auf einmal auf dem Spiel. Meine Mannschaft. Meine Zurechnungsfähigkeit. Mein Ego. Mein Ruf. Jedes Mal, wenn wir den Puck verlieren, würde ich Dallas am liebsten erwürgen. Und jedes Mal, wenn wir ihn zurückerobern, bin ich euphorisch.

»Treviiii!«, schreit Rebecca neben mir. »Hintermann! Pass auf …«

Ein Verteidiger aus Dallas rammt Trevi von hinten, und er verliert die Kontrolle über den Puck. Ich nehme Rebeccas Hand, als sie einen weiteren Schrei ausstößt, weil zwei gegnerische Spieler gleichzeitig zum Puck hechten. O'Doul könnte ihn bekommen. Vor Aufregung klettert Rebecca mir fast auf den Schoß. Wange an Wange halten wir gemeinsam den Atem an, als O'Doul den Puck zu Castro passt, der aufs Tor schießt …

Wir schreien beide.

Erst Stunden später erfahren wir, dass ein Glückspilz von Fotograf genau in diesem Augenblick abgedrückt hat. Wie gestörte Trottel glotzen wir von allen Titelseiten.

Doch das ist nicht das Schlimmste. Denn der Schuss prallt vom Pfosten ab, der das Tor verhindert, mit dem wir in Führung gegangen wären.

Als der Buzzer das Schlussdrittel beendet, steht es immer noch unentschieden, und Becca und ich halten uns aneinander fest. Sie setzt sich wieder auf ihren Platz und atmet aus, doch ich will mich vor der Verlängerung noch nicht entspannen. Der Adrenalinrausch ist mitreißend.

Ich liebe es. Jede Sekunde. Ich stecke in dieser Achterbahn und wünsche mir, dass die Fahrt niemals endet.

Meine Hand wandert zu einer gewissen kleinen Schachtel in meiner Jackentasche. Sie wartet dort auf ihren Einsatz. Ich bin mir nicht ganz sicher, ob der heutige Abend den richtigen Moment für diesen Schritt bereithält. Aber Rebecca ist die Richtige, und ich will nicht mehr viel länger warten.

Es geht gerade um alles, was mir wichtig ist. Wirklich alles. Und ich würde nichts daran ändern wollen.

Lauren beugt sich über uns und legt mir eine Hand auf die Schulter. »Schau mal auf dein Handy, Nate. Alex versucht, dich zu erreichen.«

Rebecca bekommt sofort große Augen. Ihre Wangen sind durch das aufregende Spiel gerötet, ihre Lippen sind pink und küssenswert. »Mach schon«, flüstert sie. »Schauen wir, was sie zu sagen hat.«

Ich umfasse ihr weiches Kinn. »Du weißt, dass ich dich liebe, oder?«

Sie lächelt, und ich streichele mit dem Daumen ihre Lippe. »Ich weiß, Boss. Jetzt lies die verdammte Nachricht.«

Zögerlich hole ich mein Telefon aus der Tasche und entsperre es. Ich rufe die Messenger-App auf und frage mich, ob ich jetzt herausfinde, dass ich Vater werde.

Alex: *Keine Übereinstimmung. Du bist vom Haken. Liebe Grüße an Becca.*

»Ach«, sagt Becca leise, »arme Alex.«

Ich lege den Arm um sie, weil das so lieb von ihr ist und weil ich nicht aufhören kann, sie zu berühren. »Das ganze Drama tut mir leid.«

»Schon gut«, sagt sie. »Deine Mom schreibt dir auch gerade.«

Das habe ich auch schon bemerkt. »Sie schaut sich das Spiel an«, sage ich und verstaue mein Handy. »Das Mom-Update installiere ich später. Möchtest du etwas zu trinken?«

»Klar!« Sie strahlt mich an. »Bring mir irgendwas mit.«

Ich stehe auf und hole uns zwei Limos. So gern würde ich nach unten gehen und mir anhören, was Coach Worthington zu den Spielern sagt, um ein Gefühl für seine Taktik für die Verlängerung zu bekommen. Doch so jemand möchte ich nicht sein. Der Teameigner sollte sich nicht einmischen.

Als ich zurückkomme, redet Rebecca mit Stew. Ich beobachte ihr lebhaftes Gesicht, während sie mit meinem besten Freund über Eishockey spricht. Er sieht beinahe so angespannt aus wie ich.

Ich hasse die Vorstellung, dass Becca bei den Bruisers aufhören könnte. Letzte Nacht habe ich kaum geschlafen, weil ich darüber nachgedacht habe. Ich lag im Bett und habe Beccas tiefen, gleichmäßigen Atemzügen gelauscht und mich gefragt, wie ich aus diesem Schlamassel herauskomme. Wenigstens ein bisschen.

Kurz vor Morgengrauen fiel mir eine Lösung ein. Sie ist so einfach, dass ich mir wie ein Idiot vorkam, weil ich nicht früher darauf gekommen bin. Wenn es sich für Becca nicht richtig anfühlt, für einen Verein zu arbeiten, der mir gehört, lässt sich das ganz einfach ändern.

Darüber werden wir später sprechen. Sie weiß es nur noch nicht.

Ich gebe ihr eine Limo.

»Und wo ist meine?«, fragt Stew.

Ich zeige auf die gut gefüllte Bar, und er verdreht die Augen, bevor er aufsteht, um sich zu bedienen.

Nachdem das Eis aufbereitet wurde, geht das Spiel weiter. Die Uhr zeigt zwanzig Minuten Verlängerung an. Angespannt verfolgt Becca den Einwurf.

Und wir sitzen wieder in der Achterbahn. Meine Jungs geben alles, und ich kann kaum atmen. Für das hier lebe ich. Es ist eine Leidenschaft und ein wahr gewordener Traum. Aber es ist nicht meine Lebensgrundlage.

Rebecca verstärkt ihren Griff auf meinem Oberschenkel.

Als Bart Palacio den Puck nach einem Gemenge vor der Bande bekommt, beugen wir uns auf unseren Sitzen vor.

»HALTET IHN AUF!«, kreischt Becca, als er O'Doul anrempelt, um den Puck nicht zu verlieren.

Aber niemand ist schnell genug da. Mit erschreckender Klarheit sehe ich, was passieren wird. Es ist Palacio gegen Beacon. Mann gegen Mann.

Mein Goalie ist der Beste in der Liga. Er kann rasend schnell Spielzüge antizipieren. Lebenslange Erfahrung mit Stürmern wie Palacio lässt ihn seine Entscheidungen treffen. Aber er ist auf sich allein gestellt. Seine Abwehrspieler haben ihn alleingelassen, und seine einzige Chance ist, die bestmögliche Position für eine Parade vorauszuahnen. Er wappnet sich für einen Schuss durch die Beine, aber Palacio entscheidet sich für einen Schuss über die Schulter.

Mir gefriert das Blut in den Adern, als der Puck sauber in

die obere Ecke des Netzes segelt und hinter Beacon herunter-fällt.

Das Stadion keucht.

Die Lampe leuchtet auf.

Und alles ist vorbei.

Rebecca und ich bleiben einen Moment in verblüfftem Schweigen sitzen. Das passiert immer, wenn wir in der Verlängerung verlieren, wenn die Hoffnung auf einen Sieg innerhalb eines Wimpernschlags zerplatzt.

»Oh nein«, flüstert Becca und presst sich die Hand aufs Herz. »Verdammte Scheiße.«

Ich umarme sie. »Wir waren so nah dran.«

»Verdammte Scheiße«, schreit sie. »Palacio! Ich werde ihm die Arme abreißen.«

Unter uns strömt das Team aus Dallas aufs Eis, wie Welpen stürzen sie sich auf- und übereinander und feiern wild.

Beccas Augen röten sich. »Das hätten wir sein sollen. Ich trage sogar meinen Glücks-BH und so.«

Ich beobachte, wie Trikots in der falschen Farbe herumwirbeln und tanzen. Diesen Moment habe ich mir tausendmal in Lila vorgestellt. Aber ich bin auch übermäßig analytisch, und als ich heute ins Stadion gekommen bin, wusste ich, dass unsere Chancen nur bei knapp über fünfzig Prozent lagen. Ich bin enttäuscht, aber nicht überrascht.

Becca vergräbt das Gesicht an meiner Schulter, und ich streichele ihr über die Haare, überzeugt, dass mir die vergangenen Wochen mehr gegeben als genommen haben. Die kleine Schachtel in meiner Tasche schreit nach mir. Aber selbst mir ist klar, dass ich einer traurigen Frau in Anwesenheit Dutzender Kameras besser keinen Antrag machen sollte.

»Auf geht's«, sagt Georgia behutsam. »Es ist Zeit, runterzugehen, zu lächeln und zu zeigen, dass wir gute Verlierer sind.«

»Na toll«, murmelt Becca. »Können wir uns nicht einfach durch den Hinterausgang rausschleichen?«

»In ein paar Minuten«, sagt Georgia. »Ich bin mir sicher, Nate möchte sich bei seinen Spielern bedanken.«

In der Umkleide ist es jetzt wahrscheinlich totenstill. »Na dann los«, sage ich und stehe auf. »Je eher wir nach unten gehen, desto schneller können wir aus Dallas verschwinden.«

»Jetzt ist es auch meine absolute Hassstadt«, grummelt Becca.

Unten wechsele ich ein paar höfliche Worte mit den wenigen Journalisten, die überhaupt mit dem Verliererteam sprechen wollen. Sie kommen natürlich von New Yorker Nachrichtenagenturen. »Die Leute aus Brooklyn können stolz darauf sein, wie weit wir gekommen sind«, sage ich. Bla, bla, bla. Manchmal muss man aus dem Buch der Verlierer lesen, ob man will oder nicht.

Rebecca wartet vor der Umkleide, während ich hineingehe und den Spielern die Hände schüttele. Es ist einfach, diesen Männern zu danken, die dem Verein so viel gegeben haben. »Nächstes Jahr kriegen wir sie«, sage ich. »Nehmt euch einen schönen langen Urlaub. Erholt euch. Kauft euch eine Dallas-Dartscheibe.«

Als ich in den Flur zurückkomme, ist Becca von zwei meiner Sicherheitsleute flankiert. »Wird langsam unangenehm hier«, sagt einer und deutet mit dem Kopf zum Flur der Heimmannschaft.

Das glaube ich auch. Nach einem großen Sieg wie diesem ist es schwierig, die Sicherheit im Stadion zu gewährleisten. Alle wollen den Sieger sehen, und ihre Freude dringt bis in unseren angrenzenden Flur.

Wegen der schlechten Planung des Gebäudes hier werden Becca und ich am Rand der Menge vorbeimüssen, um zum

Spieleraussang zu gelangen. Sicherheitsleute teilen die Schaulustigen, um uns hindurchzuführen. Aber als wir bei der Tür ankommen, erfahren wir, dass der Wagen seinen Parkplatz verlassen musste und eine Runde um den Block dreht.

»Wir könnten zu Fuß gehen«, schlägt Becca vor. Die Menge und die dröhnende Siegesmusik sind ein bisschen viel.

»Diesmal nicht«, sagt Gary, unser heutiger Bodyguard. »Halb Dallas hat sich um das Stadion versammelt, um zu feiern. Der Wagen soll in vier Minuten wieder hier sein.«

»Gut«, sage ich und lege Rebecca eine Hand auf den Rücken. »Sollen wir draußen warten?«

»Da sind ziemlich viele Kameras«, sagt Gary.

In diesem Moment öffnet sich die Tür und gibt ihm recht. Direkt hinter der Absperrung drängen sich die Fans. Ich beobachte die Menge und bemerke nicht, wer gerade anhält, eine Zigarette unter dem Absatz der hochhackigen Stiefel austritt, um wieder hereinzukommen.

Es ist Juliet.

Rebecca

Wie ein böser Traum erscheint sie vor mir. Nates schöne, intelligente Ex mit den goldenen Haaren und dem Körper einer Fitnessstudiobesitzerin.

Nates Hand auf meinem Rücken erstarrt.

Genau vor dieser Situation habe ich mich gefürchtet. Ich wappne mich dagegen, sie sagen zu hören: *Na, du hast dich ja auch verbessert, Nate. Bist du jetzt mit deiner Sekretärin zusammen? Wie praktisch.*

Ich will gerade die Schutzschilde hochfahren, als mir ein paar weitere Details auffallen. Das Feuerzeug in ihrer knochigen Hand zum Beispiel. Seit wann raucht Juliet? Und ihre grimmige Miene. Sie wirkt härter, als ich sie zuletzt gesehen habe. Ihr Blick ist unglücklich.

Wenn mein Team gerade den Cup gewonnen hätte, würde ich ein anderes Gesicht machen.

Dann entdeckt sie Nate, und ihre Augen werden groß. Der Moment erstreckt sich zwischen uns, lang und seltsam.

Ich frage mich, was Nate sieht. Eine Frau, die er hasst? Oder eine Frau, die er immer lieben wird?

»Hi«, sagt sie langsam und schüttelt ihre Überraschung ab. »Gott. Der Artikel in der *Post* tut mir so leid. Die Journalistin hat angerufen, und ich habe ihr gesagt, sie soll sich eine echte Story suchen. Dann habe ich aufgelegt.«

»Schon gut«, sagt Nate ruhig. »War nicht die erste blöde Geschichte, die jemand über mich veröffentlicht hat. Und es wird nicht die letzte sein.«

»Tja …« Juliet will etwas sagen, wird aber von einer barschen Männerstimme vom anderen Ende des Flurs unterbrochen.

»Ey, Juliet! Wo zur Hölle steckst du?«

»Äh …« Ihre Augen schnellen nervös den Korridor entlang, bevor sie Nate wieder ansieht. »Tut mir jedenfalls leid. Das war fies.« Sie schluckt schwer. »Du siehst gut aus. Ich hoffe, du schlägst dich wacker.«

»Ich kann mich nicht beklagen.« Seine Handfläche wärmt die Mitte meines Rückens, und sein Daumen streichelt über meinen neuen lila Pulli. »Und, äh, du siehst auch super aus. Und übrigens: herzlichen Glückwunsch.«

»Juliet!«, brüllt eine Männerstimme. »Beweg deinen Arsch hier runter!«

Sie öffnet den Mund, um zu antworten, aber dann erscheint ein stiernackiger, rotgesichtiger Spieler. Bart Palacio. Als er unsere kleine Gruppe sieht, verziehen sich seine Lippen zu einem spöttischen Grinsen. »Störe ich?«

»Nein«, sagt Juliet und errötet. »Natürlich nicht.«

»Dann schwing deinen fetten Arsch hier runter.« Er deutet mit dem Daumen zum überfüllten Korridor. »Zeit für Fotos.«

Dann packt er sie tatsächlich beim Handgelenk und *zerrt* sie von uns weg.

Ich starre den beiden hinterher. Mein Mund steht offen. »Was zur Hölle war das? Wer spricht so mit seiner Frau?«

Als ich mich zu Nate umdrehe, sieht er gequält aus. »Himmel«, sagt er und atmet geräuschvoll aus. »Er ist schlimmer, als ich ihn in Erinnerung hatte.«

Ich bin stellvertretend für eine Frau wütend, die ich noch nicht einmal mag. Ich bin mir nicht sicher, ob sie mich überhaupt bemerkt hat. Und es ist mir auch egal.

Weil sie ein Leben mit Nate gegen eins mit diesem Arschloch eingetauscht hat. Ich kann mir nicht vorstellen, warum man so etwas tun sollte.

Diesen Fehler werde ich ganz sicher nicht machen.

»Der Wagen ist da!«, sagt Gary plötzlich. »Fahren wir.«

Als er die Tür öffnet, treten Nate und ich in die Nacht hinaus. Die Menge draußen drängt nach vorn, um zu sehen, wer herausgekommen ist. Die Leute werden sehr enttäuscht sein, weil sie auf ihre Sieger aus Dallas warten. Aber ein paar Leute halten ihre Handys hoch, während Gary sein Bestes gibt, um mich auf den sechs Metern bis zum Auto zu beschützen.

Wenig später schließen sich die Türen und verriegeln sich dann automatisch. Der Wagen setzt sich in Bewegung.

Gary hat sich auf den Beifahrersitz gesetzt, deshalb haben wir die Rückbank während der kurzen Fahrt für uns.

»Geht es dir gut?«, frage ich Nate und drücke seine Hand.

Er schüttelt sich. »Ja, klar. Es ist nur …« Er tippt sich an die Lippe. »Dieser dämliche Artikel enthielt ein Körnchen Wahrheit. Ich habe das Team aus verschiedenen Gründen gekauft. Aber mindestens einer davon war, dass ich mir vorstellen konnte, Dallas in den Play-offs bei sich zu Hause zu schlagen. Ich sitze jedoch nicht ständig herum und denke an sie …«

»Ich weiß«, sage ich schnell.

In der Dunkelheit wendet er sich mir zu. »Aber ich habe immer angenommen, dass sie glücklicher ist, weißt du? Es macht es irgendwie schlimmer, dass sie es nicht ist. Ach, egal. Tut mir leid, dass ich über sie rede. Das ist unhöflich.«

»Nein! Ist es nicht. Aber ich wusste nicht, dass kluge Mädchen so dumm sein können.«

Nate prustet. »Kluge Leute sind ständig dumm. Ich weiß, wovon ich rede.« Er beugt sich zu mir, legt mir einen Arm um die Hüfte und zieht mich an sich. »Der Abend war bis jetzt ziemlich anstrengend. Aber vielleicht kann man ihn noch retten.«

Dazu sage ich nichts. Ich lege einfach meine Wange an seinen starken Arm und seufze.

Eine Stunde später sitzen wir glücklich in dem Whirlpool, in den ich vor zwei Wochen aus Prinzip nicht mit ihm steigen wollte.

Wir trinken Champagner. Denn Scheiß drauf, Blubberwasser ist nicht nur etwas für Gewinner. Und Nate streichelt unter Wasser meinen Fuß.

Wir sind schweigsam, aber nicht traurig. Eine Odyssee ist beendet – vorerst. »Nächstes Jahr versuchen wir es wieder«, sage ich und trinke noch einen Schluck.

Zustimmend erhebt er am anderen Ende des Pools das Glas. »Wir werden es erleben. Gemeinsam.«

Mir wird ganz warm und kribbelig. »Auch wenn ich nicht mehr für dich arbeite, möchte ich weiterhin neben dir in der Loge sitzen.«

»Wo wir schon über Pläne sprechen«, sagt er und stellt sein Glas auf den Rand. »Ich möchte etwas mit dir besprechen.«

»Und das wäre?« Aber ich weiß, was er sagen wird. Er wird Gründe vorbringen, warum ich nicht nach einem neuen Job suchen soll. Ich muss es trotzdem in Erwägung ziehen.

Nate streckt die Hand aus und nimmt einen Waschlappen vom Rand. Aus dem Inneren holt er eine sehr kleine Schachtel hervor. Sie sieht aus wie …

»Heilige Scheiße!«, höre ich mich sagen. Das kann nicht das sein, für was ich es halte.

Nate öffnet die Schachtel mit dem Daumen. Und vielleicht liegt es an der teuren Ritz-Beleuchtung, aber der Diamant, der zum Vorschein kommt, ist umwerfend. Und er ist groß. Und er funkelt.

»Rebecca. Liebling …«

Liebling.

»Willst du mich heiraten? Ich weiß, das geht schnell. Aber andererseits auch nicht. Sieben Jahre erscheinen mir lang genug, um herauszufinden, dass du mein Lieblingsmensch bist. Und ich möchte nicht länger ohne dich sein.«

Ich würde ihm liebend gern antworten, aber ich bin sprachlos. Meine Sicht verschwimmt – was das Funkeln des Diamanten nicht beeinträchtigt –, und meine Kehle ist wie zugeschnürt.

Er wartet.

Ich zögere keine Sekunde. Ich werde mich nicht länger quälen, wo doch die Antwort die ganze Zeit vor meiner Nase gelegen hat. Ich stoße mich vom Boden ab und wate auf ihn zu. Als ich spritzend auf seinen Schoß klettere und ihm von ganz nah in die Augen schaue, bringt er schnell den Ring in Sicherheit. »J…ja«, stammele ich und bin mir sicherer, als es sich anhört. »Ich will.«

Diese hellen braunen Augen lächeln, und er beugt sich ein wenig vor, um mich zu küssen. »Danke«, sagt er zwischen Küssen. »Mein Timing ist komisch, aber …«

Ich küsse ihn wieder. Ich habe aufgehört, mir Sorgen über unser Timing zu machen.

»Bec.« Er lacht an meinen Lippen. »Willst du den Ring gar nicht sehen? Du könntest dir auch einen anderen aussuchen …«

»Er ist wunderschön«, sage ich, noch bevor ich ihn mir richtig angeschaut habe. Und das ist er. Als er ihn mir an den Finger steckt, sehe ich, dass er im Vintage-Stil ist. Ein Diamant im Kissenschliff, umgeben von weiteren kleinen Steinen. »Wow. Schick. Der ist superschön.«

Ein Verlobungsring von Nate. An *meinem* Finger.

Als ich wieder zu ihm aufschaue, ist der Anblick seines Gesichts sogar noch schöner. Seine Augen sind feucht, und er lächelt mich an, als hätte er gerade … den Stanley Cup gewonnen. »Ich liebe dich«, flüstert er.

»Ich liebe dich auch.« Vorsichtig halte ich meine Hand über Wasser, weil ich so ein wertvolles Stück nicht nassmachen will.

Sein Lächeln wirkt nun amüsiert. »Er darf ruhig nass werden, weißt du?«

»Auf keinen Fall«, quietsche ich. »Ich habe ein kleines Vermögen am Finger.«

»Er ist versichert.«

Trotzdem.

»Hör zu, ich weiß, dass ich dich gerade ziemlich überrumpelt habe, aber ich muss noch einen draufsetzen«, sagt er.

»Okay?« Ich kann mir nicht vorstellen, was noch krasser sein soll als ein Heiratsantrag. Und ich hatte den Abend schon als Katastrophe abgeschrieben.

Nate nimmt meine Hand, hält sie fest und bewundert sein Geschenk. »Mich zu heiraten, ist etwas anderes, als ›nur‹ mit mir zusammen zu sein. Da gibt es jede Menge Papierkram.«

»Oh, das bezweifle ich nicht«, sage ich und küsse ihn auf die Nase. »Ich unterschreibe jeden Ehevertrag, den dein Anwalt sich ausdenkt.«

Er zuckt zusammen. »Wir müssen einen Ehevertrag schließen. Und ich würde dir gern erklären, warum.«

»Weil du Milliardär bist?«

»Das ist nicht der Grund.« Er lächelt mich wieder an, und ich kann mich nur schwer konzentrieren. »Es geht um meine Stimmrechte. Wenn jemand glaubt, das Machtgefüge bei KTech könnte durch unsere Scheidung in Schieflage geraten, könnte dieser jemand auf die Idee kommen, Millionen zu verdienen, indem er uns auseinanderbringt.«

»Oh«, sage ich langsam. »Das ist unheimlich.« Normalerweise malt sich mein Gehirn nicht sofort die schlimmstmöglichen Konsequenzen aus. Doch nachdem ich heute Abend Juliets Depp von Ehemann erleben durfte, bin ich anfälliger als normal für die Möglichkeit, dass es Fieslinge gibt.

»Ja«, sagt er leise. »Deshalb wird der Ehevertrag mir alle KTech-Anteile zuschreiben. Aber ich glaube, das ist dir egal, denn ich möchte dir ein Hochzeitsgeschenk machen. Und es ist mir wichtig, dass du es annimmst.«

»Äh … ich brauche nichts, Nate. Dein Geld war mir nie wichtig, auch wenn es mir nichts ausmacht, wenn du nach dem Essen die Rechnung bezahlst.«

Seine warme, nasse Hand streicht über mein lächelndes Gesicht. »Ich weiß«, flüstert er, und der Klang seiner Stimme vibriert in meiner Brust.

Ich frage mich, ob wir wohl später darüber sprechen können, weil wir jetzt zum heißen Teil der Feier übergehen sollten. Auf seiner muskulösen Brust glitzern Wassertropfen, und ich habe plötzlich Lust, sie alle abzulecken.

»Das Geschenk ist eine gewisse Eishockeymannschaft. Sie hat kürzlich um den Pokal gespielt, und unter ihrer neuen Führung wird sie aufblühen.«

»Was?«, sage ich dämlich. Mein Körper glüht förmlich vor Verlangen, und Nate spricht die ganze Zeit nur über Eishockey.

»Du wirst die neue Eignerin der Brooklyn Bruisers. Du schläfst also nicht länger mit dem Boss. Aber ich möchte, dass wir wenigstens einmal Sex in *deinem* Büro haben.«

Mein armes kleines Gehirn kann die Vorstellung kaum verarbeiten. »Besitzerin … der Mannschaft?« Das ergibt keinen Sinn.

»Ja, Baby. Du wirst das großartig machen. Ich hatte eine Glückssträhne, und du kannst der Mannschaft die Aufmerksamkeit widmen, die ich ihr hätte widmen sollen. Und niemand liebt die Bruisers mehr als du, oder? Also, warum nicht du?«

»Weil sie dir gehören?«

»Nicht mehr lange.« Er schüttelt den Kopf und lächelt mich an. »Ich brauche dich mehr als die Mannschaft. Und ich möchte, dass sie dir gehört. Wir müssen vielleicht schon heiraten, bevor ich dir den Verein überschreiben kann. Das liegt an der Schenkungssteuer. Oder so. Mein Steuerberater kann es dir erklären.«

Jetzt bin ich offiziell platt. Mehr schockierende Neuigkeiten verkrafte ich heute Abend nicht. Aber vielleicht ist das auch gar nicht nötig. Wir küssen uns wieder und wieder. Dann drückt Nate auf den Knopf, um das Wasser abzulassen. Er zieht mich auf die Füße. Ich kann mir noch nicht einmal ein Handtuch schnappen, bevor er mich tropfnass zum Bett bugsiert, mich auf die weichen Decken schubst und sich über mich hermacht.

»Ich habe immer noch ein paar Fragen«, gebe ich zu, als wir im Bett kuscheln und Pläne schmieden. Oder es zumindest versuchen. Immer wieder müssen wir es unterbrechen, um uns zu küssen. Außerdem muss ich alle paar Minuten innehalten und bewundern, wie mein Ring selbst im Dunklen funkelt.

»Schieß los!«, sagt Nate und umarmt mich fester.

»Werden deine Eltern enttäuscht sein?«

»Worüber? Meine Mom liebt dich. Alle lieben dich. Das haben wir doch schon geklärt.«

»Aber ich bin keine Jüdin. Wollen sie nicht, dass du ein nettes jüdisches Mädchen heiratest?«

Mit dem Finger zeichnet er meine Nase nach. »Eilmeldung: meine Mutter auch nicht. Nichtjüdinnen zu heiraten ist also Familientradition.«

»Ehrlich?« Das wusste ich gar nicht.

»Ehrlich. Wenn das deine größte Sorge ist, sind wir aus dem Schneider.«

Ich küsse ihn auf das Kinn, weil ich nicht anders kann. Vielleicht kommen wir nie wieder aus diesem Bett heraus, und ich hätte damit kein Problem. »Nate«, sage ich zwischen Küssen, »ich weiß nicht, was man als Teameigner tun muss.«

»Das stimmt nicht. Bei diesem Job ist die Hauptanforderung, dass du aufmerksam bist und der Verein dir wichtig ist. Und niemandem ist er wichtiger als dir, Bec. Du wirst das großartig machen.«

»Ich kann es mir kaum vorstellen.«

»Ich schon. Du kannst deine Praktikantin befördern und selbst weniger Routinearbeit erledigen. Dann hast du mehr Zeit für die wichtigen Fragen. Manche davon machen Spaß. Zum Beispiel – welchen Schwerpunkt würdest du nächstes Jahr für die Stiftung wählen?«

»Forschung an Kopfverletzungen«, sage ich sofort.

»Siehst du?« Nate lacht fröhlich. »Jede Arbeit, die du dort erledigst, ist mindestens so wichtig, wie die richtigen Leute für die Imbiss- und Merchandise-Stände im Stadion einzustellen.«

»Sind wir auch für das Essen verantwortlich? Die Käsebällchen bleiben.«

Nate grinst. »Zum Glück hinterlasse ich dir keine dringenden Baustellen. Der Pachtvertrag läuft noch acht Jahre, und Hugh Major und der Coach bleiben auch.«

»Gott, das hoffe ich doch.«

»Mach dir keine Sorgen! Ich werde dir immer helfen. Aber dir fällt bestimmt bald auf, dass du fast genauso viel wie ich darüber weißt, wie man einen Verein führt. Und Baby – wenn Probleme auftauchen, stellst du einfach irgendeinen Finanznerd oder Fachanwalt ein, der sie lösen kann.«

»Ich werde ab und an bis zum Hals in Arbeit stecken.«

»Klar. Wie jeder, der etwas Neues ausprobiert. Ich glaube an dich. Du machst den Verein besser. Du machst mein Leben besser.« Er streichelt meinen nackten Rücken mit seinen langen Fingern, dann flüstert er: »Bitte, sei meine Partnerin – dabei und bei allem anderen.«

Danach sagen wir sehr lange nichts. Wir lieben uns ausgiebig.

Anschließend sind wir beide erschöpft. Irgendwann dreht sich Nate mit geschlossenen Augen auf den Rücken und fragt: »Willst du sofort bei mir einziehen?«

»Ich …« Wie immer glaube ich, ich sollte einen Einwand haben. »Klar.«

»Du kannst auch was im Haus verändern. Wenn dir die Einrichtung nicht gefällt, können wir renovieren. Aber wenn es geht, würde ich gern dort wohnen bleiben, denn auf dem Grundstück gibt es genug Platz für das Sicherheitsteam, damit es seinen Job machen kann.«

»Okay. Ich bin sicher, dass ich einen Weg finde, mich in einigen deiner zwölf Räume einzurichten, oder wie viele es auch sind.«

Er streichelt mir über die Haare. »Ich möchte, dass du dich zu Hause fühlst, Bec. Nicht nur eingerichtet. Aber das kriegen wir schon hin. Und deine Schwester und ihre Familie freuen sich sicher auch über etwas mehr Platz, oder?«

»Stimmt …«, sage ich langsam. »Ich habe gerade einen neuen Vertrag unterschrieben. Das sollte ihnen eine Weile helfen.«

»Oder für immer«, sagt Nate. »In deiner Akte gibt es einen Vermerk, die Miete nicht zu erhöhen.«

»Was?« Mein Kopf ruckt vom Kissen hoch. »Das Gebäude gehört dir?«

»Klar. Als ich das Trainingsgelände gebaut habe, habe ich alles aufgekauft, was in der Nachbarschaft zum Verkauf stand. Und als du nach Brooklyn umgezogen bist …«

»Hat mir der Immobilienmakler der Bruisers die Wohnung gezeigt.« Ich hatte gedacht, ich hätte einfach Glück gehabt, eine bezahlbare Wohnung so nah bei der Arbeit zu finden. »Ganz schön hinterhältig.«

Nate schüttelt den Kopf. »Du hättest die Wohnung nicht nehmen müssen. Aber ich war froh, dass du es getan hast. So konnte ich mich wenigstens ein bisschen um dich kümmern. Also, als ich dich noch von Weitem angeschmachtet habe.« Er legt sich eine Hand aufs Herz und macht ein Mr-Darcy-Gesicht, was mich zum Lächeln bringt. »Was für eine Hochzeit wünschst du dir denn? Du darfst aussuchen.«

»Weiß noch nicht. Ich werde sehr viele Hochzeitsmagazine konsultieren müssen.« Der arme Mann hat ja keine Ahnung. »Können wir im kleinen Kreis heiraten?«

»Klar?«

»Ich meine – Familie, enge Freunde und das Eishockeyteam. Mit dir könnte man schnell aus Versehen die halbe Belegschaft von KTech und Goldman Sachs einladen.«

»Warum mieten wir nicht ein kleines Hotel irgendwo in der Karibik und heiraten dort?«

»Das klingt toll.«

»So sorgen wir dafür, dass nicht zu viele kommen, und es ist garantiert, dass du zumindest teilweise einen Bikini tragen musst.«

»Du denkst auch nur an das eine.«

»Nein, an vier Sachen.« Er hält die Hand hoch, um sie aufzuzählen. »Meine Firma. Eishockey. Essen. Rebecca.«

»Diese Liste ist meiner sehr ähnlich«, flüstere ich. »Essen. Mode. Eishockey. Nate.«

»Drei von vier ist gar nicht schlecht«, flüstert er. Dann küsst er mich noch einmal.

New York Wire
Sportnachricht der Woche
12. Juni 2019

Teameignerin bringt nur 3 Stunden nach Stanley-Cup-Sieg erstes Kind zur Welt

»Auf der Entbindungsstation wird öfter mal geschrien«, sagt Schwester Amalah Dawn vom New York Presbyterian Brooklyn Methodist Hospital zu *The Wire*. »Aber normalerweise wegen einer Geburt und nicht wegen Eishockey.«

Ganz anders letzte Nacht, als die Besitzerin der Brooklyn Bruisers, Rebecca Rowley-Kattenberger (30), erlebte, wie ihre Mannschaft zum ersten Mal den Stanley Cup gewann, seit ihr Ehemann, Nate Kattenberger (35), den Verein vor fünf Jahren nach Brooklyn geholt hatte.

Mrs Kattenberger wollte eigentlich persönlich bei Spiel sechs in Nashville sein, doch ein paar Stunden vor ihrem geplanten Flug setzten die Wehen ein.

»Ich dachte, das ist doch nicht so schlimm«, teilte Mrs Kattenberger *The Wire* per E-Mail mit. »Dann komme ich eben mit dem Baby zu Spiel sieben in Brooklyn ins Stadion.«

Doch es kam anders. Sie verfolgte ein sehr aufregendes Spiel sechs auf der Entbindungsstation, während Ärzte und Schwestern ihre Wehen überwachten.

»Die Eröffnungsphase hat sich hingezogen«, berichtet Schwester Dawn. »Das ist bei der ersten Geburt normal. Der Arzt wollte sie an den Wehentropf hängen, um den Prozess zu beschleunigen, aber Mrs Rowley-Kattenberger sagte: ›Erst nach dem Schlussdrittel. Vielleicht müssen wir noch in die Verlängerung.‹«

Schließlich nahmen beide – der Geburtsvorgang und das Spiel – ein gutes Ende. Brooklyn konnte sich mit einem frühen Tor (Trevi, nach einer Vorlage von Castro) im letzten Drittel aus einem Zwei-zu-zwei-Unentschieden befreien, und nur neunzig Sekunden später folgte ein weiteres Tor (Bayer, nach einer Vorlage von Drake). Beim Buzzer waren sie offiziell Champions.

Die Reaktionen aus Kreißsaal 407 waren oft laut und am Ende sehr fröhlich.

»Während eines angespannten Teils des Spiels versicherten wir den umliegenden Patienten, dass alles in Ordnung sei. Und nach dem Sieg von Brooklyn waren alle auf der Station ziemlich aufgeregt«, sagte Dawn. »Rebeccas Baby hat gewartet. Nachdem wir den Fernseher ausgeschaltet hatten, ging dann alles recht schnell: Nach zwei Stunden setzten die Presswehen ein, und eine weitere Stunde später war das Baby auf der Welt.«

Zehn Minuten nach eins am Morgen hießen Rebecca Rowley-Kattenberger und Nathan Kattenberger ein dreitausendfünfhundert Gramm schweres Mädchen willkommen. Die Presse erfuhr den Namen nicht, aber die Familie ist gesund und wohlauf.

Die Kattenbergers wohnen in Brooklyn, und dort soll auch ihre Tochter aufwachsen. Mrs Kattenberger brachte das Baby in der Brooklyner Niederlassung der New York-Presbyterian Hospital Group zur Welt. Die Stiftung der Brooklyn Bruisers hat im vergangenen Jahr zehn Millionen Dollar für die Abteilung für Kinderheilkunde des Krankenhauses aufgebracht. Im Dezember veranstalteten die Spieler außerdem eine Weihnachtsfeier auf dem Gelände.

Gerüchten zufolge soll der Stanley Cup noch an diesem Wochenende die Entbindungsstation besuchen.

Als sie gefragt wurde, ob das die ungewöhnlichste Geburt war, die sie je erlebt hat, verneinte Schwester Dawn. »Erst letzte Woche wurde ein Baby im Aufzug geboren. Sie müssen schon sehr kreativ werden, um uns zu überraschen.«

Zu einem späteren Zeitpunkt in diesem Monat wird der Sieg der Bruisers mit einer Konfettiparade auf der Wall Street gefeiert. Datum und Zeitpunkt werden nächste Woche bekanntgegeben. Mr und Mrs Kattenberger werden sich die Parade nicht entgehen lassen.